FARFALLE

Will Dean

La caccia

traduzione dall'inglese di Valeria Raimondi

Marsilio

Titolo originale: *Dark Pines*

Prima edizione: aprile 2022
www.marsilioeditori.it

Realizzazione editoriale: Silvia Voltolina

LA CACCIA

I

Gavrik, Svezia

Un alce emerge dalla fitta vegetazione tra i pini: è mostruoso. Mezza tonnellata, forse di più. Spingo sul freno, il pick-up sussulta mentre le gomme invernali mordono la ghiaia. Mi tocco la coda di cavallo e accendo gli apparecchi acustici che, dopo il jingle del produttore, mi permettono di sentire. L'alce è a trenta metri da me e se ne sta lì grigio, ispido e grosso come il demonio.

Il motore è al minimo. Penso all'incidente di papà, anche se sono passati dodici anni, alla sua auto, a quello che ne era rimasto, e con un pugno colpisco il clacson. Il suono, che mi giunge amplificato grazie agli aggeggi di plastica che ho nelle orecchie, sortisce il suo effetto e l'alce si allontana trottando lungo lo sterrato con le palle che penzolano basse tra le zampe magre.

Accelero appena e lo seguo, ho il cuore che mi batte forte. L'alce entra in una macchia di sole poco più avanti e si ferma. È un animale preistorico, gigante, totalmente selvaggio, antico e più alto del pick-up che ho noleggiato. Freno e suono di nuovo, ma non sembra spaventato. Ansimo, il sudore mi imperla la fronte. Si soffoca in questo pick-up. Non ci sono poliziotti in vista, niente fari, né davanti né dietro.

La peluria che riveste le corna dell'alce brilla nel sole. Lui gira la testa, grossa e pesante, e mi fissa. La sua postura cambia. La foresta di Utgard si oscura intorno a me, l'alce scalcia e con lo zoccolo rompe il sottile strato di ghiaccio che copre una buca. I fari illuminano uno spruzzo di acqua sporca che colpisce la sua pelliccia, mentre lui mi guarda e parte alla carica.

Freno, metto la retromarcia e premo la suola di gomma dello stivale sull'acceleratore. Il mio stesso urlo mi suona estraneo. Spostandosi all'indietro, il pick-up apre uno spazio tra me e l'alce, tra il mio viso e il suo muso, tra le mie sopracciglia alzate per lo spavento e le sue corna dure come la roccia.

Tiro fuori dalla tasca il telefono e lo appoggio sulle gambe, anche se chiunque sa che qui non c'è campo. Continuo a spostare lo sguardo fra lo specchietto retrovisore e il parabrezza e d'un tratto mi pare di scorgere un movimento fra gli alberi, qualcosa di grigio, forse una persona, però già non la vedo più. È colpa mia. Non avrei mai dovuto seguire l'alce. Tra le sue corna vedo il cielo opaco e dentro di me, in qualche luogo buio, cerco papà. Mi muovo a trenta chilometri all'ora in retromarcia, schiacciando rami caduti e finendo in ogni genere di buca, ma non serve a niente. Quegli occhi sono ancora lì che mi fissano. Il telefono scivola e cade vicino ai pedali. Accelero. La luce sta scemando e l'alce punta dritto su di me. Finisco nel fosso con la ruota sinistra, devo sterzare con forza per uscirne e intanto le corna dell'alce toccano il paraurti, il rumore metallico dei graffi mi perfora i timpani, non vedo niente. Sento il burrocacao contro la gamba e all'improvviso dei fari mi abbagliano dallo specchietto retrovisore.

Alle mie spalle in lontananza vedo un furgone o un trattore, un mezzo che avanza verso di me. Dovrei sentirmi sollevata, invece no. Lo sterrato non è largo abbastanza. Le corna dell'alce graffiano il cofano e lo stridio mi fa sussultare. Ho la bocca secca e sudo sotto il maglione. Sto andando a schiantarmi in retromarcia mentre un alce mi rincorre guardandomi in faccia.

E in quell'esatto momento sento lo sparo.

L'alce scatta verso gli alberi, salta il fosso e scompare nell'oscurità. Vedo le sue zampe posteriori mentre la foresta di Utgard lo accoglie.

Ho le mani sudate, il volante è umido e scivoloso.

Freno, tenendo il motore su di giri. Il veicolo dietro di me, forse un quad usato dalla squadra di caccia per trasportare una preda appena uccisa, è scomparso fra gli alberi.

«Respira» mi dico. «Respira.»

Un colpo di fucile mi ha salvata nel primo giorno di caccia. Tre anni fa, a Londra, mi sarebbe sembrato da titolo di giornale, anche piuttosto inquietante. Ora, qui nel Värmland, in questa vita, suona normale. Persino rassicurante.

Tolgo il maglione che si incastra nella cintura di sicurezza. Mi ci vuole un po' per liberarmi. Sono fradicia e agitata e sento i capelli elettrizzati dalla lana, li immagino sollevati sulla testa, biondi e sottili.

Metto la prima e parto. Non veloce come prima, non quanto vorrei. Avanzo con prudenza, con gli abbaglianti accesi e lo sguardo fisso sulle zone in ombra ai margini dello sterrato. Infine riprendo la strada asfaltata e torno verso la cittadina di Gavrik. Il traffico sulla E16 è ancora bloccato ma d'ora in avanti basta scorciatoie, basta strade sterrate.

Sono stanca e affamata, l'adrenalina sta cominciando a diminuire. Ho trentadue ore per scrivere otto articoli, devono andare in stampa giovedì sera. Abbasso i fari e mi pare di tornare a sentire le corna che graffiano il cofano del pick-up. Oltrepasso il cartello stradale che segnala l'inizio di Gavrik, e poi i primi pali dell'elettricità. La civiltà si ripresenta a poco a poco. Prima occhi di gatto e strisce al centro della strada, ora l'illuminazione comunale. Le foreste buie possono restarsene dove sono, grazie. Io voglio asfalto e stazioni di servizio, cinema e fast food, biblioteche, caffè e parchimetri. Voglio tutto ciò che è prevedibile e fatto dall'uomo.

Passo fra il drive-in del McDonald's e il supermercato Ica Maxi e mi dirigo verso Storgatan, la via principale. Le pulsazioni sono tornate quasi normali, ma continuo a vedere l'incidente di papà. E non c'ero nemmeno. I miei ricordi sono bugie, immagini che si sono solidificate nel corso degli anni. Procedo, mentre sullo sfondo i camini gemelli della fabbrica di liquirizia si stagliano come guglie di una cattedrale. I negozi stanno chiudendo, i commessi si salutano a monosillabi, alzano i colli dei giacconi e raggiungono le loro Volvo per tornare alle loro case con il riscaldamento a pavimento e i televisori a schermo piatto.

Il mio posto auto è contrassegnato con il mio nome, ma anche se non lo fosse non importerebbe. I parcheggi non mancano. Gavrik è stata progettata a prova di futuro, ma nessuno sa se e quando arriverà il futuro in cui la popolazione aumenterà del cinquanta per cento. E perché dovrebbe? Chi ci è nato e cresciuto se ne va appena può. Chi ci viene in visita certo non torna.

Chiudo il pick-up e apro la porta della sede del *Gavrik Posten*, il giornale locale per il quale lavoro. Tiratura settimanale: seimila copie. Non mi aspettavo di finire proprio qui, dopo quattro colloqui andati a buon fine in quattro redazioni decenti a poca distanza dalla mamma, ma è successo. Lei vive a Karlstad e io sono tutta la sua famiglia, perciò quando si è ammalata sono rientrata da Londra. Non è facile, *lei* non è facile. Ma è la mamma. Gavrik è vicina a Karlstad, però non troppo, e Lena, direttore del *Posten* e per metà nigeriana, è una da cui posso imparare molto. Nell'ingresso ci sono due sedie, una pianta impolverata in un vaso di plastica, un bancone con un salvadanaio e una campanella di ottone sopra la porta.

Lars, il nostro veterano che lavora part-time, non c'è. Alzo il bancone, un'asse di pino su un cardine cigolante, e appendo il giaccone. Mi tremano ancora le mani. Tolgo gli stivali e infilo le scarpe. Il front office è composto da due scrivanie, una per me e una per Lars. Poi ci sono l'ufficio di Lena e quello di Nils, il nostro venditore di pubblicità che ha un cervello delle dimensioni di un'arachide. Nel complesso è un posto di merda, ma ogni venerdì sforniamo un giornale discreto che serve alla nostra comunità.

Non mi va di vivere a Gavrik. Però ci vivo. La mamma ha bisogno di me nonostante non lo abbia mai detto, nemmeno un accenno. Ormai il cancro le ha preso anche le ossa e il sangue e se posso fare anche solo una piccola cosa per lei, portarle la crema per le mani alla rosa che le piace tanto, leggerle il suo libro di ricette preferito quando fatica a riuscirci da sola, andare a comprarle i panini alla cannella, sono contenta. Non sono brava, non mi viene naturale proprio come non è mai venuto naturale a lei. Ma faccio quello che posso. E un giorno, un giorno felice e triste al tempo stesso, tornerò nel mondo reale, in una città, una qualsiasi, più sarà grande meglio sarà.

«Tuva Moodyson!» esclama Nils, uscendo dal suo ufficio. Ha i capelli pieni di gel come un adolescente e dalla maglietta troppo sottile traspaiono i capezzoli. «Cosa ti è successo? Torni da una sveltina?»

Mi siedo e mi rendo conto che ho la maglietta incollata al corpo dal sudore e i capelli in disordine. Sono conciata da buttare via.

«Una cosina a tre, veloce veloce» rispondo. «Ti avrei invitato, ma ci sono criteri minimi...»

Sembra un po' confuso quando si chiude alle spalle la porta del suo ufficio che in realtà è anche la cucina comune.

Accendo il computer e cerco gli articoli che ho scritto e quelli che ho solo titolato. Sento un fischio nell'orecchio sinistro, il primo di tre che mi avvertono che la batteria è quasi scarica e sta per lasciarmi con la capacità di udito che mi rimane in quell'orecchio, il dieci per cento di quella normale.

Sullo schermo ho otto documenti word nascosti uno dietro l'altro. Un asilo nido si espande ospitando tre bambini in più e creando un nuovo posto di lavoro. Il rivestimento della facciata di un condominio vicino al mio è in rifacimento perché quello vecchio non era adatto al clima del Värmland e si scrostava. Il consiglio comunale di Gavrik ha deciso che possiamo fare a meno di uno spazzaneve quest'inverno e che possiamo mantenere due agricoltori in più in cassa integrazione. Le domande di ammissione al concorso per la Lucia di quest'anno devono essere inviate alla chiesa luterana di Eriksgatan entro la fine del mese. È scattato l'allarme in tutto il territorio dopo un picco di malattia di Lyme con conseguenti casi di encefalite, il clima particolarmente mite ci costringerà a trascorrere ancora un paio di settimane in compagnia delle zecche che poi moriranno congelate. La nostra più grande armeria, quella di Björnmossen, resta aperta due ore in più in ottobre per permettere ai cacciatori di rifornirsi senza assentarsi dal lavoro. C'è una fiera dell'artigianato a Munkfors il 21 ottobre. Infine, e questo è ciò di cui mi sto occupando oggi, sta per essere inaugurato un nuovo impianto di sbiancamento alla cartiera, il più importante datore di lavoro della zona dopo la fabbrica che produce la liquirizia Grimberg.

Tutto qui. Queste sono le mie notizie, liberamente tratte dai pettegolezzi, dai verbali del consiglio comunale e da qualche conversazione intercettata nella farmacia all'angolo. Può sembrare banale ma è quello che vogliono i miei lettori. Quante volte capita di ritagliare un articolo da un giornale nazionale e di attaccarlo al frigorifero? E quante volte invece lo si fa con un articolo del settimanale locale che magari parla di una figlia che ha segnato nella partita di hockey o di un vicino che ha raccolto la carota più grossa nel suo orto? Ai miei lettori interessa questo, quindi interessa anche a me.

Entra Lars e la campanella sopra la porta continua a tintinnare mentre lui si toglie il giaccone antiquato.

Sto scrivendo, perciò tengo spenti gli apparecchi. Mi aiuta a concentrarmi. La maglietta si sta asciugando, non ce l'ho più incollata addosso e comincio a sentirmi normale. Sento l'odore del mio sudore, nonostante il deodorante lo mascheri abbastanza bene. Se fossi ancora al *Guardian* sarei già andata a lavarmi, ma qui no. Va bene anche così. Non è una priorità.

La porta di Lena si apre e Diana Ross, in jeans e felpa, si avvicina e rimane in silenzio con gli occhi spalancati.

«Cosa c'è?» chiedo.

Lei copre la bocca con la mano. Scuote la testa e parla ma non vedo le sue labbra. Non posso leggere il labiale.

«Cosa?» ripeto mentre traffico con gli apparecchi. «Cos'è successo?»

Lena scosta la mano.

«Hanno trovato un cadavere.»

2

«Metti sul notiziario» dice Lena indicando il vecchio televisore appeso alla parete.

Accendo gli apparecchi e parte il solito motivetto.

«Lo sapevo!» esclama Nils entrando. È emozionato come uno scolaretto. «Vero, Lena? La foresta di Utgard è maledetta. Mio fratello mi ha raccontato che il corpo è stato trovato lì. Il suo amico che guida l'ambulanza ha ricevuto la chiamata. Non è vero che l'avevo detto che sarebbe successo di nuovo? Proprio così, l'avevo detto!»

Cambio canale e mi sintonizzo sul notiziario locale.

«Cos'hai saputo, Nils?» chiedo. «Cosa ti ha detto precisamente tuo fratello?»

Nils guarda Lena. «Pensi che si tratti di Medusa?» Si gira verso di me. «Prima che tu nascessi, Tuva.» Guarda Lars. «In che anni era?»

«L'ultimo corpo è stato trovato nel 1994» dice Lars. «Ma questo non...» Si gratta la testa pelata. «È successo vent'anni fa. E questo è stato un incidente di caccia, sicuramente.»

«Certo» dice Nils. «Solo un incidente. Nella foresta di Utgard. Come no. Mio fratello ha precisato che il corpo era nel villaggio di Mossen.»

Mi infilo il giaccone.

Nils guarda Lena. «La lasci andare lì da sola?»

Mi infilo gli stivali e le faccio un cenno con la testa. «Chiamami se hai altri dettagli.»

«Prendi la macchina fotografica» dice lei.

Ovvio che prendo la fottuta macchina fotografica. «Certo» dico, e la recupero dalla scrivania di Lars dove si sta ricaricando, poi esco.

La strada è buia e deserta. Non piove ma una foschia umida impregna l'aria. Il colpo di fucile che ha spaventato il mio alce era lo stesso che ha ucciso un uomo? Rabbrividisco e corro verso il parcheggio.

Guido per trenta chilometri allontanandomi da Gavrik e passando sotto l'autostrada. La foresta di Utgard è sulla destra, ed è l'unico elemento del paesaggio che posso vedere. Oltrepasso un cartello coperto di erbacce e raggiungo un varco appena visibile in una barriera compatta di abeti rossi. Poco fa, mentre andavo verso sud tornando dalla cartiera, ci sono solo passata accanto, ma ora sono costretta a entrarci. Radio Värmland interrompe un pezzo folk per annunciare che la polizia ha isolato un'intera zona di Mossen dopo il ritrovamento di un cadavere e ha invitato cacciatori e proprietari di cani a stare alla larga.

Appena lascio l'asfalto la trasmissione si interrompe. Sullo sterrato passano due auto solo se entrambe si avvicinano pericolosamente al fosso. È buio pesto, porto al massimo i fari e strizzo gli occhi per vedere meglio fra un banco di nebbia e l'altro. In primavera la foresta non è male. È piena di fiori selvatici e i germogli degli abeti rossi colorano tutto di verde chiaro. Alla guida del mio pick-up Toyota Hilux posso farcela. Ma adesso è ottobre e gli aghi dei pini sono neri, il muschio è marrone e le betulle sono spoglie. Ci sono due gradi e sto guidando su uno sterrato fiancheggiato da pini compatti come un muro.

Ogni tanto la radio torna a funzionare. C'è il meteo.

Ancora pioggia. Il gps mostra una linea sottile che attraversa una zona verde e si ferma proprio in mezzo, e cinque puntini lungo la linea, quindi non mi resta che trovare la casa con l'auto della polizia parcheggiata davanti. Mi gratto l'orecchio sinistro e tocco l'apparecchio, perché è inevitabile e perché mi rassicura quando sono in un posto come questo.

Gli omicidi di Medusa sono finiti vent'anni prima che io arrivassi da queste parti. Sono una specie di leggenda locale, pochi fatti conditi da tante stronzate. Tre morti in quattro anni. La polizia non ha mai arrestato nessuno e a un certo punto la serie si è interrotta. I corpi sono stati trovati nella foresta, mutilati in qualche modo. È tutto quello che so. La gente qui non ama parlarne. E chi ne parla... non merita di essere ascoltato.

Mi avvicino alla prima casa del villaggio tenendo la radio accesa, a basso volume, nel caso trasmettano qualche altra notizia. Vado a dieci chilometri all'ora. La casa è fatiscente. Le assi avrebbero bisogno di una mano di pittura e l'edera ha quasi coperto alcune finestre. Intravedo il giardino, illuminato da un impianto a pannelli solari a buon mercato, di quelli che qui funzionano poco d'estate e per niente in ottobre. Le luci sono spente. Non c'è nessuno. Mi allontano accelerando, e intanto guardo nello specchietto retrovisore e noto una luce che non avevo visto, che non proviene dalla casa e che si spegne come si è accesa.

La batteria del telefono è quasi scarica, quindi collego l'adattatore all'accendisigari del pick-up. La musica alla radio passa dall'armonica al banjo, ma il segnale è debole e disturbato dalle scariche elettrostatiche. Procedo più lentamente. Lo sterrato si fa sempre più stretto e ai lati ci sono massi di granito. Le cime dei pini, protesi gli uni verso gli altri, si toccano in alcuni punti formando una volta che nasconde il cielo.

La casa successiva sembra normale. È illuminata da lampade appese alle finestre e da luci esterne attaccate ai muri. Il classico torp, il cottage tradizionale rosso scuro, a un solo piano. Rallento e lascio il motore al minimo senza toccare l'acceleratore. Avvio i tergicristalli per pulire il parabrezza e avere una visuale migliore dalla parte del passeggero. Oltre una nuvola di moscerini vedo una Volvo con la scritta TAXI, parcheggiata sul vialetto. Nelle cassette sui davanzali ci sono delle piante, una varietà di gerani. Mi sembra di scorgere qualcuno che mi guarda dalla finestra, è un bambino, la testa è poco sopra il davanzale. Ma ormai sto superando la casa. Mi avvicino a una collina piuttosto ripida. Prendo velocità. Devono aver gettato di recente altra ghiaia, le gomme invernali del pick-up ci si aggrappano avanzando rumorosamente. In cima lo sterrato picga bruscamente e poi, rialzato di pochi centimetri, attraversa una palude di canne e acqua torbida che riflette il cielo. Freno e le gomme slittano sulle foglie morte.

La casa successiva si trova sulla destra e prima ancora di vederla ne sento l'odore. Ho le labbra secche per il riscaldamento dell'auto, prendo il burrocacao dalla tasca dei jeans. Nell'aria c'è profumo di legna bruciata, di camino, l'immagine rassicurante di un focolare domestico. Invece si tratta di un laboratorio. Non rallento perché all'interno vedo dei volti illuminati da luci fluorescenti. Sì, è un laboratorio, con una fornace a legna al centro e due o forse tre uomini in tuta, probabilmente falegnami intenti a intagliare e levigare. Subito accanto c'è una casa modesta dipinta di giallo, con un paio di uccelli morti appesi a un gancio vicino alla porta. Fagiani? Pernici? Vedo anche cinque cassette postali numerate, fissate a una barra di metallo.

Lo sterrato si restringe ulteriormente e devo concentrarmi per non andare fuori strada. Ci sono di nuovo i fossi ai lati, pieni d'acqua in questo periodo dell'anno, come i laghi e le riserve idriche e i pozzi nei giardini. Mi sembra di vedere in lontananza una luce, che gli alberi nascondono in parte.

La batteria è arrivata al ventidue per cento. Scollego l'adattatore e appoggio il telefono accanto alla macchina fotografica. Il parabrezza comincia ad appannarsi, accendo la ventola e abbasso un po' il finestrino. La foresta sa di terra come un punto in cui prima c'era una pietra. Sa di termiti del legno, mele marce, lumache e moquette bagnata. Affronto una curva e sterzo per superare un ramo di betulla caduto. Vedo alcune luci davanti a me, lampeggianti blu su tre auto e su un'ambulanza, e sono felice perché mi fanno sentire al sicuro e al tempo stesso mi indicano che la storia che cerco è vicina. Sono proprio contenta di vedere le luci forti che rimbalzano sui rami di pino bagnati, come lampi blu a un rave.

Parcheggio e spengo il motore. La pioggia è più forte, perciò mi tolgo gli apparecchi e li infilo nella tasca del giaccone. Se si bagnano smettono di funzionare e non posso permettermi di sostituirli. Ciascuno equivale allo stipendio di un mese. E se li indosso con il berretto sento solo un gran crepitio e il ritorno della mia voce. Afferro la macchina fotografica e il telefono, tiro su il cappuccio e scendo. L'aria ha un odore ancora più pungente. Pacciame. Foglie morte e acqua stagnante.

La casa è carina. Sembra più lussuosa delle altre, a due piani, con ampie finestre e una veranda che gira tutto intorno. Al piano di sopra un televisore è acceso e illumina a tratti la stanza.

Mi sembra di sentire una voce da qualche parte, ma non distinguo le parole e non vedo nessuno. Tiro fuori l'apparecchio di sinistra e allungando la mano sotto il cappuccio me lo metto.

«Tuvs» dice la voce.

Alzo lo sguardo.

«Te la sei presa comoda.»

È Thord Petterson, numero due della polizia di Gavrik che è composta da due uomini.

«Nel mezzo del nulla» dico. «Posso entrare?»

Scuote la testa e sorride, mentre l'acqua gli cola addosso dalla grondaia. Indica se stesso e poi indica me. Io tengo la macchina fotografica nella borsa e lo seguo. Nella veranda, che mi protegge dalla pioggia, mi metto anche l'apparecchio di destra e lo accendo.

Intanto due paramedici scortati dal capo della polizia di Gavrik escono dalla foresta con una barella. Inzuppati di pioggia e coperti di fango fino alle ginocchia, camminano con cautela lungo un muro di pietre che attraversa una fitta macchia di rovi. Poi arriva l'altro. Un uomo che segue il capo della polizia, ha un berretto da baseball arancione brillante e porta un fucile.

3

Ma non è un uomo, è una donna alta, atletica, con i capelli raccolti nel berretto. Il collo del giaccone chiuso da una cerniera le copre il viso fino al naso, però lo capisco dalle ciglia.

Il corpo che i paramedici stanno trasportando è coperto da un lenzuolo grigio, che ha una macchia scura in corrispondenza del petto di chiunque si trovi lì sotto. La macchia è lucida. Vedo una mano abbandonata, con la fede nuziale d'oro. Alzo la macchina fotografica ma i poliziotti, Thord e Björn, il suo capo, scuotono la testa. Le porte posteriori dell'ambulanza sono aperte. I paramedici caricano la barella. Björn sale dopo di loro, le porte si chiudono e l'ambulanza si avvia verso l'autostrada.

La donna con il fucile raggiunge me e Thord nella veranda in mezzo alla foresta e come noi rimane in silenzio per almeno un minuto.

«Non posso parlare per ora, Tuva» dice poi Thord. «È meglio che chiami la stazione di polizia, domani.»

«Identità della vittima?»

«Rinviamo tutto a domani mattina» risponde. «Posso darti un passaggio fino a casa, Frida? Penso che Hannes ne sarebbe contento. Hai avuto una giornata infernale e scommetto che non ne puoi più di questo tempo» aggiunge, rivolgendosi alla donna con il berretto.

«La accompagno io» dico, alla disperata ricerca di informazioni. Una pista, una fonte, una parola. «Dove abiti?»

«E tu chi sei?» chiede lei.

«Tuva Moodyson, sono una giornalista del *Posten*. Scusa, non mi sono presentata.»

Tende la mano, arrossata per il freddo, e stringe forte la mia.

«Frida Carlsson» dice. «Grazie del passaggio. Sto alla fine della strada sterrata, qualche chilometro più avanti, nella foresta.»

Thord annuisce.

«Qualche ora fa ho sentito uno sparo da queste parti» gli dico. «Ero su uno sterrato parallelo alla E16, per evitare il traffico. Saranno state le tre del pomeriggio.»

Thord si asciuga il viso. «Si sentono spari dappertutto questa settimana. Hai visto qualcuno?»

Scuoto la testa.

«Alle tre?»

Annuisco.

Annuisce anche lui e si incammina verso la sua auto che ha ancora il lampeggiante acceso. Apre la portiera, si volta, alza lo sguardo e saluta qualcuno.

Esco dal mio rifugio e vado sotto la pioggia per vedere chi sta salutando, ma non scorgo nessuno alle finestre.

«Ho parcheggiato lì» dico a Frida indicando il pick-up.

Facciamo una corsa e saliamo. Frida appoggia il fucile sul sedile posteriore e io noto un'incisione sul calcio di legno. Mi sembra un trifoglio. Porto al massimo il riscaldamento e passo a Frida un asciugamano che uso per togliere la condensa dai vetri.

«Chi stava salutando Thord?» chiedo.

Frida mi guarda mentre si asciuga i capelli biondi.

«David, immagino. Un suo vecchio amico, andavano

a scuola insieme. Fa lo scrittore, per gli altri, sai, il ghostwriter.»

Accendo i fari e mi concentro sulla guida.

«Quante case ancora?»

«Solo una» dice Frida. «Io e mio marito stiamo alla fine della strada.»

Lo sterrato, che fino a quel punto è quasi un rettilineo, all'improvviso diventa tortuoso e ripido e passa vicino a enormi massi e a vecchi pini scozzesi circondati da felci.

«Dev'essere divertente qui d'inverno» le dico.

«È un bene che tu sia una ragazza con la testa a posto» dice lei, e mi fa pensare alla mamma che usava spesso quell'espressione. «Sei vestita nel modo giusto e hai l'auto giusta. Bisogna avere senso pratico. Qui non è come in città.»

Attraverso un groviglio di rami di pino bagnati intravedo la sua casa. Mi sembra di guidare un'auto da rally in un videogioco, sbando da una parte e dall'altra, sterzo sfiorando funghi velenosi grandi come gatti. Svolto verso una radura e affronto un lungo vialetto di ghiaia, in salita. La casa è grande e illuminata.

«Bella» le dico. «Non me l'aspettavo in un posto come questo.»

«Nessuno se l'aspetta.»

Nel giardino c'è un'asta per la bandiera. La facciata è grigio chiaro con le finiture bianche. Il tetto a mansarda ha vari angoli. Sembra vecchio ma ben tenuto. Le luci all'interno, tranne una al piano di sopra, e anche all'esterno sono accese.

«Penso proprio che tu mi abbia risparmiato un raffreddore» dice Frida. «E comunque preferisco non essere sola in questo momento. Posso offrirti un caffè?»

Non mi lascio sfuggire l'occasione.

«Certo!»

Parcheggiamo accanto a un capanno di legno con un

segnavento sul tetto e ci incamminiamo. Frida è molto pallida. Ho lasciato il pick-up aperto. Zanzare e moscerini ronzano intorno alle luci. Sono una grande rottura in questo periodo dell'anno, assetati di sangue e audaci come diavoli, ma ci penserà la neve a sistemarli. Frida apre la porta, si toglie stivali e giaccone. Lo faccio anch'io. Ripone il fucile in un armadio di metallo sotto la scala. Sembra stanca. La casa è asciutta e pulita e sa di cera per i mobili. Il pavimento di legno è caldo, il riscaldamento dev'essere al massimo. Ho bisogno di informazioni, e anche Lena, quindi seguo Frida cercando di guardarmi attorno, di cogliere ogni dettaglio del suo mondo. Servirà a rendere vivo il mio articolo, me lo ha insegnato proprio Lena. Sta tutto nei dettagli. Le poltrone, le coperte, gli scaffali carichi di romanzi rosa dai dorsi sgualciti e guide di Spagna e Portogallo. L'impianto stereo costoso e il camino pronto per essere acceso. Sotto i ramoscelli e i ceppi scorgo una copia del *Posten* della settimana scorsa. Poi sento nell'aria il profumo dell'aglio e mi viene l'acquolina in bocca.

«È molto bella la tua casa.»

«Oh, normalmente non è così, l'ho appena sistemata. Non sono io che metto in disordine ma tocca sempre a me riordinare.»

La cucina sembra uscita da una rivista di arredamento. Non è lussuosa, ma ha stile ed è molto accogliente. Sono passata dalla scena di un crimine a un meraviglioso focolare domestico in meno di dieci minuti e non mi dispiace affatto. Le piastrelle del pavimento sotto le mie calze umide sono così calde che non potrei sopportarle se vivessi lì, ma al momento è quello che mi ci vuole. Il profumo di stufato mi fa gorgogliare lo stomaco.

«Hai fame?» chiede Frida. «Io no, ma c'è uno stufato di manzo nel forno. Non è niente di speciale, l'ho arrangiato in quattro e quattr'otto, però è sufficiente per la squadra di hockey di Gavrik. Se ne vuoi un po', con una fetta di pane, non fare complimenti.»

Lo stufato dev'essere buonissimo, ma mi sembra sbagliato accettare un invito da una sconosciuta, in un giorno come questo.

«Grazie, ma non voglio disturbare. Un caffè veloce sarebbe perfetto e... Non ti dispiace se ti rivolgo qualche domanda su... quello che hai trovato?»

«Non so» risponde, incerta.

Sorrido e aspetto.

«Penso di poterlo fare» conclude lei, preparando la caffettiera a stantuffo. «È una storia talmente orrenda.»

Si avvicina con il caffè appena fatto, un piattino di frollini al cardamomo, un bricco di latte e una zuccheriera, su un vassoio vintage. Sul tavolo c'è una scatola foderata di seta che contiene undici cucchiaini d'argento anziché dodici, un posto è vuoto. La seta ha una decorazione che ricorda uno stemma di famiglia, sofisticate lettere bianche su fondo grigio.

«Che buon profumo di caffè. Ti dispiace se registro? Il mio udito non è il massimo» dico indicando le orecchie. «E non voglio perdermi nemmeno una parola.»

«D'accordo, fai pure.»

D'un tratto le sono grata, perché non mi chiede nulla della sordità o degli apparecchi. Mi passa un cucchiaino e ne prende uno per sé. Giro il caffè e accendo il registratore del telefono.

«Cos'è accaduto oggi pomeriggio, cos'hai trovato?»

Frida si guarda le mani e sospira.

«Dunque... Volevo andare a raccogliere i porcini, sono i funghi preferiti di Hannes. Aveva piovuto un po' e spuntano così all'improvviso, speravo di trovarli. Ho preso un cestino e...»

Fa una pausa. Con un cenno le chiedo di continuare e intanto bevo un sorso di caffè che è davvero ottimo.

«So bene dove spuntano ogni anno. Ne ho raccolti parecchi, poi ho notato qualcosa accanto a un faggio caduto. Ho pensato che fosse un giaccone che qualcuno aveva dimenticato e mi sono avvicinata per vedere meglio.»

Mi guarda.

«Ho sentito l'odore.» Beve un sorso di caffè. «Come di un cervo appena ucciso. Mi sono fermata e non avendo il telefono con me sono corsa a casa e ho chiamato la polizia. Non ero molto spaventata. Björn mi ha chiesto di raggiungerlo da David Holmqvist.» Fa un'altra pausa. «È lo scrittore, eravamo a casa sua prima. Ho preso il fucile di mio marito e sono andata direttamente lì, poi li ho accompagnati nella foresta. È tutto.»

«Hai riconosciuto il corpo?»

Frida scuote la testa. «Penso che sia di un uomo ma non ne sono certa. È stato orribile. Era a faccia in giù. Ho visto una macchia rossa, ho controllato il polso e ho sentito che era freddo. Doveva essere morto da un po'.»

«Hai potuto vedere se gli hanno sparato o lo hanno accoltellato? Oppure se è stato aggredito da un animale?»

«Sanguinava, è tutto quello che so. Ma immagino che la polizia ti dirà di più.»

Spengo il registratore e infilo il telefono in tasca.

«Mi dispiace.»

«Non è mai un bello spettacolo, ma è nella natura delle cose. La vita e la morte sono dappertutto e con il tempo ci si abitua. Non so se sia stato un incidente o altro, ma sono certa che Björn lo scoprirà. Björn Andersson è un ottimo capo della polizia, puoi chiedere a chiunque a Gavrik, e lui e Hannes sono inseparabili. Il capo si prende cura dei suoi, lo ha sempre fatto e lo farà sempre.»

4

Frida mi passa il giaccone e avvicina una sedia così posso infilarmi gli stivali. Poi mi consegna una borsa di carta con un Tupperware pieno di stufato. Non faccio troppe storie e lo accetto perché sicuramente è meglio della porzione monodose che è nel congelatore e aspetta solo di essere infilata nel microonde. Nella borsa ci sono anche una minuscola pagnotta in un sacchetto di plastica chiuso con un laccetto verde e un vasetto con il coperchio fermato da strisce di nastro adesivo.

«Grazie, anche di questo. Posso chiamarti se ho altre domande?»

«D'accordo» dice lei sorridendo. «Intanto mi berrò qualcosa di forte, ne ho bisogno. E tu guida con prudenza, mi raccomando. La strada è insidiosa in questo periodo dell'anno.»

Tiro su il cappuccio e raggiungo il pick-up. Riesco quasi ad assaporare il drink che si berrà Frida. Sento il cuore che accelera mentre passo la mano sui graffi lasciati dalle corna dell'alce. Dovrò far riverniciare la carrozzeria. Sento il fischio del vento fra gli alberi, poi gli apparecchi mi segnalano che le batterie sono quasi scariche. Mentre esco dalla radura scorgo Frida nello specchietto retrovisore. È in piedi sulla porta e saluta, illuminata dalla luce alle sue spalle.

Il volante è gelido. Mi dirigo verso la foresta allontanandomi dalla casa di Frida e lo sterrato mi sembra molto più breve. Andando a trenta chilometri all'ora supero la casa dello scrittore. È tutto buio. La polizia e l'ambulanza se ne sono andate. Supero il laboratorio di falegnameria. Anche lì è tutto buio, scorgo solo le braci che ardono nella fornace. Attraverso la palude e scendo lungo la collina ripida passando davanti alla tipica casetta svedese dove c'era un bambino alla finestra, il viso contro il vetro. Quando sono in prossimità della prima casa noto che la luce che avevo visto proviene da una roulotte parcheggiata nel giardino. Mi avvicino alla statale e quando ci arrivo accelero sentendo l'asfalto sotto le gomme, felice di lasciarmi alle spalle quel villaggio oscuro che intravedo ancora nello specchietto retrovisore.

Sono a casa poco prima di mezzanotte. Mando un'e-mail a Lena per riferirle cosa ho visto e cosa mi ha detto Frida Carlsson. Poi chiudo la porta e mi infilo i pantaloni della tuta e una camicia di cotone da boscaiolo. Verso lo stufato di manzo in una piccola casseruola, l'unica che possiedo, e lo metto a scaldare sul fornello. Tiro fuori la pagnotta di segale con la crosta croccante, fatta in casa. Levo il nastro adesivo dal vasetto e annuso il contenuto, che ha un aspetto pallido. È una specie di panna acida con limone e prezzemolo. Quando lo stufato è caldo prendo un cucchiaio e il pane e vado a sedermi sul divano. Niente take away stasera. Il vapore della carne bollente mi avvolge il viso e la tensione nelle spalle lentamente si scioglie. Tolgo gli apparecchi e li appoggio sul tavolo.

Silenzio.

Meraviglioso, puro, intimo silenzio.

Assaggio il primo cucchiaio di stufato e ne assaporo tutta la bontà. Un piatto cucinato a fuoco lento dalla mano esperta di Frida, che ogni volta che lo ha preparato ha aggiunto un tocco in più rendendolo perfetto. Quando ero ragazzina cucinavo io e devo ammettere che non avevo talento, questo stufato invece è semplicemente delizioso. La carne è così tenera che si disfa appena la tocco con il cucchiaio e poi si scioglie in bocca e le carote sono dolci. Intingo il pane nel sugo scuro e denso e lo addento, sentendomi sempre meglio.

Lo stufato mi ha riscaldata. Sono passata da quel buco infernale nella foresta, che non può essere considerato nemmeno un villaggio, a Gavrik, al mio appartamentino ammobiliato, al mio divano e a questa cenetta. Sono sazia e mi sento a casa e non mi sono mai veramente sentita così da quando sono arrivata in questo posto. Casa dovrebbe significare un lavoro per un quotidiano in una città come Londra o Chicago, non qui, non a Toytown. Tuttavia persino Gavrik si merita una giornalista decente, quindi eccomi qui, con lo stufato di Frida che rende la mia permanenza più piacevole, anche se per poco tempo. Niente apparecchi, niente pioggia, niente freddo nel petto.

Prendo l'iPad e vado verso il mio letto sfatto. Sul comodino ho le fotografie della mamma e di papà, fotografie di prima, quando la mamma ce la faceva ancora, quando non dovevo preoccuparmi per lei, quando non eravamo del tutto inadeguate l'una per l'altra. Mi concentro su papà, sul suo sorriso simpatico e sulle sue orecchie troppo grandi. La mamma non la guardo mai bene, mi innervosisce. È uguale a me però con gli occhi verdi. Giornalisti mediocri hanno distrutto la sua vita senza nemmeno sapere quello che facevano. Hanno mentito su papà, hanno diffuso pettegolezzi, voci, stronzate. Non era ubriaco quella notte, all'epoca aveva già smesso di bere. Ecco perché quando scrivo rivolgo la mia attenzione alle persone che soffrono: quelle persone sono come me e la mamma. Vorrei andare a trovarla adesso, farle una sorpresa nel mezzo della settimana, ma quel tempo è passato da un pezzo. Si addormenta presto, ormai, è un effetto collaterale dei farmaci che prende. Vado solo nei fine settimana e mi sembra sempre troppo poco. Mi stropiccio gli occhi e mi sforzo di guardare la parte in cui c'è lei nelle fotografie. La mamma è la ragione per la quale non riesco a immaginare di avere figli.

Mi lascio cadere a faccia in giù sul piumone. Sono troppo piena per muovermi e troppo stanca per giocare, voglio solo leggere un po' e dormire. Guardo i siti di due quotidiani nazionali e poi quello del *Wermlands Tidningen*, il giornale della nostra regione. Tutti riportano la notizia, però con pochi particolari e molti riempitivi, rinvii a vecchi casi, supposizioni e dettagli sulla geografia del luogo. Uno dei quotidiani nazionali ha sbagliato il nome della foresta di Utgard e questo mi fa veramente arrabbiare. Cerco su Google *omicidi medusa* e come primo risultato trovo una voce di Wikipedia. Tre omicidi, proprio come ricordavo. Nel 1991, 1993 e 1994. Un operaio della cartiera, un tecnico e il vicedirettore dell'albergo. Tre uomini, tutti sulla trentina, tutti uccisi con un proiettile nel petto. E d'un tratto mi appare chiaro cosa li colleghi. Il soprannome Medusa mi aveva portata fuori strada. Non ha un senso logico. Non ha proprio nessun fottutissimo senso, ma con i soprannomi funziona così, per qualche motivo attecchiscono.

I corpi. L'assassino ha cavato gli occhi a tutti e tre.

Secondo Wikipedia, le vittime hanno subito lo scempio dopo essere state uccise con un colpo di fucile. Il medico legale durante una conferenza stampa del 1994 lo ha definito «un lavoretto pulito», con grande indignazione dei parenti delle vittime e dei politici locali. Non trovo foto dei corpi o delle ferite. Scarico una mappa dei luoghi e noto che gli omicidi sono avvenuti in un'area molto ampia della foresta di Utgard, a chilometri di distanza l'uno dall'altro in direzioni diverse, fino a Mossen. Nei primi anni Novanta la polizia ha interrogato mezza Gavrik e ha fermato un diciottenne, Martin Farsberg, che ha rilasciato poco dopo.

Prendo gli apparecchi, apro gli sportellini e faccio cadere le batterie nel barattolo dell'essiccante, così si asciugheranno bene durante la notte. Allungo la mano, apro il cassetto del comodino e tiro fuori il vibratore. Penso a una ragazza con cui studiavo a Londra, e vengo. Poi chiudo gli occhi per dormire, e invece vedo un uomo con le orbite vuote fino all'osso.

5

Il mio cuscino-sveglia vibra.

C'è odore di chiuso, devo cambiare le lenzuola. Mi metto gli apparecchi e mi alzo per aprire la finestra, e l'aria fredda mi colpisce sul viso. Mi rintano al calduccio.

La batteria dell'iPad è quasi scarica, la collego alla presa e do un'occhiata alla stampa e ai notiziari. Nella maggior parte delle chat interessanti l'hashtag *#MedusaMan* sta cominciando a dilagare.

Faccio la doccia. Mi vesto. Cambio la batteria dell'apparecchio di sinistra. Noto una specie di lanugine nel tubicino trasparente, quindi lo stacco, ci soffio dentro e lo sciacquo sotto l'acqua corrente. Poi aspetto che si asciughi e lo rimetto a posto. Quando apro la scatola dei Coco Pops e li verso nella tazza, il rumore mi fa trasalire. Il colpo di fucile che ha fatto fuggire l'alce era lo stesso che ha ucciso quell'uomo?

Faccio in auto i cinque minuti a piedi che mi separano dall'ufficio, il che è ridicolo anche perché qui vanno tutti in bicicletta, ma più tardi mi servirà il pick-up.

La Saab di Lena è parcheggiata al solito posto. Lei è sempre la prima ad arrivare e l'ultima ad andarsene. Entro e la campanella sopra la porta mi annuncia. Mi ricorda il cristallo che si rompe.

«Ho spostato Lars sui tuoi articoli che devono andare in stampa stasera» dice Lena che compare appena metto piede in ufficio. «Così tu puoi concentrarti sull'omicidio. Sei d'accordo, vero?»

Annuisco.

«Tieni conto che in mattinata arriveranno le testate nazionali e da quel momento sarà uno schifo a cinque stelle. Cerca di fare tutto il possibile prima di allora.»

Annuisco di nuovo. «Chiamo la polizia e poi torno a Mossen per parlare anche con i residenti.»

«È proprio quello che stavo per chiederti» dice Lena. «Potrebbe essere la *tua* storia. Medusa, se si tratta di Medusa, potrebbe farti emergere, quindi tieni la testa bassa e le orecchie aperte.»

Non mi considera una persona che non ci sente altrimenti non avrebbe pronunciato quella frase, e per questo la adoro.

«Potrebbe essere il mio Pulitzer?»

«Ti piacerebbe» dice con una mano sul fianco. «Vorresti lasciarmi qui da sola con Pincopanco e Pancopinco. E invece no, non ancora, cara. Se hai qualcosa di interessante sul caso Medusa avvisami. Ci penso io a mandare in stampa il resto, e se hai bisogno di me sai dove trovarmi.»

Lena è il motivo per cui sono qui. È una giornalista pluripremiata, che si è specializzata in casi di appropriazione indebita sulla costa orientale degli Stati Uniti e poi ha avuto la sfortuna di innamorarsi di Johan, un ingegnere idroelettrico che lavora in una cittadina svedese. Questa. A ogni modo sembra abbastanza contenta di vivere qui, anche se non me l'ha mai detto chiaramente.

Mi siedo e giro i miei articoli a Lars. Non lontano, all'obitorio, c'è un cadavere. E se Nils avesse ragione e Medusa fosse tornato? O si tratta di un nuovo Medusa? E se quel cadavere non avesse gli occhi? Come diavolo si fa a cavare gli occhi a un morto? Leggo i titoli dei miei articoli sullo schermo e al confronto mi sembrano ridicoli.

Chiamo la stazione di polizia che è nella nostra stessa via. Non risponde nessuno. Il mio telefono ha un cuscinetto ottagonale che riduce il ritorno e funziona abbastanza bene. Richiamo mentre cerco su Google i nomi, e non solo, delle cinque famiglie che vivono a Mossen. Un aspetto interessante della Svezia: dichiarazione dei redditi, indirizzo e numero di telefono sono trattati come informazioni pubbliche. Richiamo. La prima casa, quella con la roulotte, è di Bengt Gustavsson. Richiamo. La seconda casa è di Viggo Svensson, il tassista, lo riconosco dal nome. La terza casa è una specie di falegnameria intestata a due donne, Alice e Cornelia Sørlie, un cognome norvegese. Richiamo. Adesso è occupato, qualcun altro sta andando all'assalto della linea, un altro pirata con i capelli ancora umidi e un triplo latte da asporto in mano. Richiamo. Poi c'è lo scrittore, David Holmqvist. Infine Frida e Hannes Carlsson. Richiamo. Aggiungo i numeri alla rubrica del mio telefono. Richiamo.

«Polizia di Gavrik, sono Thord Petterson.»

«Ehi, Thord. Sono Tuva. Buongiorno. Non è troppo presto per farti qualche domanda, vero?»

«Sì invece. Il capo ha organizzato una conferenza stampa a mezzogiorno. Arriveranno anche alcuni tuoi colleghi da Karlstad e da Stoccolma. Fino a quel momento non posso fare molto per te, mi dispiace.»

«D'accordo» dico, delusa. «La vittima è di queste parti? Lo conosco?»

«Ne saprai quanto basta a mezzogiorno.»

Bene. Adesso so che si tratta di un uomo.

«Ho letto che non è stata trovata l'arma del delitto. È così?»

«Non ci casco, Tuvs. E non apprezzo il tentativo di

fregarmi. Torna al tuo lavoro che io devo tornare al mio. Ci vediamo alla conferenza stampa.»

Riaggancia.

Lars intanto è arrivato, con un quarto d'ora di ritardo. Abbiamo la notizia più importante dal 1994, qui a Toytown, e lui arriva con un quarto d'ora di ritardo.

«Dovrai finire tu i miei articoli, io devo concentrarmi sull'omicidio. Te li ho girati, se hai domande chiedi a Lena.»

«Lo sapevo» dice lui, con un sorriso che mostra troppa gengiva e pochi denti. «Ma va bene, le notizie vecchie e poco interessanti sono la mia specialità, me ne occupo da trent'anni, ormai.»

Appende il giaccone, si toglie gli stivali dopo aver aperto le cerniere e si infila un paio di scarpe da ginnastica senza marca. Poi va verso l'ufficio di Nils.

Lo seguo.

«Dimmi degli omicidi, quelli di Medusa, negli anni Novanta. Dal tuo punto di vista.»

Lars si volta mentre riempie la vecchia caffettiera che è accanto alla Rolodex di Nils.

«Sei a caccia di uno scoop?»

Mi siedo sulla scrivania.

«So solo che è stato orribile, solo questo. L'unica cosa che importa è che abbiamo perso tre uomini onesti. Tienilo a mente, Tuva. Sono morti tre uomini. Che avevano una madre, amici e vicini di casa e anche moglie e figli, se ben ricordo. Che leggevano questo giornale ogni venerdì e camminavano in mezzo a noi. Si è trattato di un evento molto triste che rappresenta ancora una macchia per la nostra comunità.»

«Lo so. Ma cosa devo aspettarmi nei prossimi giorni?»

«Non perdere la tua umanità. È questa la cosa più importante, se vuoi la mia opinione. Lascia che la famiglia e gli amici della vittima dicano la loro come e quando ritengono. Non stressarli, ne avranno già abbastanza della stampa nazionale e della televisione. Quei parassiti hanno manovalanza e agganci ovunque. Noi no. In quegli anni alcuni di loro hanno manovrato in segreto con i politici di Karlstad e persino con i medici legali e hanno ottenuto più di uno scoop, ma solo noi potevamo offrire il punto di vista locale. Perché noi conosciamo le persone e sappiamo in che rapporti sono. E quando tutto sarà finito resteremo qui mentre i pagliacci di Stoccolma leveranno le tende e se ne andranno. Loro partono e noi restiamo e dobbiamo fare la spesa gomito a gomito con le famiglie delle vittime e parcheggiare l'auto di fianco alle loro. Un altro motivo per puntare al buon giornalismo.»

Nils entra e si ferma accanto alla porta.

«Cosa succede qui?» Ha i capelli che ricordano gli aculei di un porcospino, pieni di gel. «Non è che potete impossessarvi della scrivania. Qualcuno ci deve lavorare.»

Mi alzo e lo raggiungo, ma Lars continua a prepararsi il caffè senza fretta.

«Novità?» mi chiede Nils. «Cos'hai scoperto?»

«Per ora non molto. Sospetto che la vittima sia un maschio bianco, tutto qui. Fra un po' torno a Mossen, poi aspetto che la polizia ci illumini, a mezzogiorno.»

«E ti definisci una giornalista professionista?» dice lui sorridendo, mentre si sdraia sulla sua sedia reclinabile di pelle. Attraverso la camicia giallo pallido riesco vedere i ciuffi di pelo ispido sul suo petto. Gira la testa verso Lars. «E tu, vecchio mio? Sai chi è andato a incontrare il creatore?»

Lo guardiamo.

«Io non sono altro che l'uomo della pubblicità. Servo solo a fare in modo che voi due disperati riceviate il vostro ricco stipendio ogni mese. Niente di che, sono solo un venditore. Cosa posso sapere?»

Lars prende la tazza di caffè e torna alla sua scrivania, nel suo ufficio.

«Parla» dico io tenendo lo sguardo fisso sulle labbra screpolate di Nils.

«Freddy Malmström, pare. Il compagno di badminton della mia ragazza abita accanto a lui, vicino alla pista da fondo. Freddy è un brav'uomo, insegna matematica, o forse scienze. Ma non è tornato a casa ieri sera. Era andato a caccia con il suo cane e non è più tornato. Il morto quindi può essere solo lui, o il cane. Ma penso che si tratti di lui.»

«Merda» dico. «Un professore.»

Esco dall'ufficio di Nils e busso alla porta di Lena. «Hai un secondo?»

È al computer, sta preparando i necrologi e gli annunci delle nascite. Sullo schermo ha i soliti simboli, angeli e fiori.

«Freddy Malmström?» chiedo.

«Il nome mi dice qualcosa. Figlio di Phil Malmström?»

Regolo il volume dell'apparecchio di destra. «Non ne ho idea.»

«Correva voce che Phil Malmström fosse coinvolto nel giro del poker d'azzardo. È morto qualche anno prima che io arrivassi, e ormai quel giro è finito. Ma Freddy potrebbe essere suo figlio.»

«Vado a Mossen e cerco qualcuno con cui parlare. Chiedo di questo Freddy e vediamo se scopro qualcosa di interessante.»

«Stai attenta lassù, d'accordo?»

«Perché c'è un assassino a piede libero? Grazie del consiglio, ma lo so da me.»

«Sono andata in quella foresta qualche anno fa, con Johan, per raccogliere funghi. È nota per quelli e per le bacche, anche i raccoglitori professionisti ne approfittano in questa stagione. Quella volta però era settembre, non era così umido. Comunque ti basti sapere che siamo arrivati fino a lì e siamo tornati indietro senza nemmeno scendere dall'auto.»

6

Lo schermo sul cruscotto dice che siamo a tre gradi. Vado dal McDonald's all'Ica Maxi, i due punti di riferimento che segnalano rispettivamente l'inizio e la fine di Gavrik, poi passo sotto la E16, percorsa dai camion che portano il legname alla cartiera e i beni di consumo verso le città. Non vedo altre auto oltre la mia e noto che non ci sono più gli occhi di gatto sul ciglio della carreggiata.

Il cielo è bianco come la carta della stampante. In lontananza scorgo il muro di abeti rossi che segna il margine della foresta di Utgard. Non serve alcuna recinzione, gli alberi bastano a delimitarla.

Sono passate da poco le dieci quando raggiungo il cartello coperto di erbacce che indica Mossen e svolto a destra. Lo sterrato sembra meno spettrale nella luce del giorno, almeno in questo punto, uno slargo dove potrebbero quasi incrociarsi due camion. Dopo pochi chilometri arrivo alla prima casa e spero che il signor Bengt Gustavsson, sessantanove anni, pensionato, ci sia. La facciata è rivestita di assi di legno coperte da uno strato verde. Potrebbe essere polline, ma anche muffa o semplicemente marciume. L'edera avvolge quasi tutto il terreno, si infila tra le lastre di cemento irregolari e sbrecciate, si arrampica su ogni lato della casa. Resto nel pick-up e mangio le ultime tre caramelle gommose che trovo nel pacchetto, due arancioni e una gialla, niente male, poi infilo il telefono nella tasca del giaccone. Mi guardo attorno. Non vedo nessuno. Alla mia sinistra, prima della porta quasi interamente soffocata dall'edera, noto una serie di scacciapensieri. Alla mia destra una roulotte senza ruote appoggiata su alcuni mattoni, un pollaio e un orto ben curato e recintato. Sembra che le galline se la passino meglio del loro padrone. Gli ortaggi hanno un aspetto florido e sano. Poco più avanti vedo un capanno di quelli per la legna o gli attrezzi, con un cuore inciso sulla porta di legno.

Scendo dal pick-up e atterro nel fango, che schizza sui jeans. L'aria è più umida che fredda e tutto è immerso nel silenzio, non c'è un filo d'aria.

«Buongiorno» dico ad alta voce. «Signor Gustavsson?»

Gli apparecchi producono un'eco. Regolo il volume ma intanto non arriva nessuna risposta a parte il gracchiare rauco di un corvo, quindi mi avvicino alla porta. Gli scacciapensieri penzolano, sono aste di metallo sospese nell'aria umida, immobili. Immagino siano una specie di campanello, quindi li scuoto. Il frastuono è incredibile. I suoni acuti aggrediscono gli apparecchi penetrandomi nel cervello. Comunque, la porta è aperta. Insomma, non proprio aperta, non è chiusa a chiave. Busso e poi la spingo, ma non si apre più di tanto. Riesco solo a infilare lo stivale nello spazio libero. Spingo ancora, ma qualcosa di pesante dall'altra parte mi ostacola. Qualcosa sta spingendo contro di me. Ora però posso infilare la testa, e lo faccio.

Dentro è buio, non ci sono luci accese. Le finestre sono così sporche che sembrano pareti. Tuttavia vedo molte *cose*, nonostante abbia la testa in casa e il resto del corpo fuori. Ce ne sono ovunque. Distinguo alcune pile di giornali legate con lo spago, talmente alte lungo le pareti da arrivare quasi al soffitto e somigliare a colonne che lo sostengono. Al centro della stanza intravedo le assi di legno del pavimento, ma sono solo piccole oasi nel caos. Invece non riesco a capire cosa ci sia dietro la porta, perciò torno al pick-up e prendo la macchina fotografica. Temo che il vecchio signor Gustavsson sia a terra privo di sensi e la blocchi. Mi è capitato di scrivere articoli su persone anziane morte e trovate settimane dopo in mezzo alla posta e ai volantini pubblicitari, solo perché i vicini erano stati allarmati dall'odore. Qui almeno non si sente nessun odore, a parte il tanfo di umidità e muffa. Infilo la macchina fotografica dietro la porta e scatto. Il flash illumina la stanza come un fulmine e mi consente di vedere che è anche peggio di come immaginassi. C'è una montagna di spazzatura in quella casa.

Proprio mentre sto ritirando la macchina fotografica, una mano alle mie spalle afferra la maniglia e chiude la porta. Mi giro. L'uomo è molto arrabbiato e troppo vicino.

«Santo cielo, signor Gustavsson!» Mi sforzo di rimanere calma, mi dico che è solo un vecchio. «Mi dispiace, ma la porta era aperta... Ho pensato... Sono Tuva Moodyson del *Gavrik Posten*.»

Lui si lecca le labbra e mi tende la mano. È pulita, coriacea, ed è coperta di macchie.

«Piacere di conoscerti, Tuva Moodyson. Hai visto tutto? Hai guardato bene? Perché quello è il lavoro di una vita, anche se non l'ho ancora messo in ordine. Mi rimane molto da fare.» Deglutisco e trattengo il respiro mentre mi sposto verso il giardino. Non voglio stare così vicino all'edera, o agli scacciapensieri che potrebbero rimettersi a tintinnare furiosamente.

«Devo scrivere un articolo sul corpo che è stato trovato nella foresta. Vorrei parlare con gli abitanti di Mossen per raccogliere le loro opinioni.»

L'uomo annuisce e sembra che non riesca più a smettere, come se fosse scosso da un tremito insopprimibile. Si porta i capelli dietro le orecchie grandi come braciole e si pizzica la punta del naso.

«Brutto affare. Io non posso perdonare l'uccisione di nessuna creatura vivente, ma immagino che tu lo sappia già.»

Mi fissa come se si aspettasse una reazione.

«Mi hai riconosciuto, no? Io ti ho riconosciuta, Tuva Moodyson.»

Lo guardo dalla testa ai piedi ma non ricordo di averlo già incontrato.

Lui va verso la roulotte, indossa calzini bianchi e sandali neri e tira fuori uno striscione fissato a due pali di legno. Adesso sì che lo riconosco. Sullo striscione c'è un coniglio a cui viene iniettato qualcosa negli occhi. Bengt Gustavsson è il tizio che si batte per i diritti degli animali.

«Sono abbastanza conosciuto in questa zona, direi. Porto avanti la mia crociata, e per questo non ho il tempo di sistemare l'archivio, non ora almeno. Forse il prossimo inverno. L'archivio è importante, ma aiutare gli animali indifesi ha la priorità, non pensi?»

Annuisco e sorrido.

«Ti va una tazza di tè?»

Non vorrei che la mia espressione tradisse il disgusto, però evidentemente succede.

«No» dice lui, e ride mentre si gratta l'orecchio. «Non intendo lì dentro. Vivo nella roulotte, vieni.»

Lo seguo verso la roulotte di vetroresina, sotto la quale, tra i mattoni, sono infilati cartelli e striscioni. Do un'occhiata veloce allo schermo della macchina fotografica per capire cosa diavolo blocca la porta. L'immagine è sfocata ma riesco vedere un divano di pelle marrone carico di pile di copie ingiallite del *National Geographic* e del *Greenpeace Quarterly*, tutte legate con lo spago.

«Come lo vuoi il tè?» chiede mettendo la testa fuori dalla roulotte.

«Nero, grazie. Senza zucchero.» Di solito lo bevo con il latte, ma non mi fido del suo.

Entro nella piccola roulotte e comincio a rilassarmi. È anonima come la cabina di un marinaio. Il letto singolo è rifatto e le coperte sono talmente tese che potrei farci rimbalzare una moneta. È piccola ma ordinata.

«Rimarrò qui finché non avrò riordinato l'archivio in casa. Ho dei progetti per l'inverno e la primavera, materiale buono, in parte anche importante, devo solo organizzarlo. Devo riuscire a trovare un modo per farlo.»

Mi passa una tazza bianca sbeccata da cui si alza un vapore denso.

«Ho dei progetti» ripete.

Annuisco, sorrido e lo ringrazio per il tè, mentre guardo un mezzo pompelmo appoggiato sullo scolapiatti, con un coltello a serramanico infilato nella polpa. Il liquido rosa chiaro si è raccolto intorno al pompelmo come il sugo intorno all'arrosto.

«Accomodati» mi dice indicando la sola opzione possibile, una sedia pieghevole da campeggio con un reggitazza sul bracciolo. Lui si sistema sul letto. «Chiedi pure. Non sono timido.»

«Da quanto tempo vive qui, signor Gustavsson?»

«Chiamami Bengt. Da quando ho lasciato l'esercito, ventidue anni fa.»

Metto il telefono nel reggitazza e accendo il registratore.

«Sono stato nell'esercito per ventisei anni, i migliori della mia vita. Poi mi sono trasferito qui. Questo posto è sempre appartenuto a mio zio.»

«Quindi lei viveva qui negli anni Novanta, quando sono stati trovati gli altri corpi?»

«Qui si fermava un circo a quei tempi. Quando hanno trovato il giovane Karlsson, l'ultimo, i mezzi erano ventidue, li avevo contati all'arrivo e li ho ricontati alla partenza. Ventidue. Mai vista una cosa simile. Anche allora era ottobre, e la strada sterrata era tutta rovinata. La stagione della caccia, una buona stagione per gli omicidi, cade in un periodo molto umido e il passaggio non giova. Quella volta è stato necessario risistemare la strada. Sì, mi ricordo quei tre corpi e spero che non si ripeta quello che è successo. Si sparge già abbastanza sangue da queste parti.»

«Sa di chi è il corpo trovato ieri?»

«Di un cacciatore» dice. Noto cha ha tante piccole vescicole infiammate sul labbro inferiore. «Un cacciatore che era andato a uccidere un essere vivente che, diversamente da lui, non era armato di fucile. Un cacciatore assetato di sangue che non ha capito cosa stava per capitargli, immagino.»

Bevo un sorso di tè e noto un cestello di carote appeso al soffitto della roulotte.

«Coltiva un gran bell'orto lì fuori.» Fa parte del mio lavoro stabilire una relazione con le persone, per riuscire a farle parlare.

Sorride e si lecca le labbra. «L'hai notato? Uso un fertilizzante organico che preparo io. Se partecipassi a qualche concorso qui a Gavrik o a Munkfors, potrei portarmi a casa parecchi trofei. E non esagero.»

«Cosa contiene il suo fertilizzante, Bengt?»

Si tocca le vescicole con la punta del dito. «Non posso rivelartelo. È un segreto.»

«Capisco. Ci sono stati cambiamenti dopo gli omicidi degli anni Novanta? In che modo ha reagito Mossen?»

«Lasciami pensare. I pini sono cresciuti, adesso hanno

più di settant'anni ed è giunto il momento di tagliarli. Appartengono a Hannes e Frida, loro possiedono la maggior parte della foresta di Utgard, e del legname che se ne ricava. Dev'essere una specie di investimento, quei due sono molto bravi a fare soldi.»

Questa frase mi riporta indietro nel tempo. Quando vivevo a Londra usavo spesso l'espressione *fare soldi* e gli altri mi guardavano come una stupida, allora spiegavo che significa *guadagnare bene* e loro mi rispondevano che non si dice così in inglese.

«Sono arrivati nuovi residenti?» chiedo.

«Residenti?» Sorride. «È una parola troppo sofisticata per noi. Comunque c'eravamo io e il vecchio padre di Viggo, che era il mio vicino di casa, pace all'anima sua. Viggo è il tassista, probabilmente lo avrai visto in giro. Ha un bambino che gli ho tenuto ogni tanto, quando lui lavorava di notte o nel fine settimana. L'ho fatto fino a quando ha trovato qualcun altro che potesse aiutarlo. Poi sono arrivate le due sorelle, quelle che lavorano il legno. Non le hai ancora incontrate?»

Scuoto la testa.

«Meglio per te, Tuva Moodyson. Non caverai molto da loro, te lo garantisco. Ma chiedi che ti spieghino come mai hanno lasciato la Norvegia in fretta e furia. Certo non ti offriranno una tazza di tè.»

«Che mi dice dello scrittore, David Holmqvist?»

«Davey è sempre stato qui» dice Bengt toccandosi di nuovo le vescicole sul labbro. «È nato nella casa in cui vive. I suoi genitori sono morti quando aveva diciotto anni. Un incidente d'auto, che riposino in pace.»

Rivedo l'incidente di papà, poi noto un crocifisso appeso accanto al letto e vicino al lavandino una statuetta che raffigura Gesù.

«Ha idea di chi potrebbe essere il responsabile degli omicidi degli anni Novanta, Bengt? Ha una sua teoria?»

«Be', circolano molte voci perché la gente parla e pensa di sapere ciò che invece non sa, specialmente in un posto piccolo come questo. A ogni modo, chi sa qualcosa concorda nel dire che è stato un uomo, lo stesso. C'erano molte analogie.»

Niente di nuovo, tuttavia fingo di trovarlo interessante.

«Non voglio scendere nei dettagli, ma...» Indica gli occhi. «Inoltre sono stati uccisi con un colpo di fucile, tutti, perciò penso sia stato un cacciatore.»

«Un cacciatore?»

«Già. Una categoria che qui comprende l'intera popolazione tranne me, più o meno.»

Comoda come teoria. Un uomo che caccia i cacciatori in nome dei diritti degli animali non può essere considerato un cacciatore. Quindi dev'essere considerato un guardiano? O un contestatore?

«Ha idea di chi potrebbe essere?»

«Si parla di Davey, si formulano ipotesi sui suoi libri, su quello che faceva da bambino. Quasi tutte sciocchezze nate dalla gelosia. Ci sono un sacco di bigotti e di ignoranti in cerca di guai. Però non saprei. In effetti è diverso dagli altri, questo è sicuro, anch'io non ho mai pensato che fosse normale. Scrive libri. Basta guardargli le mani, più curate delle tue. Non è certo un cacciatore. No, Davey non ha niente a che vedere con Hannes Carlsson.»

7

Le nuvole si stanno diradando e qualche raggio di sole illumina la fabbrica di liquirizia, l'edificio che domina l'intera Gavrik.

Parcheggio davanti al mio ufficio e mi avvicino alla stazione di polizia. Ci sono alcune auto in più rispetto al solito, probabilmente quelle dei tecnici e degli investigatori di Karlstad, e parecchi furgoni con la parabola satellitare sul tetto.

Il distributore dei numeri è stato spostato all'esterno e dentro, al bancone, c'è Thord. Sarebbe un bel ragazzo se non fosse per i denti da cavallo.

«Ti ho tenuto un posto in prima fila, Tuvs. Centrale.» Ha messo una certa enfasi sull'ultima parola. «Sei arrivata in tempo.»

Lo ringrazio, passo davanti alle sedie imbullonate al pavimento ed entro nella sala in cui i ragazzini delle scuole imparano a rispettare il codice della strada quando vanno in bicicletta.

C'è tensione nell'aria. Le persone sedute sono una mezza dozzina, quelle in piedi una decina. Le macchine fotografiche sono sui cavalletti. I laptop aperti e pronti. E comunque nessuno si accorge di me perché l'attenzione è tutta per l'uomo dietro il leggio, il capo della polizia, Björn Andersson. Björn mi fissa per un istante, poi distoglie lo sguardo. Infilo la mano nella borsa e tiro fuori il telefono, un blocco e una penna. Quindi sistemo il telefono davanti a Björn, accanto ai microfoni di Tv4, Svt e dell'*Aftonbladet*.

Mi siedo, e intanto Thord entra, presenta il suo capo e si mette di fianco a lui, in piedi, come un bravo soldatino appena arruolato. Björn ha al collo un paio di occhiali che porta al naso unendo le due metà con uno scatto secco.

«Signore e signori, grazie di essere qui. Ieri, alle diciassette e zero otto, una donna che risiede a Mossen ha chiamato il comando di polizia del distretto e ha denunciato il ritrovamento di un corpo nella foresta di Utgard, a circa trenta chilometri da Gavrik. Gli agenti arrivati sulla scena del crimine hanno constatato il decesso di un uomo di circa cinquant'anni, causato da un colpo di arma da fuoco, e hanno rinvenuto un fucile che però non aveva sparato. L'indagine, diretta dal comando di polizia del distretto con il supporto della sezione omicidi di Karlstad e del centro forense nazionale, non ha ancora portato a formulare un'accusa e potrebbe non consentirmi di rispondere ad alcune delle vostre domande. Questo è tutto. A voi la parola.»

La stanza non si riempie di grida, come invece accade nei film. Nessuno si agita. Alcune mani si alzano. Alcuni giornalisti chiamano il capo della polizia per nome, e io sorrido. Grave errore. Mi concentro sul suo fermacravatta d'oro, che non ho mai visto prima, e faccio un cenno per intervenire.

«Tuva» dice lui e un flash scatta.

«Ispettore capo Andersson. Avete già identificato la vittima?»

Lui si dondola sui tacchi e guarda Thord, poi tossisce annuendo.

«La vittima è stata formalmente identificata come Frederik Erik Malmström. Alcuni di voi avranno conosciuto il signor Malmström. Per molti anni è stato una colonna portante della nostra comunità, un insegnante molto rispettato del liceo di Gavrik. Ci stringiamo alla famiglia nel cordoglio.»

Faccio un altro cenno con la mano, ma lui indica qualcuno alle mie spalle.

«Il corpo della vittima era intatto quando è stato trovato?»

Björn aggrotta la fronte. «Non posso rispondere a questa domanda» dice, e dà la parola a qualcun altro.

«C'è un collegamento tra questo omicidio e Medusa?»

Björn si toglie gli occhiali. «Non posso rilasciare alcuna dichiarazione al riguardo, non in questo momento.»

La voce è tesa. Noto gli aloni di sudore sotto le ascelle, nonostante la camicia dell'uniforme sia blu scuro. E sul polso intravedo un tatuaggio sbiadito: un cuore rosso, forse, non riesco a distinguerlo bene perché in parte è nascosto.

Le domande si susseguono una dopo l'altra.

«In che punto è stata colpita la vittima, ispettore Andersson?» chiede un uomo in piedi dietro di me. «Con quale tipo di arma?»

«L'arma del delitto è un fucile. In questo momento i nostri uomini stanno setacciando la zona per trovarlo. La vittima è stata colpita al petto.»

«È vero che potrebbe intervenire l'esercito per ispezionare la foresta?»

Björn si acciglia e guarda la donna che ha posto la domanda come se fosse sbarcata da un altro pianeta.

«No» risponde. «Il terreno è molto impervio, persino per noi. Comunque la risposta è no» precisa dopo un istante.

Alzo la mano.

«Tuva.»

«Si può ipotizzare che si sia trattato di un incidente? Erano in corso battute di caccia nella zona?»

Björn esita a rispondere. Riattacca le due metà dei suoi occhiali magici e beve un sorso d'acqua dal bicchiere di plastica. Mentre lo fa intravedo di nuovo il tatuaggio rosso.

«Sì, al momento dell'incidente era in corso una battuta di caccia nella foresta di Utgard, ma in un quadrante operativo diverso. Al momento l'indagine prosegue a trecentosessanta gradi.»

Thord tossisce.

«Bene, possiamo concludere rivolgendo un appello alla cittadinanza. Chi avesse notato qualcosa, anche un dettaglio apparentemente insignificante, o chi avesse un sospetto è pregato di contattare al più presto la polizia di Gavrik.»

Björn si allontana mentre un'ulteriore raffica di domande lo raggiunge.

«Si tratta di un serial killer, ispettore Andersson?»

«Ci si può fidare ad andare nella foresta?»

Thord apre la porta blindata dietro il bancone e Björn ci si infila dentro. Poi la porta si chiude e io comincio a sentire dei suoni lamentosi, acuti, quasi degli strilli. I miei colleghi stanno inviando i loro tweet facendo a gara per arrivare primi con la notizia.

Parlano tra loro, alcuni parlano anche con me, altri mi parlano sopra, è un guazzabuglio e non riesco a capire una parola, quindi prendo il telefono ed esco dall'edificio.

Mi seguono un tizio di un giornale scandalistico di Stoccolma, con la barba e i capelli pieni di gel tirati all'indietro, e una giornalista dell'*Aftonbladet* che sfoggia un'abbronzatura artificiale veramente brutta. Sull'altro lato della strada è parcheggiato un taxi bianco con il motore al minimo.

«Sei del posto?» mi chiede la donna mentre si accende una sigaretta e la tiene rivolgendo il palmo verso il cielo.

«No, non sono del posto» dico.

«Ma lavori per il giornale locale?»

«Lavoro per il giornale locale, sì.»

Espira una boccata di fumo. Poi inspira, aggrotta la fronte e mi concede un sorriso da stronza, in rapida successione.

«Senti, Tuva» dice l'uomo. Si aspetta di fare colpo perché si è ricordato il mio nome che aveva sentito alla conferenza stampa. «Dove possiamo trovare un buon albergo? Il...» Un camion che passa a gran velocità lo interrompe. «Il migliore.»

Non leggo il labiale, ha la barba troppo lunga e non vedo bene le labbra.

«Scusa? Il migliore cosa?»

«Albergo» ripete. «Non troppo formale, basta che abbia delle camere carine e una buona cucina.»

Mi viene da ridere, vorrei trattenermi ma non ci riesco.

«Non avete molta scelta, ce n'è solo uno. Alla vostra sinistra. Se vi girate lo vedete. È molto formale e vi garantisco che ha una cucina che fa schifo.»

L'uomo si guarda attorno, poi osserva l'edificio di mattoni e legno oltre il cancello dal quale escono i camion della fabbrica di liquirizia. L'insegna dice HOTEL GAVRIK e non è in cattive condizioni, però non è al centro della facciata.

«E un ristorante?» mi chiede la donna con il viso marrone e il collo bianco. «Dov'è che possiamo mangiare qualcosa di semplice?»

«Andate verso la E16. Il primo locale sulla destra. Vi consiglio le crocchette e il doppio cheeseburger. È il miglior cibo che potete trovare, qui a Gavrik. Se volete scusarmi, devo tornare al lavoro. Ma immagino che ci rivedremo.»

Faccio a piedi i dieci metri che mi separano dall'ufficio. La campanella tintinna, entro e chiudo la porta.

8

Salvo il file, afferro il giaccone ed esco dall'ufficio. Ho la pancia piena di noodles in salsa piccante alla coreana scaldati nel microonde, le mie papille gustative sono soddisfatte. Nell'ultima mezz'ora ho avuto la sensazione costante che qualcuno mi stesse osservando dalla finestra che dà sulla strada, ma non ho visto nessuno. Sono paranoica. Comprensibile. Lena mi ha procurato per domani mattina un appuntamento con la sorella della vittima. Si chiama Esther e Lena la conosce perché vanno a yoga insieme. Io l'ho già vista perché lavorava al take away del McDonald's l'anno in cui sono arrivata a Toytown.

A ogni modo, ho un compito preciso. Non si fa altro che sussurrare agli angoli delle vie e davanti all'edicola, tutti sono eccitati dalla presenza dei giornalisti e delle troupe televisive, e persino di alcuni volti noti. Ma io, che conosco parecchie persone qui a Gavrik e conosco le loro abitudini, non sono famosa. E un giorno o l'altro, quando lascerò questo buco, avrò bisogno di un curriculum che mi assicuri un lavoro. Non dovrà avere falle, anzi dovrà aprirmi molte porte e garantirmi una corsia preferenziale. Sono qui da tre anni e ci resterò finché servirà alla mamma. Era migliorata dopo il mio trasferimento, poi il cancro si è diffuso. Il suo medico dice che le resta un anno, e io non voglio nemmeno pensarci. Un anno, solo quattro stagioni o forse anche meno, per dirle tutto quello che ho da dire e ascoltare tutto quello che ha da dirmi lei.

In cinque minuti raggiungo la stazione di servizio. Faccio il pieno e compro una piccola pala e una barretta di cioccolato, anche se so che riusciranno solo a rassicurarmi. La foresta di Utgard si estende su un'area di mezzo milione di ettari. È vasta come una contea inglese, come un maledetto lago e più della città di New York. Dall'alto è un'immensa macchia verde scuro. La odio. Perché dev'essere così grande?

Mentre passo sotto l'autostrada accendo la radio per ascoltare il notiziario delle tre. La nostra storia è la prima, con tanto di estratto della conferenza stampa. E la voce di Björn ha una gravità che non aveva quando ero seduta davanti a lui, ipnotizzata dal suo fermacravatta luccicante. Ora è una voce registrata e trasmessa.

Inizia a piovere, avvio i tergicristalli. Dopo qualche istante le gocce si trasformano in chicchi di grandine. All'inizio dello sterrato per Mossen, io e il mio pick-up ci troviamo sotto una raffica di piccoli proiettili bianchi. Il rumore che fanno contro il metallo della carrozzeria è insopportabile e mi costringe a spegnere gli apparecchi. Ora sento solo le vibrazioni prodotte dalla grandine, come una sardina intrappolata in una scatoletta di latta presa di mira da una mitragliatrice. Poi anche quelle finiscono.

Passo davanti alla casa dell'accumulatore. Non è lui Medusa. Non ho avvertito vibrazioni di quel genere. Ammesso che esistano. Proseguo, lo sterrato che sembra coperto di mentine si restringe. Vedo la casa del tassista. Il taxi non c'è. Al suo posto è parcheggiata un'automobilina di plastica per bambini, più alta che larga, rossa e gialla, con la portiera spalancata.

Accelero mentre mi avvicino alla collina. Il pick-up affronta la salita di slancio ricordandomi che è proprio per questo che l'ho noleggiato. E siamo solo ai primi di ottobre. Non è ancora niente. Ecco perché avevo bisogno di un'auto adeguata. Non sono fatta per la natura, mi spaventa, perciò voglio il meglio che il mercato offre per attraversarla senza essere costretta ad affrontarla. Le mie condizioni sono queste: se devo stare qui voglio avere un pick-up a trazione integrale, un paio di ottimi stivali, un giaccone in Gore-Tex, un telefono nuovo di zecca, un gps, insomma l'intero armamentario.

In cima alla collina ci sono meno chicchi di grandine per terra, come se a questa altitudine fosse tutto diverso, anche la situazione atmosferica. Lo sterrato si restringe ancora, e nonostante non sia tardi è buio, ma i fari fanno il loro dovere. Supero la palude e trovo un po' più di luce, filtrata da un milione di tronchi di abete rosso, tutti identici. Proseguo. Non ci sono luoghi di passaggio fino a qui. Mi viene in mente che non so esattamente cosa sia Mossen. Un villaggio? Non ha una chiesa, negozi, una fermata dell'autobus. E se è un villaggio dov'è il centro? Mi fermo davanti alla casa delle due sorelle e do un'occhiata agli appunti per controllare come si chiamano. Cornelia e Alice Sørlie. Accendo gli apparecchi.

Quando apro la portiera, l'odore del fumo mi assale ed è buono, mi fa pensare al Natale quando si è bambini, accogliente come quelli di cui si legge nei libri, non come il mio. Lascio la macchina fotografica nel pick-up e vado verso il laboratorio.

Le donne, entrambe sulla cinquantina, sono dietro un banco di pino circondato dalla segatura. Quella a sinistra è quasi calva, quella a destra ha i capelli grigi tagliati in maniera approssimativa e arruffati. Quella a sinistra alza gli occhi dal banco e annuisce senza sorridere. Quella a destra si lecca le labbra. «Ti sei persa, ragazza?» dice.

Sorrido. «Buongiorno, sono Tuva Moodyson, lavoro per il *Gavrik Posten*. Scusate il disturbo.»

«Eravamo disturbate anche prima del tuo arrivo.»

«Posso avvicinarmi, solo per qualche minuto?» Guardo il cielo, come se cercassi un riparo.

«Non so se sia il caso. Che ne dici, Alice?»

«No» dice Alice.

«Bene» dice Cornelia.

Muovo solo un passo in direzione della fornace che è al centro dello spazio coperto da un tetto di lamiera ondulata.

«Cosa state facendo?» chiedo. «Sembra molto... complicato.»

«Fiera dell'artigianato il prossimo fine settimana a Munkfors. Vero, Alice?»

«Già» risponde Alice, la più vecchia delle due.

«Stiamo preparando la merce. Ecco» dice Cornelia alzando un ciocco di pino, «questo diventerà un troll, di dimensioni standard. Quello invece» continua indicando con la testa ciò che ha in mano la sorella «sarà un troll speciale. Vero, Alice?»

«Già» risponde Alice, mentre infila un ago in un piccolo pezzo di stoffa.

Entrambe hanno al collo una grande croce d'argento appesa a una catenella.

«Speciale?» chiedo.

«Realizzato su ordinazione» risponde Cornelia. «Ci vuole tempo per farlo.»

«Posso vederne uno finito?»

Le sorelle mi guardano e scuotono la testa.

«Non ti pare che sia già abbastanza?» dice Cornelia. «Non ti sembriamo sufficientemente prese, non hai visto le nostre dita? Piene di calli e mezze congelate... Non è abbastanza, ragazza?»

Mi scuso, ma Alice si muove verso di me con il troll

speciale tra le mani. Me lo passa come se fosse un neonato. Io lo prendo e mi rendo subito conto che è strano, è troppo pesante per le sue dimensioni. Ho la sensazione che sia quasi... vivo, una specie di animale. Glielo restituisco.

«È *davvero* speciale» le dico. «Di cosa è fatto?»

Cornelia indica l'oggetto nelle mani della sorella, infilate in guanti di lana con le dita tagliate.

«Del miglior abete rosso della foresta di Utgard, massello. Quando riusciamo a procurarceli, usiamo materiali veri. Questo non è ancora completo, ma avrà unghie alle mani e ai piedi proprio come le tue e le mie. E Alice ha già iniziato ad applicare i capelli.» Si tocca la testa. «Sono i tuoi o i miei?» chiede guardando la sorella, che scrolla le spalle. «Utilizzavamo i denti che ci davano i dentisti della zona, ma abbiamo smesso anni fa, per via di quell'assurdità sulla privacy. Quante storie, erano solo denti marci... I troll maschi hanno un po' di peluria vera sul petto. Tutti hanno vere sopracciglia e ciglia e veri peli nelle orecchie, e abbiamo un cliente che vuole anche i peli sulle dita dei piedi. Sono come dei piccoli hobbit. Non è vero, Alice?»

«Già» risponde Alice rimettendosi al lavoro.

«Il consiglio comunale li considera *prodotti artigianali*. Prodotti locali, popolari, legati alla tradizione. E i nostri sono i migliori. Abbiamo vinto dei premi.» Cornelia indica uno scaffale alle sue spalle, non proprio orizzontale. «Andiamo orgogliose di ciò che facciamo.»

«Quelli sono i vostri attrezzi?» chiedo, indicando una serie di lime e scalpelli.

«Sì. Facciamo tutto qui. Usiamo prima le macchine e poi gli attrezzi che appartenevano al nonno, coltelli da intaglio, mazzuole, sgorbie a coda di pesce, lime, seghe da traforo, scalpelli. Con le pietre e la carta vetrata li teniamo perfettamente affilati.»

Rimango a fissare gli attrezzi, che effettivamente sono lucidi e affilati. Somigliano a strumenti chirurgici.

«Quanto mi costerebbe un troll, se volessi ordinarlo?»

Cornelia fa un verso. «Lo vuoi o no?»

«Non lo so» rispondo. «Quanto costa?»

«Uno dei miei, uno standard, sulle duecento corone. Uno dei suoi, be'... è tutta un'altra storia, ragazza. Lei è una vera artista. Vero, Alice?»

«Già» risponde Alice, mentre infila i capelli di chissà chi nel cranio imbottito del troll non ancora terminato.

«Dipende tutto dalla richiesta. Se ne vuoi uno fatto da Alice, mi dici esattamente come lo vuoi e ci mettiamo d'accordo sul prezzo. Va bene, ragazza?» continua Cornelia. «Abbiamo clienti molto particolari, da tutto il paese, ma non riveliamo mai la loro identità. Vero, Alice?»

«Già.»

«Sono incredibili» dico a Cornelia, e lo penso, ma non intendo quello che intendono loro. «Proprio incredibili.»

«Hai finito, ragazza?» mi chiede Cornelia.

Non ci avevo fatto caso, ma Alice tornando al banco da lavoro aveva messo sul fuoco un vecchio bollitore di ghisa, che ora comincia a fischiare. Istintivamente mi porto le mani alle orecchie, per proteggermi dal rumore.

Cornelia alza le sopracciglia. Noto che sono molto rade e che sull'occhio sinistro mancano le ciglia.

Indico gli apparecchi. Lei annuisce. Indico il bollitore. Lei sorride, poi va a toglierlo dal fuoco.

«Sono le quattro» dice, a voce molto più alta di prima. «A quest'ora facciamo una pausa per il tè, dieci minuti, mai di più, mai di meno. Sei una ragazza fortunata, puoi approfittarne per rivolgerci le tue domande. Ma non so se le nostre risposte ti piaceranno.»

Versa l'acqua in due tazze di smalto macchiate di tè e ne passa una alla sorella. Poi, come la sorella, si accomoda su una sedia di plastica verde scuro. Non mi offre il tè, e questo mi sorprende quasi più dei loro troll spaventosi.

«Okay» dico. «Parliamo dell'omicidio di ieri. Avete sentito lo sparo?»

«Non essere sciocca, ragazza» dice Cornelia, stringendo fra le mani callose la tazza di smalto e soffiandoci sopra. «Sparano dalla mattina alla sera in questo periodo dell'anno, sembra di essere nel Far West. Nonostante quello che è successo, oggi sono tutti di nuovo a caccia. Qualunque posto a sud della collina e a ovest della strada sterrata, quindi tre quarti della foresta, è buono.»

«Avete notato qualcuno sulla strada, in auto o in bicicletta, prima della pausa?»

«No» dice Cornelia. Sorseggia rumorosamente il tè, poi si passa la lingua fra i denti e le labbra.

«Ascolta, ragazzina. Questa è una foresta e talvolta la gente muore nella foresta. Le sole persone che hanno il diritto di starci sono quelle che appartengono alla foresta, quelle come noi. Che sicuramente hanno un fucile o una pistola o un coltello e sono capaci di uccidere. Non ho altro da dirti.»

«Andate a caccia di alci?»

Cornelia prende la tazza vuota di Alice. «La ragazza vuole sapere se cacciamo gli alci, Alice.»

«No» risponde Alice. «Noi facciamo i troll.»

9

Torno in ufficio poco prima delle sei e Lars se n'è già andato. Ha fatto un ottimo lavoro. Ha scritto tutti gli articoli e sono buoni, anche se ora gli argomenti mi appaiono ridicoli. Sembrano tratti da un libro per bambini. Le vere notizie locali non potrebbero essere più diverse.

Lena è nel suo ufficio, con la porta spalancata, sta controllando i testi e sistemando l'impaginato. Se scrivo per un paio d'ore riesco a darle l'articolo in tempo. Faccio scattare i minuscoli interruttori degli apparecchi e mi lascio il mondo alle spalle. È il vantaggio di essere sorda. Non sono affetta da una disabilità, cazzo, proprio no! Non sono disabile. Posso permettermi qualcosa che moltissimi altri non possono permettersi. Posso eliminare completamente i rumori quando ho bisogno di concentrarmi o di rilassarmi. Durante un lungo volo aereo io faccio a meno delle cuffie. La mia compagna di appartamento a Bethnal Green aveva una collezione di tappi per le orecchie per difendersi dal rumore del traffico. Io no.

Ho una tavoletta di cioccolato Marabou da cinquecento grammi nel primo cassetto della scrivania. Su ogni quadratino c'è una M. Quando chiudo la bozza delle prime quattro pagine del giornale di domani mi restano solo due file di quadratini e ho quasi la nausea. Mi stropiccio gli occhi, invio tutto alla stampante e mi avvicino alla scrivania di Lars che è superordinata. Mi siedo e con la penna rossa fra i denti recupero le pagine ancora calde. Voglio che sia un resoconto accurato, il più possibile preciso. Al tempo, la notizia della morte di papà in tre diversi articoli era stata riportata con errori stupidi che riguardavano la cintura di sicurezza e la velocità, e che esprimevano sciatteria e noncuranza. E quegli errori avevano creato maldicenze che a loro volta avevano spinto la mamma oltre il limite. Un giornale aveva persino riferito il suo problema con l'alcol, anche se era una storia vecchia, e si era scusato solo settimane dopo. I dettagli contano perché possono avere gravi conseguenze. Sistemo il mio articolo, lo rileggo e poi lo giro a Lena.

Lei mi ringrazia dal suo ufficio. Non distinguo bene le parole, ma so che lo ha fatto perché è quello che succede sempre la sera del giovedì. Accendo gli apparecchi e ripongo nel cassetto quel che resta del cioccolato. Sono piena di zuccheri eppure ho fame.

Mi avvicino alla porta di Lena. «Devo fare qualcos'altro prima di andarmene?»

«No» risponde. «Ti chiamo se ho bisogno.»

Schiocco le nocche delle dita e tiro su con il naso. «Buonanotte, allora.»

Il pick-up è freddo. Quando metto in moto, il cruscotto si illumina e lo schermo dice che siamo a zero gradi. Vedo la nuvoletta bianca del respiro addensarsi fra me e il parabrezza e capisco che la stagione è cambiata. Anche se ufficialmente l'autunno durerà per un altro mese, per me lo zero rappresenta l'inizio dell'inverno. Sono cadute le foglie, abbiamo raccolto i funghi sotto la pioggia e ora arriveranno i mesi bianchi.

Porto al massimo il riscaldamento e tolgo la condensa dal parabrezza. Mentre sto per allontanarmi dal marciapiede, qualcuno bussa al finestrino.

«Tuva, sono io, Ola dell'*Aftonbladet*.»

«Ciao» dico abbassando appena il finestrino.

«Sto impazzendo in questo posto. Gesù, non so come tu possa viverci. Ti va di prendere un caffè?»

Sorrido scuotendo la testa mentre alzo il finestrino e accelero. Sono troppo stanca per quello che mi aspetterebbe e non mi interessano la sua opinione o quella del barbuto.

Ci sono sei minuti di strada dal mio ufficio al camper di Tammy, tenendo conto dei tre dossi e dei due autovelox. I genitori di Tammy Yamnim si sono trasferiti in Svezia qualche anno prima che lei nascesse. Il padre, uno stronzo, negli anni Novanta è scappato con una sosia di Barbie, o almeno così dice Tammy. La madre invece è tornata a Bangkok. Probabilmente Tammy è la ragione principale per cui sono qui da tre anni. Lei e Lena.

Quando arrivo, sta servendo a un ragazzo in mountain bike qualcosa con il curry verde thailandese, senza spezie, oppure con quello al basilico che ormai mi serve in automatico, senza nemmeno che glielo chieda. Il suo curry è una delle meraviglie della terra. Cremoso, saporito, profumato, mi fa venire l'acquolina in bocca. Il ragazzo ha scelto la versione con il bollino rosso, la preferita dagli svedesi che sono stati un paio di volte in vacanza a Phuket in un albergo all inclusive. Tammy mi fa l'occhiolino e io ricambio.

Il ragazzo in mountain bike paga e se ne va e io mi avvicino annusando i vapori che si alzano dalle sei padelle. Che Tammy possa cucinare e servire tutto questo in un vecchio camper va oltre la mia capacità di comprendere e mi spinge a considerarla semplicemente meravigliosa.

«Riso con curry? Ma non troppo curry?» dice, indicando la pozione verde che rappresenta il suo bestseller e non ha niente a che vedere con la cucina thailandese.

«Hai fame?» le chiedo.

«Secondo te? Dammi il tempo di chiudere questa macchina sparasoldi e ti porto fuori a cena. Sarà un'esperienza unica, e sarai mia ospite. Solo qualche minuto.»

Svuota le padelle, spegne i fornelli e ripone ogni cosa mentre io me ne sto fuori al freddo a mangiare cracker di gamberi invenduti, conservati in un sacchetto di carta marrone. Il camper di Tammy è in un angolo del parcheggio dell'Ica Maxi che dà le spalle a un terreno agricolo. Guardo i campi. Sono neri come la pece. Il cielo è limpido e le stelle sono così luminose che attirano l'attenzione. Anche se il mondo alla mia altezza mi sembra talmente buio che potrei essere cieca e lo vedrei allo stesso modo. Su quei campi potrebbe aggirarsi un lupo a cinquanta metri da me, o un serial killer a quindici metri, o potrebbero esserci entrambi, e io non lo saprei mai. Quella non può certo essere considerata una natura selvaggia, ma io la odio ugualmente. Al suo posto vorrei una colata di asfalto, una recinzione e molte luci.

«Ecco fatto» dice Tammy, scendendo dal camper e venendomi incontro. Le poso il mento sulla testa mentre ci abbracciamo, poi lei si scosta, mi dà un pugno gentile sulla spalla e si incammina. Io le corro dietro.

Andiamo verso il centro, una accanto all'altra. Non c'è nessuno oltre a noi.

«Siamo sulla Fifth Avenue, baby» dice lei mentre passiamo davanti all'insegna dell'armeria di Björnmossen, quella con il cinghiale. In vetrina ci sono le munizioni e uno striminzito orsetto di peluche. Al piano di sopra la luce è accesa e alcune voci maschili scherzano e ridono. Superiamo altri due negozi, di attrezzature per lo sci da fondo e per la pesca, prima di arrivare al mio ufficio. Le luci sono accese quindi Lena è ancora al lavoro. Sull'altro lato della strada gli affari non vanno altrettanto bene. Ci sono la merceria polverosa della signora Björkén, che è il mio personale santuario, e il bar di Ronnie, chiuso da assi di legno e in attesa di ristrutturazione.

Camminiamo in fretta. Tammy non indossa gli stivali giusti e vedo che comincia a tremare.

«Sono stufa dei miei deliziosi manicaretti asiatici» dice mentre apre la porta del McDonald's. «Ho ventidue anni e sono proprio carina. Vivo a Shitville, nel Värmland, e in questo momento la vita mi sorride. Perché non dovrei mangiare un po' di grassi?»

Ci sediamo e io divoro un Big Mac mentre lei spilucca un hamburger. È il problema di un cuoco professionista: cucina per vivere, quindi non può fare a meno di assaggiare e valutare.

«Come sta tua madre?» mi chiede.

«Sempre uguale» rispondo. «Tengono a bada il dolore ma non ci sono cure. L'ultimo ciclo di chemio non ha funzionato. Resiste, immagino.» Sento una stretta allo stomaco, una specie di torsione. «Questo fine settimana vado a trovarla.»

Tammy annuisce, toglie i cetriolini dal secondo hamburger e si pulisce le dita nel tovagliolo di carta.

«Una brava figlia andrebbe due volte alla settimana, ma lei rende tutto troppo difficile. È... impenetrabile. Lo è sempre stata.»

«Cosa dicono i medici?»

«Dicono che fanno tutto quello che possono. Dicono che non soffre, anche se nei loro occhi leggo che non è così. Li guardo e capisco che mi stanno chiedendo di prepararmi. Di essere forte, di farlo per lei.»

Tammy posa la mano sulla mia.

«Sento che il tempo ci sfugge, eppure più ci avviciniamo al momento più mi è difficile andare. Ho paura di trovarla cambiata. O di non trovarla più, di vedere il letto vuoto. Dovrei stare con lei il più possibile, ma la paura è davvero troppa.»

«Vengo con te. Quando vuoi. Ti aspetto fuori se preferisci, ma almeno sai che sono lì. Pensaci, non decidere subito.»

Le stringo la mano e cambio argomento. «Che idea ti sei fatta della morte di Freddy Malmström?»

Tammy rabbrividisce e si infila in bocca una patatina lunga e molle.

«Qual è la tua teoria, Holmes? Tu conosci tutti qui a Toytown.»

«Ne ho due» risponde lei. «Teoria numero uno: è lo stesso pazzo degli anni Novanta. Teoria numero due: è un suo emulo. Nel primo caso, mi fa paura che l'assassino si sia nascosto tra noi per tutto questo tempo, che sia uno di noi, uno che viene da me per il curry, va all'Ica per la spesa, passeggia in Storgatan. Nel secondo, mi fa paura che ci siano due pazzi uguali nella piccola Shitville. Quindi non ho nessuna intenzione di andare a camminare nella foresta nei prossimi giorni. Alcuni miei clienti pensano che sia stato un incidente di caccia, ma è una stronzata. Non succede mai.» Alza lo sguardo su di me. «Anche a Freddy Malmström hanno cavato gli occhi? Come al tempo di Medusa?»

«Non lo so, la polizia non l'ha detto. Ha parlato solo di un colpo di fucile. Domani mattina però vedo Esther, la sorella di Freddy. Anche se devo ammettere che l'idea non mi entusiasma.»

«Ho sentito...» dice Tammy allungandosi verso di me sul tavolo di formica. «Ho sentito che Hannes Carlsson ha intenzione di setacciare la foresta di Utgard insieme ai suoi uomini. Hanno già stabilito i turni. I poliziotti gli hanno intimato di tenersi alla larga dalla zona dove è stato ucciso Freddy ma pensi che Hannes Carlsson li abbia ascoltati? Quell'uomo qui viene trattato come un re.»

«Cosa si aspetta di trovare, l'assassino che va a spasso per la foresta con un sacchetto pieno di occhi e un cartello al collo? E poi, per quel che ne sa lui, potrebbe essere stato anche uno dei suoi uomini» dico.

Tammy si pulisce le labbra con il tovagliolo di carta.

«Hai mai sentito parlare di un giro di giocatori di poker?» le chiedo.

Lei scuote la testa.

«Il poker è tutto online, ormai» risponde mentre appallottola la carta dell'hamburger. «Si dice... veramente me l'ha detto la sorella di Nils quando è venuta a prendersi un panang curry... comunque hanno messo un uomo con un walkie talkie su ogni torre di avvistamento, per prendere l'assassino. Freddy era nella squadra di caccia di Hannes da parecchi anni. Hanno anche iniziato ad avvisare chiunque non sia della squadra, perché...»

Strappo la carta del mio tortino di mele che scotta come il fuoco. «Perché potrebbe andare storto qualcosa?»

Accompagno Tammy, le do un bacio e torno a casa. Tolgo gli apparecchi, mi faccio la doccia, mi infilo l'accappatoio e mi butto sul letto con il mio iPad. Cerco gli omicidi degli anni Novanta, gli omicidi di Medusa, leggo tutti gli articoli con tutte le teorie sulla sua identità e controllo anche i forum e le chat. Medusa ha ucciso tre uomini in quattro anni, sempre durante la stagione della caccia, sempre con un colpo di fucile al petto. Secondo alcune voci, almeno una delle vittime era gay e l'assassino un pazzo omofobo o un amante respinto. Questo è uno dei paesi più liberali al mondo, ma non lo si direbbe seguendo certe chat. Qui il cavernicolo etero bianco vive e prospera ancora, nel suo habitat naturale. Secondo altre voci, l'assassino aveva rimosso in modo chirurgico gli occhi ai cadaveri e la polizia aveva ipotizzato che fosse un medico o un infermiere, o anche un macellaio regolarmente registrato.

Non è mai stata individuata una vera pista. Vent'anni fa, il capo della polizia era il defunto padre di Thord. Era lui il capo di Björn. La sua teoria era che l'assassino fosse un boscaiolo, visto che aveva dimostrato di sapersi muovere bene fra rocce, alberi e fossi, senza lasciare impronte o altre tracce. Teoria intelligente. Anche perché sembrava che l'assassino si fosse spostato nelle varie direzioni disegnando cerchi concentrici di raggio crescente e che quindi conoscesse molto bene la foresta di Utgard. Il padre di Thord sospettava che avesse un complice, qualcuno che lo aiutava a eludere la polizia. Comunque, non sono mai stati trovati fibre di tessuti, capelli o altro.

Sono quasi le due del mattino. Accendo la mia PlayStation 3. Mi basta un po' di Grand Theft Auto per dimenticare il serial killer e addormentarmi ripetendo a me stessa: solo un quarto d'ora. Alle quattro e un quarto del mattino mi sveglio, spengo e vado a letto.

10

Il cuscino vibra puntuale alle sette. Mi guardo allo specchio e constato che ho una faccia da schifo. Collirio. Le indicazioni dicono una o due gocce per occhio, ma a me non basterebbe mezza boccetta.

Faccio colazione con cinque biscotti digestive e una tazza di tè. Devo andare al supermercato, non posso più rinviare. Mi faccio la doccia e pulisco gli apparecchi, poi mi vesto. Prendo la borsa ed esco sbattendo la porta.

Ieri ho cercato l'indirizzo della sorella di Freddy su Google. Non conosco tutte le vie, non come quelli che abitano qui da sempre. Passo davanti ad alcune case bifamiliari di legno con i giardinetti ben curati. Numero 43.

Una donna socchiude la porta e capisco che è lei prima ancora che apra la bocca. Si è truccata abbastanza bene ma niente può nascondere la sua espressione o lo sforzo che le costa il suo sorriso. Sembra che l'abbiano presa a pugni nello stomaco cento volte.

«Tuva.»

«Esther Malmström.»

Entriamo. Lei è senza scarpe e io mi tolgo gli stivali.

La casa è silenziosa e ci sono troppi fiori in giro. Esther deve aver usato tutti i vasi che aveva. Alcuni bouquet sono identici perché c'è un solo fiorista a Gavrik. I mazzi di gigli spuntano senza troppe cerimonie da alcuni secchi e le rose bianche con il gambo lungo da una pentola profonda, vicino alla scala.

«Andiamo a sederci» dice Esther. «Grazie di essere venuta.»

Mi fa strada fino al soggiorno. Divano Ikea, grande televisore appeso alla parete, stufa a legna e carta da parati tinta unita.

«Mi dispiace molto per quello che è successo» dico. «Cercherò di essere breve.»

«Non preoccuparti» dice lei. «Ci tengo a parlare con te. Voglio che trovino il bastardo che lo ha ammazzato. In una comunità così piccola possiamo unire le forze e trovare chi ha fatto questo a Freddy.» Il suo sorriso si incrina. «Sono pronta. Voglio aiutarti.»

«Lo apprezzo, Esther. Tuo fratello ti ha mai confidato di essere spaventato, di essere stato minacciato?»

«Me l'hanno già chiesto i poliziotti» risponde lei, accarezzando il bracciolo del divano con il palmo della mano. «Non è mai successo. Era un bravo ragazzo e un bravo insegnante, tutti gli volevano bene. Per me era un santo, sul serio. Sono sempre stata io quella cattiva dei due.»

La fisso, stupita.

«Quando eravamo bambini, intendo. Comunque Freddy era una bella persona.»

«Era mai stato aggredito? Era rimasto coinvolto in qualche rissa?»

«No.»

«Molti pensano che questo omicidio sia collegato a quelli degli anni Novanta. Lo pensi anche tu?»

«E me lo chiedi? Certamente sono collegati. O credi davvero che ci siano due pazzi lì fuori, che si divertono a cavare gli occhi alla gente? I poliziotti non sono riusciti a scovarlo, e lui è tornato.» Guarda il soffitto. «È la stessa persona, ovviamente» conclude abbassando la voce.

Rimango in silenzio per qualche istante.

«Mi dispiace. Non ne ero al corrente.»

«Ho dovuto identificarlo. Credevo di trovarlo sotto un lenzuolo, credevo di potergli dire addio. Ma era solo una foto.» Tira su con il naso. «E gli occhi erano coperti. Penso che non serva aggiungere altro.»

«Mi dispiace.»

«Anche a me.»

Rimango di nuovo in silenzio.

«Freddy aveva qualche amico che consideravi pericoloso, che non ti piaceva?»

Esther smette di accarezzare il bracciolo e rimane a guardarlo. Poi guarda me.

«Be'» dice, tornando a fissare il bracciolo come se si aspettasse qualcosa. «Forse.»

Sento lo stomaco che borbotta e mi muovo cercando di coprire il rumore, che continua. È ridicolo e quasi osceno in un momento come questo.

Esther si stropiccia gli occhi e coprendo quasi interamente il viso con le mani continua a parlare. Io però non distinguo le sue parole. Le biascica, e non posso leggere il labiale.

«Mi dispiace. Sono sorda, non ho capito quello che hai appena detto.»

«Sei sorda?» ripete, alzando le sopracciglia. «Ma mi senti, no?»

Indico le orecchie.

«Sento abbastanza con gli apparecchi, e in caso di necessità mi aiuto leggendo il labiale.»

«Parli molto bene per essere sorda.»

Lo dice con gentilezza, ma non posso evitare di irrigidirmi. È come dire a un uomo con una protesi alla gamba che se la cava bene per essere uno storpio. Non è propriamente un complimento. Non lo è.

«Torniamo agli amici di Freddy. C'era qualcuno che non ti piaceva o di cui non ti fidavi?»

«Conosci il linguaggio dei gesti?»
Scuoto la testa.
«Com'è?»
Tiro su con il naso. «Com'è essere sorda?»
Esther annuisce e mi si avvicina sul divano.
«È normale, solo che non ci senti. Nient'altro. Sono diventata sorda quando ero molto piccola.»
«Cos'è accaduto?»
«Meningite.» Ho pochi ricordi di quando ancora ci sentivo, di quei suoni: una festa di compleanno, il furgoncino dei gelati, la risata di papà. «Non voglio essere scortese, ma vorrei scrivere un articolo veramente interessante, che possa attirare l'attenzione di chi ha informazioni su Freddy. Mi parli dei suoi amici, per favore?»
Esther si appoggia alla spalliera e infila la mano fra due cuscini.
«Io e Freddy siamo sempre stati molto uniti, ci siamo sempre raccontati tutto. E sì, due suoi amici non mi piacevano. Uno è Hannes, con cui andava a caccia.»
«Hannes Carlsson?»
«Sì, la foresta di Utgard è quasi tutta sua. Lui e la moglie se la passano bene» dice, sempre con la stessa espressione. «Sono decisamente benestanti. E lui è un prepotente, faceva il bullo con il marito di una mia amica quando lavorava alla cartiera. So che è il capo della squadra dei cacciatori e penso che li bullizzi tutti.»
«Pensi che sia responsabile della morte di Freddy?»
Scrolla le spalle. «Non lo so. Ho detto alla polizia di interrogarlo, di controllare le sue armi, ma sai com'è... Hannes conosce tutti qui. È un pesce grosso, e tutti ci tengono a essere suoi amici. Io ho informato la polizia, però...»
«Chi è l'altra persona?»
«So solo che si fa chiamare Candy e lavora allo strip

club sulla E16, quel locale in mezzo al nulla un po' più a sud rispetto alla cartiera. Quel posto era un bordello una volta, lo sapevi?»

«No.»

«Bene, adesso lo sai. E ti dirò anche che secondo me lo è ancora, non ufficialmente. Sai come sono le spogliarelliste.»

A dire il vero non lo so.

«Freddy e Candy erano... amici?»

«Non erano amici, no. Lui la pagava. Non erano amici. Mi aveva detto che non poteva permettersela ma non riusciva a smettere. Immagino che si fosse innamorato. Io gli avevo detto che era da stupidi innamorarsi di una maledetta spogliarellista, ma è andata così. Passava due o tre notti alla settimana in quel locale, a bere Diet Coke e a guardarla ballare.» Si asciuga una lacrima, o forse le è solo entrato un ciglio nell'occhio. «Non una gran vita.»

Mi mordo le labbra e mi guardo attorno. Fotografie in bianco e nero in cornici di legno, una libreria mezza piena di giochi da tavolo e puzzle.

«Non dev'essere facile vivere in un posto come questo per un divorziato di cinquant'anni» dico.

Lei annuisce. «Suo figlio è di sopra. Non ci crederai ma sta giocando al computer. Non vuole scendere. Non vuole parlare.»

«Quanti anni ha?»

«Quattordici ma è come se ne avesse ventuno. Non permette a nessuno di entrare, non parla con nessuno. Devo lasciargli il vassoio con il cibo davanti alla porta come se fosse un monaco o un prigioniero. Sua madre è in Florida, arriverà per le vacanze di Natale e spero che gli faccia bene incontrarla, anche se non parla molto nemmeno con lei.» Alza lo sguardo verso il soffitto. «Non posso proprio biasimarlo per questo» conclude abbassando la voce.

«Se vuoi posso provarci io. Dopotutto ho solo dodici anni più di lui e sono un'esperta di videogame.»

«Non saprei...»

Non aggiungo altro. È uno dei tanti trucchi di Lena.

«Be', forse potresti provare» dice Esther. «Male non gli farà, per qualche minuto.»

Mi accompagna al piano di sopra e bussa alla porta del ragazzo.

«Sei presentabile, Martin?»

Nessuna risposta.

«Sei in condizioni decenti, Martin?»

«No!» urla lui.

«Okay, è presentabile. Io rimango qui fuori.»

Apro la porta e vedo un ragazzino allampanato sdraiato sul pavimento, intento a giocare a *Call of Duty* sulla sua PlayStation. Gli rivolgo solo un'occhiata, poi mi concentro sullo schermo.

«Dovresti usare di più il lanciarazzi e guardarti le spalle» gli dico.

Mi fissa per un istante, con la console in mano, poi si gira verso lo schermo. Ha gli occhi arrossati. Non so se per il pianto o per le ore trascorse a giocare.

«Sei una giornalista?»

«Mi chiamo Tuva... Guardati le spalle, io a questo punto cado sempre in un'imboscata.»

Mi fissa di nuovo. Tira su con il naso e mette in pausa.

«Scriverai del papà?»

Annuisco.

Lui deglutisce a fatica. «Gli hanno cavato gli occhi. Erano proprio uguali ai miei, stesso colore. Grigioazzurro. La mamma diceva che erano identici. Lo diceva sempre. Non sembra vero, è come se dovesse tornare da un momento all'altro, lo vedo che entra dalla porta. Ma è una stronzata, lo so. E io ho i suoi stessi occhi. Proprio dello stesso colore. Potrei essere il prossimo» dice.

«No» ribatto, con un tono più alto di quel che avrei voluto. «No, Martin, non accadrà. Qui sei al sicuro.»

«La mamma non c'è e ora anche il papà... Tutti i miei compagni pensano che sia stato lo scrittore.»

«Quale scrittore?»

«Quello che vive nella foresta. La sorella maggiore di un mio compagno lavora all'Ica. Il matto ci va ogni settimana, stesso giorno, stessa ora. Sceglie sempre la cassa dov'è lei, le va dietro. E compra un sacco di cose strane. Non nachos, o patate, o prosciutto, o altra roba normale, no, lui compra le zampe di maiale. E anche le code e le orecchie. Chi comprerebbe le orecchie di maiale?»

«Be'» dico, «sono certa che la polizia interrogherà tutti su a Mossen, quindi anche lui. Ma alcune persone cucinano le interiora e le parti meno costose degli animali. Io non lo faccio, però è più comune di quanto tu possa immaginare.»

«È un matto» dice. «Scrivilo sul tuo giornale.»

Esther compare sulla porta.

«Hai fame, Martin? Vuoi che ti prepari un panino?»

Lui annuisce.

«Grazie di avermi parlato, Martin» dico, e mi sento come la poliziotta che aveva parlato con me la notte in cui era morto papà. «Ora torno da tua zia, ma sappi che mi dispiace molto per tuo padre, davvero. Voglio aiutare a fare luce su quello che gli è successo e ti prometto che mi impegnerò al massimo.»

Lui riavvia *Call of Duty* e io chiudo la porta.

Al piano di sotto Esther mi si avvicina.

«Non riesce a parlare di questa storia con i suoi compagni perché hanno tutti quattordici anni» mi dice all'orecchio. «E non riesce a parlarne con me o con qualche altro adulto perché anche lui ha quattordici anni. Comunque pensi che abbia ragione a proposito dello scrittore?»

Nella stanza aleggia il profumo dei gigli. L'assassino è tornato o è arrivato un suo emulatore? Perché un intervallo di vent'anni?

«Non lo so. Però ho l'incarico di seguire questa storia e non farò altro. Cercherò di dare il mio contributo in modo che possiate trovare pace e avere giustizia. Quanto all'idea di Martin... i ragazzi dicono cose strane, tuttavia indagherò. Questo pomeriggio andrò a Mossen.»

11

Dopo il panino, uno scempio a base di margarina avvolto nella pellicola trasparente che ho comprato all'edicola, mi presento da Lena.

«Oggi c'è l'autopsia» dice. «E io ho incontrato Björn. Lui e Thord hanno ricostruito gli ultimi movimenti di Freddy Malmström e hanno controllato se qualcuno avesse notato qualcosa di insolito.» Si appoggia allo schienale della sedia. «Credo che la scientifica abbia trovato molto poco nella foresta di Utgard, complici la pioggia e le impronte degli stivali di poliziotti e paramedici. Un disastro di fango.»

«Nessuna prova materiale? Nessuna fibra?»

«Björn non me l'ha detto ma la sua espressione lasciava intendere che non sono messi bene. Se Freddy è stato ucciso con un fucile da caccia, l'assassino poteva essere anche a duecento metri di distanza. Stanno analizzando il proiettile per cercare di capire da dove è arrivato, ma non si tratta esattamente di un reato da centro città con tanto di telecamere a circuito chiuso e testimoni.»

Alza lo sguardo su di me.

«Ho raccolto materiale interessante dalle sorelle e una lista di pettegolezzi lunga come il mio braccio.»

Lena annuisce. «Okay.»

«E voglio fare altre due visite a Mossen.»

Lena annuisce di nuovo e io mi congedo.

Mentre guido verso la foresta di Utgard noto un paio di dettagli che mi erano sfuggiti. Un pezzo di corda con una serie di cd infilati e bloccati da altrettanti nodi pende dal soffitto del sottopasso. Una specie di spaventapasseri, immagino. E alcuni pali di plastica arancione segnalano il fosso lungo il ciglio della carreggiata per quando arriverà la neve. Li supero a dozzine, fino a quando svolto a destra.

Arrivo a Mossen e supero la casa dell'accumulatore compulsivo, senza scorgere nulla. Osservando la foresta mi rendo conto che potrei essere in Alaska o in Siberia mille anni fa o in Norvegia fra cento anni. Qui il tempo non lascia tracce. Niente scandisce il suo trascorrere. Tutto è spoglio e immenso e non consente alla vista di andare oltre. Alzo lo sguardo e penso a papà, e mi chiedo ancora una volta se il proiettile che ha spaventato l'alce fosse lo stesso che ha ucciso Freddy Malmström. Il ragazzino che gioca a *Call of Duty* ce la farà con un padre morto e una madre così lontana? Sarà com'ero io alla sua età, solo e impegnato unicamente a giocare e studiare?

La Volvo del tassista non è parcheggiata sul vialetto. Premo l'acceleratore per affrontare la collina e vedo che alcune buche sono state riempite, la ghiaia grigio chiaro forma delle gobbe. Passo davanti al laboratorio delle due sorelle, che sono lì vicino al fuoco che arde, e mi fermo davanti alla casa dello scrittore.

La giornata è chiara, il sole a tratti si mostra fra le nuvole e spira una brezza leggera. La casa, pur con la veranda che la cinge interamente togliendo luce al piano terra e le finestre con i vetri a specchio, è una delle meno inquietanti. Lo stile è moderno, probabilmente anni Ottanta, e qualcosa suggerisce che sia più lussuosa della maggior parte delle altre della zona. A Gavrik quasi tutte tendono a somigliarsi, essendo state costruite da una delle due imprese locali. Questa invece si distingue.

Suono il campanello e mentre aspetto sento arrivare dall'interno un brano di musica classica. Immagino che il volume sia alto. Aspetto ancora un po'. Controllo i messaggi sul telefono e mi accorgo che non c'è campo. Suono di nuovo il campanello, poi busso due volte. La musica si interrompe.

Mi sembra di sentire un saluto, e nel dubbio rispondo.

«Buongiorno, signor Holmqvist. Sono Tuva Moodyson del *Gavrik Posten*. Potrebbe aprirmi? Sono sorda, non riesco a sentirla da qui.»

Dopo una lunga pausa sento uno sparo in lontananza, e un altro. Poi la serratura che scatta. La porta si apre appena e sbucano fuori un occhio verde e metà di un viso pulito e rasato, pallido, con una cicatrice appena visibile sul labbro superiore.

«Buongiorno.»

«Non volevo disturbarla, signor Holmqvist. Lavoro per il giornale locale e sto scrivendo un articolo sull'omicidio di Freddy Malmström. Posso farle alcune domande sul villaggio?»

«Hai detto che sei sorda?»

Indico gli apparecchi.

La porta si apre completamente. David Holmqvist ha una figura morbida e indossa pantaloni chino ben stirati, una polo e scarpe da barca di pelle marrone. Le braccia sono straordinariamente pelose. Indossa anche un paio di guanti di lattice, come quelli che usano i medici, e tiene le mani alzate con i palmi rivolti al soffitto.

«Sto cucinando» dice. «Tête de veau. È una faccenda complicata ma vale assolutamente la pena.»

«Ne sono certa» dico. «La buona cucina merita qualunque sforzo.»

«Proprio così» dice lui annuendo. «Prego, entra. E scusa la confusione, non ricevo spesso.»

Entro. La casa è molto bella e non è affatto in disordine. I mobili di design, compresi quelli dell'angolo cottura di acciaio inossidabile, sono disposti in un open space. Lo stereo diffonde musica classica a basso volume.

«Togliti gli stivali e lasciali qui, se non ti dispiace.» Mi indica uno scaffale libero. «Accomodati» dice poi mentre mi guida verso una poltrona di pelle marrone chiaro. «Sarò da te fra un momento.»

Mi siedo e mi guardo attorno. Il soffitto è piuttosto alto e il pavimento è un misto di piastrelle di ceramica nera in alcuni punti e assi di mogano scuro in altri. Non ci sono fotografie sui mobili né quadri alle pareti. Holmqvist toglie dal forno qualcosa che somiglia a un cosciotto di agnello, ma più pallido, quasi bianco. Lo tasta con un oggetto appuntito, forse un termometro da cucina, poi lo rimette nel forno. Qualunque cosa sia non ha un aspetto invitante. Da un pensile sopra una scintillante macchina per il caffè prende due bicchieri. Li riempie di acqua minerale, li mette su un piccolo vassoio e si avvicina.

«Acqua?»

Accetto il bicchiere, ma mi sento molto a disagio.

«Vorresti sapere qualcosa sul villaggio? Cosa esattamente?»

«Da quanto tempo ci vive?»

«Anni.»

«Conosce bene le altre persone che abitano qui?»

«Abbastanza, direi.»

«Qualcuno di loro possiede un fucile?»

Holmqvist mi rivolge un sorriso sghembo mentre accavalla le gambe.

«Sei perspicace. Dimmi, questa chiacchierata è o non è ufficiale?»

«Dipende da lei, signor Holmqvist.»

Noto una striscia di pelle pallida, coperta di peli, fra il calzino e l'orlo dei pantaloni. E anche una voglia scura sul pomo d'adamo, che si alza e si abbassa quando lui deglutisce l'acqua.

«Fa lo stesso. Per quel che ne so, tutti quelli che vivono qui possiedono un fucile. Tutti tranne me.»

«Lei non sente il bisogno di averne uno? Per difendersi dagli alci o dagli orsi, o da qualunque altra cosa ci sia lì fuori?»

«Sono molto casalingo. Passo il tempo scrivendo, altrimenti cucino o leggo. Finisco tre libri alla settimana. A volte anche quattro. L'idea di vagare nella foresta alla ricerca di una creatura selvaggia a cui sparare mi sembra assurda, quindi lascio quel genere di attività agli altri. Non fraintendermi, sono grato a chi la pratica. Mi piace molto cucinare e mangiare la selvaggina, ne ricavo una grande soddisfazione. Ma non la porterei mai al mercato. La porto in tavola, e per farlo non uso armi.»

Guardo il mio taccuino. «Quindi Bengt Gustavsson possiede un'arma?»

«L'accumulatore seriale? Certo che sì, è un veterano dell'esercito e ha fama di essere il miglior tiratore della zona. Era un cecchino, credo, anche se ha concluso la carriera come medico militare. Tuttavia è rigorosamente vegetariano quindi credo che il suo fucile sia sotto chiave da anni.»

«So che Hannes Carlsson è un cacciatore. E le sorelle scultrici, le sue vicine?»

«Le hai incontrate?» mi chiede, rivolgendomi un altro sorriso sghembo.

Annuisco.

«Onestamente, non sarei riuscito a inventarle nemmeno se ci avessi provato. Ma le hai viste?» Sorride e beve un sorso d'acqua. «Due sorelle orrende e paranoiche, sempre preoccupate che qualcuno rubi quei loro... quegli omini altrettanto orrendi. Credono che abbiano un enorme valore e debbano essere protetti. Tengono i fucili appoggiati al banco da lavoro, li ho visti passando in auto ma non ho mai appurato se sappiano usarli.»

Finisco di bere la mia acqua.

«E il tassista? Viggo Svensson?»

«Lui ha un'arma, ma potrebbe non essere un fucile, non lo so. Mi appoggio spesso a lui quando non mi va di guidare, magari perché voglio pensare e restare concentrato su un progetto. Credo faccia parte di un club di tiro.»

«Ha qualche informazione che possa riguardare l'omicidio di Freddy Malmström?»

«No, non ne ho.»

«Ha qualche teoria, allora? Chi potrebbe essere capace di un simile gesto?»

«Oh, ognuno di loro potrebbe esserlo. È la condizione umana. Sai che non ho mai creato un personaggio sordo?»

«Sì? Che genere di libri scrive?»

«Be', non c'è un'unica risposta. Offro un servizio personalizzato. Gli autori che non sanno scrivere e però hanno un nome mi inviano le loro idee e io le sviluppo per loro. I libri vengono pubblicati con i loro nomi. Loro ricevono il plauso e io mantengo il mio prezioso anonimato. Ma... come ci si sente a essere sordi? Com'è veramente?»

«È...» Mi ha presa alla sprovvista. «È la sola situazione che...»

«La sola situazione che conosci, certo, sapevo che l'avresti detto, però non è abbastanza. Non ti sei sforzata di pensarci. Prenditi un po' di tempo. Cosa *provi* a essere sorda?»

Rimango in silenzio e chiudo gli occhi. Per qualche motivo voglio dire qualcosa che sia all'altezza delle sue aspettative, che possa colpirlo. Ma mentre penso a cosa si prova quando si è sordi mi chiedo perché devo compiacere questo tizio. Apro gli occhi.

«Mi sento sempre un po' distaccata, un po' lontana dalla vita che immagino facciano le altre persone.»

«Proprio così! Volevo proprio questo!» esclama lui, dandosi una pacca sul ginocchio. «Continua, per favore...»

Sorrido anche se non vorrei.

«Il silenzio è un grande sollievo, quando ne ho bisogno.» Holmqvist sembra quasi contrariato, come se avessi detto qualcosa che avrebbe potuto dire lui stesso. «E non è il tipo di silenzio che lei può immaginare.»

Lui si inumidisce le labbra con uno strano movimento, dalla cicatrice verso sinistra e poi dalla cicatrice verso destra.

«È un silenzio assoluto, come la morte. È denso e profondo e posso sdraiarmici dentro. Mi avvolge completamente e io posso interromperlo o riattivarlo. Lei questo non può farlo.»

«Bene!» esclama, e la voglia sul pomo d'adamo si alza e si abbassa. «Dico sul serio. Ottimo lavoro. Eccellente.»

Avverto un prurito in tutto il corpo. Vorrei scappare, ma anche rispondere alle sue domande e avere la sua approvazione. E intanto mi chiedo perché avrebbe dovuto sparare a Freddy Malmström a pochi passi da casa.

«Questa breve conversazione è stata più interessante di quanto mi aspettassi» dice. «Ma ora devo tornare a occuparmi della mia tête de veau, se voglio cenare. E voglio farlo. Tuttavia sentiti libera di tornare se ti servono altre informazioni. Sappi però che sarò in un mondo silenzioso quanto il tuo se starò scrivendo. Se sarò lassù» conclude indicando con la mano pelosa il soffitto, «anche per te la mia porta rimarrà chiusa.»

12

Esco dalla casa dello scrittore, salgo sul pick-up e blocco le portiere. Poi alzo lo sguardo verso il frammento visibile tra gli alberi della spessa coltre di nuvole che si è formata, e mi accorgo che il parabrezza è coperto da un velo di zanzare morte. Osservo che il muro di cinta della proprietà di David Holmqvist, che arriva all'altezza delle anche, è fatto di pietre appoggiate una sull'altra, avvolte dal muschio e intervallate da felci, licheni delle renne e piccolissimi ontani. Non è un muro vero e proprio, ed è troppo basso per respingere un alce. Mi giro, e alla mia sinistra trovo Frida Carlsson, con il viso bagnato di sudore e arrossato. Non posso abbassare il finestrino perché il motore è spento, quindi apro la portiera.

«Frida, tutto bene?»

Mi sorride. «Sto facendo una passeggiata veloce prima del temporale. Ho riconosciuto il tuo pick-up e sono venuta a darti un saluto.»

Spalanco la portiera e noto i leggings di lycra nera. Noto anche che è proprio in forma.

«Ho pensato molto a quella storia orribile» dice lei, asciugandosi il viso con la maglietta. «Forse dovremmo parlarne. Hannes è il responsabile della squadra di caccia della foresta di Utgard, e io conosco molti tizi che ne fanno parte.»

«Sì, mi sembra una buona idea» dico. «Adesso?»

Lei guarda il contapassi digitale che ha al polso. «Vuoi unirti a me? Ho fatto tredici chilometri, me ne rimangono solo due. E ti riaccompagno al pick-up quando abbiamo finito, se piove. Ti va?»

Senza nemmeno rispondere, scendo e mi rimetto il giaccone. Chiudo a chiave il pick-up e inizio a camminare di fianco a Frida, lungo lo sterrato.

«Hai parlato con David?» chiede Frida.

«Proprio ora» dico. «Siete amici?»

Lei fa un sorriso, poi trattiene una risata. Sta usando i bastoncini da nordic walking come se fosse su neve invisibile con sci da fondo invisibili.

Siamo ormai lontane dal muro di cinta di Holmqvist quando comincia a parlare.

«David è strano» dice. «Pensa di essere un autore di talento, ma nessuno di noi può sapere se sia vero perché i suoi libri non escono con il suo nome. Una volta ho citato alcuni romanzi che mi piacciono, letteratura degli anni Cinquanta e Sessanta, e lui ha alzato le sopracciglia e ha socchiuso la bocca per farmi capire che li considera stupidi. È uno snob... Hai presente il tipo, no? Non è uno di noi. Lui e Hannes sono agli antipodi, quindi...»

Mi fermo. All'improvviso mi rendo conto di essere in una fottuta foresta popolata da assassini, senza il pick-up, senza un'arma e senza una fottuta strategia.

«Torno indietro» dico, tendendo le braccia come per aiutarmi a restare in equilibrio. «Se mi accompagni ci andiamo con il pick-up a casa tua.»

«Che sciocchezze» dice Frida. «So che la foresta di Utgard può sembrare un luogo spaventoso in questo momento, ma l'assassino, chiunque sia, spara a cacciatori maschi. E comunque...» Mi avvolge una fascia arancione fluorescente sulla manica del giaccone. «Ecco, ora non corri alcun rischio. Hai la mia parola.»

Mi ha convinta. Quel pezzo di plastica lucida mi ha rassicurata.

«Dieci minuti e siamo arrivate.»

Lo sterrato ha una striscia di erba morente al centro. La foresta è immersa nel silenzio, si sentono solo i nostri passi e il ronzio di qualche ape o tafano. Cerco di guardare avanti, verso quel poco che riesco a vedere dell'orizzonte. A destra e a sinistra ci sono barriere di alberi quindici volte più alti di me, muri organici fatti di oscurità che mi opprimono e mi spingono a proseguire.

E finalmente la casa. Attraverso le foglie di faggio rosso rame intravedo uno scorcio del tetto a mansarda. Correndo potrei raggiungere la porta in tre minuti, e il pensiero mi conforta. Se dovesse spuntare un alce o un calabrone dovesse inseguirmi potrei trovare riparo.

«Hai fatto qualche ricerca sugli omicidi degli anni Novanta?»

«Sì» rispondo. «Non mi ci sono dedicata quanto avrei voluto, sono troppo impegnata, ma almeno a grandi linee so cos'è successo.»

«Sai anche che dopo il ritrovamento dell'ultimo corpo, nel 1994, hanno fermato un ragazzo che poi hanno rilasciato?»

«Sì. Martin qualcosa. In un forum sui casi irrisolti ho letto che si è trattato di pettegolezzi, che non c'era nessuna prova.»

«Forse» dice Frida, voltandosi per guardarmi in faccia mentre imbocchiamo il vialetto. «Quell'autunno ero su nel Norrland, ad assistere mio padre, ma Hannes si ricorda bene di quel Martin qualcosa. Che adesso si chiama David qualcosa.»

Mi fermo.

«Holmqvist?» dico, a voce troppo alta. «È stato fermato per quegli omicidi?»

«Alla gente di qui non piace parlarne. Rovina la reputazione.» Frida guarda la casa e il suv Volvo parcheggiato sul vialetto. «Hannes è rientrato. Vieni, te lo presento.»

Entriamo e Frida lo chiama. Sento una risposta confusa, una voce profonda che viene dall'alto, ma non riesco a distinguere le parole.

Frida prende un bicchiere, lo riempie fino all'orlo di acqua del rubinetto che viene dal pozzo e ha il colore del tè e lo svuota d'un fiato.

«Mi faccio una doccia, ci metto un attimo. Mi aspetti qui e intanto ti bevi una tazza di caffè? O preferisci incontrare Hannes?»

«Mi piacerebbe conoscerlo e scambiare due parole su questa storia, se non gli dà fastidio.»

«Seguimi.»

Torniamo verso la porta e saliamo la scala dipinta di bianco. Frida, che deve avere una cinquantina d'anni, è molto più in forma di me. Standole dietro vedo che è snella e tonica come un'atleta.

Alle pareti del piano di sopra sono appesi poster in bianco e nero di film con Ingrid Bergman e Cary Grant, l'età dell'oro di Hollywood.

«Ti piace il cinema?» chiedo.

«Lo adoro.» Sorride. «Sfortunatamente mio marito non condivide questa mia passione.»

Bussa a una porta. Sento una specie di grugnito e il rumore della chiave nella serratura. Frida apre e si infila nella stanza, poi esce e mi fa un cenno con la mano curata. Lo smalto sulle unghie è steso in maniera impeccabile.

«Tuva... Hannes Carlsson» dice mentre entro nella stanza. «Hannes... la mia amica, Tuva Moodyson, che lavora per il *Posten*.»

È quasi bello. Vecchio e grigio, e però con gli occhi di un blu brillante. Somiglia a uno di quei senatori repubblicani che si vedono in televisione, tutto zigomi, abbronzatura e fascino. Tuttavia, mentre mi tende la mano vedo che non è Mitt Romney. Ha gli occhi un po' troppo ravvicinati. È un po' troppo piccolo e un po' troppo largo. Lui e Frida sono alti uguali.

Mi invita a sedermi dall'altra parte della scrivania, di fronte a lui. Frida intanto si scusa e se ne va.

«Mia moglie mi ha parlato di te, ti considera una giornalista con molte potenzialità che probabilmente approderà a un quotidiano di una grande città.»

Mi sento al tempo stesso felice e infastidita.

«Grazie. Non vorrei disturbarla, sarà appena tornato dal lavoro, immagino. È che sto scrivendo un articolo sulla morte di Freddy Malmström. So che faceva parte della sua squadra di caccia. Mi dispiace.»

«La caccia non è uno sport» dice lui, tenendo fra il pollice e l'indice una costosa penna stilografica. «La pratichiamo per un motivo, che si chiama abbattimento. Se gli alci sono troppi distruggono la foresta e i raccolti. Noi li teniamo sotto controllo. Abbiamo un ruolo importante nel mantenimento dell'equilibrio della foresta, è sempre stato così e lo sarà sempre. Per non parlare del fatto che troppi alci significano più incidenti stradali.»

Mi mordo l'interno della guancia.

«Qualcuno tuttavia entra nella mia foresta e spara ai miei cacciatori. E ne uccide quattro. Se non mi preoccupo è solo perché so che i miei uomini lo staneranno.»

«Chi fa parte della sua squadra?» Prendo il telefono. «Le dispiace se registro?»

Ci pensa a lungo fissando il telefono, poi alza lo sguardo su di me. Alle spalle ha una grande carta geografica del mondo e coppe e trofei di caccia. Mi sorride e scuote la testa.

«No, non mi dispiace, ma non ti dirò i nomi, ci vorrebbe troppo tempo. La mia foresta è la migliore per gli alci in tutta la regione, chiunque potrà confermartelo. E la mia squadra è composta da molte persone che contano a livello locale. Politici, proprietari di negozi, il proprietario della cartiera, poliziotti, due pompieri, il proprietario dell'albergo, tutte le figure chiave della nostra comunità. Chi vive qui e va a caccia vuole farne parte.»

«Cosa mi dice degli altri abitanti del villaggio?»

«No, loro non andrebbero bene per la mia squadra. Ammetto che Viggo è un bravo tiratore. È quello che vive ai piedi della collina e guida il taxi. Ma la caccia è diversa... Esiste un codice. È difficile da spiegare, comunque è una questione sociale. Si tratta di una delle poche occasioni in cui riusciamo a vederci fra amici, e vogliamo essere solo noi. Il nostro è un bel gruppo e ci piace mantenerlo così.»

«Quindi lei conosce molte persone qui intorno?»

Arriccia il naso e tira su.

«Conosce anche il proprietario dello strip club sulla E16? Anche lui fa parte della squadra?»

Sorride. «Sono passato davanti a quel locale qualche volta ma no, non conosco il proprietario.»

Sulla scrivania, accanto a una scatola gigante di fazzoletti di carta, un telefono vibra e lampeggia. Lui alza un dito per scusarsi, poi prende la chiamata e intanto ruota sulla poltrona di cuoio e finisce per ritrovarsi di fronte a un quadro che raffigura una fitta foresta di pini.

Mi guardo attorno. La parete opposta è piena di trofei. E non sono medaglie per gare di tuffi o coppe per partite di calcio, no, sono tutti cadaveri. Vedo anche una pelle di orso accanto al divano, una testa di antilope sopra il camino e in un angolo una zampa di elefante con un pesante posacenere di cristallo, la cosa più orribile al mondo.

Lui si gira verso di me, chiude la chiamata e mi sorride.

«Dove eravamo rimasti?»

«Alla caccia. Non l'ha presa nella foresta di Utgard, quella» dico indicando l'antilope.

Sorride. Noto che ha i denti affilati. Devono essere stati sbiancati di recente perché scintillano.

«L'Africa e i Big Five sono nel mio cuore» dice lui con tutta la presunzione stronza che un essere umano può esprimere. «Ogni anno, da quando ne avevo trenta, partecipo a una battuta di caccia grossa. Questi sono solo alcuni dei miei souvenir, torno sempre portando con me qualcosa che mi aiuti a superare il resto dell'anno fino alla battuta successiva.»

Sento bussare. La porta si apre e Frida entra, raggiante, con la pelle luminosa delle persone abituate a sudare. Indossa un paio di jeans e una maglietta bianca e ha la testa avvolta in un asciugamano.

«Tuva, ti va un tè?»

Sorrido, mi alzo e la seguo, dopo aver ringraziato il marito per il tempo che mi ha concesso.

Frida mi accompagna nella veranda, un annesso squadrato, brutto, e serve il tè. Ci accomodiamo sulle poltrone di vimini, accanto a due librerie cariche di romanzi rosa.

«Credi che dovrei tornare da Holmqvist? Che ci sia qualche informazione di cui la polizia dovrebbe essere a conoscenza?»

Frida alza le spalle e scuote la testa.

Mescolo il tè con il cucchiaino d'argento e ne bevo un sorso. Devo ammettere che ha davvero un buon sapore. Morbido e delicato. È stato versato con amore nella bella tazza di porcellana. No, non con amore perché Frida non mi ama, ma con cura.

«Non so di altre informazioni» dice. «Però avverto delle vibrazioni. E tu?»

Io penso che nessuno possa captare vibrazioni provenienti da David Holmqvist.

«Dice di non possedere armi» rispondo.

«In quel caso...»

Finisco il mio tè e Frida mi riempie di nuovo la tazza.

«Dal punto in cui siamo sedute sono almeno venti i chilometri da fare in ogni direzione prima di uscire dalla foresta di Utgard» dice. «E venti chilometri di foresta fitta sono come duecento. È da molto che aspettiamo che alcune aree vengano disboscate, e intanto dobbiamo vivere vicino a quel personaggio inquietante. Quando sono con Hannes mi sento tranquilla, al sicuro. Non ho mai conosciuto qualcuno che gli facesse paura. Ma quando sono sola vorrei che David se ne fosse andato da Mossen, vorrei che non fosse rimasto limitandosi a cambiare nome.»

Devo andare in bagno. Glielo dico, e lei mi indica dove trovarlo. Profuma di acqua di rose. Noto tre barattoli di crema per le mani in un cestino, oltre ad alcune saponette. Guardo i romanzi rosa sullo scaffale e intanto mi spremo un po' di crema su un palmo. Ha lo stesso profumo che tanti anni fa aveva la mamma, la prima versione della mamma, quella originale, quella vera, che mi manca fino a farmi stare male.

Esco dal bagno, e Frida si offre di accompagnarmi con la sua auto al pick-up. Quando ci arriviamo, mi passa un contenitore di alluminio che ha preso dal sedile posteriore.

«Cos'è?»

«Ho fatto dei dolci, sono per gli anziani che assisto, ma sono troppi. Portalo a casa, questo è un pan di spagna, si è un po' sgonfiato al centro ma dovrebbe essere buono.»

Lo prendo e le prometto di restituirle il contenitore. Poi salgo sul pick-up, giro la chiave e i fari illuminano il terreno davanti a me, scaldandomi il cuore. Ci sono due gradi. Scende una pioggerella leggera. I tergicristalli stridono quando li avvio. Metto la retromarcia, esco dal vialetto della casa di Holmqvist e mi giro per imboccare lo sterrato che scende lungo la collina. E sento qualcosa che sbatte contro il cassone aperto del pick-up. Cerco di ricordare se ho lasciato qualcosa lì dentro. Guardo nello specchietto retrovisore ma ormai è buio e il lunotto è coperto di gocce di pioggia. Avvio il tergicristalli posteriore, e lo vedo.

13

Cerca di accovacciarsi, ma immagino cerchi anche di aggrapparsi a qualcosa, forse alla barra di metallo sopra il lunotto. Non riesco a vedere molto nonostante sia a pochissima distanza da me, ci separano solo una lastra di vetro e una fila di sedili. Sto respirando troppo velocemente. Non l'ho riconosciuto, ma non è un ragazzino. È troppo grande. Accelero. È un uomo. Ne sono certa. Tuttavia inizio a respirare più lentamente, perché mi rendo conto che ho io il controllo della situazione. Non può prendermi. Se non mi fermo non può raggiungermi. Quindi lo farò solo quando avrò raggiunto il parcheggio della stazione di polizia, con le portiere bloccate. Io sono dentro, lui è fuori.

Sono ai piedi della collina quando si mette a battere i pugni contro il lunotto. Lo sento, sento i colpi. Sta cercando di entrare.

Accelero e sterzo. I colpi si interrompono e lui con un tonfo cade nel cassone del pick-up. Ho il cuore che batte all'impazzata. Passo davanti alla casa del tassista a velocità folle cercando di prendere ogni buca dello sterrato. Il pick-up sbanda ma tiene, come se volesse dimostrarmi che posso spingere di più, che non è un tipo da asfalto e che l'ho sottovalutato. Passo davanti alla roulotte dell'accumulatore e noto una luce fioca all'interno.

Non ho ancora capito chi sia il tizio nel cassone, che intanto dev'essersi sdraiato.

Lo sterrato si allarga e io mi spingo oltre i cento chilometri all'ora fino a quando metto la freccia, rallento e imbocco la strada asfaltata, abbandonando la foresta di Utgard. A quel punto sento un rumore piuttosto forte, guardo nello specchietto retrovisore e vedo l'uomo che salta giù dal pick-up. Atterra sulla strada e rotola, poi si alza e scompare fra gli alberi. È il crepuscolo, che qui chiamano *ora degli alci* o *alce in punto*, e io non riesco a distinguere quell'uomo, potrebbe essere chiunque.

Prendo il telefono e intanto arrivo a centodieci. Ho la bocca secca. Guardo lo schermo del telefono, poi la strada, poi di nuovo lo schermo. Sto tremando. Solo quando raggiungo la E16 il cuore comincia a rallentare. In lontananza vedo già il camper di Tammy. La chiamo.

«Doppia porzione di riso con curry verde bollente, e cracker, fra dieci minuti. Tutto chiaro.»

«No!» urlo. «No! Non riagganciare, non è per questo che ti chiamo!»

«Cosa succede?»

«Hai ancora la pistola nel camper?»

«La scacciacani? Sì, certo. Perché?»

«Me la presti? Fra cinque minuti sono da te. Puoi chiudere per un po'?»

«Va bene.»

Tammy è la sola persona su cui posso contare, la sola che mi aiuta senza fare domande. Mi avvicino a Gavrik, raggiungo l'Ica Maxi, parcheggio vicino al camper e faccio un respiro profondo. Sono sudata. Controllo di nuovo nello specchietto retrovisore ma non vedo nessuno. Mi sento meglio. Controllo ancora.

Tammy è in piedi davanti al camper con una mano in tasca, come un gangster di Chicago. Apro la portiera e le cado fra le braccia.

«Cos'è successo?» chiede.

Alzo la testa e faccio un altro respiro profondo, poi do un'occhiata nel cassone del pick-up e le racconto tutto.

«Ma chi può essere così pezzo di merda?» chiede Tammy.

L'apparecchio di destra si è bagnato, sotto la pioggia. Inizio a sentire il solito crepitio e mi copro le orecchie con le mani per proteggerle.

«Hai visto se ha lasciato qualcosa nel pick-up? Qualche indizio?» chiede Tammy, e intanto si arrampica sulla ruota e punta la torcia del telefono verso l'interno del cassone. Niente. Nessuna prova. Si sporge di più, afferra qualcosa e me lo consegna. È una graffetta dorata.

«Vai alla polizia?» dice. «Posso chiudere e venire con te, se vuoi.»

«Ci vado domani» rispondo, tenendo le mani sulle orecchie. «Mi presti la pistola? Per stasera?»

«Lo sai che fa solo un gran rumore, vero?»

«Sì, ma mi sentirei molto meglio.»

Tammy mi passa la pistola e io la prendo con le mani che tremano. La guardo. Mi sto avvicinando all'assassino, lo sento. Altrimenti perché qualcuno si sarebbe nascosto nel mio pick-up? Mi sto avvicinando, e questo è stato un avvertimento.

14

Mi sveglio da un sonno leggero e agitato. Tammy avrebbe voluto che restassi a dormire da lei, ma non potevo. Dovevo tornare a casa per mettere subito le batterie degli apparecchi nell'essiccante.

Ieri sera non ho aperto la bottiglia di rum ancora sigillata. Ci sono andata vicino, però non l'ho fatto. Passavo interi fine settimana nell'oblio alcolico quando ero a Londra, ma ora non mi permetto più certe esagerazioni.

Il telefono dice che sono le sette e tredici. Aspetto due minuti, poi mi alzo e attraverso l'appartamento fino alla porta. Sposto la cassettiera con cui l'avevo bloccata e guardo attraverso lo spioncino. Non vedo nessuno.

Torno in camera, prendo gli apparecchi e la pistola che avevo lasciato sul comodino. La porto in bagno e la appoggio sul coperchio della tazza. L'acqua calda della doccia allenta la tensione. Chino la testa e lascio che mi scorra sulla nuca e mi scaldi la pelle, gocciolando dal mento e dalla punta del naso, che in realtà più che una punta è una piccola curva. Il tipico naso sami che ho ereditato dalla mamma. Mi sono persa il turno per la lavanderia. Il mio è il giovedì e ormai è passato, devo aspettare fino alla prossima settimana. Pazzesco, ieri qualcuno è salito sul mio pick-up e ha cercato di aggredirmi e io mi preoccupo di questo.

Annuso sotto le maniche un maglione grigio che ho lasciato sul divano e lo rimetto fra le cose che posso ancora indossare.

Il microonde suona, aggiungo un cucchiaio di marmellata di mirtilli rossi al porridge e lo mangio andando avanti e indietro dal soggiorno alla camera, senza pace. Sono esausta dopo l'incontro indesiderato con David Holmqvist o chiunque fosse. Gavrik è un piccolo centro stretto tra un fiume a sud e una serie di colline a est, la foresta di Utgard a ovest e un'altra foresta a nord. Certo non ha bisogno di un cacciatore di esseri umani, cazzo, no davvero.

Esco per andare in ufficio e noto una certa animazione. Non però di giornalisti e troupe televisive, come mi sarei aspettata. Questi sono cacciatori. Uomini, e anche qualche donna, che si sono presi un po' di giorni di ferie e sono venuti a fare scorta di munizioni e attrezzature per la caccia. Comprano, si incontrano, si scambiano pettegolezzi e notizie varie. Si ha l'idea che gli svedesi siano persone molto riservate, ma anche a noi piace il pettegolezzo, eccome.

L'ufficio ha il solito aspetto, se si esclude il fatto che la pila di giornali sul bancone all'ingresso è alta il doppio del solito. Preparo il caffè. Nils è al telefono con un potenziale cliente al quale sta cercando di vendere la mezza pagina di pubblicità accanto ai necrologi e agli annunci delle nascite, che sono il pezzo forte del giornale. Sono quelle le notizie più importanti per la comunità.

Lars tossisce per attirare la mia attenzione.

«Scommetto che sarai felice di non dover più andare a Mossen quando tutto questo sarà finito» dice con gli occhiali sulla pelata.

«Vero» rispondo. «Ogni volta che torno da quel posto sento il bisogno di andare a sedermi sulla cima di una montagna per fissare l'orizzonte, per guardare lontano e vedere quello che mi sta arrivando addosso.»

Lars sorride e fa una piccola smorfia, poi si rimette gli occhiali bifocali sul naso.

«Tu che sei un bravo cuoco... Sai cos'è una tête de veau? Ne hai mai sentito parlare?» chiedo.

«Non posso dire di averla cucinata. Comunque, *veau* significa vitello. Forse si tratta di un taglio economico, come la spalla o lo stinco.»

Cerco su Google ma i risultati sono tutti in francese, quindi clicco sulle immagini e... Santo cielo...

«Lars!» esclamo.

Lui si toglie gli occhiali e se li mette di nuovo sulla pelata.

«È la testa del vitello, con il cervello e tutto...» dico.

«Vive la France» commenta lui, e si rimette al lavoro.

Resto a fissare le immagini, tutte quelle masse gelatinose rosa pallido, tutte quelle orecchie e tutti quegli occhi. Poi passo ai video. Non riesco a trattenermi e faccio partire la prima clip di YouTube.

Mio dio... È proprio quello che David Holmqvist stava facendo quando sono arrivata a casa sua.

Blocco il video e telefono alla polizia. Risponde Thord.

«Sei impegnato?» gli chiedo.

«Abbastanza» dice. «Ma il medico legale lo è più di me. Il verbale dell'autopsia dovrebbe arrivare nel pomeriggio. Chiamavi per questo?»

«No, ho bisogno di vederti. Adesso» dico.

«Non posso, ho da fare ancora per un po'. Dobbiamo rinviare.»

«Pranzo?» propongo in tono supplichevole. «Il ristorante dell'albergo è aperto, oggi. E ho bisogno di parlarti. Ci vediamo lì a mezzogiorno?»

«All'albergo? Che ne diresti di un hamburger, invece?»

«No, devo mangiare un po' di verdura, o comunque

qualcosa che sia nato nella terra» rispondo, anche se mi viene quasi da vomitare. «Altrimenti mi prenderò lo scorbuto. Offro io.»

«A mezzogiorno. Ci vediamo lì.»

Non è come immaginavo. Mi ero fatta l'idea che l'intera Gavrik si sarebbe mobilitata dopo l'omicidio, che ci sarebbero stati pattugliamenti notturni, e troupe televisive ovunque, e nastri da non oltrepassare per delimitare alcune zone. Invece non è così. Non è stata organizzata nessuna caccia all'uomo nel cuore della notte. Gavrik è tranquilla, come è sempre stata. La gente si ferma a parlare un po' più del solito ma, nonostante la presenza di un assassino, o forse due, continua a riparare le canne da pesca, ad andare dal parrucchiere e a fare la raccolta differenziata, come se niente fosse.

Comunque, voglio dare un po' di struttura alla mia storia quindi spengo gli apparecchi e mi concentro sugli appunti. Scarico le registrazioni e le note vocali dal telefono e le metto in ordine, dividendole e organizzandole in modo da evidenziare il punto di vista della comunità. Lars ha ragione, il nostro lavoro deve riflettere il modo in cui le vicende influenzano i nostri lettori. Devo parlare con qualcuno della scuola, preside, genitori, ottenere una dichiarazione dell'associazione cacciatori e forse anche cercare qualcuno che abbia indagato sugli omicidi di Medusa. Il materiale che ho ricavato dagli appunti è un disastro, ma lo stampo ugualmente. Devo fare un salto allo strip club sulla E16. E incontrare il tassista di Mossen. Cerco il suo numero di telefono.

«Buongiorno, sono Tuva Moodyson del *Posten*.»

Nessuna risposta. Mi rendo conto di avere gli apparecchi spenti e mi affretto ad accenderli.

«Pronto?» Ora sento la voce.

«Sì, scusi, non c'era campo.»

«Ha bisogno di un taxi?»

«No, signor Svensson. Vorrei parlare con lei dell'omicidio nella foresta di Utgard. Sto scrivendo un articolo per il giornale.»

«Lo so. Ho sentito che ha parlato con tutto il villaggio.»

«Possiamo incontrarci, magari qui a Gavrik? Posso offrirle un caffè al McDonald's dopo pranzo?»

«Non riesco. È il momento più pieno della giornata per me. Riaccompagno a casa da scuola i bambini.»

«E più tardi? A che ora finisce normalmente?»

«Più tardi mi occupo di mio figlio. Mi dispiace, non ho tempo, sono troppo impegnato.»

Sta per riagganciare.

«Ascolti, ci so fare con i bambini, lavoravo in un asilo quando ero più giovane. Posso passare da lei quando c'è suo figlio e fermarmi ad aiutarla, per una mezz'ora, così riusciamo anche parlare.»

Tossisce e non sento quello che dice.

«Signor Svensson?»

«Ci sa fare davvero con i bambini?»

«A che ora posso passare?»

«Alle due» risponde. «Non sono sicuro di poterle dire qualcosa che gli altri non le abbiano già detto, ma voglio che questo bastardo finisca in galera quindi farò quello che posso per contribuire. Ci vediamo alle due in punto.»

Ho letto i vecchi verbali sugli omicidi di Medusa e stampo una mappa dei luoghi in cui i corpi, compreso quello di Freddy Malmström, sono stati trovati. Nella foresta, lontano dalle case o da altri riferimenti particolari. Intanto sento una zaffata di sudore proveniente dal mio maglione. Allungo la mano, prendo dal cassetto il profumo e lo spruzzo il più discretamente possibile sulla lana, in prossimità delle ascelle.

«Niente profumo» dice Lars senza alzare gli occhi.

«Conosci le regole. Questo è un ufficio, non un salone di bellezza. Niente smalto e lima per le unghie, niente profumo.»

Mi scuso con un cenno della mano e sorrido, poi mi giro e gli mostro il dito medio.

Salvo gli appunti in file diversi e butto giù un paio di proposte per i titoli. Poi stampo le informazioni sullo strip club e le foto dei membri della squadra di caccia di Hannes Carlsson che ho trovato su Facebook.

Ho lo stomaco che gorgoglia. Prendo il giaccone e la borsa, mi infilo gli stivali e apro la porta. La campanella tintinna e sento l'aria fredda sul viso. Il tempo sta cambiando.

Chiudo il giaccone e prendo la strada più lunga per raggiungere l'albergo, perché se scegliessi quella più corta impiegherei tre minuti e arriverei in anticipo. Passo accanto a sconosciuti e conoscenti, annuendo, salutando ed evitando le pozzanghere sul marciapiede. Supero la cartoleria che ha chiuso da un pezzo e appena giro a sinistra noto la fila. Il Systembolaget è lo spaccio di alcolici di proprietà dello stato, un negozio part-time che apre a mezzogiorno visto che Gavrik è molto piccola. I dignitari sono tutti lì e per poco non decido di unirmi a loro. Li ho conosciuti perché sono stati protagonisti di qualche arresto o della liquidazione di qualche impresa negli anni scorsi. O sono stati fermati, sbronzi, mentre guidavano o facevano casino in giro. Uomini con un lavoro rispettabile e una famiglia, vestiti di tutto punto. Mi sembra strano visto che qui si va al lavoro in blue jeans oppure in divisa. Guardo meglio e mi accorgo che non sono abiti nuovi, magari freschi di lavanderia. No, sono lisi sui gomiti e nei punti in cui strusciano sul marciapiede sono lucidi come la pelle degli sgombri. Supero la fila e giro a sinistra verso l'albergo e la fabbrica. Oggi il vento non soffia nella direzione giusta, altrimenti sentirei il profumo della liquirizia e dello zucchero nell'aria, che mi piaceva tanto quando mi sono trasferita qui. E mi piace ancora.

L'insegna dell'albergo è leggermente spostata sulla sinistra. Le due candele all'esterno vengono accese solo nei giorni in cui il ristorante è aperto a pranzo: lunedì, mercoledì e sabato. La proprietaria ha provato ad aggiungere altri giorni ma si è resa conto che perdeva soldi, tre sono sufficienti per la sua clientela.

Entro e, nonostante sia caldo, sento aleggiare un lieve odore di muffa. Il bancone rivestito di abete ospita una zucca di Halloween illuminata da una candela elettrica. Penso che è un po' presto e intanto mi giro a destra e a un tavolo vedo Thord che sta mangiando un pezzo di pane. Mi unisco a lui.

«Ciao» dico.

«Ho solo mezz'ora, poi devo tornare al lavoro.»

«Nessun problema.»

Mi guardo attorno nella sala verde pallido e riconosco quasi tutti. Alcuni mi salutano con un cenno del capo. Una donna alza la mano e subito la ritrae, come se avesse sbagliato.

«Insalata, polpette e purè, torta» dice Thord, fissando il menu plastificato che non offre molta scelta. «Vuoi dell'acqua?»

Annuisco, e sento un sapore amaro in bocca. Lui va verso un tavolo coperto da una tovaglia di carta. Versa l'acqua da una brocca e prende una manciata di tovaglioli di carta. Ha un bel fisico e appena sono arrivata qui a Toytown mi piaceva. L'ho anche baciato una volta, dopo aver bevuto troppi rum e Coca al bar di Ronnie, e non è stato niente male. A volte me lo sogno ancora, pochi secondi rubati in una stradina lì dietro, poco prima che gli altri si unissero a noi e noi ci separassimo ridendo e non ne parlassimo più.

La proprietaria, che è anche receptionist e cameriera, arriva dalla cucina e ci serve una porzione media di insalata. Bene, non sopporterei le polpette. I bordi delle foglie sono troppo scuri e c'è troppo aceto nel condimento. Ne tolgo un po'.

«Parlami di David Holmqvist» dico. «È stato fermato per gli omicidi degli anni Novanta?»

Thord si porta l'indice alle labbra e si china verso di me, annuendo. Noto della forfora sulle tempie e anche sulle sopracciglia.

«Non è mai stato accusato» dice. «Non è stato lui. Abbiamo solo chiesto qualche informazione via fax al suo editore di Londra. Dave è un tipo bizzarro, lo è sempre stato da quando lo conosco, ma non era lui il responsabile di quegli omicidi. Non sa muoversi nella natura, non conosce la zona, mentre gli esperti di Stoccolma ritengono che l'assassino fosse un boscaiolo o comunque qualcuno che conosceva molto bene la foresta di Utgard. Questo è il profilo. Medusa dev'essere un abitante del villaggio, o almeno un frequentatore della foresta. Il punto è che Dave, pur essendo un tipo riservato, non piace molto al capo. Anni fa è successa una cosa a scuola, molto probabilmente un malinteso, che però ha spaventato sua figlia.»

Finiamo l'insalata e la proprietaria ritira i piatti. Ho le labbra informicolate per l'aceto. Subito dopo arriva il secondo. Lo conosco, l'ho preso altre volte. Non è male. In un altro momento lo mangerei volentieri.

Thord ci si butta, mentre una squama di forfora gli cade dai capelli e finisce nella salsa marrone accanto al purè.

«Avete un sospettato?»

Lui alza lo sguardo. La sua guancia sinistra ha la forma della polpetta. È troppo.

«Non ancora, ma ci stiamo lavorando.» Mastica e

deglutisce. «Un uomo è stato visto allontanarsi dalla zona su una moto, con qualcosa che poteva essere la custodia di un fucile. Potrebbe essere chiunque, però. Non abbiamo né la marca né il modello della moto, né il numero di targa.»

«Altri indizi? Indiscrezioni?»

Deglutisce.

«Avrai i dettagli dell'autopsia nel pomeriggio, come tutti.»

Mi avvicino. «Se riesco a scoprire qualcosa, ti restituisco il favore. Promesso.»

Beve un sorso d'acqua, senza togliermi gli occhi di dosso. Poi si china verso di me.

«Gli hanno sparato da una distanza compresa fra i cinquanta e i cento metri.» Tira su con il naso e si guarda attorno. «Al petto. La pallottola ha colpito il cuore e il polmone. È morto sul colpo.»

La proprietaria si avvicina e ci chiede se va tutto bene e noi annuiamo.

Thord la guarda allontanarsi.

«Gli occhi» dice a voce così bassa che riesco solo a leggere il labiale «sono stati cavati, di netto, con una specie di lama corta e ricurva.» Mangia un'altra polpetta. «I ragazzi della scientifica stanno ancora lavorando ma chiunque capirebbe che è stato un fucile a uccidere Freddy Malmström. Comunque, presto sapranno dirci qualcosa di più. Inoltre, uno dei residenti ha un sistema di telecamere a circuito chiuso e ci ha consegnato le registrazioni. Stiamo controllando quali auto sono passate da quelle parti il giorno dell'omicidio.»

«E chi è che ha le telecamere puntate sullo sterrato?»

Thord scuote la testa. «Non posso dirlo e per te non è importante, accontentati di sapere che abbiamo quelle registrazioni. Stiamo verificando gli alibi delle persone che vivono nella zona e conoscono molto bene la foresta. Tutte ne hanno uno, tranne...»

«Il tuo amico scrittore non ce l'ha l'alibi, vero?» chiedo guardandolo negli occhi per studiare la sua reazione.

«Anche se fosse, dipenderebbe dal fatto che è sempre a casa da solo. Te l'ho spiegato, conosco Dave abbastanza bene e so che non è lui il nostro uomo.»

«Ieri sera sono andata da Frida e Hannes Carlsson» dico. «Qualcuno si è nascosto nel cassone del mio pick-up mentre ero lì e ci è rimasto fino a quando, al ritorno, ho raggiunto la strada. Non l'ho visto bene, ma poteva essere David Holmqvist.»

«Cosa?» Thord rimane a bocca aperta. Ha un po' di purè sulla lingua. «Perché non me l'hai detto subito?»

«Te lo dico adesso» rispondo, e lo guardo negli occhi. «Dio solo sa cos'avesse intenzione di fare. Lo avrei portato direttamente alla stazione di polizia se non fosse saltato giù per sparire tra gli alberi. E c'è dell'altro...»

Thord mi sta fissando.

«Cucina la testa del vitello» dico. «Lo sapevi? Cucina la testa intera.»

Thord appoggia sul piatto coltello e forchetta con i resti del purè istantaneo e delle polpette riscaldate.

«Non hai visto se aveva un'arma, e non hai visto nemmeno se era lui, giusto?»

Scuoto la testa e spalmo un po' di purè su un pezzo di pane raffermo. Non ho toccato le polpette e la salsa ma Thord non se n'è nemmeno accorto.

«Ascolta. Non mi sembra un comportamento da Dave, ma gli parlerò» dice Thord. «La storia del cibo strano non significa niente, lui è fatto così. Però farò in modo che non ti infastidisca.»

La proprietaria ritira i piatti e arrivano due fette sottili di torta alle mele con la panna.

«Non mi piace quel villaggio» dice Thord leccando la panna dalla forchetta e guardandomi. «Gli alberi sono troppi, troppo alti e troppo grossi. Sarebbe ora di tagliarli, di sfoltire la foresta.»

15

Dopo pranzo raggiungo Tammy. Le restituisco la pistola perché la verità è che mi spaventa a morte anche se è finta, e lei mi presta lo spray per difendersi dagli orsi che ha comprato su internet. La bomboletta ha l'aspetto di un piccolo estintore. Tammy sostiene che è meglio della pistola perché è un deterrente ma è *anche* un'arma.

La polizia ha già rilasciato una dichiarazione sull'autopsia, che però è molto sintetica, dice meno di quello che mi ha detto Thord. La causa della morte è stata una ferita da arma da fuoco, alla quale è seguita la rimozione degli occhi. Nemmeno un accenno agli omicidi di Medusa.

Saluto Tammy, poi scivolo sotto l'autostrada, attraverso i campi allagati che si trovano ai margini della foresta di Utgard e proseguo in direzione di Mossen. Collego gli apparecchi al Bluetooth del telefono. Compongo il numero e aspetto.

«Pronto?»

«Ciao, mamma. Sono io.»

«Ciao, Tuva.»

«Come stai, mamma? È una giornata buona o cattiva?»

«Lo sai come sto.»

Mi sembra stanca. Potrebbe dipendere dai farmaci, o dalle sue condizioni. O da tutte e due le cose.

«Mi dispiace, è da un pezzo che non ci vediamo, ho un sacco di lavoro. Ma ti ricordi che oggi vengo a trovarti? Ti va bene?»

«Sì, certo, va benissimo.»

Scorgo il cartello stradale che indica Mossen e la breccia nel fitto degli alberi.

«Non posso restare a lungo al telefono, mamma, sto lavorando.»

Mi risponde ma non distinguo le parole.

«Mamma...» dico a voce più alta e chiara. «Ti sento male. A dopo, non vedo l'ora.»

Sento un crepitio nel telefono.

«Cos'hai detto, Tuva? Puoi parlare più lentamente?» Dal tono sembra seccata. «Cosa...» Non sento più niente oltre al crepitio.

«Ciao, mamma» dico a voce ancora più alta.

«Tuva? Cosa...»

Chiudo la chiamata e avverto una fitta allo stomaco. Succede sempre quando parlo al telefono con lei, ma questa volta è anche peggio, la conversazione non si è conclusa con le solite formule di rito che attenuano il distacco: *fa' attenzione*, *cerca di dormire*, cose così. Niente, solo scariche elettrostatiche. E sono di nuovo in questo dannato villaggio. Tolgo la freccia, e già gli alberi murano lo sterrato su entrambi i lati. È quasi buio e rallento.

Lo schermo sul cruscotto dice che siamo a cinque gradi, che il mio serbatoio è pieno per tre quarti e che avrei già dovuto fare il tagliando. Passo davanti alla casa dell'accumulatore. Lo vedo, la luce dei fari lo colpisce. È vicino a quello che probabilmente è un bagno esterno, il capanno con il cuore sulla porta. Immagino cosa possa pensare uno come lui, che vive in una foresta per stare lontano dalla gente, ritrovandosi i miei fari puntati in faccia proprio mentre esce da lì. Ci sarà l'acqua corrente nel capanno? E lui si sarà lavato le mani?

Poco dopo arrivo alla casa di Viggo Svensson, il tassista. Non so perché, ma mi aspetto di incontrare Viggo Mortensen, l'attore del *Signore degli Anelli.* Mortensen con la divisa da tassista e il badge con il nome appuntato al petto. So che è ridicolo ma è la sola cosa che mi viene in mente se penso a uno che si chiama Viggo.

Imbocco il vialetto e infilo nella borsa lo spray per gli orsi. Mi guardo nello specchietto retrovisore. Non so perché mi preoccupo tanto, visto che non si tratta di quel Viggo. Scendo dal pick-up e noto la telecamera a circuito chiuso installata all'angolo della casa e rivolta verso lo sterrato. Più in là ne vedo altre due o tre, oltre a una luce di sicurezza attivata da una fotocellula.

«Tu devi essere Tuva» dice l'uomo che mi apre la porta.

Non è Viggo Mortensen, decisamente. È un tipo spento. Capelli neri, pelle grigia, spalle strette, camicia bianca, cravatta grigia, maglione nero con un logo aziendale, pantaloni grigi, niente scarpe, calzini grigi.

«Sì, grazie di avermi permesso di incontrarla. Lo apprezzo molto.»

«Di nulla» dice. «Questo è Mikey.» Si sposta e lascia spazio a una sua versione in miniatura, che come lui ha un colorito spento, un'espressione imbronciata e le borse sotto gli occhi. E in più ha uno sguardo intimorito.

«Ciao, Mikey» dico, accovacciandomi per stringergli la mano. Il bambino non è aggrappato alla gamba del padre. Se ne sta semplicemente lì, magro e immobile, e si morde il labbro inferiore.

«È un po' timido» dice Viggo. «Però poi si scioglie, vedrai.»

Mi fa entrare, ma è rigido nei movimenti. La casa è piccola e ordinata, sul tavolo ci sono i sottobicchieri e le riviste sono sugli scaffali, ben impilate. Sento un rumore fastidioso e provo a regolare il volume degli apparecchi. Lo abbasso. Va meglio, anche se il rumore simile a un cigolio acuto, al limite superiore della scala dei suoni, rimane.

Viggo sta cucinando qualcosa per Mikey, e io provo a interagire aiutando il bambino a parcheggiare i suoi modellini di camion e trattori vicino alla gamba del tavolo al quale sono accostati due seggioloni. Due seggioloni identici.

«Mikey ha una sorellina o un fratellino?» chiedo, e subito mi pento di averlo fatto, perché l'altro bambino potrebbe essere morto.

«No» dice Viggo. «Ma ha tanti amichetti. È un ragazzino molto simpatico, e se uno di loro decide di venire a farci visita siamo pronti a ospitarlo.»

Noto che dice *se* e non *quando* e mi chiedo se sia mai successo che qualcuno sia venuto a giocare con questo bambino dall'aria tormentata.

Viggo sistema nel seggiolone Mikey, che è grande abbastanza per stare su una sedia normale ma sembra a suo agio anche su quel trono. Poi gli mette davanti un piatto di stufato di carne con i maccheroni, e Mikey lo affronta come se non toccasse cibo da giorni.

«Chiedimi pure quello che vuoi. Con il lavoro che faccio conosco praticamente tutti nella zona.»

Sento ancora il rumore nelle orecchie. Sorrido a Viggo, ai suoi capelli tinti di nero e grigi sulle tempie.

«Immagino che chiunque qui a Gavrik abbia utilizzato almeno una volta il suo taxi.»

«Sono l'unico mezzo di trasporto pubblico. E mi tengo aggiornato sui pettegolezzi grazie ai ragazzini della scuola, che porto avanti e indietro. Quelli sì che sanno tutto.»

Mi guardo attorno e noto l'affollamento di piante. Ce ne sono di ogni tipo e dimensione su ogni davanzale, ogni piano di lavoro, ogni spazio libero sulle mensole.

«Hannes Carlsson è il mio miglior cliente. La maggior parte del mio lavoro consiste nell'accompagnare i bambini e gli anziani, a spese della comunità, ma Hannes è il mio cliente privato numero uno. Lo porto al lavoro e anche alle battute di caccia.» Viggo fa una pausa. «Ovunque debba andare.»

Annuisco, ma continuo a guardarmi attorno. Felci, insettivore e ogni altro genere di pianta, in vasi di ceramica che ho visto all'Ica Maxi. Mi volto verso Viggo. Intanto il rumore in sottofondo non ha smesso di infastidirmi.

«Ha idea di chi possa aver sparato a Freddy Malmström?»

«Non si può dire che tu non abbia un approccio diretto» commenta. «Neanche fossi Hercule Poirot o qualcuno del genere.»

«Scusi.»

«No, no, è l'atteggiamento migliore.» Versa l'acqua in tre bicchieri. «Alcune idee le ho, sì. Anche se preferisco non entrare nei dettagli...» Fa un cenno con la testa in direzione del bambino. «Potrebbe essere stato uno del Peta o chiunque altro si schieri in difesa dei diritti degli animali.»

Annuisco.

«Però potrebbe anche essersi trattato di un incidente di caccia. Ci pensavo ieri sera. Un cacciatore scambia Freddy per un alce e gli spara, e quando si rende conto dell'errore gli cava tu sai cosa» dice, limitandosi a indicare gli occhi come se potesse bastare per impedire al bambino di interpretare. «Proprio per cercare di incastrare l'assassino degli anni Novanta, Medusa. Ma sono solo mie idee.»

Annuisco, con meno entusiasmo.

«A ogni modo, Medusa è un nome cretino.»

«Lo è» confermo.

«È ridicolo.»
Annuisco.
«Hai già conosciuto i nostri due personaggi eccentrici?»
Per poco non sputo l'acqua che sto bevendo. Sarebbero solo due gli eccentrici, secondo lui?
«A chi si riferisce?»
«Le sorelle dei troll» dice sbarrando gli occhi e passandosi la mano fra i capelli.
«Sì, le ho incontrate.»
«Sai cosa fanno? Non posso entrare nei dettagli davanti al...» dice, e aggiunge la parola *bambino* solo con il movimento delle labbra. «Sai cosa si inventano quelle due, in cima alla collina?»
«Sì.»
«Non sono mai salite sul mio taxi perciò non ho mai avuto il piacere di conversare con loro, grazie a dio, ma so tutto. La gente parla. Quelle fanno dei troll particolari, molto particolari, su ordinazione, lo sapevi questo?»
Annuisco.
«Be', se vuoi la mia opinione non è una cosa da buoni cristiani.»
Solo ora mi accorgo che ci sono diversi crocifissi appesi alle pareti e una bibbia rilegata in pelle sul tavolino del soggiorno. Intanto il rumore acuto in sottofondo è diventato fastidioso come un'unghia che graffia la lavagna o una forchetta che gratta un piatto di porcellana, come una zanzara in camera di notte.
«Creano delle piccole figure diaboliche, ecco quello che fanno. Ho sentito dire che usano i loro stessi...» Finge di tossire. «I loro peli, e persino le loro unghie.»
Annuisco. Pazzesco, in pochi giorni mi sono abituata a questi discorsi. Non mi impressiona ascoltare Viggo eppure so che quello che dice è inquietante e che lui ha ragione a essere preoccupato.

«Altrimenti usano parti di animali...» Guarda Mikey, che sta finendo i suoi maccheroni. «Alcuni clienti, pezzi grossi di Karlstad o Göteborg, formulano richieste macabre e immorali, e loro li accontentano se sono disposti a pagare. Proprio così. Hanno problemi di soldi e accettano qualunque commissione. Ho sentito dire che hanno fatto un...» pronuncia in silenzio la parola *troll* «con un...» allo stesso modo pronuncia la parola *pene* «di carne secca di cervo.» Esita. «Un membro di cervo... Be', mi chiedo se non sia un comportamento criminale. Una volta hanno dotato una di quelle creature di veri occhi. Una fonte attendibile mi ha spiegato che hanno usato quelli di un tasso. Ma chi è che fa una cosa del genere? Hanno chiesto un migliaio di corone per quel lavoro, ma si sa che non sono brave con i soldi. Comunque, sono andate nella foresta e hanno ammazzato un tasso. Sono tiratrici molto abili. Sparano a questo e a quello e poi recuperano gli occhi e li conservano.»

Mikey sta rivolgendo a suo padre uno sguardo terrorizzato.

Faccio un cenno, e Viggo tace.

«Bravo, figliolo» dice poi. «Hai mangiato tutto. Vedrai come diventerai grande. Adesso però ti metto giù e giochi un po' con questa signora così gentile mentre io ti preparo la frutta.»

Si avvicina al lavello e con un utensile di metallo inizia a scavare un melone per ricavarne delle palline di polpa, e io intanto parcheggio i modellini di Mikey. Vorrei farlo insieme a lui ma non è semplice, non mi guarda nemmeno. Quando esce dalla cucina, mi tiro su e lo seguo. Il rumore in sottofondo persiste. Vedo altre piante e altri crocifissi. E una porta bloccata da una cassapanca di mogano che sembra molto pesante.

«Andiamo a giocare in quella stanza?»

Mi fissa come se l'avessi spaventato.

«Cosa c'è in quella stanza, Mikey?»

Stringe l'Action Man che ha in mano, ci affonda le unghie.

«Giochi» sussurra.

«I tuoi giochi?»

Scuote la testa.

«Torniamo in cucina?»

Corre via e io lo seguo. E avverto una strana vibrazione, che proviene da Viggo. È come se fosse successo qualcosa di brutto nella sua casa. Quando arrivo in cucina, i faretti alogeni iniziano a tremolare ma restano accesi. Viggo mi guarda, con una ciotola colma di palline di melone perfettamente rotonde in mano e uno strofinaccio infilato nella cintura dei pantaloni grigi.

«Capita spesso che l'elettricità faccia qualche scherzo qui.» I faretti tremolano di nuovo e Viggo posa la ciotola sul tavolo. Io continuo a sentire il rumore nelle orecchie. «Siamo alla fine della linea, per questo succede. Noi di Mossen siamo proprio gli ultimi, dopo non c'è nessuno.»

16

Sintonizzo la radio del pick-up su un programma del sabato e imbocco l'autostrada. Ho ancora in mente l'espressione tormentata del piccolo Mikey. Tocco il portachiavi che penzola dal quadro dell'accensione e lo faccio tintinnare. Rilasso le spalle. Sono diretta a sud, verso Karlstad, sono sulla corsia di destra a centoventi chilometri all'ora e a essere sincera mi sento proprio bene. Non c'è traffico, la musica è ottima e sul sedile del passeggero ho un pacchetto di caramelle gommose appena aperto.

Sono all'interno della foresta, che in questo tratto è di sempreverdi alla mia destra e di caducifoglie alla mia sinistra, ed è abbastanza aperta. Riesco a vedere quanto basta per non correre il rischio di oltrepassare l'uscita. Incrocio un taxi diretto a nord e penso che sia quello di Viggo, anche se non posso saperlo. Supero fiumi, sorpasso autotreni carichi di legname, vedo cartelli che indicano piccoli villaggi e piste da fondo.

Evito di ascoltare il notiziario. Sul sedile del passeggero ci sono anche uno scialle di lana merino, la crema per le mani che la mamma ama tanto e una piccola torta di cui probabilmente riuscirà a mangiare solo un cucchiaino, tutte cose che ho comprato per lei. Sono contenta di passare qualche ora a Karlstad prima di tornare a Gavrik e andare allo strip club.

Sushi. Sogno un sushi. Non buono come lo si può trovare a Londra o a Stoccolma, ma buono quanto basta. Con una porzione extra di wasabi e tanto zenzero a parte, grazie. Ho intenzione di sedermi in un sushi bar a Karlstad per assaporare le piccole strisce che si sciolgono sulla lingua e osservare il viavai. Un assaggio di civiltà. L'unico pensiero che mi rovina la prospettiva è quello della reazione della mamma quando mi vedrà, dell'assenza di qualunque reazione. Ricordo perfettamente i suoi abbracci e le sue torte prima dell'incidente. Veri abbracci, senza alcuna fretta di liberarsi. E le storie. Le piaceva leggere per me la sera, prima di andare a dormire, ogni personaggio aveva la sua voce, le sue espressioni. Ora le sue storie sono drammi.

Incrocio un furgone di Tv4 diretto a Gavrik, vedo la parabola satellitare sul tetto. Nello stesso momento mi chiama Lena.

«Hai sentito?»

«Cosa?»

«Si tratta dello scrittore che vive a Mossen, che tu hai incontrato. Sembra sempre più probabile che sia stato lui a sparare a Freddy, o almeno così si pensa. La cassiera dell'Ica, quella carina, ha venduto all'*Expressen* un'intervista che ho appena letto, e lui ne esce come un vero sociopatico.»

«Ci sono prove?»

«Dove sei?»

«Sulla E16. Sto andando a Karlstad da mia madre.»

«Mi dispiace ma dovresti rinviare.»

Guardo la torta, la glassa verde brillante che sta cominciando a sciogliersi nel contenitore di plastica. Merda. Dovrò trovare il modo di farmi perdonare.

«Posso tornare indietro alla prossima uscita.»

«Ottimo, ci vediamo in ufficio. Se succede qualcosa nel frattempo ti chiamo.»

Prendo la prima uscita e rientro sulla E16 in direzione opposta. Mi si contrae lo stomaco. La mamma potrebbe morire entro l'anno, quest'anno, e io cosa sto facendo? Se ci fosse papà... Non so... Comunque papà non c'è, ci sono solo io e non sto facendo nemmeno la metà di quello che dovrei. Potrei provare a farle una sorpresa a metà settimana, sono certa che mi permetterebbero di vederla.

Accelero e accendo la radio. Parla di David Holmqvist, di cuori di maiale e libri sulla macellazione della selvaggina di grosse dimensioni ordinati appositamente per lui. Levo gli occhi al cielo e sorpasso un camion con il rimorchio che trasporta parti di un tetto di una casa. La gente fa le sue dichiarazioni. «Non mi sono mai sentito a mio agio con lui...» «Si dice che abbia un complice...» «Mi mette i brividi...» «Si dice che abbia un alibi...»

Poi la storia prende un'altra piega ed entra in scena una criminologa di Lund. Non parla di David e nemmeno degli altri morti di Mossen. Pare che stia recitando un manuale di psicologia. «Secondo le statistiche, i serial killer sono per la maggior parte maschi bianchi di mezza età appartenenti alla classe media, che spesso hanno poca consapevolezza sociale e un passato di violenze di qualche tipo.»

Poco prima di Gavrik noto il cartello dello strip club. ENIGMA GENTLEMEN'S CLUB. USCITA 84. INTRATTENIMENTO DI ALTA CLASSE. TI ASPETTIAMO.

La foresta di Utgard si profila alla mia sinistra mentre svolto e imbocco la statale. È tutto uguale a ieri. Parcheggio davanti all'ufficio, entro e trovo Lena in tuta e scarpe da ginnastica.

«Le troupe televisive sono all'Ica. Holmqvist sta facendo la spesa come ogni sabato. Lo dice l'articolo.» Mi passa una copia arrotolata dell'*Expressen*. «La cassiera sostiene che suo padre, morto da anni, una volta ha incontrato Holmqvist nella foresta di Utgard e ha notato che aveva ai piedi dei copriscarpe di plastica. Vai all'Ica, scatta tutte le foto che puoi e non lasciarti rubare la storia.»

Annuisco e con il giornale in mano torno al mio pick-up.

«Chiama se hai bisogno di aiuto.»

Continuando a darle le spalle alzo il giornale. È il mio modo di dire okay. Poi mi dirigo velocemente verso il supermercato. Parcheggio in un'area riservata al carico e scarico, prendo la macchina fotografica ed entro.

Passo davanti al meccanismo per il riciclo della plastica, che risucchia bottiglie e sputa monetine, e colgo una conversazione fra due ragazzini.

«Le hanno dato ottantamila corone. Ottantamila fottutissime corone.»

«Io ho sentito che sono ottantottomila.»

Supero i tornelli e mi guardo attorno cercando la confusione che immagino circondi Holmqvist, ma non la trovo. Allora corro verso le casse.

«Troppo tardi, Tuva.»

Mi volto e vedo il tipo dal quale vado di solito a pagare, che sta riempiendo di cioccolato e di liquirizia gli scaffali.

«Mi dispiace, sono usciti cinque minuti fa. Erano una decina, più Holmqvist, ma se ne sono già andati.»

«Grazie» dico, dandogli un colpetto sulla spalla. Poi supero i clienti in coda alla cassa, torno al pick-up e mi dirigo a gran velocità verso l'autostrada. È una giornata di sole, ma una grossa nuvola grigia è ferma sopra la foresta di Utgard, una di quelle nuvole che sembrano tagliate con il coltello. Nel gioco di luce vedo la pioggia che scende.

Arrivo a Mossen e passo davanti alle case dell'accumulatore e del tassista. Accelero per affrontare la collina e un sasso colpisce il parabrezza scheggiandolo, una cicatrice su una superficie altrimenti perfetta.

Mi avvicino al laboratorio delle sorelle e scorgo delle luci davanti a me. Il cuore inizia a battere più velocemente. Sono le troupe televisive che vanno verso la casa di David Holmqvist?

No. È un fuoristrada che si avvicina, e quei maledetti slarghi non sono segnalati. Inchiodo e sento la cintura di sicurezza che mi blocca le spalle.

Il fuoristrada avanza spedito contro di me come se avesse la precedenza ma non capisco perché dovrebbe essere così. Metto la retromarcia e mi sposto ma non basta. Il fuoristrada si avvicina, così accelero. Comincio a sudare. Come con l'alce. Abbasso il finestrino, non piove però c'è odore di bagnato nell'aria. Il suv Volvo mi è quasi addosso e non rallenta, stringo forte il volante ma non riesco ad accelerare ancora, è troppo difficile procedere in retromarcia. Il suv è così vicino che ormai attraverso il parabrezza scheggiato vedo il viso del guidatore. È Hannes Carlsson. Sembra furioso, o forse va solo di fretta e considera ridicola la mia lentezza. Controllo nello specchietto retrovisore e non vedo nessuno slargo. Continuo a sudare. Non posso andare da nessuna parte, sterzo e finisco nel fosso. Le gomme slittano e le caramelle gommose si spargono. Mi fermo. Sto tremando. Guardo alla mia sinistra e vedo Hannes che passa e accelera. Non un cenno con la mano o un colpo di abbaglianti, per ringraziare. Cafone ignorante.

Faccio un respiro profondo, sterzo e accelero lentamente. Le gomme slittano un po' prima di mordere il fosso e riportare il pick-up sullo sterrato. Alzo il finestrino e passo davanti al laboratorio delle sorelle. Mentre mi avvicino alla casa di Holmqvist vedo i furgoni parcheggiati sul suo vialetto. Non c'è posto per me, quindi decido di rischiare e lascio il pick-up in mezzo allo sterrato. Prendo la macchina fotografica e scendo.

Due videocamere a spalla e una su un cavalletto sono puntate verso la casa. Tre fotografi si sono appostati e due giornalisti perfettamente truccati sono pronti per andare in onda. Ma non c'è traccia di David.

«Tuva!» urla un tizio. È quello che ho già incontrato, il barbuto di Stoccolma. Faccio un cenno e indietreggio per riuscire a vedere le finestre del piano di sopra e la veranda ma scorgo solo il riflesso dei pini. Prendo il telefono e compongo il numero di David Holmqvist. Non c'è campo. Torno verso il pick-up. C'è un po' di campo, ma lui non risponde. Richiamo. Non risponde. Richiamo di nuovo. Finalmente risponde, ma non dice nulla.

«Sono Tuva Moodyson. Sono qui fuori.»

«Sei tu che hai organizzato questo circo?» mi chiede. «Qualunque cosa pensi che io abbia fatto, sappi che non l'ho fatta.»

«Non sono stata io. La cassiera dell'Ica ha parlato con quelli dell'*Expressen*. E adesso sono tutti qui, davanti alla porta di casa tua, David.»

«Credi che non me ne sia accorto? Ascolta, ho un lavoro importante da finire e ho viveri sufficienti per resistere settimane senza uscire, forse anche mesi. Ecco cosa penso di voi.»

«Io non sono con loro, David.»

Dal laboratorio delle sorelle arriva uno stridio. I pini che mi circondano si illuminano di bagliori blu.

«È arrivata la polizia, David. Non so cosa tu abbia fatto, ammesso che tu abbia fatto qualcosa.» Vedo Thord e Björn avanzare decisi verso la veranda, mentre i lampeggianti illuminano i loro volti e le loro uniformi blu scuro.

«Polizia!» urla Thord battendo alla porta. «Apri, Holmqvist!»

Holmqvist è ancora al telefono con me ma non parla. Lo sento piangere e poi borbottare fra le lacrime.

«C'è qualcosa che vuoi dirmi, David? Potrebbe essere l'ultima occasione per farlo, vuoi spiegarmi qualcosa?»

«Chiama il mio avvocato, per favore. È Oscar Krevik. E...»

«Va bene, Oscar Krevik. Lo chiamo. Ti serve altro?»

«Non posso più vivere in questo modo. Me ne sto per i fatti miei e continuano lo stesso a molestarmi. Sicuramente pensi che Hannes e Frida siano la coppia perfetta, lei ti avrà anche dato uno dei suoi famosi stufati, ma sappi che non sono perfetti come sembrano, Tuva.»

Thord continua a battere alla porta. Lo sento da dove sono e anche attraverso il telefono, come se ci fosse un'eco. I giornalisti cercano di parlare con Björn, e Thord urla che devono allontanarsi e lasciare un po' di spazio.

«Hannes è una bestia» dice David.

C'è trambusto. Vedo la porta che si apre e i giornalisti che avanzano, gridandosi addosso. David Holmqvist esce, con il telefono premuto contro l'orecchio.

«Hannes è una dannata bestia, Tuva.»

17

Scortano Holmqvist verso l'auto ma nessuno pronuncia le parole che si sentono nei film: «David Holmqvist, lei è in arresto...» Forse perché non lo stanno arrestando. Lo fanno salire, ma forse vogliono solo proteggerlo. Thord gli si siede accanto e Björn si allontana in retromarcia dai flash dei fotografi. Faccio una raffica di scatti e salgo sul pick-up.

È parcheggiato con il muso nella direzione sbagliata. I sensori urlano durante la manovra, tuttavia riesco a incollarmi alla Volvo della polizia. Però mi sembra di essere come Hannes poco fa, avanzo decisa mentre Björn sta ancora procedendo in retromarcia. Preferisco evitare di stargli troppo addosso. Con i lampi di luce delle troupe televisive nello specchietto retrovisore, ai piedi della collina raggiungo Björn che da qualche parte è riuscito a girare l'auto. È un sollievo. Le nuvole sono sempre più nere e la pioggia inizia a scendere come da un soffione della doccia in un albergo di lusso. Porto al massimo la velocità dei tergicristalli e guardo lo sterrato mentre le gocce rimbalzano sul parabrezza scheggiato. La pioggia contro il tetto fa un rumore d'inferno, ma cerco di ignorarlo. Passiamo davanti alla casa del tassista e a quella dell'accumulatore e quando imbocchiamo la strada la luce cambia e il temporale d'un tratto finisce, come era cominciato. Non vedo l'arcobaleno ma sono certa che da qualche parte c'è. Cerco su Google il numero dell'avvocato di Holmqvist, lo chiamo e lui mi liquida velocemente dicendo che è già a Gavrik. In venti minuti ci arrivo anch'io, seguita dai furgoni delle televisioni. Parcheggio e riesco a vedere l'avvocato, un tipo biondo in maglione da golf, che accompagna il suo assistito all'interno della stazione di polizia e Thord che chiude a chiave la porta.

Lungo Storgatan, ancora bagnata per la pioggia, vedo alcune persone ma solo una che non riconosco, una donna in bicicletta che somiglia un po' a Tammy e indossa un giaccone rosso. Mi giro verso il mio ufficio e capisco cosa devo fare. Ho solo una possibilità. Prendo il pick-up, raggiungo una strada secondaria oltre l'albergo e aspetto senza dare nell'occhio. Da lì vedo arrivare i furgoni delle televisioni. Lascio passare anche l'ultimo, poi mi allontano. Thord mi farà avere la dichiarazione della polizia.

Sono quasi certa che lui e Björn abbiano lasciato la porta aperta, o almeno non chiusa a chiave, quando hanno portato via Holmqvist. Mi dirigo a ovest e intanto chiamo la mamma.

«Rispondo per la signora Moodyson» dice una voce che non è la sua.

Come? Mi si chiude la gola. Di già? E proprio dopo che non sono andata a trovarla? Mi sento mancare. Devo dire qualcosa.

«La mamma sta bene?»

«Posso sapere con chi parlo?»

«Sono Tuva, la figlia.»

«La signora Moodyson è uscita. Vuole lasciare un messaggio?»

Uscita?

«Dov'è? E chi c'è con lei? Dovevo venire a trovarla...»

«Non saprei, ho appena iniziato il turno. Vuole che le dica di chiamarla, quando rientra?»

«Sì, per favore. Le riferisca che l'ha cercata Tuva.»

Com'è possibile che sia uscita? Come? Mi gira la testa al pensiero che non so dove sia. Io so sempre dove si trova la mamma. E invece? Se succede qualcosa e non riesco a trovarla? Mi schiarisco la voce e mi asciugo la fronte con il dorso della mano, poi prendo una caramella gommosa verde, impolverata, e me la metto sulla lingua.

Parcheggio davanti alla casa di Holmqvist. È tutto in ordine, sembra che non sia successo niente. Gli unici segni rimasti sono le tracce delle gomme sulla ghiaia. Scendo dal pick-up e mi arrivano in testa alcune gocce di pioggia cadute dai pini.

La porta è aperta. Mi guardo attorno, poi vado a recuperare la macchina fotografica e lo spray per gli orsi. Mi metto la macchina fotografica a tracolla ed entro.

«C'è qualcuno?» dico ad alta voce.

Nessuna risposta. La casa è impeccabile. Il pavimento e il controsoffitto di acciaio inossidabile brillano, i cuscini sono sprimacciati. Mi tolgo gli stivali. Ho i nervi a fior di pelle. Non dovrei essere qui, ma è la sola opportunità che ho. Grazie al cielo non c'è uno scantinato, non credo che avrei il coraggio di scendere. Lena mi ha spiegato che la maggior parte delle case non ce l'ha perché il terreno è paludoso. La falda acquifera è alta, se lo fosse solo un po' di più formerebbe un lago. Giro per la casa in calzini, facendo attenzione a non scivolare. Mi sento più vulnerabile così, meno in grado di difendermi. Il piano terra è quasi irreale, con l'eccezione dell'angolo cottura. È come se nessuno ci vivesse, come se fosse in attesa che qualcuno decidesse di farlo. È la stessa impressione che ho avuto quando sono venuta a parlare con Holmqvist. Sopra la macchina per il caffè, con i cassettini, le griglie, le lance per il vapore e le manopole, sono appoggiati tre misurini di acciaio, di diverse dimensioni, a forma di imbuto come quelli con cui nei bar viene dosato il caffè macinato. Sotto la finestra c'è una macchina che serve per cucinare sottovuoto, o almeno credo. Accanto al lavello c'è una porta. Mi infilo i guanti di lana, che non sono l'ideale ma possono andare. Apro la porta. E sento che sto veramente superando il limite. Non dovrei farlo, ma ho davvero bisogno di questa storia, ho bisogno di saperne di più sugli omicidi di Medusa e su Freddy Malmström. Quindi non posso tirarmi indietro. Se la polizia non è in grado di trovare un collegamento ci proverò io. Raccoglierò le opinioni della gente e preparerò un'analisi dettagliata di ciò che sappiamo o non sappiamo. Farò una ricostruzione il più possibile completa concentrandomi sulla comunità locale e sulle famiglie delle vittime, a cui i giornali nazionali non prestano attenzione.

Nella stanza in cui sono entrata, le pareti sono coperte di scaffali carichi di schedari allineati, tre per ogni scaffale. Bianchi, come tutto il resto. Vedo una lavatrice e un'asse da stiro con sopra una bomboletta di amido, tre stendibiancheria verticali con giacconi e berretti bagnati. E anche tre essiccatoi. Apro il primo e trovo solo funghi. Porcini, credo, sono così perfetti che sembrano della Disney e sicuramente sono costosi. Le fette sottilissime emanano un odore forte di muschio e di selvatico. Apro gli altri due e anche lì trovo funghi. Esco dalla stanza e vado verso la scala che è molto moderna e non ha l'alzata, quindi ha uno spazio vuoto fra un gradino e l'altro. Mi guardo attorno e metto il piede sul primo gradino, e faccio scattare l'allarme.

Il rumore è insopportabile. Spengo gli apparecchi senza toglierli perché non posso farne a meno in una situazione come questa. Corro su per la scala aspettandomi di veder arrivare i poliziotti da un momento all'altro, poi però mi rendo conto che hanno da fare e certo non hanno il tempo di venire fino a qui. Mi conviene approfittarne.

Raggiungo la camera. Tutte le pareti sono tappezzate di specchi, e intendo proprio tutte. Il letto è sfatto. Proseguo, e sulla sinistra trovo il bagno. È in ordine. Un accappatoio di spugna grigia è appeso dietro la porta. Le altre due stanze sono chiuse. Mi avvicino alla prima e spingo giù la maniglia.

Non ci sono mobili di nessun tipo. Le pareti sono coperte degli stessi scaffali bianchi carichi degli stessi schedari bianchi. Sei scaffali su tre pareti e mezza, almeno un migliaio di documenti. Entro, mentre l'allarme mi arriva come un ronzio lontano.

Trovo la lettera P. Due schedari sono sulle perle e sono catalogati come PERLE I e PERLE II. Uno è sul Perù e un altro sulle praterie. Spostandomi nella direzione opposta trovo OSTRICHE, OSLO, OPERA, OCULISTICA. Apro lo schedario su Oslo. Holmqvist usa fogli a quadretti e scrive a mano, con una grafia piccola e precisa. Probabilmente servendosi di una penna da disegnatore. Trovo pagine su pagine di ricerche e trascrizioni di dialoghi e carte stradali. Chiudo, mi avvicino alla finestra e riesco a vedere il mio pick-up. Mi volto e sfioro con le dita gli schedari. BUCHI NERI, BERETTA, BATTERIE, BAR MITZVAH. Una vita passata a raccogliere informazioni che ora sono conservate quassù. DAMASCO, DIFTERITE, DIONISO, DIOR. Wikipedia in formato cartaceo. Sono impressionata e confusa dall'enorme mole di lavoro. Anch'io faccio parecchie ricerche quando scrivo i miei articoli, ma qui siamo ben oltre.

Torno sul pianerottolo. Ho appoggiato la mano con il guanto sulla maniglia della porta dell'ultima stanza quando sento qualcosa alle mie spalle. Un respiro che sa di caffè. Caldo. Umido. Mi giro e afferro lo spray per gli orsi, ma una mano mi blocca il braccio. Una voce mi urla contro. Scuoto la testa. Non ti sento! Mi libero a fatica e mi concentro sulle labbra.

«Cosa diavolo fai?»

Indico le orecchie e intanto accendo gli apparecchi. L'allarme mi scoppia in testa.

«La porta era aperta. Stavo cercando Holmqvist, pensavo fosse in casa.» Viggo mi sta fissando, accigliato. Sì, il suo respiro puzza di Nescafé e di sonno. «Ora però me ne vado. L'allarme mi fa male alle orecchie, e lui non c'è.»

«È alla stazione di polizia» dice Viggo. «Ma dovresti saperlo visto che l'hai seguito con il tuo pick-up.»

Sospiro e tengo il dito sulla bomboletta.

«D'accordo, Viggo. Cercavo delle prove prima che tornasse la polizia. Mi hai scoperta.»

Viggo annuisce e scende, e io lo seguo tappandomi le orecchie con le mani.

«Puoi darmi un passaggio fino a casa? Sono a piedi, il medico mi ha prescritto un po' di movimento, ma si è fatto tardi e devo preparare la cena per Mikey.»

Lo guardo. È l'ultima cosa al mondo che vorrei fare, però non riesco a sopportare l'allarme quindi non ho scelta. Annuisco.

Scendo lungo la collina e mi fermo davanti alla casa rossa. Mikey sta giocando con un tubo in giardino e mi saluta con la mano.

«Ti avevo chiesto di restare dentro» gli dice Viggo, con un tono che non tradisce alcuna emozione.

Mikey smette di salutarmi.

«Gli piaci molto, continua a parlare di te. Ha buon gusto, evidentemente.»

Sorrido a Mikey e lui corre verso il pick-up, si avvicina alla portiera e bussa al finestrino.

«Ciao, Mikey. Ti ricordi di me?»

Lui non sorride ma annuisce. Ora che ci penso, non l'ho mai visto sorridere. Apro la portiera e lui mi prende la mano per farmi scendere.

«Scusa ma non posso, devo lavorare.»

«Potresti stare con lui finché è pronta la cena, dieci minuti?»

Guardo gli occhi grigi di Mikey e scendo. Dieci minuti non mi cambiano la vita. Sento uno sparo in lontananza. Un altro. L'erba è fradicia dopo il temporale. Un altro sparo. E altri due. Mikey mi prende per il braccio e mi tira. Varco la soglia e noto una scatola di munizioni su uno scaffale in alto, tra due piccole felci. Il rumore in sottofondo c'è ancora.

«Non è pericoloso lasciarla in giro?» chiedo indicando la scatola.

Viggo sorride. «Mikey non ci arriva. E comunque è vuota.»

Ho intenzione di raccontare tutto a Thord e questa volta lo costringerò ad ascoltarmi.

«Viggo, posso farti una domanda?» chiedo, e intanto mi guardo attorno alla ricerca di indizi o anche solo di qualcosa che sia fuori posto. «Cos'è questo suono acuto? Potrebbe dipendere dai miei apparecchi, ma ho uno strano ritorno qui in casa. Te ne accorgi anche tu?»

«Non sono gli apparecchi» dice lui sorridendo e indicando una specie di spina inserita nella presa di corrente sul ripiano della cucina. «È un repellente per i topi, a ultrasuoni. Dovrebbero arrivare solo a loro e ai bambini, ma evidentemente non è così.» Abbassa lo sguardo su Mikey, che ha le guance vuote e le occhiaie. «Non penso che gli dia fastidio, sembra che ci si sia abituato. Prima che nascesse usavo il veleno, ma ora sarebbe troppo pericoloso. Ho provato di tutto e questo sistema è il migliore, sfrutta l'impianto elettrico e fa impazzire tutti i roditori» mi spiega. «Mikey... Vieni a tavola, per favore. La cena è pronta.»

Guardo il bambino e mi chiedo se anche lui senta questo rumore insopportabile. Passo davanti ai due seggioloni identici, lo saluto con la mano e me ne vado.

18

Mi sveglio presto, considerando che è domenica. Il mio vicino mi ha fatto la cortesia di scambiare il suo turno per la lavanderia con il mio, per due settimane. Ne avevo davvero bisogno perché i miei vestiti puzzano tutti.

La lavanderia nel seminterrato è un bel posto. Ha un buon odore di prati, foreste e brezze oceaniche artificiali, proprio come piace a me. Quando ho finito, salgo le scale con un cesto pieno di lenzuola, reggiseni, jeans e federe, tutti aggrovigliati. Sono usciti dall'asciugatrice caldi e morbidi e mi hanno fatto ricordare la mamma prima che papà morisse. Prima che li perdessi entrambi. Mentre apro la porta del mio appartamento noto che la plafoniera del pianerottolo ha la lampadina bruciata. Entro, metto via i vestiti e la biancheria e torno fuori per andare in ufficio, con la sensazione di essere più pulita e più organizzata. Sono pronta ad affrontare ciò che mi aspetta anche se per farlo dovrò lavorare tutto il giorno. E non ho ancora visto la mamma. Devo passare a trovarla. È il mio pensiero fisso e mi tormenta, insieme al senso di colpa.

Il mio cuore sta implorando un caffè del McDonald's e io lo assecondo. Poi raggiungo l'ufficio. È già aperto, tuttavia qualcuno indugia davanti alla porta. Un ragazzo che se ne va velocemente appena mi avvicino. All'interno le luci sono accese ma i computer sono ancora spenti.

«Buongiorno, Lena» dico, posando il caffè sulla sua scrivania. È abbastanza buono, e comunque è il migliore qui a Gavrik, devo ammetterlo.

«Buongiorno a te.»

«Qual è il programma?» chiedo sedendomi.

Anche lei beve un sorso del suo caffè, poi si appoggia allo schienale della sedia. Il frontino del berretto da baseball rosso riflette una luce calda sul viso elegante. Fa un sospiro, raddrizza la schiena e mi guarda.

«Il prossimo numero avrà una tiratura superiore al solito, mille copie in più. Voglio che l'omicidio sia in primo piano, e voglio che ci siano anche le solite cose. Il fatto che qualcuno abbia sparato a qualcun altro non significa che Håkan del negozio di ferramenta debba rinunciare a vedere pubblicata la notizia del suo record nel triathlon, o che Margit della banca debba rinunciare a quella del suo mercatino di beneficenza. Ci sta anche questa roba, ma ridotta e relegata a fondo pagina. Scrivi di Freddy dal punto di vista della comunità di Gavrik, non da quello dei poliziotti, non metterti nei loro panni per indagare. La gente vuole conoscere i fatti e vuole sapere che ripercussioni avranno nei prossimi giorni. Tutto chiaro?»

Annuisco. «Conosci David Holmqvist?»

Lena scuote la testa. «So chi è, ma non mi pare di averlo incontrato. Anche se le sue foto mi danno l'impressione di averlo già visto, magari in Storgatan o al cinema. È un tipo abbastanza comune.»

«Non so se sia stato lui a sparare a Freddy Malmström.»

«Non è compito tuo scoprirlo, Tuva... Ascoltami bene, perché quello che sto per dirti è importante. A me l'ha detto una persona molto in gamba, in passato.»

Beve un altro sorso di caffè.

«Una storia come questa capita forse una volta ogni dieci anni in un posto come Gavrik, quindi bisogna sfruttarla al meglio. E tu ti stai muovendo bene, stai cercando di arrivare ovunque ed è giusto. Però a un certo punto devi fermarti e pensare al tuo articolo. Quello che scriverai resterà per sempre, perciò devi concentrarti, devi avere un obiettivo e tanto coraggio e ricordare che questo articolo e tutti gli altri saranno il tuo biglietto da visita. Che ti piaccia o no. Ecco perché ti dico di non allontanarti dai fatti e dal contesto locale, di non essere troppo fantasiosa o troppo speculativa, di scrivere un articolo diretto e pertinente di cui andare orgogliosa anche quando avrai la mia età. Okay?»

Annuisco, vado alla mia scrivania, controllo che non sia troppo presto e telefono a Thord.

«Polizia di Gavrik.»

«Ciao. Volevo solo qualche notizia su David Holmqvist. Cosa puoi dirmi?»

«Holmqvist è una persona informata sui fatti, e lo sai già.» Thord sembra stanco. «Non lo abbiamo arrestato ma lo tratteniamo. È in stato di fermo, se è questo che ti interessa.»

«E la casa? L'avete perquisita?»

«Sai che non posso rispondere.»

«I vicini dicono di aver visto le vostre auto» butto lì.

Thord sospira.

«Non è ufficiale, nemmeno vagamente, ma posso confermarti che la scientifica sta lavorando, con il consenso di Holmqvist.»

Rifletto, fissando la penna sulla mia scrivania, e mi soffermo sul fatto che Thord ha smesso di chiamarlo Dave.

«Hai altro o posso rimettermi a lavorare?»

«Risultati degli esami balistici?»

«I camici bianchi del centro forense nazionale sono

rapidi, ma non così rapidi. Per il verbale dovremo aspettare almeno un'altra settimana.»

«Ma ti hanno anticipato qualcosa?»

Thord sospira di nuovo.

«Probabilmente si tratta di un vecchio fucile da otto millimetri. È tutto quello che posso dirti, non so altro.»

«Grazie, Thord. Ci sentiamo presto.»

Prendo nota, poi saluto Lena e raggiungo il pick-up. Ci sono quattro gradi. I miei vestiti profumano di bucato e mi piace così tanto che inserisco un promemoria sul telefono per non dimenticare ancora il mio turno. Raggiungo l'autostrada e vado verso nord. Il panorama è noioso, stessi alberi, stessi colori, stesso cielo lattiginoso. Guido e basta, come in un vecchio videogioco con una grafica scadente. Asfalto grigio, cielo bianco, pini verdi. Chiamo la mamma ma non mi risponde.

Uscita 84. In un angolo di un campo vedo un edificio simile a un container. Ha un'insegna che dice ENIGMA GENTLEMEN'S CLUB e una fila di corvi appollaiati sul tetto. Saranno una ventina. Esco dall'autostrada e raggiungo il parcheggio per i clienti. È molto grande, sono stati ottimisti quando hanno messo a punto il business plan. Proseguo in direzione di una pozzanghera che ha le dimensioni di un lago. Sulla superficie noto alcune chiazze di olio che fanno pensare ad arcobaleni postmoderni. Ci passo in mezzo e arrivo sul retro. Conto quattro auto, e una la riconosco. Mi sforzo di leggere la targa, poi giro intorno allo strip club e riprendo l'autostrada.

Hannes era lì.

Vado verso sud. La foresta si dirada, da una parte vedo i campi coltivati e dall'altra alcuni enormi massi di granito segnati dal tempo. Guido piano sulla corsia di destra. Sono le tre di una domenica pomeriggio e Hannes è in uno strip club. Mi dispiace per lui, poi però penso a Frida e alle bugie che deve averle detto. Alle mie spalle arriva un camion carico di Volvo nuove di zecca, senza targa, come i neonati che non hanno ancora un nome. Mi sposto sulla corsia di sorpasso e accelero. Chi va in uno strip club la domenica pomeriggio?

Una coppia di falchi o di poiane volteggia all'orizzonte. Sembra intoccabile, sicura e fiduciosa, come se da lassù potesse arrivare con lo sguardo oltre la foresta.

Esco dall'autostrada e rientro, in direzione nord. Vedo che ci sono cinque gradi mentre penso al mio articolo. Ho quattro giorni. E la mamma sta bene, non devo pensare a lei. Devo scrivere qualcosa da mostrare al *Guardian* e al *Washington Post* appena potrò. Qualcosa che faccia centro, con le parole giuste al posto giusto per colpire il cuore della gente. Voglio scrivere un articolo accurato, senza sciatterie che accrescano il disagio delle famiglie coinvolte.

Il cielo è immobile: niente uccelli, niente aerei, niente di niente. Sembra che le nuvole siano subito sopra la mia testa e non rimanga abbastanza aria per respirare. Faccio tintinnare il portachiavi con le batterie di scorta. Quelle negli apparecchi dovrebbero durare ancora un po' ma devo ricordarmi di ordinarne altre.

Prendo l'uscita 84, passo sotto la E16 e mi avvicino di nuovo allo strip club. Hannes se n'è andato. Sono le quattro e mezzo e ci sono due auto nel parcheggio per i clienti e cinque in quello per i dipendenti. Hannes è un cacciatore, conosce bene la foresta e la sua amicizia con Björn non mi piace affatto. Mi fermo, scendo e chiudo il pick-up. L'edificio è di lamiera ondulata, sembra un hangar per aerei o un magazzino di una zona industriale.

Mi metto un po' di burrocacao sulle labbra e mi passo la mano fra i capelli, poi raggiungo l'ingresso.

19

La porta è talmente pesante che fatico ad aprirla. E la musica mi colpisce come uno schiaffo in faccia. Un pezzo degli anni Novanta con i bassi che mi vibrano nelle ossa. La donna al bancone mi guarda e mi parla. Ha le labbra gonfie di silicone. Non riesco a sentirla per via della musica e non riesco a leggere il labiale, quindi mi avvicino.

«Duecento. Duecento corone. Siamo aperti fino alle undici.»

Pago in contanti, poi regolo il volume degli apparecchi mentre la donna mi preme qualcosa sul dorso della mano. Un timbro a forma di cuore. In un angolo noto due trappole per topi, pronte a scattare.

La donna con le labbra a canotto torna a leggere la sua rivista.

Entro. È buio ma me lo aspettavo. Distinguo un palco nero con tre pali verticali e una ragazza in cima a quello centrale. È in topless. Pazzesco. Cinque minuti fa stavo guidando e ora sto fissando una ragazza seminuda. Già. È bionda però si è tinta i capelli di un castano scuro, è bella ma in un modo particolare. Vado verso il bar. La sala è grande, i tavoli saranno una trentina. A uno siedono tre scommettitori, a un altro due uomini che bevono birra e guardano il palco, a quello contro la parete un uomo che si intrattiene con una delle ragazze.

«Cosa bevi?» mi chiede il barman. Lo guardo e mi sembra di conoscerlo. Ha un'abbronzatura da lettino solare e una cicatrice che va dal labbro all'orecchio, una linea sottile che si illumina come un sorriso nella luce strana dello strip club.

«Acqua minerale frizzante con ghiaccio e lime, per favore.»

«Limone?»

Annuisco e lui prepara il bicchiere.

«Cento.»

A Londra sarebbero più o meno nove sterline, e anche a Londra nove sterline per un'acqua minerale sarebbero davvero troppe. Comunque, pago e mi siedo. E assumo un'espressione accigliata perché non voglio che si pensi che sono qui per guardare le spogliarelliste, pur sapendo che non interessa a nessuno. I due uomini sembrano annoiati e sembra annoiata anche la ragazza sul palco che si struscia contro il palo. Poi la musica cambia.

Inizia un pezzo dei Roxette, che mi fa sentire sollevata. La ragazza scende dal palco e una splendida ragazza nera la sostituisce. Sembra una modella però non sa ballare ed è a disagio in cima al palo. L'altra si avvicina e si china su di me. Ora ha un vestito di lycra bianca che io non indosserei nemmeno come costume da bagno.

«Ciao» dice.

Sento l'odore della crema abbronzante mischiato al profumo e mi viene quasi la nausea.

«Ciao» rispondo.

«Savanah.»

«Tuva.»

«Ti va se ballo per te, Tuva?»

«Possiamo limitarci a parlare? Ti pago lo stesso tutto il tempo che mi dedichi.»

Dice qualcosa che non capisco. Porto la mano all'orecchio, e Savanah la afferra e mi guida verso un'apertura ad arco accanto al palco. La sua mano è liscia, calda e lieve.

«Che troie fortunate» dice uno dei due uomini mentre passiamo accanto al tavolo.

Sul retro la musica arriva a volume più basso.

«Salottini privati» dice Savanah.

Strizza l'occhio al buttafuori appoggiato alla parete e lui torna a giocare sul telefono. Entriamo in un salottino con alcune poltrone di pelle nera, un tavolino e un secchiello per il ghiaccio.

«Mille per quindici minuti» dice chiudendo le tende.

Mi scappa una risata un po' arrogante di cui mi pento subito. «Per parlare?» chiedo. «Io voglio solo parlare con te. Quanto costa?»

Savanah sorride. Ha i denti così bianchi che sembrano irreali, bianchi con una macchia al centro ancora più bianca.

«Sempre mille.»

La guardo e sospiro, sorridendo.

«Va bene.»

«Vai, parla» dice voltandomi le spalle. «Sono brava ad ascoltare.» Intanto inizia ad abbassare le spalline del vestito.

Mi scappa un'altra risata. Mi alzo, le tocco la spalla unta di crema e lei si volta. Con una mossa rapida mi afferra la mano e la guida verso il basso. Vedo le costole attraverso il vestito.

«No, Savanah. Per favore, non toglierti il vestito. Voglio solo parlare con te, fare due chiacchiere. Va bene?»

Lei sembra delusa, o forse infastidita. Sorride e si siede su una poltrona accavallando le gambe.

«Mi offri qualcosa da bere, Tuva?»
«Ti va quello che bevo io?» chiedo indicando il mio bicchiere.
«Certo» risponde e preme un pulsante sul tavolino. Il buttafuori si affaccia e lei fa per dire qualcosa ma io la precedo.
«Un bicchiere d'acqua, per favore. Grazie.»
Lui la guarda e aspetta di vederla annuire. Poi se ne va.
«Sei una poliziotta?» mi chiede Savanah.
«Sono una giornalista, lavoro per il *Posten*.»
Scrolla le spalle e spinge in fuori il labbro inferiore.
«*Gavrik Posten*, il giornale locale.»
Alza lo sguardo. «Non sono di Gavrik, sono di Karlstad.»
«Hai un bel po' di strada.»
«Quattro ore tra andata e ritorno. Ma solo tre volte alla settimana. E gli uomini della cartiera sono generosi con le mance. Mi piace qui, abbiamo clienti affezionati, buoni clienti. Quelli della cartiera non cercano di metterci le mani addosso. Sono i ragazzi delle feste di addio al celibato e gli stronzi dei licei che danno fastidio. E fanno schifo con le mance.»
«Ho sentito che qui vengono anche i dirigenti della cartiera» dico.
Lei scrolla le spalle.
«Hannes Carlsson viene spesso, no?»
«Cosa vuoi, Tuva?»
«Freddy Malmström, l'uomo a cui hanno sparato. Frequentava il locale?»
«Quello che è stato ucciso dallo scrittore? Sì, lo vedevo spesso, ma non ero la sua ragazza e non ho mai ballato per lui. A lui piace Candy, è proprio preso. Be', *era* proprio preso.»
«Candy è qui oggi? Posso parlarle?»
«Non è più tornata al lavoro dopo che è successo,

nessuno l'ha vista o sentita. Ha parlato con la polizia, poi si è alzata e se n'è andata.»

«Sai perché è morto Freddy Malmström?»

«Sì, un'idea ce l'ho» dice Savanah proprio quando arriva il suo bicchiere d'acqua. «Lo scrittore gli ha sparato e poi gli ha cavato gli occhi, ecco perché è morto.»

«Gli hanno sparato al petto» dico.

«Okay.»

«Sei la ragazza di Hannes Carlsson, Savanah?»

Lei sbuffa e intanto sgranocchia un cubetto di ghiaccio.

«Mi piacerebbe.»

Alzo le sopracciglia.

«Daisy è la sua ragazza. È il più generoso di tutto il Värmland. È un signore, lei lo ripete sempre. La segue in un salottino un paio di volte alla settimana e non le mette mai una mano addosso. Non qui, almeno. Ha un sacco di soldi, ed è pulito, profumato e anche carino.»

I quindici minuti sono passati. Savanah si alza e con un cenno mi invita a seguirla. Guardo il telefono. Sette chiamate perse. Cinque di Lena, una di Thord e una della mamma. Il buttafuori sta fissando il televisore a schermo piatto appeso alla parete. Legge i titoli che scorrono perché non c'è l'audio.

Guardo anch'io lo schermo.

Stanno trasmettendo un servizio dalla foresta di Utgard.

Hanno trovato un altro cadavere.

20

«Quei cacciatori sono dei dannati bifolchi!» esclama il buttafuori aprendo una lattina di Diet Coke e tenendo lo sguardo incollato al televisore.

Non ha capito. I cacciatori sono le vittime. O forse ha capito. Gavrik è diventata un luogo pericoloso. Due corpi. Lascio a Savanah il mio biglietto da visita e lei mi accompagna all'uscita sul retro.

Fuori una folata di vento mi avvolge il collo facendomi rabbrividire. Vado verso il pick-up calpestando mucchi di foglie marce, e nella mia mente prende forma un'immagine: papà è a casa di David Holmqvist nella stanza vuota in cui non sono riuscita a entrare, è il suo corpo quello che hanno trovato. Scuoto la testa per cancellarla e sputo per terra.

Salgo sul pick-up e mentre mi allontano dal parcheggio dello strip club incrocio una Volkswagen malconcia con i finestrini oscurati. Dentro scorgo due tizi sui vent'anni che ascoltano musica heavy metal a tutto volume.

C'è poco traffico diretto a sud. Chiamo Lena.

«Hai sentito?» mi chiede.

«Sì, adesso. Cosa sappiamo?»

«Non molto. Björn mi ha detto che a Karlstad si stanno occupando solo di questo, hanno preso in mano loro la situazione. Comunque, il corpo era nel cuore della foresta di Utgard, in un punto chiamato Badger Hollow. Ne hai mai sentito parlare? Riesci ad andarci? Sarebbe importante.»

Merda. Nel cuore della foresta di Utgard. «Cercherò di arrivarci» dico. Deglutisco anche se non ho niente da deglutire, proprio niente. «Userò il gps del telefono.»

Accelero e il pick-up oscilla leggermente per il vento. In questo momento ci sono solo io sull'autostrada. E a destra ho la foresta di Utgard che sembra un muro fortificato di abeti rossi. Faccio tintinnare il portachiavi e collego il telefono al caricabatterie.

Accendo la radio e cambio stazione fino a quando sento un notiziario di Radio Värmland che parla del ritrovamento. Ancora non si conosce l'identità della vittima. Tuttavia in una breve intervista ora riproposta, l'ex bibliotecaria della scuola descrive lo sguardo di Holmqvist, spietato, privo di umanità. Spengo.

Arrivando a Gavrik vedo un'auto della polizia e scendo a centodieci chilometri all'ora. Esco dalla E16, ci passo sotto e mi dirigo verso la foresta di Utgard. Supero una cava di ghiaia e uno spiazzo con alcune dozzine di escavatrici parcheggiate, probabilmente da rottamare, che non avevo mai notato prima. Poi giro a destra, lascio la statale e imbocco lo sterrato che porta a Mossen.

In mezzo ai pini la temperatura passa da tre a meno tre gradi. Tocco lo schermo sul cruscotto pur sapendo che si tratta di una rilevazione digitale quindi non farà alcuna differenza. Abbasso il finestrino e sento il freddo sul collo, come poco fa. Il rumore delle gomme riecheggia negli apparecchi. Porto al massimo il riscaldamento dei sedili e intanto passo davanti alla casa dell'accumulatore. La luce all'interno della roulotte è accesa. Passo davanti alla casa del tassista. C'è anche lui. E dove potrebbe essere? È domenica e ormai è troppo tardi per andare in chiesa. Salgo lungo la collina, supero la zona paludosa e il laboratorio delle due sorelle. Le vedo che levigano e lucidano. Proseguo e trovo alcune auto della polizia, un'ambulanza e un camion dei pompieri. La casa di Holmqvist è buia e circondata dal nastro bianco e azzurro.

Parcheggio quasi nel fosso perché è il solo posto rimasto. Saranno tutti nella foresta, come faccio a trovarli? A Stoccolma o a Chicago i giornalisti raggiungono la scena del crimine e tornano in ufficio a scrivere i loro articoli, ma io qui devo prima trovarla la scena del crimine, in mezzo milione di ettari di foresta. Prendo il telefono, la giacca da sci che ho scelto perché è molto colorata e dovrebbe far capire che non sono un dannato alce, il berretto di lana, una tavoletta di cioccolato al latte e la torcia. Afferro la borsa e mi chiedo se sia adatta, se non sarebbe preferibile uno zaino con tante tasche. Ora comunque mi serve, ci ho infilato lo spray per gli orsi, la macchina fotografica e un panino mezzo schiacciato.

Attraverso lo sterrato e mi fermo, con gli stivali ben piantati nella ghiaia. Strizzo gli occhi nell'oscurità. C'è odore di terra marcia e di compost. Torno al pick-up e da lì vedo esattamente lo stesso panorama, milioni di tronchi che spuntano come stecchini dal terreno irregolare e alcuni altri che sono caduti con il temporale e si appoggiano agli altri e così rovinano la perfetta verticalità della foresta. Sento dei passi. No, è solo il vento. Mi guardo attorno e mi accorgo che sta diventando buio anche se sono appena le cinque. Vedo qualcuno che viene verso di me dal laboratorio delle due sorelle. È Frida, che mi saluta alzando un bastoncino.

«Frida» dico e colgo il sollievo nella mia voce.

«Hai sentito?» chiede. «Ne hanno trovato un altro.»

«L'hai visto?»

«No» dice, fermandosi davanti a me e leccando via dal labbro superiore una goccia di sudore. «La squadra di caccia lo ha individuato mentre ero a Karlstad. È su a Badger Hollow.»

«Dove si trova?» chiedo. «Puoi indicarmelo sulla mappa del telefono così vado a dare un'occhiata?»

Frida, evidentemente contrariata, mi guarda come se fossi pazza.

«Pensi davvero di arrivarci? Be', sappi che non ci riuscirai mai. Non c'è qualcun altro che lavora con te e può andarci, qualcuno del posto?»

Scuoto la testa.

«D'accordo.» Fa un respiro profondo e mette le mani sui fianchi lasciando penzolare dai polsi i bastoncini da nordic walking. «Ti accompagno, ma devo essere a casa per le sette e mezzo, devo preparare la cena a Hannes. Hai gli stivali giusti?»

Abbasso lo sguardo su quelli che indosso. Li ho comprati due inverni fa a Karlstad e li ho pagati duemila corone.

«Sì.»

«Io no. Ma possiamo fermarci a casa mia così mi cambio, dobbiamo comunque passarci per raggiungere Badger Hollow.»

Andiamo a casa sua. È la stessa identica passeggiata che abbiamo fatto quando è stato trovato l'altro corpo nella foresta di Utgard, ma ora che so quanto è lunga ho l'impressione che sia più breve. Qui tutto è troppo minaccioso per i miei gusti, però con Frida mi sento al sicuro. È così decisa che nessuno la sfiderebbe nel suo ambiente, nemmeno gli animali. Le cammino accanto e ogni tanto il suo bastoncino sbatte contro il mio stivale. Quando arriviamo, lei entra e io la aspetto fuori. Osservo il capanno di legno accanto alla casa, è grigio e ha la base di pietre e il tetto coperto di muschio. Alcune fessure consentono il ricambio dell'aria. Noto che la luce all'interno è accesa.

Frida intanto esce con un altro paio di stivali e un lungo bastone che termina con una specie di palla.

«Cos'è quello?»

«Il mio bastone da alci. Quercia del Norrland con un nodo a un'estremità. Apparteneva a mio nonno. Non è mai stato usato contro un alce, ma credo che sarebbe un ottimo deterrente.»

Mi assicura al braccio una fascia arancione catarifrangente e ne indossa una anche lei. Poi le preme entrambe in un punto preciso e le fa lampeggiare.

«Hai una torcia?»

«Funzionano meglio gli occhi» dice senza guardarmi. «Si abituano rapidamente all'oscurità e ti evitano un miliardo di punture di zanzara.»

Si mette in marcia a passo così veloce che devo faticare per starle dietro. Attraversiamo il giardino inzuppato di acqua. Dietro la casa ci inerpichiamo su un pendio roccioso e prendiamo un sentiero irregolare. Devo concentrarmi per capire quello che dice perché non riesco a leggere il labiale e non riesco nemmeno a vederla in faccia, mentre camminiamo. Lei comunque mi racconta la sua giornata. È andata in chiesa, ha consegnato i pasti pronti agli anziani e ha trascorso alcune ore in un centro commerciale di Karlstad. La domenica fa sempre così. Il sabato invece si dedica alla pulizia della casa e alla cucina.

«I tuoi genitori vivono a Karlstad?» mi chiede.

«Solo mia madre, mio padre è morto.»

«Mi dispiace» dice.

Con un cenno della mano le rispondo di non preoccuparsi. «È successo molto tempo fa.»

«Be', almeno tua madre non è troppo lontana. Viene a trovarti spesso?»

Mi si stringe la gola e non riesco a deglutire.

«Mia madre non sta bene, sono io che vado a trovarla. Ci vado ogni volta che posso.»

Mi guardo attorno. Camminiamo da pochi minuti e sono completamente disorientata. Non vedo nessun segno di vita umana oltre a Frida. Niente luci, auto, case. È buio ma non del tutto, però la striscia di cielo sopra le nostre teste è grigia e senza stelle.

«Aspetta un secondo» dico.

«Cosa c'è, Tuva?»

Guardo i pini scuri, mi giro cercando qualcosa. Le belve sono lì, dietro i tronchi e le rocce, anche se non riesco a scorgerle.

«Non amo la natura, Frida. Anzi la odio proprio. Non mi sento a mio agio nella foresta.»

«Lo so...»

«Non sto scherzando» dico, posando la mano sul suo braccio. «Senti, tremo. Non sto esagerando.»

«Lo vedo» dice Frida. «Ma ascolta» continua, guardandomi negli occhi. Io vedo i suoi e mi rincuora il fatto che non siano marroni o verdi come tutto il resto. Sono blu, un blu luminoso. E sono attenti. «Io vengo dal Norrland, e ti assicuro che qui al confronto siamo in un parco. Lassù ci sono lupi e orsi, tanti orsi, e gli spazi sono enormi e veramente selvaggi. Eppure non mi è mai successo nulla. Da piccola andavo in giro senza avere un bastone, senza sapere dov'ero e senza sapere dove fosse la stazione di polizia, che qui è a pochi chilometri. Sembra spaventoso, ma la verità è che siamo noi a essere spaventosi per gli animali e che non abbiamo nulla di cui preoccuparci. Quindi seguimi, resta vicino a me e concentrati sulla mia fascia luminosa. Fidati, tesoro, e vedrai che ti riporterò al tuo pick-up.»

«Va bene» dico. «Così va meglio, grazie.»

Frida non aggiunge altro e riprende a camminare. E

io mi concentro sulla fascia evitando di guardare altro. Sono sorda eppure sento tutto, ogni ramoscello che si spezza sotto i piedi, ogni gufo che bubola, ogni ramo che scricchiola sopra di noi. Pensavo che il silenzio fosse assoluto nella foresta, ma mi sbagliavo. È stranamente rumoroso, cazzo.

Accelero e riesco a rimanere così vicino a Frida che quasi la tocco. «Parlami di te» dico. «Perché ti sei spostata qui?»

«Per Hannes. Ha trovato un buon posto di lavoro alla cartiera subito dopo la scuola, e ci siamo trasferiti. Anche lui viene dal Norrland.»

«Non dirmi che stavate insieme al liceo?»

«Proprio così.» Sento l'orgoglio nella sua voce. «Io vendevo hot dog in un chiosco del Sibylla, sulla via principale della nostra cittadina. Era un buon lavoro per una ragazzina, ben pagato. Hannes invece si dava parecchio da fare con le ragazze della scuola, piaceva a tutte. Poi però ha compiuto diciotto anni, e i suoi genitori gli hanno detto che era arrivato il momento di assumersi qualche responsabilità per crescere, e lui ha iniziato a uscire con me. Era tutto bellissimo, balli, passeggiate al chiaro di luna sulle colline... Era così romantico... Avevo sempre il sorriso stampato in faccia.»

Tutte queste stronzate melense e scioviniste, molto ottocentesche, mi fanno venire la nausea, ma non dico niente. Sto lavorando.

«Lui si è trovato un lavoro, si è comprato un'auto, è venuto al chiosco e mi ha detto: "Frida, sei troppo bella per stare qui. Mi si spezza il cuore a vederti con la divisa e il berrettino, sei troppo in gamba per questo. Voglio che tu diventi mia moglie." Non lo dimenticherò mai. Pensava che fossi troppo carina per continuare a distribuire il ketchup. Aveva accettato il lavoro alla cartiera proprio quella mattina, così ci siamo sposati, ci siamo trasferiti qui e qui siamo rimasti, da allora. Proprio come in un film.»

Un rumore alla nostra destra la interrompe. Si ferma, e io vado nel panico e mi nascondo dietro di lei come una bambina.

«È un uccello» dice. «È solo un uccello.»

Mi accarezza e io mi sento più tranquilla, neanche fossi un gatto. Il respiro rallenta e la sua mano sulla mia spalla fa la differenza.

Proseguiamo.

«Manca ancora molto per arrivare a Badger Creek?» chiedo.

«Badger Hollow» mi corregge. «Meno della metà.»

Non c'è più ghiaia sotto i nostri piedi. Siamo in una zona paludosa e camminiamo su un sentiero di rocce, fra le radici degli alberi che sembrano essere state messe lì apposta per farmi inciampare. Ho caldo, ma le guance e il naso sono freddi. Il cuore mi batte forte nelle orecchie.

«Tagliamo per di qua» dice Frida andando verso uno sperone roccioso coperto di felci marroni.

«È necessario?» chiedo. «Non possiamo rimanere su questo sentiero?»

«Potremmo. Ma ci vorrebbero un paio d'ore in più e io devo tornare per preparare la cena a Hannes prima della partita di poker. E comunque è una scorciatoia sicura, l'ho fatta un milione di volte.»

Non è una scorciatoia sicura, è molto più buia. Il cielo sopra le nostre teste è nascosto da un intrico di rami. Mi chiedo perché Hannes non possa prepararsi da solo la sua cazzo di cena e intanto vedo cose che non ci sono, occhi, corna, serpenti che penzolano dagli alberi. Raggiungiamo alcuni massi scivolosi e ci arrampichiamo. Frida mi aiuta, ma i miei stivali non hanno presa sul muschio umido.

Poi vedo le luci. Non sono nitide, sono solo schegge chiare interrotte dai rami e dai tronchi. L'istinto mi spinge a raggiungerle e accelero. Stringo la mano di Frida e avanzo, e sento anche le voci, maschili. La profondità del tono è rassicurante.

Affrontiamo dei rovi che mi strappano i pantaloni e mi graffiano le gambe, faccio fatica a liberarmi. Poi attraversiamo un'altra zona paludosa, con le canne e l'erba che ci arrivano al viso. E finalmente raggiungiamo gli uomini. Hanno sistemato le torce e le lanterne sugli alberi per illuminare una porzione di terreno più ampia. Manca il nastro che dovrebbe delimitare la scena del crimine, e Thord non cerca di allontanare i curiosi perché non ce ne sono. Ci sono solo cinque poliziotti in piedi intorno a un cadavere steso in una conca.

«Chi sei?» tuona una voce.

«Frida Carlsson. Con Tuva Moodyson.»

Sento dei versi che esprimono tutto l'entusiasmo di sapermi lì.

Thord si avvicina. «Non dovresti essere qui» mi dice. Nella luce forte colgo l'atteggiamento distante e l'aria stanca.

«Ne farei volentieri a meno» rispondo. «Concedimi un paio di domande e un paio di foto, e me ne vado.»

«Niente domande» dice un uomo alle sue spalle. Ha la barba leggermente lunga e un auricolare Bluetooth, anche se i telefoni non prendono. «Di questo si occupa la sezione omicidi della polizia di Karlstad.»

«Lavoro per il giornale locale» dico.

«Buon per te» ribatte, e si volta per raggiungere il cadavere.

«È un uomo o una donna?» chiedo.

Mr Bluetooth fa qualche altro passo e si ferma accanto a Thord. Nell'aria aleggiano muffe e spore.

«Non hai sentito? Torna indietro e lasciaci lavorare.»

«È un uomo?»

Mr Bluetooth mi rivolge uno sguardo di avvertimento. Thord però annuisce.

«Gli occhi sono stati rimossi?»

Mr Bluetooth incrocia le braccia. «Hai un minuto per abbandonare la scena del crimine, se non vuoi che ti arresti per intralcio alle indagini.» E Thord annuisce.

Sento un brivido.

«Un'ultima domanda e me ne vado.» Devo sapere se Holmqvist era già in stato di fermo quando è stato commesso questo secondo omicidio. «È stato ucciso nelle ultime ventiquattr'ore?»

Mr Bluetooth sgancia le manette dalla cintura. Thord scuote la testa.

«Va bene, me ne vado» dico, girandomi e stringendo la mano di Frida.

Mentre ci allontaniamo, tiro fuori dalla borsa la macchina fotografica. Mi giro e scatto qualche foto al volo, e i flash si riflettono sui tronchi bagnati come se fossero fulmini. Tre poliziotti si voltano e si dirigono a passo svelto verso di noi.

Io prendo la mano di Frida e insieme corriamo verso i massi.

Il cuore mi batte forte.

«Non dovresti prendere in giro i poliziotti» dice Frida. «Fanno solo il loro lavoro.»

«Lo so» rispondo. «Anch'io.»

21

Il cuscino vibra. Mi alzo, mi stiro e vado a fare la doccia, e a quel punto noto i graffi sulle gambe, un ricordo della gita nella foresta di Utgard. Mi tolgo una spina dalla coscia e al suo posto compare una goccia di sangue. Non sapevo che i rovi potessero strappare i jeans. Me ne ricorderò la prossima volta che mangio una mora. Dopo la doccia mi metto la crema idratante sul viso e penso che presto dovrò passare a quella più grassa perché il naso e le palpebre sono secchi.

David Holmqvist è alla stazione di polizia, a cinque minuti dal mio appartamento. E la gente spettegola, c'è chi al supermercato sussurra che abbia ucciso lui due delle cinque vittime e chi alla fermata dell'autobus sostiene che le abbia uccise tutte e cinque. Ci sono solo tre celle alla stazione di polizia di Toytown, e probabilmente Thord ne sta chiudendo una.

Gavrik comunque non è cambiata. Mentre guido, vedo ragazzini che passano in bicicletta con il contenitore del pranzo nel cestino e vecchiette che passeggiano sui marciapiedi ghiacciati con gli scarponi chiodati ai piedi. Tutti hanno qualcosa da fare, anche se lo fanno più lentamente del solito.

Quando arrivo in ufficio noto che sul bancone non c'è più nemmeno una copia dell'ultimo numero del giornale. Gli altri sono tutti nell'ufficio di Lena e mi aspettano. Appendo il giaccone di pelle, mi tolgo gli stivali e li raggiungo.

«Non abbiamo ancora iniziato, Tuva. Stavo solo spiegando quello che mi hai detto ieri sera.»

Annuisco.

«Dunque» continua, «stamattina ho fatto una chiacchierata con l'avvocato di Holmqvist, che mi ha ricordato i nostri obblighi legali. Non che ne avessi bisogno... Noi scriviamo quello che riteniamo opportuno scrivere, e state certi che l'ho ribadito chiaramente. Tuttavia non possiamo rischiare di compromettere l'indagine del procuratore, se Holmqvist dovesse essere accusato degli omicidi.»

«Questo cosa significa?» chiede Nils, che sta giocando con un elastico.

«Per te non molto, ma... Tuva, Lars, voi dovrete essere particolarmente scrupolosi quando verificherete le fonti e i fatti.»

Guardo Lars che mi mostra la pelata e immagino che dietro gli occhiali troppo grandi stia fissando il soffitto.

Torniamo ai nostri posti: Lars alla scrivania vicino alla stampante, Nils nel suo ufficio-cucina e io alla scrivania vicino al bancone.

«Hai visto il corpo, ieri sera? Ti sei fatta un'idea?» mi chiede Lars.

«No, non l'ho visto» dico. «Era coperto dal lenzuolo.»

«È pesante per Gavrik» dice Lars, come se non potesse fare a meno di sfogarsi. «Era proprio l'ultima cosa di cui avevamo bisogno dopo quella brutta storia degli anni Novanta. Vorrei che finisse tutto al più presto. Vogliamo solo vivere in pace, qui» conclude.

Chiamo la stazione di polizia. Risponde Thord. Sembra più arrogante del solito, probabilmente qualcuno lo sta ascoltando, qualche pezzo grosso.

«Thord, sono io. La conferenza stampa è oggi o domani?»

«A mezzogiorno» dice e riaggancia. Rimango a guardare il telefono nello stesso modo in cui guarderei lui se avesse fatto una battuta volgare.

Poi inizio a disporre in ordine di importanza le foto e gli argomenti su cui scrivere. Ho tre giorni ma spero che non accada altro perché riesco a malapena a seguire i fatti per come sono, figuriamoci se si aggiungessero degli sviluppi. E devo anche andare alla cartiera, dove lavoravano alcune delle vittime. Lena comunque mi concederà tutto lo spazio di cui ho bisogno per informare i lettori nel modo più corretto e imparziale possibile.

Tengo d'occhio l'orologio, e alle undici e tre quarti prendo la macchina fotografica e il giaccone di pelle, mi infilo gli stivali e chiedo a Lars se vuole accompagnarmi alla stazione di polizia. Mi risponde che non è dell'umore giusto.

Quando ci arrivo mi rendo conto che è peggio del solito. I giornalisti sono una ventina, niente Bbc o Cnn, solo colleghi svedesi, ma anche da Göteborg e Malmö. So che dopo Natale arriverà un nuovo poliziotto e mi sembra proprio che ce ne sia bisogno.

Björn si avvicina al leggio, ma questa volta ci sono due bei ragazzi in giacca e cravatta dietro di lui, uno per lato. Prendo posto in prima fila e controllo il registratore e la macchina fotografica, e noto che uno dei due mi sta fissando. È il tipo di ieri, Mr Bluetooth. Si è fatto la barba e così è abbastanza carino. Lo saluto con un lieve cenno del capo evitando il sorriso, e lui mi ignora.

Björn prende la parola e fa il solito preambolo davanti a un nido di microfoni colorati, mentre i flash gli illuminano il viso.

«Bentrovati. Grazie di essere qui. Ieri, alle tredici e ventidue, un membro della squadra di caccia della foresta di Utgard ha chiamato il comando di polizia del distretto e ha denunciato il ritrovamento di un corpo nella zona comunemente nota con il nome di Badger Hollow. Gli agenti arrivati sulla scena del crimine hanno constatato il decesso di un uomo fra i cinquanta e i sessant'anni, la cui identità è ancora sconosciuta. Hanno inoltre rinvenuto il suo fucile e un guinzaglio, ma non hanno rilevato alcuna traccia del cane. L'uomo, comunque, non faceva parte della squadra di caccia. Ovviamente, chiunque avesse informazioni al riguardo o avesse un parente o un amico scomparso di recente è pregato di mettersi in contatto con il comando di polizia del distretto.»

Alzo la mano e il capo mi dà la parola.

«Il corpo della vittima è stato trovato intatto o mutilato?»

«Non posso rilasciare dichiarazioni al riguardo.»

«Si conosce la causa della morte?» chiede un uomo alle mie spalle, con un forte accento della Scania.

«Una ferita da arma da fuoco al petto.»

«Si tratta della stessa arma usata contro Freddy Malmström?» chiede una donna con una voce molto radiofonica.

Björn tira su con il naso. «Non abbiamo ancora una risposta, comunque sembra che il calibro sia simile.»

La donna prende di nuovo la parola. «Si tratta della stessa arma usata negli omicidi degli anni Novanta?»

«Non abbiamo una risposta. La scientifica sta ancora lavorando agli esami balistici.»

«I diritti di caccia verranno revocati per il resto della stagione?» chiede una donna con una videocamera sulla spalla, che dovrebbe lavorare per un piccolo gruppo del Dalarna.

«Non è stata presa alcuna decisione al riguardo.»

«David Holmqvist è indagato?» chiede un uomo con i pantaloni troppo corti, seduto alla mia destra.

«Nessuno è indagato in relazione a questo omicidio.»

«Ci sono elementi che possono far pensare a un movente di natura sessuale?» chiede una ragazza con dei capelli biondi da urlo.

Björn sembra a disagio. «Non che io sappia.»

Scattano i flash.

«La polizia farà qualcosa per evitare che vengano commessi altri omicidi nella foresta di Utgard?» chiedo io.

«Abbiamo chiesto la consulenza della polizia nazionale e al più presto decideremo insieme come comportarci, anche riguardo ai diritti di caccia» risponde Björn.

Nello stesso momento una donna con in braccio uno spaniel marrone irrompe nella sala. Tutti si voltano.

«Signora, è ammessa solo la stampa.»

«È mio marito.» Niente lacrime. Nessun dolore, nessuna emozione.

Accarezza il cane, gli massaggia le lunghe orecchie morbide. «Abbiamo litigato e lui è uscito con Jumbo.» Rivolge lo sguardo al cane, poi a Björn. Conosco il suo viso, ma non riesco a collocarlo in un contesto. «E non è tornato a casa. Sono certa che il corpo nella foresta sia il suo. A volte ci andava.» Abbassa di nuovo lo sguardo sul cane. La sua pelle è flaccida, da fumatrice accanita o da fanatica dell'abbronzatura. «Lo sento, è Rikard» aggiunge abbassando la voce.

I cavalletti delle macchine fotografiche ruotano verso di lei e i flash esplodono. Il cane comincia a ringhiare e lei lo stringe a sé e indietreggia. Thord la segue mentre Björn chiude la conferenza stampa e chiede ai presenti di lasciare la sala ordinatamente, come bravi boy scout. Thord e la donna sono già oltre la porta blindata che si apre solo con il codice quando io e i colleghi usciamo.

Ora c'è il sole. I fotografi, schermando con le mani le loro attrezzature, controllano il materiale che sono riusciti a procurarsi. I giornalisti della televisione si avvicinano ai loro furgoni e iniziano a registrare, dando le spalle alla stazione di polizia e mostrando i volti fotogenici e i sorrisi innaturali dietro i microfoni. Gli altri chattano e twittano. I camini della fabbrica di liquirizia proiettano lunghe ombre su Storgatan. Ho fame e ho bisogno di una boccata d'aria. Vado verso il McDonald's e passando davanti alla farmacia vedo un tizio seduto su uno sgabello pieghevole accanto a un tavolino con un blocco da appunti, circondato da cartelli e volantini. Il vento si alza e muove la penna biro attaccata con uno spago al tavolino.

Mi rendo conto che il tizio è Bengt Gustavsson, l'accumulatore di Mossen.

«Bengt, come va?»

«Cerco di stare lontano dai guai. Sei venuta a firmare la mia petizione, come dovrebbe fare ogni buon cristiano?»

«Dipende. Di cosa si tratta?» dico sorridendo, mentre il sole mi scalda le guance.

Lui cambia espressione. È deluso. Si alza dallo sgabello e si avvicina. Ha un herpes sulle labbra.

«Stai bene?» chiedo notando che respira affannosamente e fatica a tirare fuori le parole.

«Sei...» dice lui, con le narici dilatate. «Siete tutti uguali.»

«Mi dispiace.» Indietreggio e cerco con lo sguardo qualcuno che possa intervenire.

Lui però riesce ad afferrare il collo del mio giaccone di pelle.

«Di cosa pensi sia fatta questa?» urla. «E magari la chiami moda! È una barbarie!» Mi scosto e lui molla la presa. Nessuno interviene in mio aiuto, nessuno ha notato nulla.

«Dai, Bengt...»

«No! È il peggior omicidio di massa nella storia del nostro pianeta, e tu non puoi esserne complice!» urla, continuando a indicare il giaccone di pelle. «Carne, cuoio, caccia, sport!» È il testo del volantino che mi mette davanti al viso mentre una goccia di saliva bianca gli esce dall'angolo della bocca. «Carne, cuoio, caccia, sport! Devi informarti almeno un po', Tuva Moodyson... Prima che sia troppo tardi!»

22

Il pomeriggio lo passo in ufficio sistemando i miei articoli, buttando giù qualche titolo e ricontrollando le interviste. Fisso anche una serie di appuntamenti. Uno alla cartiera, uno allo strip club e uno con il presidente dell'associazione cacciatori di Gavrik. Sul fondo dello schermo del computer lascio scorrere il feed delle notizie, nel caso succedesse qualcosa di nuovo. Sul tardi, la porta si apre e la campanella tintinna sopra le teste di tre giornalisti che salutano e chiedono consigli sui ristoranti e sugli alberghi della zona. Guardandoli penso che si somigliano tutti. Loro vedono la nostra carta da parati con le bolle di umidità, le nostre scrivanie di legno, gli schermi grandi come forni a microonde dei nostri computer e assumono un'aria divertita e allo stesso tempo nostalgica, che si fa delusa quando rispondo alle loro domande. Uno mi chiede la strada per arrivare alla scena del crimine. Mi chiede anche se ci si arriva in auto o si deve noleggiare un quad. Non posso evitare di ridere.

Alzo gli occhi sul televisore appeso alla parete. Non c'è l'audio ma leggo i titoli che scorrono sotto i volti e d'un tratto riconosco la donna sullo schermo.

«Era la proprietaria di quella squallida cartoleria che non c'è più» dico.

Lars guarda e annuisce, poi si rimette a scrivere.

Esco. In lontananza vedo Bengt con i suoi cartelli, i suoi calzini bianchi e la sua scarsa capacità di gestire la rabbia. Mi giro dall'altra parte e raggiungo il pick-up. In cinque minuti arrivo in Eriksgatan, che ho riconosciuto insieme alla donna. Parcheggio e mi avvicino. L'ex proprietaria della cartoleria è sui gradini di casa e sta ancora parlando davanti alle troupe televisive. Indossa una felpa rossa e un paio di leggings neri.

Mi unisco ai colleghi e tendo il telefono.

«Ciao... Tu sei di qui, vero?»

Annuisco mentre i colleghi, o almeno quelli che stanno trasmettendo in diretta, mi fulminano con lo sguardo.

«Stavo dicendo ai tuoi amici che conoscevo Davey dai vecchi tempi. Era uno dei miei migliori clienti prima che quel maledetto supermercato si espandesse e iniziasse a vendere cartoleria di bassa qualità. Non ci compro mai niente, preferisco andare in auto fino all'Ica di Munkfors, per principio.»

«Pensa che David Holmqvist possa commettere reati come questi?» chiede un uomo con un berretto di lana.

La donna fa una smorfia e sbava il rossetto.

«È sempre stato un ragazzo strano. Veniva nella mia cartoleria, a volte da solo, a volte con un amichetto, e ci stava ore, guardava tutto con attenzione. A me non dava fastidio perché era un buon cliente, come vi ho già detto. Nonostante tutto. Era molto preciso, sapeva esattamente quale carta e quali penne voleva. Io me li procuravo da un fornitore particolare e se sbagliavo, per esempio se prendevo un pacco da centoventi fogli e non da ottanta, lui non lo ritirava, non lo toccava proprio, neanche fosse veleno. Se ne andava senza dire una parola. Sembrava che pensasse di essere il mio capo, solo perché comprava un sacco di articoli, dagli schedari alle cartucce per la stampante. Comunque Davey era proprio uno dei miei migliori clienti, quasi quanto la fabbrica di liquirizia e il *Posten*, prima che tutti iniziassero ad andare in quel maledetto supermercato o a ordinare su internet.»

La donna si lecca l'indice e se lo passa sulle sopracciglia. Spalanca gli occhi e si mette in posa per le foto.

«Lo considerava un tipo pericoloso?» chiedo.

«Fammi riflettere... Sono passati parecchi anni, ma... direi di sì. Ricordo di aver pensato che non lo avrei scelto come babysitter per i miei nipoti. Aveva uno sguardo freddo, di quelli che si vedono in televisione. Non diceva mai: "Buongiorno, Irene! Come sta, Irene?" Prima di entrare indossava dei copriscarpe senza lacci. Io gli ripetevo che non ce n'era bisogno, ma lui continuava a farlo. E mi consegnava una lunga lista di articoli che dovevo procurargli, compilata con quella sua scrittura un po' femminile, talmente minuscola che dovevo decifrarla con la lente d'ingrandimento. Non mi ha mai fatto del male, ma sì, direi che è proprio un tipo che potrebbe aver ammazzato Freddy Malmström. Senza dubbio.»

«E perché lo avrebbe fatto? Quale movente avrebbe avuto, secondo lei?»

«Be', non saprei. Anche se ho visto film e documentari molto validi sull'argomento, da cui ho imparato molto. Non sono un'esperta ma direi che era geloso di Freddy e di quell'altro tizio che hanno appena trovato. Credo che Davey non avesse parenti o amici, perciò ritengo che abbia ucciso per invidia. L'invidia è un veleno, l'ho sempre pensato.»

«Secondo lei, perché l'assassino avrebbe preso di mira solo uomini di mezza età?»

«Intendi dire Davey Holmqvist?»

Il ragazzo che ha fatto la domanda annuisce.

«Non saprei, sinceramente. Ma forse sì, forse era geloso. Freddy aveva avuto una moglie e aveva un figlio e un buon lavoro. Non se ne stava a casa da solo tutto il giorno a scrivere storie di fantasmi. Era un buon cristiano, e scommetterei che anche l'altro che è stato ammazzato lo era» dice. «Storie di fantasmi...»

L'intervista finisce e io torno in ufficio con la mia registrazione e trovo Lena e Lars davanti al televisore. C'è anche l'audio. Mi tolgo gli stivali e mi avvicino. La cassiera carina dell'Ica Maxi, che sarebbe già stata dimenticata se non fosse così carina, si sta godendo per la seconda volta il suo quarto d'ora di notorietà. Dietro ha il supermercato quindi davanti deve avere il camper di Tammy. Le sta accanto una donna con i capelli bianchi tagliati corti e una spilla a forma di farfalla sulla divisa.

«Come ho già detto» spiega la ragazza carina, «veniva qui e comprava le cose più assurde. Per esempio la testa del maiale, che ordinava proprio con il naso e tutto il resto. O la coda e le zampe e...» Si blocca, forse per creare un po' di suspense. «E i testicoli. Ha ordinato anche quelli, una volta. Non so se fossero di maiale o di toro, comunque erano enormi ed è toccato a me passarli davanti allo scanner della cassa. Che schifo, ho ancora i brividi se ci penso.»

La donna con la spilla inizia a parlare appena la ragazza smette, evidentemente non resiste alla tentazione di apparire in televisione.

«Girano voci» dice guardando la collega per una frazione di secondo prima di rivolgersi di nuovo alla videocamera. «Non posso sapere se siano vere, quindi non citatemi, ma ho sentito che David Holmqvist da ragazzo si era innamorato di una compagna di scuola. Non voglio fare pettegolezzi, per l'amor del cielo, ma ho sentito da una fonte autorevole che lei aveva un anno più di lui e non c'era al cento per cento, poveretta» precisa toccandosi la tempia con il dito. «Non che fosse ritardata, non proprio, la scuola l'ha finita e solo dopo si è trasferita con i genitori in Spagna o in qualche altro posto dove fa caldo. Ma ho sentito da questa fonte autorevole che Holmqvist aveva cercato di approfittare di lei anche se lei non voleva, poveretta. La scuola ha convocato i genitori e... insomma, le solite cose.»

«Si è trattato di un crimine, che lei sappia?»

«Non so, forse dovreste chiedere a un giudice o a un avvocato, sono cose tecniche, però agli occhi del Signore direi di sì, senza alcun dubbio, direi che si è trattato proprio di un crimine.»

La ragazza tira su con il naso.

«Io mi attengo ai fatti, dico quello che ho visto con i miei occhi. Holmqvist veniva ogni sabato alle due del pomeriggio, puntuale come un orologio. Si serviva al banco della macelleria e raramente a quello della pescheria. Poi faceva la fila alla mia cassa, anche se era la più lunga. Il suo carrello era sempre pieno, quasi solo di carne, ma comprava anche tè e tisane particolari, quasi sempre con un coupon ritagliato dal *Posten*. E sistemava la spesa sul nastro della cassa in una maniera estremamente meticolosa, non ho mai visto altri clienti compiere un gesto così banale con altrettanta cura. Incastrava le scatole e i pacchetti come nel Tetris, non sovrapponeva niente. Naturalmente impiegava un sacco di tempo. Comprava molti prodotti per le pulizie. E non comprava le nostre borse, portava le sue, di una tela marrone simile a quella dei sacchi. Le riempiva lentamente, e se mi offrivo di aiutarlo rifiutava brontolando. Poi pagava, e a me venivano i brividi. Aveva un coltellino appeso al portafogli, tirava fuori la carta e digitava il codice nascondendo la tastiera con la mano per evitare che qualcuno vedesse. Avete presente il tipo, no? Sudava moltissimo mentre lo faceva, e quando aveva finito si infilava la mano in tasca e rimaneva a guardarmi. Io mi sentivo così a disagio. Solo dopo un po' se ne andava, e ricompariva il sabato successivo alla stessa ora.»

Sto pensando che ogni singolo abitante di Toytown sembra avere una storia da raccontare su questo uomo, quando un titolo scorre sullo schermo: David Holmqvist è ancora in stato di fermo per l'omicidio di Freddy Malmström. Nessuna notizia sull'altro omicidio.

Chiamo Thord e trovo occupato. Riprovo innumerevoli volte e finalmente mi risponde.

«Sono io.»

«Ciao, Tuva.»

«Allora?»

Lo sento sospirare.

«Conferenza stampa domani. Ti tengo il posto, ma adesso devo andare.»

Gli apparecchi fischiano per segnalarmi che le batterie sono quasi scariche. Li tolgo, apro gli sportellini e rimuovo le batterie. Prendo quelle nuove e le inserisco.

Poi vado da Tammy. Ho bisogno di mangiare e ho bisogno di parlare con una persona vera. Ho bisogno di parlare con lei. Quando arrivo trovo due clienti vestiti allo stesso modo, probabilmente una coppia, e mi metto in coda.

Appena mi vede, mi saluta e mi regala un sorriso tutto fossette. Si sporge e riesce quasi ad abbracciarmi. «Hai un'aria stanca.»

Il profumo delizioso della citronella mi avvolge e il mio stomaco borbotta.

«Lascia che ti prepari qualcosa di buono... Sì, un pad thai genuino al cento per cento!»

Sorrido e annuisco con entusiasmo.

Questa ragazza è incredibile. La osservo mentre lavora nel suo piccolo camper, lo stesso che sua madre qualche anno fa aveva trasformato in un minuscolo ristorante ambulante. È così pulito e organizzato, con tutti i barattoli di peperoncino, coriandolo, scalogno e cipollotto sempre pronti all'uso. Prende una pinza da chef e raccoglie un ciuffo fumante di noodles ai gamberetti, lucidi di olio e scintillanti di gemme di aglio. Li sistema in un contenitore di plastica poco profondo, li cosparge di spezie e aggiunge una forchetta di legno.

«Lo sai, vero, che potresti aprire un ristorante a Karlstad e fare strage? Nessuno cucina come te...»

«Ti ricordo che sono un ingegnere» dice lei, sporgendosi di nuovo dal camper e appoggiandosi sui gomiti. «O almeno lo sarò fra due anni. Pensi che voglia continuare a servire questa manica di ingrati per tutta la vita? No, andrò a sud e costruirò ponti.»

Un altro cliente arriva, saluta, prende il sacchetto con il riso con curry rosso thailandese non troppo piccante ordinato al telefono e paga. Io intanto finisco i miei noodles.

«Stronzo» dice lei appena il cliente si è allontanato e non può più sentire.

«Cos'ha fatto di male?»

«Stronzo» ripete.

Le rivolgo un cenno interrogativo.

«È il classico svedese del cazzo, senza offesa. Viene qui almeno due volte alla settimana e sceglie sempre piatti poco piccanti e molto conditi. L'anno scorso avevamo iniziato a parlare un po', e mi sembrava okay. Fino a quando ha cominciato a discutere di cucina e mi ha chiesto se mangio cibo *vero* quando sono a casa, se cucino carne e patate. Ecco cosa pensa.»

«I miei genitori pensavano la stessa cosa della pasta.»

«I tuoi genitori erano i tuoi genitori. Ma lui è uno stronzo. Gli ho risposto che questo è cibo vero per milioni di persone, che sono molte più di quelle che preferiscono la sua versione. Era estate, qui dentro faceva proprio caldo, io ero proprio incazzata e lui continuava a sostenere che questo è cibo spazzatura, anche se ha un buon sapore. Infatti lo compra. Non sopporto il razzismo latente e non sopporto lui che mi guarda dall'alto in basso con quei suoi occhi sbiaditi. Gli ho spiegato che poteva tornare a casa sua a prepararsi il merluzzo con la salsa di uova sode se pensava che il mio fosse cibo spazzatura. Per qualche mese non si è fatto vivo. Poi si è ripresentato con la solita puzza sotto il naso e ha ordinato un riso con curry verde non troppo piccante. Stronzo.»

23

La conferenza stampa comincia alle dieci. I colleghi sono gli stessi, ma quelli che si sono sistemati in albergo questa volta sembrano stanchi e inquieti, desiderosi di lasciare Toytown per tornare alla realtà da qualche altra parte più a sud.

Björn comunica che il corpo trovato a Badger Hollow è di un operaio della cartiera, Rikard Spritzik, e precisa che le ferite sono simili a quelle rilevate sul corpo di Freddy Malmström. Quindi, gli occhi hanno fatto la stessa fine. Conclude dicendo che la vittima aveva con sé un bel po' di denaro in contanti, circa cinquemila corone.

Poi si toglie gli occhiali e li lascia penzolare.

«Domande?»

Alziamo tutti la mano, immediatamente.

Lui ci guarda e non dice nulla. E il tempo sembra rallentare. Mentre aspettiamo che decida, però, io mi rendo conto di avere i piedi caldi dentro gli stivali e decido di considerarlo un buon segno. Poi lui batte le palpebre.

«Tuva.»

«Ispettore capo Andersson. Avete trovato un nesso tra gli omicidi di Freddy Malmström e Rikard Spritzik e quelli avvenuti nella foresta di Utgard negli anni Novanta?»

Björn evita di guardare Thord ma deglutisce e allarga

le gambe come se si fosse aspettato la domanda e si fosse preparato a rispondere.

«Siamo aperti a ogni possibilità e invitiamo chiunque abbia informazioni, anche apparentemente insignificanti, a mettersi in contatto con noi.»

«Qualcuno è in stato di fermo per l'omicidio di Freddy Malmström?» chiede un tizio con la riga in mezzo.

«Al momento no.»

«E David Holmqvist è ancora in stato di fermo?» chiede una donna con l'accento danese, alle mie spalle.

«David Holmqvist sta collaborando con la polizia.»

L'uomo con la riga in mezzo torna alla carica. «La foresta è sicura?»

Björn si gratta il mento. «I turisti e anche i residenti devono fare attenzione, sempre. Invito...»

«Sta dicendo che ci troviamo di fronte a un serial killer, e se è così avete idea di quando colpirà di nuovo?» chiede un tizio con il farfallino e un paio di scarpe di vernice. Non lo conosco ma distinguo il timbro nasale tipico di Stoccolma.

I flash esplodono in faccia a Björn, che afferra le due metà degli occhiali fissando l'uomo con il farfallino, poi annuisce e sorride. «Grazie, è tutto.»

Esco, raggiungo il pick-up e mi dirigo verso la E16 e lo strip club. Se c'è un luogo in cui è più facile che gli uomini abbassino la guardia e parlino, è quello. Ma devo arrivarci prima dell'apertura.

La giornata è umida come un calzino fradicio, la pioggia si abbatte sul parabrezza come se qualcuno la sparasse con un idrante e mentre vado dal pick-up allo strip club devo coprirmi le orecchie con le mani.

La porta è chiusa a chiave. Non c'è un campanello quindi busso e mi ritrovo davanti una donna più vecchia della mamma, sui settant'anni, che indossa un vestito a fiori con un colletto bianco e delle scarpe di pelle.

«Sei Tuva?»

Annuisco e sorrido, con le mani ancora sulle orecchie.

«Entra, o ti prenderai una polmonite.»

La seguo all'interno del locale, che mi sembra completamente diverso. I faretti ronzano e producono un bagliore vagamente sinistro. L'aspirapolvere con il tubo avvolto su se stesso ricorda un cobra che punta la preda. Ci sediamo a un tavolo vicino al palco con i pali luccicanti, e d'un tratto mi accorgo che quella donna somiglia maledettamente alla regina d'Inghilterra. Il barman è lo stesso dell'altra volta. Sta mischiando un mazzo di carte e non dà segno di avermi riconosciuta.

«Cosa bevi, cara? Offre la casa» dice la vecchia signora.

«Acqua, grazie. Devo guidare.»

«Lucas, due Negroni» dice. Poi si volta verso di me. «L'acqua va bene per i topi, ripeteva mia nonna.»

Sorrido e mi riprometto di berne solo un sorso, un sorso minuscolo.

La sala ha un aspetto logoro. Le poltrone e i tappeti sono sfilacciati, le gomme da masticare secche sono appiccicate al palco come i licheni alle cortecce degli alberi. Ma i clienti sicuramente non ci fanno caso, non vengono qui per gli arredi.

«Posso farle qualche domanda sul locale?»

«Puoi chiedermi quello che vuoi, cara.»

«Hannes Carlsson è un cliente abituale? E chi è la sua ragazza preferita?»

«Io però non posso andare nello specifico, cara. In questo settore, e lo so perché ci sto da quarant'anni, la discrezione è fondamentale.»

«È in questo locale da quarant'anni?»

«Santo cielo, no. Prima gestivo una casa di appuntamenti per gentiluomini. La cartiera aveva il triplo dei dipendenti che ha ora, e li pagava molto bene. E molti di loro, tecnici, ingegneri, arrivavano da lontano. Avevano bisogno di attenzioni dopo una lunga giornata di lavoro, e io avevo una squadra di professioniste che si occupava solo di quello.»

«E cos'è successo poi? La cartiera si è ridimensionata e lei ha cambiato mestiere?»

«È stato un po' più complesso, cara. Hai presente quella brutta storia degli anni Novanta? Quei tre incidenti?»

«Gli omicidi di Medusa?»

La vecchia signora beve un sorso di Negroni e si sistema l'orlo del vestito.

«I tre uomini lavoravano alla cartiera, o forse erano due, sì, erano due, ma tutti e tre erano clienti della mia casa di appuntamenti.»

«Aveva un nome? Era un club privato?»

«No e sì, rispettivamente. No e sì. Comunque, dopo gli incidenti ho chiuso e mi sono trasferita in Spagna. C'erano molti svedesi, espatriati, e alcuni erano dei veri e propri personaggi. È lì che ho conosciuto Lucas.» Guarda il barman. «Ora però sono felice di essere in Svezia.»

Sorride e sorseggia il suo Negroni, acciambellata sulla poltrona di pelle nera che continua a tastare con le dita e graffiare con le unghie rosse. Aspetto solo che ne tiri fuori un tanga rosa. Invece no.

«Cinquecento» dice, portando davanti agli occhi una banconota e ammirandola. Poi apre la borsetta di pelle, tira fuori il portafogli abbinato e ci infila la banconota.

«Rikard Spritzik, l'ultima vittima, era un cliente?»

«Non posso risponderti, cara.»

«Ormai è morto» dico.

Lei fa un cenno al barman e finisce il Negroni. E dopo un istante si presenta Savanah, in jeans e maglione di lana pesante. Non è truccata e ha i capelli raccolti in una coda di cavallo. E così è splendida come una modella.

«Cara, conosci Rikard Spritchdick?»

«Spritzik» dico, e saluto con la mano Savanah.

«Perché?» chiede lei.

«Il corpo che hanno trovato nella foresta di Utgard domenica è il suo» dico. «La polizia lo ha confermato.»

Noto l'espressione della ragazza e capisco che lo conosceva.

«Era un cliente abituale, cara?» le chiede la vecchia signora.

Savanah tende la schiena e si porta le mani alla testa come se volesse togliersi una parrucca.

«Sì, veniva spesso. Ed era un tipo a posto. Cosa diavolo sta succedendo? Freddy, Rik... Cosa succede?» sussurra mentre si avvicina.

Scuoto la testa e guardo la vecchia signora ma nemmeno lei ha una risposta.

«Tutti questi morti» dice Savanah. «So che sono uomini, non ragazze, ma non mi sento al sicuro.»

«Se sei fra le mie quattro mura sei al sicuro, cara, posso garantirtelo. Puoi stare certa che alle mie ragazze non succederà niente.»

«Povero Rik.» Savanah ora è accanto a noi. «Penso che abbia dei bambini. Non dovrebbero succedere cose simili, non a una persona come lui. Vorrei saltare il turno oggi, dopo questa notizia non me la sento di lavorare. Posso?» chiede guardando la vecchia signora.

«Certo, cara. Ma dovrò trattenerti la quota. Sai che funziona così.»

Savanah guarda la vecchia signora e la vecchia signora guarda Savanah.

«Allora lavoro.»

Magari lo strip club è il ragno al centro della tela e l'assassino è l'ex di una delle ragazze, folle di gelosia. O magari ho collegato male i puntini e non ho capito che prima o poi tutti gli uomini di questo posto di merda finiscono per frequentare questo locale.

Lascio il mio biglietto da visita alla vecchia signora, la ringrazio per il Negroni che ho a malapena toccato e me ne vado. Ed è un sollievo ritrovarmi sotto la pioggia. Corro verso il pick-up con le mani sulle orecchie, mi infilo dentro e porto al massimo il riscaldamento. È umido, ma non fa freddo. Mi tolgo gli apparecchi e li metto davanti alla ventola. Devono asciugarsi, non posso permettermi che mi abbandonino proprio ora.

Il prossimo appuntamento è con Benny Björnmossen, il presidente della sezione di Gavrik dell'associazione cacciatori. Guido con molta prudenza, con i tergicristalli al massimo. Parcheggio vicino all'ufficio, al solito posto. Storgatan è silenziosa. Allungo il braccio verso il sedile posteriore, prendo la giacca da sci e me la infilo, mi metto gli apparecchi e tiro su il cappuccio.

L'ufficio è sopra l'armeria, quella che nell'insegna ha un cinghiale e il motto MAI PENTIRSI DI UN COLPO SPARATO. La porta è accanto a quella dell'armeria. Salgo una rampa di scale piuttosto ripida che scricchiola a ogni passo e in cima trovo un'altra porta. Il soffitto è basso e c'è puzza di fumo stantio. Busso ed entro.

«Tuva Moodyson?»

Annuisco.

«Vieni, siediti. Io sono Benny Björnmossen.»

Mi siedo. La stanza è lunga e ha le finestre su Storgatan e sul retro. Al centro c'è una vecchia scrivania sulla quale vedo un sacco di carte ma non un computer.

Benny Björnmossen è seduto alla scrivania. Alle sue spalle ci sono un tavolo da gioco rotondo coperto da un panno verde e alcuni armadietti di metallo imbullonati alla parete.

«Immagino che tu sappia cosa stanno cercando di

farci. Ti dispiace se...» dice mostrandomi un pacchetto di Marlboro.

Scuoto la testa. «No. Cosa stanno cercando di farvi?»

«Diritti di caccia» dice, dando un tiro alla sigaretta. Sembra che nella vita non abbia fatto altro che fumare. «Il governo sta cercando di revocare i nostri diritti di caccia, che sono assolutamente legali, antichi diritti che Dio ci ha dato perché potessimo conservare il nostro stile di vita, proteggere la foresta e preservare l'equilibrio naturale dell'ambiente. Lo scriverai sul tuo giornale, vero?»

«Utilizzerò la registrazione della nostra conversazione, signor Björnmossen» dico, tirando fuori dalla tasca il telefono e sistemandolo sulla scrivania accanto a una pila di carte. «Non si preoccupi.»

«Due morti. Uno scempio, letteralmente. Ma almeno hanno preso il colpevole, lo scrittore di storie di fantasmi che vive a Mossen. Potremmo tornare a occuparci delle nostre faccende. E invece no» dice esasperando l'accento di Stoccolma. «Bisogna valutare la situazione e accertare quale sia il modo migliore per far proseguire la stagione nella circoscrizione di Gavrik. Mai sentito una simile quantità di cazzate in vita mia.»

Sorrido e scuoto la testa.

«Suppongo che temano altri incidenti mortali» dico.

Una nuvola di fumo gli esce dalla bocca e lui la inspira. «Perché? Il colpevole è alla stazione di polizia e presto sarà in tribunale a Karlstad per il processo. Qui a Gavrik abbiamo necessità soprattutto di tornare alla normalità. Siamo cacciatori e vogliamo cacciare. Dobbiamo abbattere gli alci vecchi e i piccoli in eccesso. Dobbiamo gestire la nostra terra in modo che i nostri discendenti possano vivere qui ancora per molto tempo dopo che noi ce ne saremo andati.»

«Chi decide la concessione o la revoca delle licenze di caccia?»

«I burocrati ovviamente, uomini in giacca e cravatta che non hanno mai preso in mano un fucile, hanno le pance gonfie di birra e sanno solo muovere una penna. Perché dovrebbero decidere le sorti della nostra foresta?»

«Quale potrebbe essere un buon compromesso, secondo lei? La caccia autorizzata in tutte le foreste tranne che in quella di Utgard?»

«No, non ci siamo, non hai capito.» Si alza e, come se io fossi una sua allieva di tredici anni, assume una tipica posa da insegnante. Che mette in evidenza la cintura con la fibbia di acciaio a forma di rombo. «Quella di Utgard è la foresta più grande qui intorno e la migliore, quindi è quella che più delle altre richiede il nostro intervento. E Hannes Carlsson sa fare un buon lavoro con la sua squadra, dopo me e quel tassista di Mossen direi che è lui il miglior fucile della zona.»

Mi si rizzano i capelli.

«Il tassista? Intende Viggo Svensson?»

«Mi pare che si chiami così, sì. Ottimo tiratore, l'ho osservato al poligono. Anche se nessuna squadra di caccia lo vorrebbe, non qui almeno. È un tipo strano.»

Forse Viggo e David Holmqvist lavorano insieme. Forse non fanno parte della squadra di Hannes Carlsson perché ne hanno creata un'altra.

«Cosa intende esattamente?»

Benny Björnmossen guarda il registratore. «Ascolta, è fondamentale che non ci siano altri omicidi nella foresta di Utgard fino a quando non verrà raggiunta la quota di alci. Non possiamo mancare questo obiettivo.»

«La quota è così importante?»

«La Svezia ha la più alta densità di alci di ogni altro paese in questa parte del mondo» dice, gonfiando il petto come se si trattasse di un suo record personale. «È un fatto scientificamente provato, non ci piove. Gli alci, o Bullwinkle, o come diavolo vuoi chiamarli, dilagano e divorano i germogli dei pini se non sono tenuti sotto controllo.»

«Immagino che la priorità della polizia e delle autorità sia assicurare l'incolumità dei cittadini.»

«Brava, ci sei arrivata» dice assumendo un'espressione leggermente più amichevole. «Scrivilo sul tuo giornale. Dobbiamo stabilire le priorità e riprendere a cacciare come abbiamo sempre fatto.»

Quando esco dall'ufficio di Benny Björnmossen sono un po' confusa, ma ho con me la lista delle squadre locali e dei loro membri e la tabella delle date di apertura e di chiusura della caccia all'alce, al lupo, all'orso, al cinghiale selvatico e così via, fino al castoro e al ghiottone.

In ufficio, Lars e Lena stanno dando gli ultimi ritocchi agli articoli che non hanno a che fare con gli omicidi e Nils sta parlando con un cliente nel suo ufficio-cucina. Scrivo per un paio d'ore cercando di dare un senso alle informazioni raccolte allo strip club e di capire perché David Holmqvist avrebbe ucciso, da solo o insieme a qualcun altro. Se la polizia ha delle prove non se l'è lasciato sfuggire. Tuttavia, quando gli esperti di Linköping avranno finito il loro lavoro chiederò a Thord i risultati degli esami balistici.

Mi dirigo verso casa. Parcheggio, entro e ritiro la posta, poi salgo le scale. La lampadina non è stata sostituita, il mio pianerottolo è immerso nella penombra. Salgo gli ultimi gradini e vedo qualcosa davanti alla mia porta.

Un troll, sullo zerbino.

24

È proprio davanti alla porta del mio appartamento. Stringo forte il corrimano e intanto cerco di calmarmi. Non c'è nessuno sul pianerottolo. C'è solo un pupazzo di legno. Eppure non è così. Quel pupazzo è carico di significato, di storie che vengono dal passato e che risvegliano ricordi della mia infanzia. Rimango a fissarlo. Mi trovo in uno stabile dove ci sono altri tredici appartamenti oltre al mio, a circa venti secondi da una strada in cui passano auto e persone. Mi avvicino. Il troll mi arriva alla caviglia, sarà alto venti centimetri. Gli guardo gli occhi. Sono socchiusi come se fosse assonnato, ubriaco, malato, drogato. I capelli sono fitti e un po' appiccicosi. Mentre lo fisso capisco che è un troll femmina. Mi ci allungo sopra e riesco a scavalcarlo e a entrare nell'appartamento senza toccarlo. Accendo la luce, accosto la porta. La riapro.

Osservo il troll, le sue gambe tozze e la sua coda rossiccia che sbuca dai pantaloni. Non è così spaventoso, visto da dietro. Posso chiudere la porta se voglio. Tuttavia continuo a fissarlo. Controllo il telefono, poi mi avvicino, con le braccia tese, come se dovessi sollevare un bambino che ha il pannolino sporco.

Ho freddo. E il troll è freddo e duro. Lo prendo per la vita e lo giro lentamente. I suoi occhi mi catturano, sembrano quelli di una bambola con le palpebre che vanno su e giù. Il suo sguardo vitreo mi paralizza.

«Basta così» sussurro. «Ne ho abbastanza di questo posto.»

Lo appoggio sul mobile dell'ingresso e chiudo la porta, poi vado in soggiorno. Come devo comportarmi? Mi stropiccio gli occhi, mi gratto il naso, mi giro e torno dal troll. Adesso è quasi alla mia altezza.

Lo guardo rimanendo a distanza di sicurezza. Le sopracciglia sono vere, le ciglia finte. La faccia, con le guance rosse e le lentiggini, è di pino ben levigato. Il porro sul mento probabilmente è il segno di quello che una volta era un ramoscello. Le orecchie, troppo grandi, hanno un pezzetto di legno alloggiato in ciascun padiglione auricolare, a mo' di apparecchio acustico. I peli sono come quelli che spuntano dalle orecchie dei vecchi e sono rossicci come la coda. Il troll ha un'espressione triste. Indossa abiti grigi ed è scalzo. Gli tocco i piedi e mi ritraggo, schifata. Respiro a fatica. Le unghie sono vere, umane. Giallastre, incollate alle dita. Forse dovrei parlarne con le due sorelle. Certo non con la polizia. Lasciare un troll su uno zerbino non significa commettere un reato, significa fare un regalo. Un regalo da pazzi ma pur sempre un regalo e forse anche di un certo valore.

Ho la gola secca. Riempio un bicchiere con l'acqua del rubinetto e lo svuoto a piccoli sorsi. Chi compra questi oggetti? E per metterli dove? In casa come soprammobili? In camera? Torno dal mio troll e gli tocco i vestiti. Sono ricavati da vecchi stracci tagliati e cuciti con molta cura e abilità. Un ottimo lavoro. Veramente. La maglietta, che ha una macchia rossa nel mezzo, è incollata al corpo di legno. I pantaloni invece hanno una coulisse e posso aprirli. Lo faccio, e sono di nuovo una bambina di cinque anni che vuole scoprire cosa c'è sotto. Li abbasso e trovo un ciuffo di peli neri fra le gambe. Sento che sto per vomitare. Afferro la borsa, infilo la porta lasciandola sbattere alle mie spalle e scendo le scale a due gradini alla volta, mentre le immagini delle due sorelle scorrono come un film nella mia mente.

Avrei dovuto gettare il troll dalla finestra. Corro lungo la strada deserta. Non c'è vento, avverto solo una brezza lievissima e, di quando in quando, un lieve profumo di liquirizia nell'aria.

Salgo sul pick-up e finalmente mi sento al sicuro. Il mio pick-up a trazione integrale che mi tira sempre fuori dai guai, a cui si aggiungono il kit di attrezzi nel cassone e lo spray per gli orsi nella borsa sul sedile del passeggero. Avvio il motore, ma mi tornano in mente i peli pubici e i capelli, umani, e un urto di vomito mi sale in gola. Parto sgommando. Storgatan è deserta, le auto parcheggiate sono poche e i negozi chiusi, non c'è proprio nessuno in giro, saranno tutti a casa davanti al televisore a guardare qualche reality, attratti come falene dalla luce. Una volta Lars mi ha detto che la televisione è la sua migliore amica e la banda larga è la sua famiglia, soprattutto nei mesi invernali. L'una e l'altra lo aiutano a tirare avanti. Televisione, caffè e alcol: la santissima trinità dei paesi freddi.

Non so dove sto andando. Se fossi a Londra opterei per un'amica, oppure per un pub, un cinema o qualunque altro luogo affollato, ma qui non c'è nessuno. Le luci dell'ufficio sono spente. I cinema sono chiusi, aprono solo il lunedì, il mercoledì e il sabato. Arrivo al drive-in del McDonald's ma non c'è nemmeno un'auto. Proseguo fino al camper di Tammy ma anche quello è chiuso. Compongo il numero di Tammy e lei non risponde. Mi prende il panico. Dove diavolo sono finiti tutti gli altri esseri umani? Le luci della maggior parte degli appartamenti e delle case sono spente. Sento ancora l'acidità del vomito in gola. Accelero, e le gomme stridono mentre affronto la rotatoria. Vado verso l'autostrada perché ho bisogno di andare a tavoletta per calmare i nervi, poi però cambio idea e imbocco la strada che ci passa sotto. Raggiungo quello che penso sia un cimitero di auto, o un noleggio, o qualunque altra cosa somigli a un grandissimo parcheggio nel mezzo del nulla, e lo supero.

Sto andando da Frida, ora me ne rendo conto. Non c'è nessun altro con cui possa parlare qui a Toytown, e se decidessi di andare a Karlstad arriverei troppo tardi. Invece voglio bere una tazza di tè insieme a un altro essere umano. Sì, so che devo passare davanti al laboratorio delle due sorelle, ma non posso farmi spaventare da loro, sembrano più anziane della mamma.

Pini. La casa dell'accumulatore, la luce fioca nella sua roulotte e i pannelli solari che brillano come cristalli di quarzo nel suo orto, in mezzo ai cavoli e alla pastinaca. La casa del tassista, la sua Volvo con il cartello del servizio scolastico. Salgo lungo la collina, supero la palude e il laboratorio. Odore di fumo. Musica folk. Le sorelle sono troppo impegnate per alzare lo sguardo. La casa dello scrittore è immersa nel buio, i fari del pick-up illuminano il nastro bianco e azzurro che la circonda e la fa sembrare un pacchetto natalizio. D'un tratto, mentre la guardo, avverto qualcosa davanti a me e freno di colpo. Penso a un alce, un alce grande come quello che ha distrutto l'auto di papà, invece è un pino finito di traverso sullo sterrato. Sono a tre metri dai rami. Sento il cuore che batte forte e mi pento di essere venuta fino a qui, mi chiedo cosa diavolo mi sia passato per la testa.

Chiamo Frida, consapevole dei rischi che corro. Risponde al primo squillo.

«Ciao, stavo proprio pensando a te» dice.

Sento musica in sottofondo, probabilmente dalla radio.

«Davvero?»

«A te e a tua madre. Vuoi che prepari qualche pasto

anche per lei? Che ogni due settimane le porti qualcosa di pronto e qualcosa di surgelato? Vado a Karlstad per lo shopping, non sarebbe un disturbo.»

«Io... Ci pensa l'hospice.» Pronuncio sempre a fatica quella parola. «Grazie del pensiero, comunque» aggiungo. «Frida, sono vicino a casa tua ma c'è un albero enorme sullo sterrato.»

«Sei qui? Santo cielo, avresti dovuto chiamarmi. Hannes si è già organizzato per rimuoverlo ma se ne occuperà domani mattina, a quest'ora non può fare niente. Va tutto bene?»

«Non voglio disturbarti. Torno a casa. Anzi mi dispiace di essere arrivata senza avvertire, sì, avrei dovuto chiamarti.»

«Ma no, è sempre bello vederti. Vengo a prenderti, sono lì tra cinque minuti, non muoverti.»

Lascio i fari accesi, anche se la luce si perde fra gli aghi di pino e non vedo nulla. L'albero in fin dei conti è un altro cadavere. Però sembra ancora vivo. Prendo lo spray per gli orsi. Mi sento vulnerabile, avverto l'oscurità oltre la luce dei fari. Nello specchietto retrovisore riesco a scorgere il nastro bianco e azzurro che svolazza davanti alla veranda della casa di David Holmqvist. E penso al troll, alle sue orecchie e ai suoi capelli. Respiro normalmente, ma ho le mani così sudate che il volante è bagnato.

Vedo i fari che si avvicinano. Scendo dal pick-up e lo chiudo a chiave.

«Tuva! Scavalca il tronco aggrappandoti ai rami! E rimani nella luce dei miei fari!»

La via che Frida suggerisce sembra impenetrabile. Ma devo ammettere che è la migliore. La cima e la base del pino non sono sullo sterrato, sono nella foresta, nel buio. Mi infilo in mezzo a un groviglio di rami che mi graffiano ma almeno non hanno spine e non mi feriscono. Uno mi colpisce in faccia. Sento gli aghi bagnati sulla pelle, il loro odore fresco che mi rincuora dopo l'orrore del troll. Mi arrampico sul tronco sfregando i jeans contro la corteccia ruvida e rotolo giù dall'altra parte.

Quando esco dal groviglio e vedo Frida, sono così sollevata che mi sento quasi svenire. Lei mi abbraccia e all'improvviso Mossen mi sembra un luogo diverso. Non mi sembra più spaventoso. Il pino divide i cattivi dai buoni, l'inferno dal paradiso. Anch'io la abbraccio, e sento il suo profumo fiorito.

«Vieni» mi dice. «Ho una bella zuppa calda.»

25

L'auto di Frida è pulita e calda.

«Sembra che tu abbia appena visto un fantasma. Cosa ti è successo?»

«Niente, sto bene» dico. «Solo una stupidaggine.»

Dallo slargo in cui ha parcheggiato riesco a intravedere il tetto a mansarda. Le luci all'interno e all'esterno sono accese. Sono così tante che la casa, anche se è nel mezzo della foresta di Utgard, sembra un posto normale in cui vivere.

«Qualcuno mi ha fatto uno scherzo, tutto qui. Mi ha fatto trovare un troll davanti alla porta» dico cercando di scusarmi. Frida si ferma a guardarmi. «Ho pensato che potesse essere stato uno dei tuoi vicini.»

«Che schifo!» esclama, e io rido anche se non so esattamente perché. Anche lei scoppia a ridere, e io non riesco a smettere. Sono furiosa e rido.

Scendiamo dalla sua auto e raggiungiamo la veranda decorata con piante di erica in vasi di legno. La luce nel capanno è accesa. Entriamo in casa. C'è fumo. Hannes è nel soggiorno, davanti al camino, e legge il giornale. Il mio giornale.

«Tutto bene?» chiede. «Frida ha temuto che ti fosse successo qualcosa quando ha saputo che eri qui.»

«Sto bene, mi sono solo presa uno spavento.»

Hannes piega il giornale e mi stringe la mano. Indossa un maglione blu molto aderente con una piccola cerniera, che sembra essere molto costoso. E ha un'aria sciupata.

Mi tolgo gli stivali e la giacca. Frida mi accompagna nella cucina che profuma di buono e mi ricorda una pubblicità. Vedo una pentola che bolle e mi avvicino, attratta dal profumo.

«Zuppa di pollo?» chiedo.

«Manca solo il tocco finale» dice lei. «Tra poco è pronta.»

La osservo mentre esce dalla porta di servizio e passa sotto le luci. Faccio un respiro profondo e il vapore della zuppa mi inumidisce il viso. Intanto lei torna in cucina insieme a Hannes.

«Cacca di fagiano» spiega. Aggrotto la fronte mentre viene verso di me reggendo una vaschetta di plastica blu per i cubetti di ghiaccio. «Io lo chiamo così ma è brodo, che preparo con i fagiani che caccia Hannes. Brodo molto concentrato e congelato.» Spinge i cubetti fuori dalla vaschetta e li lascia cadere nella pentola. «Plop, plop, plop» dice imitandone il rumore. «Aggiunge un sacco di sapore.»

Mescola la zuppa. Sento lo stomaco che gorgoglia, ma penso che non se ne accorgano. O almeno lo spero.

«Siediti che ti porto qualcosa da bere. Ne hai bisogno» dice Hannes.

«Acqua, grazie.»

«Puoi anche concederti un bicchiere» ribatte mentre prende del vino bianco dal frigorifero. Una goccia di condensa cola lungo la bottiglia. «Se Björn o Thord ti danno il tormento, tu digli che hai assaggiato lo chablis di Hannes Carlsson e vedrai che ti lasceranno in pace.»

Lo stappa e me ne versa un generoso bicchiere e io decido di fare come allo strip club e berne solo un sorso.

Frida porta in tavola del pane nero su un lungo vassoio di legno, poi serve tre scodelle di brodo fumante.

«Prendi il burro, quello montato?» chiede a Hannes.

Sembra tutto meraviglioso. Mi sento sazia prima ancora di iniziare. Sono davanti a una tovaglia, un tovagliolo, un bicchiere di vino bianco freddo e una scodella di brodo caldo. Mi siedo e inizio a rilassarmi, e ad avvertire la stanchezza. Mangio e bevo. Il pane caldo con il burro salato è delizioso e la zuppa è ricca e densa. Ne prendo un'altra scodella.

«Avete letto qualche libro di David Holmqvist?» dico, mentre il vino mi scioglie la lingua. «Sapete cosa scrive?»

«Non leggo narrativa» dice Hannes, come se la domanda fosse diretta solo a lui. «Non ho tempo per le storie inventate. Se mi proponi un bel libro di storia o un'enciclopedia ti ringrazio ma il resto ho smesso di leggerlo quando ho iniziato a radermi.»

«Non sappiamo di cosa si occupi» aggiunge Frida.

«Quindi cosa fai per rilassarti?» chiedo a Hannes. «Frequenti un club? Vai al bar con gli amici?»

Lui raddrizza la schiena e si inclina verso di me. «Vado a caccia» dice. Sta per riempirmi il bicchiere, ma io mi rendo conto che il vino era così buono e si accompagnava così bene alla zuppa che ne ho bevuto già troppo.

«Basta, grazie. Ne ho preso abbastanza.»

«Sciocchezze» dice Frida. «Puoi dormire qui, nella stanza degli ospiti, oppure Hannes può accompagnarti a casa.»

«Sono al terzo bicchiere, meglio non rischiare.»

«Allora possiamo chiamare Viggo» dice Frida. «È il suo mestiere e le tariffe sono ottime, duecentodieci corone per Gavrik.»

Mi guardano.

Sorrido e annuisco, e Hannes mi riempie il bicchiere.

«La mamma di Mikey vive da queste parti?» chiedo. «Da quanto tempo Viggo è un padre single?»

«Se n'è andata dopo la nascita del bambino» dice Hannes. «Quando ormai era andata a letto con metà contea, o almeno con metà della mia squadra. È una ragazza strana, di Karlstad, non è una di qui.»

Lui e Frida si guardano.

«Allora» dice lei, cambiando argomento. «Domani faccio la spesa per la settimana. Posso lasciare il pick-up davanti al tuo ufficio e tornare a casa con Hannes, e ti prometto che non te lo distruggo. Va bene a tutti e due?»

Annuisco e sorrido. Hannes annuisce.

«E ora arriva la crostata di lamponi. Datemi le scodelle.»

Mi alzo e la testa mi gira un po'. A Londra il vino era in offerta in ogni genere di negozio, ma qui ho perso l'abitudine. Prendo il vassoio del pane e lo poso vicino al lavello.

«Non per me, Frida. Sono troppo piena, era tutto così delizioso.»

«Solo un assaggio...» dice lei, indicando con le dita le dimensioni della fetta. «Metà di un assaggio...»

«Mi hai convinta.»

Frida taglia la crostata, poi prende dal frigorifero una ciotola di crema punteggiata di vaniglia e usando un cucchiaio ne serve alcune palline, proprio come uno chef della televisione.

La crostata è incredibilmente buona, dolce al punto giusto. «Non vorrei sembrare scortese» dico raccogliendo l'ultimo filo di crema, «ma ora devo andare. Domani devo alzarmi presto e devo mettermi subito a lavorare, il prossimo numero del *Posten* per me sarà molto importante. Potreste chiamare Viggo?»

«Nessun problema» dice Frida mentre porta via i piattini.

Hannes lo chiama.

«Sarà qui fra dieci minuti» dice.

Frida mi accompagna fino al pino, mi abbraccia di nuovo e mi consegna un libro un po' sgualcito. Si intitola *Cowboy e campane nuziali* e sembra una vera schifezza. La ringrazio e intanto scorgo Viggo che mi aspetta oltre il pino. Lo raggiungo, controllo che il pick-up sia chiuso a chiave e mi accomodo sul sedile posteriore del suo taxi.

Lui mi comunica la tariffa e mi chiede conferma dell'indirizzo. Il taxi è caldo e ha un lieve odore di muschio, la guida di Viggo è veloce e sicura sullo sterrato pieno di curve e le mie palpebre sono pesanti. Sento la testa che si appoggia al mento e mi appisolo.

E all'improvviso mi ritrovo nello spiazzo delle escavatrici, a ridosso della E16.

26

Sono sveglissima. Il taxi si è raffreddato, il motore dev'essere spento da qualche minuto. Ho la cintura di sicurezza allacciata e la bocca secca.

Devo pensare, devo chiamare a raccolta tutte le mie risorse, non posso commettere errori.

«Problemi al motore?» chiedo, e in quel momento noto sul cruscotto la candela da tè accesa.

«Nessun problema» dice Viggo, guardando avanti come se stesse ancora guidando. Il collo della giacca di pile gli sottolinea la mascella.

Cerco di pensare in fretta, ma sono ancora sotto l'effetto del vino che mi scorre nel sangue e si fa beffe di me.

«E perché ci siamo fermati?»

Lui preme un pulsante sul cruscotto, sotto la patetica candela, e fa partire una canzone. Guardo la portiera e vedo che la sicura è abbassata. Faccio scivolare le dita sulla maniglia mentre gli altoparlanti diffondono le prime note di *Unchained Melody*, ma non riesco ad aprire la portiera.

«Ho messo il blocco per i bambini» dice Viggo, continuando a guardare avanti. «Per sicurezza.»

Ora sto sudando. Ho i piedi caldi negli stivali, anche se l'aria è gelida e il mio respiro forma una nuvola davanti ai miei occhi.

«Viggo, cosa stai facendo?»

Nessuna risposta. La canzone va avanti. La luce tremolante della candela illumina alcuni oggettini appesi allo specchietto retrovisore. Una specie di crocifisso, un coltellino svizzero e una figurina. Un piccolo troll. Distinguo le sagome, insieme a quella della testa di Viggo.

«Pensavo che i troll non ti piacessero.»

Lui cerca di trattenere una risata e facendolo scuote le spalle.

«Non è delle sorelle, questo. È uno hustomte, un troll buono che si prende cura delle persone. Non corri nessun pericolo, Tuva.»

Prendo la borsa che ho appoggiato tra i piedi e controllo il telefono. Non c'è campo.

«Cosa vuoi?» dico. «Non mi piace questa situazione.»

Vedo che abbassa le spalle e sembra sgonfiarsi. Mi accorgo che si è messo un profumo unisex che era in vendita negli anni Novanta, in una boccetta nera.

«Ho sbagliato, vero?» dice scuotendo la testa. «Io non ci so fare in certe situazioni, ma pensavo che avremmo potuto anche solo chiacchierare. Fra adulti, senza bambini intorno. Sono stato bene l'altro giorno con te e Mikey, sei stata brava con lui.»

Fa una pausa e io smetto di rovistare nella borsa.

«È un bravo bambino» dico.

«Non è un bambino facile» dice lui. «Sei stata davvero incredibile.»

«Viggo, anch'io sono stata bene con te e Mikey ma lascia perdere. Sblocca la portiera, e io chiamo una mia amica e le chiedo di venire a prendermi, e facciamo come se non fosse successo niente. D'accordo?»

Si volta e la candela gli illumina una parte del viso.

«Ma è successo» dice, con un'espressione che sembra quasi amorevole. «Sta succedendo.»

Infilo la mano nella borsa e trovo la bomboletta.

«Falla finita, Viggo. Ho un'arma e ti mando all'ospedale se non mi lasci uscire subito di qui.»

«Anch'io ho un'arma» dice, tornando a guardare avanti. La canzone finisce. Restiamo in silenzio. «Ma fai come vuoi, non mi importa. Pensavo solo che avremmo potuto considerarlo non proprio un appuntamento ma almeno un incontro fra adulti. Pensavo che se eri riuscita a stare con Mikey forse saresti riuscita a stare anche...»

Faccio un respiro profondo e mi slaccio la cintura di sicurezza.

«Lasciami uscire, Viggo. Basta così.»

«È perché non sono un cacciatore? Perché non sono come Hannes e gli altri, tutti muscoli e spacconate e storie di caccia, è per questo?»

Scuoto la testa e sto per rispondere, ma lui alza qualcosa fra i due sedili anteriori.

«Da' un'occhiata a questo, Tuva.»

Tengo il dito sulla bomboletta e intanto prendo il pezzo di carta che ha in mano.

«Accendi la luce. Non ci vedo.»

«Ci vedi se ti concentri.»

Avvicino agli occhi il pezzo di carta ma mi rendo conto che così non vedo più la testa del pazzo, allora lo avvicino al finestrino e continuo a tenere sotto controllo la testa.

«È un bersaglio.»

Viggo gonfia il petto e alza il mento di qualche centimetro. «Tre nove» precisa, e diventa di nuovo arrogante. «Scommetto che Hannes e i suoi compagni di poker non hanno mai totalizzato tre nove. Mai, Tuva. Se ritieni che non sia abbastanza uomo, sappi che sparo come un cecchino dell'esercito, e anche meglio. Quel bersaglio ne è la prova.»

«Facciamo un patto» dico notando che i finestrini ormai sono appannati. Più la tiriamo in lungo, più aumentano le possibilità che io finisca a faccia in giù in un fosso con la gola tagliata. «È una buona idea. Ma voglio conoscerti un po' meglio per capire se sei così in gamba, anche perché ho un ragazzo a Stoccolma. Quindi sblocca la portiera e lasciami scendere, e non ci saranno problemi. D'accordo? Non sarà successo niente.»

Lo osservo. Respira più velocemente, sembra quasi che sussulti, come se piangesse, ma non piange. Vedo che allunga il braccio verso la candela. La spegne con le dita e restiamo al buio. Al buio e al freddo. Lo guardo.

Avvia il motore e i fari si accendono illuminando una distesa di escavatrici e camion ribaltabili.

«Fammi uscire» dico. «Basta.»

Toglie il freno a mano.

«Non ti autorizzo a portarmi da nessuna parte.»

«È il mio lavoro.»

«Pensa a Mikey» dico. «Ha bisogno di te. Non ingranare la marcia e non partire. Pensa a lui e aprimi la portiera.»

Niente. Guardo lo spray per gli orsi.

«Fammi uscire, subito!» urlo con tutta la forza che ho in corpo. «Subito!»

Lui preme un pulsante. Si sente un rumore metallico, il blocco scatta e la portiera si apre all'improvviso. Cado sulla ghiaia fangosa e arranco in qualche modo fino a un camion.

Viggo si allontana lentamente, con il cartello ATTENZIONE! BAMBINI A BORDO! ancora sollevato sul tetto del taxi.

Prendo il telefono e cerco il numero di Tammy, ma mi tremano le mani e sbaglio più volte. Trovo quello di Tina, la mia parrucchiera, e quello di Savanah, la ragazza dello strip club. Sono in equilibrio su un pallet e c'è poco campo. Riesco a trovare il numero di Tammy e la chiamo.

«La cucina è chiusa.»

«Sono io.»

Il tono della sua voce cambia completamente, come se quelle due parole fossero bastate a farle capire cosa è successo.

«Dove sei? Stai bene?»

«Sono nello spiazzo delle escavatrici, vicino al sottopasso. Sto bene ma...»

«Arrivo, dammi cinque minuti. Sei al sicuro?»

«Sì.»

«Non muoverti, Tuva. Arrivo.»

Mi appoggio alla ruota di un'escavatrice, alta quanto me. Per qualche motivo non ho freddo come quando ero nel taxi. La poca luce che c'è viene dai fari delle auto. Non è come essere nella foresta. Non mi aspetto alci o lupi qui, tutto questo metallo mi rassicura.

Sono passati due minuti. Mi sto abituando al buio e sono più calma, anche se il cuore batte ancora veloce. Il cielo è fantastico. Ci sono così tante stelle che vorrei spalancare gli occhi fino a vederle tutte nello stesso momento.

Intanto gli apparecchi cominciano a fischiare. Cerco il portachiavi nella tasca della giacca, ma non lo trovo. Già, ho tolto le chiavi di casa e l'ho lasciato a Frida. Non è un problema, lo riavrò domani, e comunque le batterie dureranno ancora ventiquattr'ore.

Sopra di me passa una grande nuvola. Sento un rumore e subito dopo vedo i fari.

Pochi secondi e Tammy mi abbraccia, mi bacia e vuole sapere come sto. Sono stanca. Sono felice che mi abbia raggiunta, ma sono anche molto molto stanca. Salgo sulla sua moto e indosso il casco. Ho un sapore amaro in bocca. Tammy parte, la moto romba e io mi sento già meglio. Mi stringo a lei più forte che posso, come un bambino naufrago si aggrappa al salvagente.

Infilo il naso fra le pieghe della sua giacca di pelle e sento il suo calore. Sono al sicuro.

Mi porta fino a casa e sale insieme a me.

«E questo cosa cazzo è?»

27

Tammy esamina il troll senza alcun timore come se si trattasse semplicemente di una bambola.

«L'ho trovato poco fa» dico. «È per questo che sono uscita. L'ho trovato e sono andata fuori di testa. Guardalo, Tams.»

«Sembra una ragazza di qui, spiccicata.»

«Puoi buttarlo? O almeno puoi ficcarlo da qualche altra parte?»

«Chi te l'ha portato?»

«Probabilmente due sorelle di Mossen. Fanno troll di merda e li vendono alle fiere dell'artigianato» dico. «Non so se considerarlo un regalo o un avvertimento, comunque quel villaggio non mi piace.»

«E devi proprio continuare ad andarci in quel posto di merda? Non puoi stare alla scrivania e mandarci Lars? Quelli che ci vivono sono anche peggio dei miei clienti, sono la crème de la crème dei pazzi pervertiti di Gavrik» dice lei.

Ci beviamo sopra un bel po' di rum e Diet Coke, e mi sento di nuovo bene. Tammy è il mio cordone ombelicale con il mondo esterno. Mi racconta di sua madre che è in viaggio e non la cerca da settimane. È così diversa dalla mia.

Io le racconto quello che è successo con Viggo.

«Se lo vedo in giro lo...»

«Lo so» dico. Ho smesso di tremare grazie al rum ma il cuore batte ancora forte. Una parte di me immagina come poteva andare a finire, un'altra parte si rifiuta di pensarci perché sarebbe troppo.

«Ne parlerai alla polizia?»

«Domani. Ma non so quali fossero le sue intenzioni.»

«Io sì.»

Faccio un respiro profondo. «In fin dei conti ha solo acceso una candela. Non ha cercato di sedersi vicino a me, quasi non mi ha guardata.»

«Lascia che sia la polizia a decidere. E la prossima volta che hai bisogno di un passaggio chiama me.»

Ci abbracciamo e finalmente si convince che sto bene e che può tornarsene a casa. Anche se decide di lasciare la moto da me. Prima di uscire prende il troll per portarlo nel locale della spazzatura e io lo guardo un'ultima volta. Mi fa quasi pena. Tolgo gli apparecchi e mi infilo una camicia da notte che ho da quando ero ragazzina. Poi vado a letto e mi addormento.

Mi sveglio accaldata. Il cuscino mi ha strappata a un sogno quasi piacevole. Ho i postumi di due sbornie, da vino e da rum, e un eccesso di adrenalina stantia. Non devo bere. Dà troppo sollievo, è una fuga facile, una coperta calda. Quello che è successo a Londra non deve ripetersi. Ho smesso.

Faccio la doccia e mi metto il collirio. Da brava ottica in pensione, la mamma detesta questi stratagemmi per avere uno sguardo luminoso. Io invece li considero una manna dal cielo. Mi sfrego il viso con la crema esfoliante per cercare di liberarmi del pallore autunnale e quando ho finito sembro persino un po' abbronzata.

Mentre mi lavo i denti penso a Viggo. Non mi ha toccata, non ha detto una sola parola inappropriata. Mi è capitato di peggio nei bar o alle feste nelle case degli amici. Ma questa volta è successo in un taxi. Lo trovo spaventoso. Il taxi dovrebbe essere un luogo sicuro e per me lo è sempre stato, che fossi ubriaca o sobria, sveglia o addormentata.

Lo dirò a Thord, e non mi addormenterò mai più in un taxi. Tiro fuori dal congelatore due fette di pane bianco, le scaldo e le spalmo di crema al cioccolato perché ho finito il burro. Acqua. Due pastiglie di paracetamolo. Altra acqua. Poi esco per andare in ufficio. La temperatura è scesa sotto lo zero e io non sopporto il freddo, specialmente quello tagliente. Mi volto per guardare la fabbrica di liquirizia e una manciata di minuscoli cristalli mi colpisce in faccia. Ho i capelli ghiacciati. Tuttavia il freddo mi aiuta a concentrarmi. Penso allo spiazzo delle escavatrici, agli articoli che devo girare a Lena e a quelli che non ho ancora iniziato a scrivere. Frida mi sta aspettando fuori dall'ufficio, nel mio pick-up. Appena mi vede arrivare con il collo del giaccone alzato e le mani affondate nelle tasche, salta giù.

«Buongiorno» dice.

«Grazie per avermelo riportato e grazie per ieri sera.»

«Ha guidato Hannes, che mi ha detto di dirti che il tuo mezzo è davvero notevole. Ma com'è andato il rientro a casa? Tutto bene?»

Sto per risponderle, ma non lo faccio perché ho troppo mal di testa per raccontarle tutta la storia. Annuisco. Lei sorride, torna nel mio pick-up ed esce con quattro tazze e un sacchetto.

«Wow» dico, fissando i quattro caffè da asporto del McDonald's. «Non c'era bisogno di...»

«Mi sentivo in colpa» dice. «Non dovevamo farti bere tutto quel vino. E dovevamo pagarti il taxi. Spero che basti per farmi perdonare.»

Mi passa il sacchetto.

«Muffin» dice. «Ma non sono miei, sono anche questi

del McDonald's. Due gusti diversi. Per te e per i tuoi colleghi.»

«Grazie. Ti ameranno per sempre.»

Lei fa un cenno con la mano.

«Sarà meglio che vada, Hannes passa a prendermi fra un'ora all'Ica e ho un sacco di cose da comprare.»

Mi dà le chiavi e se ne va.

Io entro in ufficio e consegno i caffè e i muffin mentre la campanella tintinna. Lars e Nils mi guardano con sospetto.

«Cos'ho fatto per meritarmelo?» chiede Nils che indossa una maglietta extralarge da hockey sopra il maglione in omaggio alla tanto attesa partita ormai imminente.

«Quanto ti devo?» chiede Lars, con gli occhiali sulla punta del naso.

Lena invece prende il caffè e il muffin come se i suoi collaboratori l'avessero abituata a riceverli, e forse è andata proprio così, ma con altri collaboratori, non con noi. Poi chiama Nils, e io vado alla mia scrivania. Ho una prima stesura di sei articoli, con la famiglia di Rikard Spritzik devo ancora parlare. Prendo altre due pastiglie di paracetamolo perché mi sta tornando il mal di testa, poi spengo gli apparecchi e mi metto al lavoro.

Tre ore e ho la versione definitiva di quattro articoli che trattano la questione dal punto di vista della comunità di Gavrik. Le prime cinque pagine del giornale ospiteranno la cronologia degli omicidi, le similitudini tra gli ultimi due, le similitudini tra quelli e i vecchi omicidi di Medusa, le interviste e una colonna il cui titolo sarà *Cosa sappiamo*. A questo punto faccio un elenco dei temi che ancora non posso affrontare: Viggo e Hannes, due personaggi assai foschi, e lo strip club, probabilmente il centro della storia. E ci metto anche i nomi di quelli che hanno paura o non hanno intenzione di parlare. Le idee mi pulsano in testa come i postumi della sbornia, ma almeno l'effetto è catartico, il mio lavoro mi riporta al centro del mio mondo, mi restituisce la persona che ero prima di arrivare qui a Toytown e che tornerò a essere quando nulla più mi tratterrà e mi impedirà di trasferirmi in una grande città.

Lena apre la porta del suo ufficio e dice qualcosa che non riesco a sentire, poi mi fa un cenno. Capisco che devo raggiungerla. Accendo gli apparecchi e sento il rumore della fotocopiatrice. Il mal di testa sta diminuendo. Entro e mi siedo di fronte a lei, dall'altra parte della scrivania.

«Quanto hai scritto?»

«Ho quasi finito.»

«Ho ricevuto un paio di telefonate. Ieri sera e poi di nuovo stamattina. Da persone del posto, commercianti, politici, che mi hanno chiesto un favore.»

Alzo le sopracciglia e mi inumidisco le labbra. Sono secche, e ho dimenticato il burrocacao nel pick-up.

«Mi sono già trovata in una situazione non proprio uguale ma simile. Il punto è che noi dobbiamo dire la verità, dobbiamo consentire ai nostri lettori di seguire quello che succede, mentre i nostri lettori vogliono che tutto sia raccontato nel modo più sereno, vogliono che Gavrik non sembri un luogo violento e pericoloso. Capisci cosa intendo?»

«In questo momento però *è* un luogo abbastanza pericoloso.»

«Tre dei nostri principali inserzionisti hanno minacciato di rescindere il contratto se i nostri articoli non terranno conto di questa esigenza. Ci ho pensato molto, e sono arrivata alla conclusione che si debba trovare un compromesso tra la nostra professionalità e la lealtà nei confronti della nostra comunità.»

«Non sono pagata per essere leale nei confronti della

comunità» dico massaggiandomi la fronte tra gli occhi perché il mal di testa è aumentato. Non esiste che io scriva qualcosa che non è la verità. Conosco gli effetti dell'imprecisione e dei pregiudizi: indagini fallite e famiglie distrutte. «E comunque che fine avrebbero fatto la libertà di stampa e la deontologia professionale?»

«Sì, devo averne sentito parlare... Però non siamo Wikileaks, lavoriamo per un giornale locale. E siamo tenuti a rispettare la comunità locale, quindi i nostri lettori ma anche i nostri inserzionisti. Che tra l'altro ci pagano gli stipendi. Non siamo i pupilli di un ricco benefattore e non siamo una multinazionale. Siamo solo noi quattro.»

«Chi si è lamentato?»

«Non importa *chi* si lamenta. Voglio che tu...»

«Ci penso solo se mi dici chi si è lamentato. Altrimenti potrai scriverteli tu i tuoi dannati articoli.»

Lena chiude gli occhi e respira lentamente, poi fa una smorfia.

«Benny Björnmossen, il presidente dell'associazione cacciatori.»

Annuisco.

«E la proprietaria del campeggio giù al lago, la cugina di Björn. Petra qualcosa. Organizza le gare di sci nautico d'estate, ed è preoccupata per la prossima stagione, teme che i turisti cancellino le prenotazioni. Vuole consultare un avvocato.»

«D'accordo.»

«E Hannes Carlsson.»

Merda.

«Ha chiamato ieri. È stato abbastanza ragionevole, ha detto che capisce i nostri doveri ma ha aggiunto che noi dobbiamo capire i diritti degli altri, per esempio quello di andare a caccia senza avere tra i piedi estranei che arrivano dalle grandi città per ficcare il naso. Ha detto anche che comunque ci penseranno i suoi a risolvere il problema.»

Mi massaggio le sopracciglia spingendole verso il centro della fronte per allentare la tensione.

«Mi mancano due articoli» dico. «Ma ti giro subito quelli che ho scritto e vediamo cosa ne pensi.»

«Ottimo. E ottima anche la tua lungimiranza» dice lei. «Prima però vai da Lars, ti sta chiamando.»

Mi giro e vedo che sta tenendo il telefono con una mano e con l'altra sta chiudendo il microfono come se non si potesse escluderlo.

«Una certa Savanah per te, non ha detto il cognome. Te la passo.»

28

«Ho bisogno di parlarti.»

Savanah sussurra, riesco a malapena a capire quello che dice.

«Possiamo vederci da qualche parte? Voglio...» Sembra che abbia il telefono nella manica. Aspetto. In sottofondo sento non proprio della musica ma qualcosa come un ritmo.

«Sei ancora lì?» chiede.

«Sì. Dimmi dove e quando, e arrivo. Vado alla cartiera quindi passo comunque da quelle parti.»

«Alla stazione di servizio» dice. «Quella della Q8, a nord dello strip club, sulla strada per la cartiera. Ci vediamo lì a mezzogiorno e mezzo.»

Lo schermo sul cruscotto dice che siamo a dieci gradi mentre mi muovo in direzione della E16 e il sole si riflette sullo specchietto retrovisore. In giorni come questo il Värmland è bello: cielo luminoso, con una sfumatura di blu che non ho mai visto altrove, e nuvole che vagano come cigni in un lago. Accelero sulla strada libera e accendo la radio. Classifica musicale e informazioni sul traffico. Nessuna notizia dell'ultima ora. Niente di interessante, tranne la data dell'udienza preliminare. David Holmqvist non è indagato, quindi i tempi sono stretti. I pettegolezzi comunque sono già migrati dai notiziari ai social media. E alcuni sono talmente ridicoli che ci si può solo ridere sopra. Si dice che Holmqvist uccidesse i gatti da bambino, che li colpisse con un fucile ad aria compressa e poi li cucinasse e li mangiasse. Però ho controllato con Thord e non ci sono stati casi di torture a felini a Gavrik e dintorni. Negli anni Ottanta un gatto è stato rapito, ma era rimasto coinvolto in un divorzio difficile e comunque nessuno si è fatto male, nemmeno il gatto. Secondo Nils si dice anche che Holmqvist, Bengt Gustavsson e una delle vittime fossero amanti, che l'accumulatore e lo scrittore siano gay ma non vogliano uscire allo scoperto. E si dice che Holmqvist sia un'autorità in materia di occulto, che ne scriva usando pseudonimi e che abbia guadagnato una fortuna grazie a questo. Io ho constatato che i materiali contenuti nei suoi schedari sono sicuramente eclettici ma assolutamente estranei alle arti occulte, tuttavia non ho controllato l'ultima stanza. Ho controllato la dichiarazione dei redditi, invece, e ne ho ricavato che Holmqvist ha guadagnato bene, più della media nazionale, dieci volte più delle sorelle artigiane, e però ancora niente in confronto a Hannes Carlsson.

Passo davanti allo strip club e vedo la pesante porta spalancata e bloccata da un secchio e uno spazzolone. Chiamo Thord e gli racconto quello che è successo nel taxi, ma mi rendo conto che non riesco a spiegargli quanto sia stato sconvolgente. Ascoltandomi capisco che potrebbe sembrare tutta un'altra storia: Viggo ha fermato il taxi, ha esitato per qualche minuto e poi mi ha aperto la portiera. Thord comunque mi rassicura dicendo che chiamerà subito Viggo. Lo ringrazio.

Dopo trenta chilometri esco dalla E16 e mi infilo nella stazione di servizio. Un micromondo, come tutte le altre da queste parti. Essenziale ma sufficiente per garantire la sopravvivenza. Faccio il pieno, ma potrei anche comprare le pastiglie per il mal di testa, la legna per la stufa, i Tampax e qualche vettovaglia, fare due chiacchiere e bere un caffè.

Non ci sono auto in giro. Sposto il pick-up e vado a pagare.

Savanah arriva con dieci minuti di ritardo. Parcheggia la vecchia Saab accanto al pick-up e rimane a guardarmi. Speriamo entrambe che sia l'altra ad affrontare per prima quel territorio sconosciuto, ma sono io che mi decido, dopo qualche istante. Apro la portiera, scendo dal mio pick-up e salgo sulla sua auto. C'è odore di crema abbronzante e di deodorante per auto, quello a forma di pino. Appunto. Dai pini qui non si scappa.

«Grazie» dice.

«Di nulla. Grazie a te. Vuoi entrare a prendere un caffè?»

«No, parliamo qui.»

Annuisco e guardandomi attorno noto un libro che copre almeno in parte uno strappo nella tappezzeria del sedile posteriore e accanto a quello un computer portatile e una pila di altri libri.

«Stai studiando?»

«Part-time. All'università di Karlstad. Legge e psicologia, ho appena iniziato il secondo anno.»

«Wow.»

«Perché *wow*? Perché faccio la ballerina?»

«No, anzi. È che ti ammiro. Io ho studiato comunicazione e l'ho trovato già abbastanza impegnativo.»

«Ah.»

«Di cosa volevi parlarmi? Ti dispiace se registro?»

Non sembra che stia ascoltando. Ha lo sguardo fisso davanti a sé, perso nel vuoto.

«Daisy» dice. «E tutto il resto. Comincio ad avere paura, sta succedendo qualcosa e in qualche modo siamo tutti coinvolti.»

«Cosa intendi?»

«Daisy viene pagata di più, adesso. Lo ha detto a me e a Candy. Hannes non vuole che vada con altri clienti. Non deve nemmeno parlarci, come se fosse una sua proprietà. La paga e lei dev'essere solo per lui.»

«Quindi non lavora più allo strip club?»

«Ci lavora, lui vuole trovarla quando decide di passare, ma non vuole che adeschi i clienti e non vuole nemmeno che balli se lui non c'è. Le ha detto che ha chi lo informa e Daisy pensa che si tratti del barman. Guadagna il doppio rispetto a noi, più di prima, e lavora la metà.»

«Il capo cosa dice?»

«Non le importa. Se le paghiamo il gettone quotidiano, non si intromette. È una madame all'antica, le piace che tutto rimanga com'era.»

«Come in un bordello?»

«Era un genio, dicono. Dirigeva la casa come se fosse stata la Microsoft, sfruttando una rete di relazioni che comprendeva tutte le persone che contavano. A tutte le feste private spediva ragazze pronte a ogni sorta di perversione. Sadomaso, asfissia, giochi con le pistole. Sesso estremo. Cose brutte. Prima dell'automazione e dei computer, quando la cartiera brulicava di uomini, faceva il tutto esaurito tutte le sere e le ragazze arrivavano da tutto il paese per lavorare con lei. Poi...»

Savanah fa una pausa e mi guarda. Gli occhi brillano e senza rossetto le labbra sembrano blu.

«Poi gli affari hanno iniziato ad andare male, per via degli uomini uccisi da quello scrittore. Una notte, dopo aver compiuto diciotto anni, è andato alla casa per perdere la verginità e gli operai della cartiera lo hanno preso in giro, gli hanno chiesto se cercava lavoro e quanto costava una sua prestazione e cosa sapeva fare. Lui è corso via, e poco dopo è iniziata la serie dei cadaveri senza occhi trovati nella foresta e i migliori clienti sono spariti. Era diventato troppo pericoloso frequentare la casa.»

«Così lei l'ha chiusa e ha aperto l'Enigma.»

«No, si è trasferita in Spagna e ci è rimasta per anni. Solo quando è tornata e si è resa conto che i soldi sarebbero finiti troppo rapidamente ha aperto lo strip club al posto della casa, che non aveva venduto. C'erano stati tre omicidi, però dopo la chiusura non era successo più nulla. E adesso, dopo l'apertura dello strip club, ci sono già stati altri due omicidi. Quel posto è maledetto. Il terreno su cui è stato costruito è maledetto.»

«David Holmqvist è mai venuto allo strip club?»

«No, grazie al cielo. Non l'ho mai visto e se si fosse presentato quando mancavo lo avrei saputo. Però io e le ragazze abbiamo notato qualcosa oltre il parcheggio. Fiutato, più che notato. E siamo tutte convinte che qualcuno ci stia spiando.»

«Hannes Carlsson come tratta Daisy? Come si comporta?»

Savanah sbuffa e si slaccia la cintura di sicurezza.

«Molto bene. La paga il doppio, te l'ho detto. È gentile e non pretende mai niente contro la sua volontà. Con i suoi compagni di poker ha provato a farle fare qualche porcheria, qualche giochino perverso in una delle torri di avvistamento, ma lei si è rifiutata. E lui ora va altrove per quel genere di cose, probabilmente. Comunque è uno che vuole avere il controllo, come il mio ex. È molto geloso e non sopporta di vederla con altri, anche se sta solo facendo due chiacchiere. Una sera lei era al bar e parlava con un tizio. Molto carino, un po' abbronzato, un bel ragazzo. Lui è entrato e ha perso la testa, ha afferrato il ragazzo e lo ha buttato fuori nella neve. Lei gli è corsa dietro piangendo e ha visto che cercava di trascinare il ragazzo verso l'autostrada, come se volesse ucciderlo. Lo ha trattenuto ed è riuscita a evitare il peggio, ma ha capito che può diventare molto pericoloso se si sente offeso o anche solo messo in discussione. Io credo che ce l'abbia piccolo, ma non posso saperlo perché Daisy non ne parla.»

29

Vado verso nord, attraversando terreni agricoli punteggiati di betulle spoglie e massi. Gli uccelli volano sopra la mia testa. I campi sono allagati, le fattorie sono piccole e il loro giro è molto ridotto. Lo so perché ho intervistato alcuni agricoltori locali che si guadagnano da vivere più che altro spazzando la neve e spargendo sale e sabbia sulle strade d'inverno, pagati dall'amministrazione locale.

Svolto verso la cartiera. Voglio incontrare Hannes nel suo ambiente di lavoro e fargli alcune domande su Daisy davanti ai colleghi, per vedere come reagisce. Le sbarre sono abbassate nel punto in cui i binari del treno attraversano la strada, sulla quale c'è solo il mio pick-up. Le luci sulle sbarre lampeggiano ma fortunatamente non partono segnali acustici. Un treno sfreccia da sinistra a destra. I vagoni sono carichi di tronchi di pino spogliati della corteccia, disposti come matite in una scatola di latta e bloccati da ganasce di acciaio. Viaggiano verso la cartiera da cui usciranno trasformati in rotoli che verranno a loro volta trasformati in carta igienica, giornali, banconote. Il treno è lungo. Vagoni e vagoni di tronchi, una foresta morta che scorre davanti ai miei occhi come in un video.

Le sbarre si alzano. Mentre supero i binari squilla il telefono. È un numero privato.

«Tuva Moodyson.»
«Buongiorno, Tuva. Sono Kent della cartiera Spt.»
«Buongiorno. Sto arrivando, sarò lì fra dieci minuti.»
«Io però ho una brutta notizia. Mi dispiace ma sta per iniziare una riunione decisa all'ultimo momento, a cui devo assolutamente partecipare. E durerà tutto il pomeriggio. Sono costretto a rinviare l'appuntamento.»
«Mi bastano cinque minuti.»
«Ti mando un'email più tardi. È meglio fissare già una nuova data, ho l'agenda piuttosto piena.»
«Cinque minuti» ripeto. «Mentre va alla riunione.»
«Non posso. Ma sarò felice di fissare un nuovo appuntamento. Ora però devo scappare.»

Vedo già le ciminiere della cartiera, e faccio inversione tra cataste di tronchi più lunghe e più alte delle navi da crociera. Kent mi ha assillata per settimane, mi ha fatto promettere di dare almeno un po' di visibilità sul giornale ai nuovi macchinari che creeranno nuovi posti di lavoro. Quindi è Hannes che sta cercando di evitarmi? Questo rinvio è una sua idea?

Torno in ufficio e faccio il punto con Lena e Lars. Lena vorrebbe che tornassi a occuparmi dei miei vecchi articoli senza trascurare quelli su Holmqvist proprio ora che l'udienza è stata fissata, e propone che divida il lavoro con Lars. Questo le consentirebbe di riavere il suo part-time. Accetto, ma ho molto altro da scrivere su Medusa quindi so già che dovrò lavorare anche di notte. Sono a Legocity da tre anni e ho intenzione di scrivere qualcosa che mi valga un premio, o almeno mi permetta di farmi notare. I quotidiani delle grandi città sono stampati su una carta migliore e sono firmati da colleghi noti, ma nessuno di quei colleghi sa esprimere meglio di me l'opinione delle vittime.

Lars non mi rivolge la parola. Scrivo un articolo sull'inaugurazione di una pista ciclabile e uno sulla ristrutturazione del bar di Ronnie e non provo nulla. Prima ero orgogliosa anche di questo, sapevo che la gente vuole anche queste notizie e pensavo di doverle fornire, ora invece mi appaiono inutili. Vado avanti come un automa e appena ho finito mi metto a cercare i riferimenti della moglie di Rikard Spritzik. Si chiama Stina. Stina Johansson, come da ragazza. Quindi so chi è. Lavora come medico nell'ambulatorio locale. Non l'ho conosciuta, non sono andata da lei nemmeno quando ho avuto la meningite, ma ricordo il nome. Trovo l'indirizzo, esco dall'ufficio e salgo sul mio pick-up.

Vive in una bella zona, dietro la fabbrica di liquirizia, sul limitare di una valle molto verde. Vicino al quartiere di Lena. Giardini curati e alberi di mele. Parcheggio e busso. Nessuna risposta. Alcune luci sono accese quindi busso un'altra volta. Un cane abbaia. Una ragazzina con le trecce apre la porta.

«Ciao. La mamma è in casa?»

«È al lavoro.»

Al lavoro? Meno di una settimana dopo la morte del marito?

«Grazie, tesoro. A presto.»

Mi allontano. Perché l'ho chiamata *tesoro*? Non lo faccio mai, con nessuno. Detesto quel genere di espressioni, e comunque non è una bambina piccola, avrà quattordici anni.

Sì, deve avere la stessa età che avevo io quando è morto papà. E anche sua madre l'ha lasciata da sola. Non ha nessuno che la conforti, nessuno che le spieghi perché è successo. Sta affrontando tutto con le sue forze, proprio come me. Allora come ora.

Arrivo all'ambulatorio. Entro e mi infilo un paio di copriscarpe blu. Ce ne sono centinaia in un cesto accanto alla porta. Prendo il numero e mi accomodo. È il mio ambulatorio, quindi dovrei riuscire a farmi ricevere.

Quando è il mio turno vado al bancone e mostro la carta d'identità, e un tizio che avrà la mia età mi indica lo studio del dottor Khan. Scuoto la testa. Mi sono preparata all'evenienza, quindi gli indico le orecchie, gli spiego che ho un'infezione legata alla mia patologia e gli chiedo di essere visitata dalla dottoressa Johansson. Il tizio armeggia, tossisce, scartabella fra i suoi appunti e conclude dicendomi che devo tornare a sedermi e devo aspettare che la dottoressa si liberi.

Dopo dieci minuti il tizio mi chiama.

Riconosco subito la dottoressa Johansson perché l'ho vista alla conferenza stampa. Ha un aspetto gentile, il viso scavato e gli occhi stanchi. Entro e mi accomodo.

«Cosa posso fare per lei, Tuva?»

«Mi dispiace per suo marito, dottoressa.»

Lei annuisce come se oggi avesse già sentito questa frase almeno venti volte.

«Grazie. Come posso aiutarla?»

«Volevo solo accertarmi che lei stesse bene.»

Lei aggrotta la fronte. Sembra a disagio. È meglio di come la ricordavo, un po' sciupata ma attraente.

«Io? Sì, sto bene, tutto sommato. Ma ho solo dieci minuti prima del prossimo paziente. Cosa posso fare per lei?»

«Indago sulla possibilità che David Holmqvist non abbia agito da solo. Posso rivolgerle qualche domanda?»

Lei si irrigidisce.

«Assolutamente no.» Incrocia braccia e gambe. «Come si permette di presentarsi con una scusa? Se non ha nessun problema di salute devo chiederle di andarsene.»

«Mi dispiace» dico, cercando di recuperare. «Ma ho perso mio padre quando ero una ragazzina e vorrei che questa vicenda fosse affrontata nel migliore dei modi, vorrei che fosse fatta giustizia e nessun altro fosse costretto a soffrire, a crescere senza un padre.»

«No.» Si alza e mi spinge verso la porta. «E non si permetta di riprovarci. Ci lasci in pace.»

Esco dal suo studio e mentre passo davanti al tavolino della sala d'attesa, carico di riviste, sento che il suo telefono squilla. Mi giro e la vedo sussultare e appoggiarsi allo stipite della porta. «Perché?» continua a ripetere. Torno lentamente indietro e le tendo la mano. Lei mi guarda con gli occhi socchiusi e chiude la chiamata.

«Si sente bene?» Le poso la mano sul braccio. Sta tremando. Il tizio al bancone e due pazienti ci guardano. Faccio un cenno che significa che ci penso io, poi la accompagno nel suo studio e chiudo la porta. Lei si allontana, mi dà la schiena e fa tre respiri profondi. Poi si volta. È pallida e d'un tratto sembra invecchiata.

«Può... può lasciarmi sola, per favore?»

«Posso fare qualcosa?»

Mi guarda come se stesse prendendo una decisione.

«Era l'avvocato. La polizia gli ha appena comunicato...» Fa un altro respiro profondo. «Devono rilasciarlo.»

«Holmqvist?»

«Non hanno più molto tempo, sono costretti a farlo. L'avvocato mi ha spiegato che non hanno prove a sufficienza per incriminarlo» dice. «Non riesco a credere che sia successo.»

Si guarda attorno. Fissa le pareti, lo schedario, il defibrillatore, il lettino.

«Mi dispiace.»

«Devo tornare a casa» dice, prendendo la borsa e il casco da ciclista. «Mia figlia ancora non lo sa, non lo sa nessuno, l'avvocato lo ha detto solo a me. Devo tornare a casa da lei.»

«Posso darle un passaggio?»

Mi guarda, poi abbassa lo sguardo sul casco.

«Va bene. Grazie.»

Usciamo dallo studio. Stina sussurra qualcosa al tizio

al bancone, poi raggiungiamo il pick-up. Davanti all'Ica Maxi vedo un taxi Volvo bianco, parcheggiato vicino al camper di Tammy. Mi si stringe lo stomaco, ma tiro dritto e in cinque minuti arriviamo alla zona residenziale.

«Voglio solo dare una mano» dico, tenendo lo sguardo sulla strada e scegliendo attentamente le parole. «Il bastardo che si è macchiato di questi omicidi dev'essere preso, e io posso contribuire. Con i miei articoli posso spingere la gente a collaborare. Sicuramente c'è qualcuno che sa ma non si fa avanti.»

Stina mi guarda.

«Due miei pazienti sono scomparsi nell'ottobre del 1990. Uno è stato trovato nella foresta di Utgard, proprio come Rikard.»

Noto che sta toccando l'orologio da uomo che ha al polso, e che le sta largo.

«L'altro non è mai stato trovato. Erano due padri di famiglia, e la gente pensa che quello che risulta ancora scomparso abbia lasciato il paese.»

«La polizia lo sa?»

«Gliel'ho detto.» Fa scorrere le dita lungo il cinturino di pelle dell'orologio. «Ma sono tutti parenti qui, in un modo o nell'altro. Ed è una parte del problema. L'uomo che è contro la caccia, quello che vive a Mossen e ha la casa piena di spazzatura, è parente di un giudice di Karlstad. Björn, il capo della polizia, è cugino di Hannes Carlsson, che dirige la cartiera e organizza la caccia e un sacco di altre cose. Le sorelle che lavorano il legno sono parenti del pastore e anche di uno dei suoi colleghi. Ma lo saprà già. Comunque, ecco a cosa ci si trova di fronte. Se lei può fare qualcosa per trovare l'assassino di Rikard, lo faccia e io la aiuterò. I medici sono molto informati.»

«Il suo cane. Non capisco come sia riuscito a tornare a casa.»

«La polizia mi ha fatto la stessa domanda ma non è tornato, lo ha riportato il tassista. Lo aveva trovato nel deposito delle escavatrici. Grazie al cielo aveva la medaglietta con l'indirizzo, altrimenti...»

Mi mordo l'interno della guancia. «Come si chiama il tassista?»

«Non ne ho idea.»

Con il pensiero torno al taxi illuminato dalla luce di una candela. «Che aspetto ha?»

«L'aspetto di un tassista.»

La ragazzina con le trecce apre la porta e assume un'espressione confusa quando mi vede parcheggiare il pick-up sul vialetto e salutare sua madre. Che mi passa un biglietto con il suo numero di telefono.

«Cerca di scoprire qualcosa. Tu puoi riuscirci, non sei di qui.»

30

Andiamo in stampa stasera. Lena sta riscrivendo uno dei miei articoli e io sto sistemando gli altri. Mentre lo faccio mi rendo conto che questa è la prima stagione della caccia all'alce in cui è stato commesso più di un omicidio. O almeno la prima in cui la polizia ha trovato più di un cadavere. Ciò che Lars definirebbe *escalation*.

Spengo gli apparecchi e lancio nel cestino il resto del pranzo, poi svito il tappo e rompo il sigillo di una bottiglia di Coca-Cola. Bevo e scrivo, inserendo negli articoli i dettagli dell'ultima dichiarazione della polizia. Sono state rilevate le impronte di uno stivale, e si tratta di un'informazione nuova. Un'impronta completa vicino al corpo di Rikard Spritzik a Badger Hollow e un'impronta parziale vicino al corpo di Freddy Malmström. Entrambe con lo stesso motivo, entrambe numero 42. Stesso numero di Holmqvist, che però non possiede stivali che corrispondano. Sfortunatamente. Metà Gavrik li ha. Sono stati i più venduti all'Ica Maxi durante la scorsa stagione e in questo momento anch'io ne indosso un paio.

Ho quasi finito la Coca-Cola quando Lena arriva e indica il televisore. Accendo gli apparecchi. È Björn, con i suoi occhiali magici, ma questa volta non in conferenza stampa. Insieme alla dottoressa Johansson e al poliziotto della omicidi di Karlstad, quello con il Bluetooth agganciato all'orecchio, sta facendo un appello. Servono informazioni, qualsiasi cosa può tornare utile. La situazione è in costante evoluzione. Chiunque sappia qualcosa deve comunicarlo alla polizia. Mentre ascolto, Lena e Lars mi passano davanti e raggiungono la porta, Lena la apre ed entrambi corrono fuori. Li seguo, però non riesco a distinguere cosa stiano gridando le persone che vedo.

Poi capisco. Si tratta di David Holmqvist. La polizia lo scorta verso un'auto privata. Il suo avvocato gli tiene una mano sulla spalla. Corro insieme a tutti i colleghi in attesa, ma non ho con me la macchina fotografica. Holmqvist ha la testa china e le spalle curve. Guardo l'auto e la Range Rover dell'avvocato allontanarsi in direzione della fabbrica di liquirizia, e intanto scatto qualche foto con il telefono. Mi giro verso Thord. Noto che è inespressivo come un sasso e a quel punto mi rendo conto di essere stata esclusa.

«Cosa succede?» chiede Lena. «Gli altri giornalisti sapevano che sarebbe stato rilasciato...»

Mi guardo attorno e constato che i miei colleghi ci sono tutti.

«Nessuno ti aveva avvertita, giusto?» rincara Lena, indicando la stazione di polizia.

Thord rientra e chiude a chiave la porta. Torno in ufficio a passo spedito. Lena va alla sua scrivania. Io mi siedo alla mia e fisso Lars.

«Perché mi escludono?» gli chiedo.

Lui si siede e spinge gli occhiali sulla punta del naso. «Non ti escludono, stanno solo cercando di ridimensionarti. Björn ha gestito Gavrik per decenni. Poi sei arrivata tu, la giovane stellina che viene da fuori e lavora in un modo che ci è estraneo. Certo, abbiamo letto reportage simili sui giornali nazionali, ma non sul *Posten*.

Io non ho mai scritto così, non ci sono nemmeno andato vicino. Temiamo che Gavrik si faccia una brutta reputazione, che tu i problemi li crei, anziché denunciarli. Non siamo ricchi, ce la caviamo a stento e temiamo che altre attività chiudano.»

«D'accordo.»

«Gli articoli che hai scritto la settimana scorsa, in cui hai collegato gli ultimi avvenimenti agli omicidi di Medusa e hai fatto mille speculazioni, chiedendoti quante altre persone moriranno e quanto tempo aspetteranno le autorità prima di ricorrere agli esperti e perché i casi degli anni Novanta siano ancora irrisolti, be', hanno fatto scalpore e procurato fastidio. Björn non li ha graditi.»

«Io scrivo la verità.»

Lars prende dal cassetto della scrivania una confezione di liquirizia Grimberg grande come una scatola di fiammiferi, la apre e si infila in bocca una pasticca.

«Ci sono molti tipi di verità lì fuori.»

«Come il fatto che sei parente delle due sorelle della falegnameria, Alice e Cornelia Sørlie? Hai ritenuto che non fosse il caso di dirmelo?»

«Non siamo parenti. Non proprio. Se si trattasse di un legame di sangue lo avresti saputo, in un piccolo centro come questo tutti si conoscono. Sono cugine della moglie di mio fratello. Le ho incontrate a qualche battesimo, qualche matrimonio e qualche funerale e mi sono sembrate a posto, ma stai sicura che ti mando un'email se scopro che vanno a sparare agli uomini nella foresta.»

«Sai perché hanno lasciato la Norvegia? Ho sentito che...»

«Non ne ho idea» dice Lars interrompendomi e andando alla sua scrivania. È uno dei limiti che si hanno quando si condivide l'ufficio, se uno si rimette al lavoro nel mezzo di una discussione, cosa diavolo può fare l'altro? Inizio a scrivere cose senza senso. Ho caldo. Mi tolgo gli stivali e li appoggio vicino al cestino. Sono un'estranea, la polizia ha smesso di dirmi quello che normalmente dovrebbe dirmi. Avrei voglia di saltare sul mio pick-up, guidare fino a Stoccolma, guardare il mare e il cielo, ordinare cibo del Sichuan e ascoltare i rumori del traffico. Il solo pensiero mi tranquillizza.

Intanto un giornalista che viene da fuori entra e si dirige verso l'ufficio di Lena.

«Posso aiutarti?» chiedo.

Lui indica la porta, poi bussa e si infila dentro. Sento che ridono e attraverso la fessura vedo che si abbracciano.

«*Svenska Dagbladet*» mi sussurra Lars.

Annuisco senza sorridere. Poi torno a osservare il collega, che si è seduto di fronte a Lena. Non riesco a seguire la conversazione, però continuo a fissarlo. Ha i capelli corti e grigi, il collo della camicia azzurro pallido e la giacca sartoriale blu scuro, la schiena dritta, il collo abbronzato, le spalle larghe e la vita sottile. È sulla cinquantina, direi. Non distinguo le parole, ma sento che pronuncia frasi brevi con una voce profonda. Dopo un po' si alza, viene verso di me, sorride ed esce dall'ufficio.

Lena si affaccia.

«La polizia sta cercando il barman dello strip club sulla E16. Pare che la sua identità sia falsa e abbia a che fare con il riciclaggio di denaro sporco e il gioco d'azzardo. Non c'è ancora un vero e proprio identikit ma puoi cominciare a lavorarci.»

Chiude la porta. Le giro tutto quello che ho scritto ed esco. Ho una nuova pista, il barman sfregiato, e ne sono felice. Il cielo è nuvoloso ma l'aria è asciutta e sa di liquirizia e zucchero. Cammino fino alla merceria della signora Björkén, entro e sento la campanella che tintinna sopra la mia testa. Non c'è nessuno, ma è normale. Osservo i bottoni e le spagnolette. Questo è il mio posto preferito, ci vengo quando ho bisogno di ricompormi. Ammiro i filati di diversi materiali e colori. Strizzo le palline elastiche e accarezzo i campioni di feltro. Controllo gli aghi, gli uncinetti, gli spilli e le spille da balia esposti in ordine di grandezza. La merceria ha le pareti rivestite di pino e lo stesso odore dell'appartamento di mia nonna, tutto polvere, tè e sottovesti stirate.

«Posso aiutarti, mia cara?»

Guance paffute, bel sorriso, gonna lunga di velluto.

«Do solo un'occhiata, signora Björkén. Grazie. Cerco di farmi un'idea per il mio prossimo lavoretto.»

«Di cosa si tratta? Dimmi tutto.»

«Una sciarpa per mia madre, che la tenga al caldo d'inverno. Niente di difficile.»

«Sei molto saggia, mia cara. Tua madre è fortunata ad averti.»

Mi irrigidisco.

Guardo i nastri e i gomitoli di lana, e sento il cuore che rallenta mentre inspiro l'aria un po' stantia.

«Grazie» ripeto, aprendo la porta. La campanella tintinna. «Tornerò presto.»

Rientro in ufficio e mi siedo alla scrivania. Inserisco la password e in quel preciso momento irrompe un uomo. Indossa un berretto verde scuro e imbraccia un fucile.

31

Rimango a fissarlo e avverto che anche Lars lo sta guardando e sta guardando il fucile puntato verso il soffitto.

«Niente paura, è scarico» dice l'uomo che però non mostra l'ombra di un sorriso.

«Così non può entrare comunque» ribatte Lars. «È vietato.»

L'uomo toglie il caricatore e lo posa sul bancone, poi incrocia le braccia sul petto. Ma ormai ogni cosa è banale al cospetto di quell'arma e del suo proprietario. «Sono Martin Larsson, il fratello di uno di quelli che hanno trovato nella foresta vent'anni fa. Voglio parlare con il capo.»

«Parli pure con me» dico, mentre mi chiedo cosa sto facendo. «Ha informazioni per il giornale?»

«Comandi tu, qui?» chiede. Forse vuole parlarmi in privato. Penso al pick-up e gli chiedo di lasciare il fucile sul bancone ma lui mi risponde che non ha alcuna intenzione di farlo. Poi nota gli apparecchi e diventa ancora più diffidente.

«Hai problemi di udito?»

«Sono sorda. Ma non si preoccupi, con gli apparecchi la sento benissimo.»

Usciamo e saliamo sul pick-up, parcheggiato al solito

posto. Prendo il pacchetto di caramelle gommose che ho lasciato sul sedile del passeggero e lo infilo nel vano portaoggetti. Lui intanto posa il fucile sul sedile posteriore, come un bambino addormentato. Sembra più rilassato, e anch'io nonostante la situazione non sono agitata, perché siamo nel mio pick-up e perché avverto delle vibrazioni positive. Ma anche perché Lars sa che sono qui.

«Non volevo spaventarvi. Non vivo in zona, sono venuto a sostituire le gomme con quelle invernali e non avrei saputo dove lasciare il fucile.»

Scuoto la testa per chiudere l'argomento. Lui è più alto di me, ha un collo che sembra un tronco e le mani enormi. Mi sembra che il pick-up penda dalla sua parte.

«Chi era suo fratello?»

«Frederik Larsson, morto nel 1993. Viveva qui e lavorava alla cartiera. Io sto a Jönköping, non vengo spesso al Nord e nemmeno allora ci venivo. Ho sentito che quello scrittore era stato fermato e ho sperato che anche la mia famiglia potesse iniziare a dimenticare questa storia. Invece è stato rilasciato e non so più cosa cazzo pensare. Scusi il linguaggio.»

«Vuole un caffè? C'è un McDonald's a cinque minuti, possiamo lasciare qui il fucile e sederci fuori.»

«Sì, mi sembra una buona idea.»

Faccio retromarcia e raggiungo il McDonald's. Finiamo per ordinare caffè e ciambelle al drive-in e così rimaniamo sul pick-up, con i finestrini leggermente abbassati. In lontananza c'è il camper di Tammy avvolto dal vapore del cibo.

«Fred era convinto che qualcuno lo spiasse. Ne abbiamo parlato al telefono la settimana prima che lo ammazzassero, e ci abbiamo anche scherzato sopra dicendo che probabilmente erano gli agenti governativi a farlo. Ma ora credo che avesse ragione. Credo che quel codardo di Medusa lo avesse nel mirino anche prima di premere il grilletto.»

Scuote la testa.

«Ho parlato degli omicidi con molte persone della zona, signor Larsson. Posso farle i nomi, e lei può dirmi se le viene in mente qualcosa sentendoli.»

Beve un sorso di caffè, dalla tazza. Forse perché non gli piace bere dal buchino nel coperchio che infatti ha tolto.

«D'accordo.»

«Partiamo da David Holmqvist. Penso che molti lo ritengano il sospettato numero uno, almeno per alcuni omicidi.»

«Mi sembra un tipo molto bizzarro, ma Fred non mi ha mai fatto il suo nome e non mi ha mai parlato di uno scrittore.»

«Okay. Bengt Gustavsson? Ex militare, di Mossen.»

Scuote la testa.

«Viggo Svensson? Tassista, anche lui di Mossen.»

Scuote la testa e morde una ciambella coperta di zucchero.

«Due sorelle, Cornelia e Alice Sørlie, che fanno troll di legno?»

«No, mi dispiace, non ho mai sentito questi nomi. Io e Fred non parlavamo molto.» Abbassa lo sguardo sulla ciambella. «Avremmo dovuto.»

«Hannes e Frida Carlsson? Vivono a Mossen, alla fine dello sterrato, nel mezzo della foresta di Utgard. Lui lavora alla cartiera dove lavorava anche Fred.»

«È il capo?»

«Uno dei capi. Dirige...»

«Sì, qualche volta Fred parlava del suo capo. Era uno che rompeva le palle, non gli aveva nemmeno dato i giorni per una luna di miele decente. Probabilmente perché alla festa di Natale Fred aveva parlato con la sua ragazza. Ricordo di avergli chiesto se ci avesse flirtato, era un bel ragazzo e le donne gli piacevano, ma no, mi aveva risposto che non ci aveva provato, era stato solo gentile. Pensi che il capo della cartiera sia un assassino?»

«Non lo so, ma penso che lei dovrebbe dire alla polizia quello che ha appena detto a me.»

«Forse lo farò.»

«Un'ultima cosa. E spero che non le dispiaccia. Ho parlato con alcuni uomini che frequentavano un locale non lontano dalla cartiera. Adesso è uno strip club.»

Mi sorride mostrando i cristalli di zucchero sulle labbra. «Capanna dell'Amore?»

«Si chiamava così?»

«Non penso che avesse un nome, comunque quello gliel'abbiamo dato io e Fred. Lui lo frequentava prima del matrimonio, e si lamentava sempre dei prezzi. Ci andava con un collega, un cliente affezionato. Pete, se non ricordo male. Dopo il matrimonio però Fred ha smesso e si è dato ad altri vizi, caccia, scommesse, scazzottate. Era un tipo sanguigno.»

Accompagno Martin Larsson alla stazione di polizia. Parcheggio, passo davanti all'ufficio senza entrare e proseguo fino alla pesante porta di vetro dell'armeria di Björnmossen, che cigola quando la apro.

«Sei qui per farmi chiudere il negozio, Tuva Moodyson?»

Benny Björnmossen è su uno sgabello di cuoio marrone, vicino alla cassa.

«Sto cercando alcune cose.»

Grugnisce mentre guardo l'abbigliamento e le attrezzature da pesca facendo scricchiolare le assi di legno del pavimento. L'armeria sa di giacconi cerati, sigarette e stivali di gomma. Dietro la cassa c'è un armadietto con una griglia di ferro chiusa a chiave. È pieno di piccole scatole di legno. Munizioni. Ogni scatola ha un'etichetta con un nome noto. HORNET, WINCHESTER, REMINGTON, MAGNUM, KRAG, RUGER, BEOWULF.

Guardo i gps per i collari dei cani da caccia e il cibo per i cani da lavoro. Guardo i cavalletti telescopici.

«Hai binocoli a infrarossi, Benny?»

Mi raggiunge come un cowboy in un film western. Ha le gambe arcuate e una serie di bubboni rossi sul collo e sul mento. Pensavo fossero i segni del rasoio, ma mentre si avvicina capisco che sono punture di zanzara.

«Se non hai una visibilità perfetta non puoi sparare. Mi sono spiegato?»

Annuisco.

«Se sai quello che fai puoi tranquillamente iniziare a cacciare prima dell'alba e finire dopo il tramonto. Ma la regola è che spari solo se hai il massimo della visibilità, quindi niente tecnologia a infrarossi.»

«Non devo andare a caccia. Voglio osservare gli uccelli notturni e i pipistrelli.»

«E perché non l'hai detto subito? Ti piacciono i rapaci notturni, eh?»

Non so nemmeno quali siano i rapaci notturni, ma annuisco.

«Be', allora è tutta un'altra storia. Quelli dovrebbero andarti bene» afferma indicando un armadietto. Noto che ha un solitario che ci si aspetterebbe di vedere al dito di una donna. «Lenti Leica, antiriflesso. Ottimo ingrandimento. Ottima maneggevolezza. Non sbagli, credimi.»

«Mi servono anche...»

Si gratta un bubbone sul lato del collo. «Cosa?»

«Una torcia grande, il miglior repellente per insetti e qualcosa con cui difendermi dagli animali.»

«Una pistola?»

«No, pensavo a uno spray, magari al peperoncino.»

«Mi hanno appena consegnato delle pistole e una

fionda per le esche da pesca, che però funziona anche con i sassi e può fare davvero male a un animale.»

«La prendo. E prendo anche uno zaino leggero.» Me ne passa uno verde scuro. «E il miglior coltello che hai.»

«Vuoi prendermi in giro, signorina? Vuoi farmi credere che sei disposta a spendere tutti questi soldi per guardare gli uccelli e i pipistrelli?»

«Non ci sono molte altre cose per le quali spendere lo stipendio, da queste parti. Mi serve anche un cappello, cerato, verde, con i paraorecchie per proteggere gli apparecchi.»

«Ti muoverai in centro o nella foresta?»

«Qui e lì.»

«Allora prendi questo.»

Mi passa un cappello arancione con i paraorecchie riflettenti.

«O vuoi essere la prossima vittima di Medusa?»

«Ne prendo anche uno verde, però. Quanto fa?»

Benny Björnmossen si avvicina alla cassa e fa la somma. Poi, mentre la mia Visa aspetta di essere approvata, cosa che qui a Gavrik può durare un po', rimane a osservarmi.

«Te lo dico senza troppi giri di parole. Penso che faresti meglio a stare attenta quando scrivi per il giornale. Questa è una piccola comunità nella quale molti posti di lavoro dipendono da sport e turismo.»

«Io scrivo la verità» ribatto, alzando la voce. Poi mi calmo. «Ma sono consapevole di ciò che è meglio per la comunità.»

«Bene. Ma mi raccomando» dice infilando il coltello e il binocolo nel sacchetto di plastica marrone. «Gavrik è un bel posto, però alcune delle tue storie la fanno sembrare un inferno.» Si gratta il bubbone. «Mi dispiacerebbe che il tuo giornale avesse dei problemi.» Mi restituisce la Visa e mi guarda negli occhi. «Stai attenta.»

32

Finisco l'ultimo articolo e lo giro a Lena. Poi le spiego il mio piano.

«Stai attenta» mi dice.

Esco e vado a recuperare la mountain bike nel garage vicino al mio condominio. È incrostata di fango e devo fare sei tentativi per ricordare la combinazione del lucchetto.

La carico nel cassone del pick-up e mi dirigo a ovest, verso Mossen. Supero l'Ica Maxi e mi infilo nel sottopasso. C'è vento e l'aria sa di pioggia. Raggiungo lo spiazzo delle escavatrici e sono contenta di esserci, considerando il modo in cui poteva finire il teatrino romantico di Viggo. Nascondo meglio che posso il pick-up, tra un vecchio box per cavalli e un'escavatrice. Lo zaino è pieno di etichette e cartellini. Li strappo via e lo riempio con un pacchetto di caramelle gommose, il coltello nel fodero di cuoio rigido, lo spray per gli orsi che mi ha dato Tammy, il repellente Jungle Force e la fionda, anche se non sono affatto sicura che funzioni. Poi, con estrema attenzione, sistemo sopra tutto il resto il binocolo Leica. È costato quasi il triplo di quello che mi aspettavo quindi, considerando che il pick-up è noleggiato, ora è il mio bene più prezioso dopo il laptop.

Raccolgo i capelli in una coda di cavallo e indosso il

cappello verde, quello che Benny Björnmossen non reputa adatto alla foresta. Non mi allontanerò per più di un paio di metri dallo sterrato, il rischio di beccarmi una pallottola destinata a un alce è piuttosto remoto. Devo riuscire a mimetizzarmi, non a proteggermi.

Metto in spalla lo zaino e stringo le cinghie, poi prendo la bicicletta. Chiudo a chiave il pick-up e guardo la foresta. I pini somigliano all'onda della marea. Salgo, mi metto a pedalare e mi rendo conto che la sella è scomoda e il mio equilibrio un po' precario. Non piove ma sembra che debba iniziare da un momento all'altro. Accelero. L'aria umida mi gela le guance e un sibilo negli apparecchi mi infastidisce. Ho ancora un chilometro prima che il fondo diventi uno schifo, quindi decido di godermelo. Anche perché non ci sono auto, né davanti né dietro. Supero due gazze che sembrano aver appena litigato.

Lo sterrato per Mossen è indicato da un piccolo cartello giallo. MOSSEN 6 KM. Non so a cosa si riferiscano quei sei chilometri. Direi che la casa di Frida è a una quindicina di chilometri e la roulotte di Bengt a meno di due, quindi probabilmente si tratta di un punto intermedio, forse la collina.

Ora che Holmqvist è stato rilasciato mi pare di sentire il conto alla rovescia, il timer che ticchetta, la sabbia della clessidra che scivola via granello dopo granello prima del fatidico momento in cui da qualche parte comparirà il cadavere senza occhi di un altro cacciatore. Gli esperti ritengono che l'assassino sia un membro della comunità locale, uno che se la sa cavare nella foresta, che la conosce bene. Se gli abitanti di Mossen fossero persone normali estenderei la ricerca, invece no, uno di loro nasconde qualcosa, lo sento.

Procedo lentamente, cercando di evitare le pozzanghere che potrebbero essere più profonde di quanto sembrino. La bicicletta non ha gli specchietti retrovisori, quindi non vedo nulla alle mie spalle, vedo solo lo sterrato che attraversa la foresta. L'aria puzza di muffa, come un tappeto lasciato fuori sotto la pioggia, e i funghi spuntano ovunque, alcuni persino tra la ghiaia. Sono di ogni varietà, alti e pallidi, tozzi e scuri, spugnosi e grigi, e molti non hanno un aspetto appetitoso, non somigliano a quelli che accompagnano gli hamburger al ristorante. Sembrano fradici e infestati dai vermi.

Arrivo alla prima curva e già riesco a pedalare con più forza, le gambe si stanno abituando allo sforzo. I sensi sono concentrati sugli alberi su entrambi i lati, come se fosse scattato un meccanismo primordiale di autodifesa. Se rimango sullo sterrato non corro alcun rischio.

Vedo il giardino di Bengt. Le cataste di pallet sono alte quasi come il tetto e sono coperte di edera ancora più rigogliosa di quella che si arrampica sui muri della casa, rendendola un deposito di dio sa cosa avvolto in un velenoso mantello verde. Non c'è da stupirsi che si sia trasferito nella roulotte. Passo davanti alle finestre, due al piano di sotto e due al piano di sopra, tutte con le tende chiuse. Il mio appartamento non ne ha, ed è raro vederne in Svezia, specialmente quassù. La luce è un bene prezioso.

Nell'orto le foglie e gli steli sono luminosi e carichi di colori: verde, rosso scuro, viola. Metto la quinta e spingo sui pedali per andare più veloce e filare via inosservata. Nella roulotte la luce è spenta. Mi batte forte il cuore e mi manca il respiro. In questo tratto l'aria ha un buon profumo, come quando si strofinano gli aghi di pino tra le dita. Proseguo cercando con lo sguardo un punto in cui lasciare la bicicletta. Mi sembra di averlo trovato, ma avvicinandomi vedo che è una roccia piatta sulla quale ovviamente non sono cresciuti alberi. Proseguo e l'aria cambia. Si addensa, diventa pesante e assume un odore sgradevole, di cane bagnato. Freno bruscamente e salto giù dalla bicicletta. Ho oltrepassato uno slargo sulla sinistra in cui la terra e la ghiaia sono coperte da foglie, aghi e pigne schiacciate. Torno indietro. Lo slargo è abbastanza ampio per permettere a due veicoli di incrociarsi. Sbircio tra gli alberi. Sono le quattro del pomeriggio e la luce sta scemando, ma non sono qui per fare una passeggiata nel bosco.

Spingo la bicicletta fra le radici nodose. Avevo pensato di allontanarla dallo sterrato e nasconderla, invece la lascio dietro gli alberi, appoggiata a un tronco. Voglio essere sicura di poterla ritrovare facilmente in caso di bisogno.

Il tassista molto probabilmente è ancora al lavoro, quindi inizierò dall'accumulatore. Stasera mi occuperò della zona pianeggiante. Poi, quando sarò un po' più allenata, affronterò la collina.

Cammino sul ciglio dello sterrato, pronta a tuffarmi tra gli alberi se dovesse arrivare qualcuno. Tiro fuori il repellente e me lo passo sul viso e sui polsi. Intanto qualcosa mi sta già ronzando vicino all'orecchio, facendomi impazzire. È come avere una sirena al posto dell'apparecchio. Poi arriva la puntura, ma non è una zanzara, è il repellente. Ho il viso in fiamme, le palpebre e il labbro superiore mi bruciano come se qualcuno mi avesse strofinato un mazzo di ortiche in faccia.

Aspettando che la reazione si attenui, infilo i jeans nei calzini e la giacca da sci nei jeans. Non è un bello spettacolo.

Avevo pensato di dare un'occhiata alla roulotte dell'accumulatore senza varcare il confine della proprietà ma mi rendo conto che gli alberi sono troppo fitti e il mio piano non può funzionare. Attraverso lo sterrato e salto un fosso pieno di acqua marrone e di erbacce orientate nella direzione del flusso, come le alghe. Mi nascondo dietro un pino ma mi sento troppo esposta, quindi ne scelgo uno più indietro. Alzando lo sguardo vedo solo rami, innumerevoli rami che si protendono verso il cielo. Quelli più in basso morti, gli altri appesantiti dagli aghi bagnati. Prendo il coltello, lo tiro fuori dal fodero, lo tocco e poi lo chiudo nel fodero e lo infilo nella tasca della giacca. Poso accanto ai piedi lo spray per gli orsi. Tiro fuori anche il binocolo, che è pesante e forse proprio per questo mi rassicura, e noto l'incisione MADE IN GERMANY. Impiego un po' di tempo per mettere a fuoco correttamente e capire come vedere un'immagine unica invece del diagramma di Venn di due immagini che si intersecano. Quando ci riesco appoggio il petto al tronco del pino e inizio a osservare.

Sento tintinnare gli scacciapensieri, in lontananza. Punto il binocolo, regolo la messa a fuoco e ingrandisco le barre di metallo che si toccano nella brezza leggera. Passo alla camera. Vedo un sacco di crocifissi. Il vetro della finestra è sporco ma riesco a distinguere dei piccoli oggetti disposti sul davanzale, uno accanto all'altro: pupazzetti, forse un angelo con le ali di pizzo. La parte superiore della finestra è stata oscurata con alcune assi ormai coperte dall'edera. Che ci si è anche infilata e sfruttando le crepe nei muri è arrivata in casa.

Vicino al capanno vedo alcune cataste di legna, protette con teli impermeabili. Ma Bengt non può accendere il fuoco se non può entrare in casa. O c'è una porta di servizio? Noto un cavo sopra i teli, un grosso cavo elettrico che unisce la casa alla roulotte.

Faccio per allontanarmi dal pino ma mi accorgo che mi ci sono incollata. Un denso rivolo di resina che scende lungo le scanalature della corteccia proprio dove mi sono appoggiata ha imbrattato tutta la cerniera e mi impiastriccia le dita mentre armeggio per staccarmi.

Vado verso la roulotte, ma intanto si avvicinano da sinistra i fari di un'auto. È la Volvo bianca di Viggo. Corro indietro, mi stringo forte al pino per nascondermi e aspetto che passi. Poi torno verso la roulotte. Non voglio ficcare troppo il naso, non voglio spiare Bengt mentre si fa gli affari suoi, però devo almeno vederlo. Un buon articolo e la possibilità di salvare una vita umana giustificano una piccola intrusione. Lo so, è una follia. Ma Lena mi ha dato la sua approvazione, quindi mi prenderò il tempo che mi serve per cercare qualcosa di sospetto, qualcosa che sia fuori posto. Se la polizia non fa bene il suo lavoro, qualcuno deve pur rimediare.

Sento uno sparo.

Mi volto e mi ritrovo immersa nell'oscurità della natura incontaminata, infinita. Lo sparo riecheggia fra le migliaia di alberi della foresta di Utgard. Non so da dove provenga, non so a quale distanza sia l'arma. Mi pare di avere un bersaglio sulla schiena, come quello che mi ha mostrato Viggo sul suo taxi a lume di candela, ma cerco di riflettere e concludo che sono troppo vicina allo sterrato per essere in pericolo.

Bene, cazzo. Punto il binocolo verso la finestra della roulotte e vedo Bengt che va avanti e indietro, con la testa liscia come un uovo. Immagino che si sia tolto la parrucca. Non vedo le mani, quindi non posso sapere se sta ascoltando la radio o fabbricando una bomba o caricando un fucile, da qui non riesco a capirlo. L'istinto mi dice che non è pericoloso, però mi aveva detto che anche Viggo non era pericoloso.

Sta calando l'oscurità. Mi allontano dalla mia postazione non avendo raccolto nulla di utile. Torno sullo sterrato, con le gambe un po' stanche per la pedalata, supero il punto in cui ho nascosto la bicicletta e proseguo. Do un calcio a un bidone di plastica, poi giro a destra e arrivo alla casa rossa di Viggo. C'è una torre di avvistamento tra gli alberi, e sopra non c'è nessuno. È di fronte a una zona paludosa brulicante di mosche e moscerini ed è alta più o meno tre metri. Salgo la scala a pioli e il legno di betulla, umido, mi sembra morbido tra le mani. In effetti è mezzo marcio. Arrivo in cima ed è fantastico, tra me e il terreno irregolare della foresta c'è uno strato di aria limpida.

I nastri che vanno verso la casa di Viggo e verso lo sterrato indicano le direzioni, stabilite dai burocrati, in cui i cacciatori non possono sparare. L'anno scorso ho scritto un breve articolo sui ragazzi del posto che si divertono a spostare i nastri e sui rischi che questo comporta. Verso la palude non ci sono nastri. Guardo la casa, le luci e il muro che circonda il giardino.

La visuale non è libera, non come prima, davanti alla casa dell'accumulatore. Qui ci sono più alberi e i rami sono più grossi. Sono protetta da un tetto di lamiera ondulata coperto da uno strato di muschio e aghi di pino spesso come un materasso. Le luci raggiungono il giardino, lo sterrato e una vasta area lì intorno, entro la quale le telecamere a circuito chiuso possono riprendere tutto ciò che succede. Un raggio di sole in un luogo buio, molto buio.

Oltre la finestra della cucina vedo Viggo. Sta lavando i piatti, o forse sta preparando la cena. Passo al giardino. Ci sono uno spaccalegna meccanico, una serie di pesi arrugginiti e, in mezzo all'erba, una batteria per auto completa di cavi di avviamento. Neri e rossi. È vicino a una pozzanghera, e i morsetti alle estremità dei cavi sono immersi nell'acqua. Tra il fango e le molte impronte di stivali ci sono anche cinque alberi da frutto, vecchi tronchi nodosi e contorti con rami cadenti sostenuti da assi e pali per le impalcature. I piccoli nascondigli di ramoscelli ai piedi degli alberi mi ricordano la tana che facevo con il piumone, sul letto, quando ero una ragazzina, quello spazio in cui mi rifugiavo. Sono contenta che Mikey abbia queste tane di legno tutte per lui, questi piccoli rifugi sicuri.

C'è anche qualcosa contro il muro di pietre del giardino. Regolo l'ingrandimento. È un mucchio grigio, dalla mia parte quindi non nella proprietà di Viggo. Le luci non arrivano così lontano ma mi sforzo di distinguere i dettagli. Prendo una caramella gommosa dal pacchetto che ho infilato nella tasca della giacca e me la metto sulla lingua. È bianca, alla pera, la mia preferita in assoluto. Molto meglio di qualsiasi pera che io abbia mangiato. Mi sento bene, considerando che sono accovacciata in una dannata torre di avvistamento per la caccia all'alce nella foresta di Utgard. Quindi decido che per oggi può bastare, che posso andare a prendere la bicicletta. Scendo la scala scivolosa e i miei stivali ritrovano il muschio morbido. Il terreno nella foresta non è mai piatto, non è mai uniforme, non è mai affidabile. È pieno di buche e radici, tane e rovi anche dove sarebbe meglio che non ci fossero. E io sono immersa nell'oscurità, con il solo conforto delle luci di Viggo e di qualche stella sparsa nel cielo. Arrivo senza fare alcun rumore fino al muro del giardino e lo seguo per scoprire cosa sia quel mucchio, curvandomi perché dalla casa non si possa vedere il mio viso, la parte meno mimetizzata.

Il mucchio è alto quasi quanto me. Mentre mi avvicino sento una specie di scricchiolio sotto lo stivale, quindi strizzo gli occhi e guardo. È un cumulo di topi e ratti. La parte inferiore è un grumo di ossa e vermi, ma quella superiore è un ammasso di cadaveri freschi e pelosi. Non riesco a respirare, e comunque non voglio farlo. Corro verso lo sterrato, salto il fosso. Il cuore batte a velocità folle. Non trovo lo slargo, so dov'è ma non lo vedo. Guardo indietro, guardo avanti. Non posso aspettare quindi corro verso la casa dell'accumulatore e mi imbatto in una curva che non ricordo. E lì trovo lo slargo e la mia bicicletta appoggiata al tronco. La trascino sullo sterrato, strappando le erbacce e i rami spinosi che la frenano aggrovigliandosi sui raggi, sui pedali e sui cavi dei freni. Salto in sella e torno più veloce che posso verso la strada asfaltata.

33

Sto andando al lavoro in auto. Il sole sorge e io ho i capelli bagnati e una fetta di pane tostato in mano. Il telefono squilla proprio mentre sto parcheggiando.

«Tuva Moodyson.»

«Buongiorno, Tuva. Sono la dottoressa Schenker dell'hospice di Karlstad. La chiamo per sua madre.»

Il cuore fa un paio di capovolte nel petto e la lingua si paralizza.

«Può parlare?»

«Come sta?»

«Niente di urgente, ma mi chiedevo se potevamo incontrarci. Ha in programma una visita nei prossimi giorni?»

«Sì, vorrei passare nel fine settimana.»

«Non sono di guardia. Può anticipare?»

La dottoressa Schenker ha il tono di una zia che non vuole sembrare troppo schietta e però vuole indicare esattamente cosa si deve fare.

«Vengo da mia madre questo fine settimana per passare un po' di tempo con lei. Prima non posso, lavoro.»

«Bene, allora ne parleremo al telefono. Sua madre si sta avvicinando alla fine del suo percorso di cura, è allo stadio terminale e sta peggiorando rapidamente. Mi dispiace.»

Il cuore si ferma.

«Ci sono le cure palliative, ovviamente. Ma penso sia proprio opportuno che venga a trovarla, questo fine settimana.»

«Certo. Verrò. Deve dirmi qualcos'altro?»

«No, Tuva. Ma la terrò informata» risponde. «So che non è facile.»

«Non potete provare altre cure?» chiedo con la voce rotta.

«Stiamo facendo tutto quello che si può fare.»

Trattengo a stento le lacrime. «Grazie della telefonata.»

Attraverso il parabrezza scheggiato fisso il muro di mattoni, la porta nera e i tre gradini di cemento sul retro dell'ufficio. Mi stropiccio gli occhi e lascio scorrere la punta delle dita sulle guance, fino alle labbra. Levo gli occhi al cielo, che è il mio modo di guardare papà anche se non credo nel paradiso o in Dio. Ogni volta che lo faccio sento un brivido che mi rassicura, mi fa pensare di non essere sola di fronte a quello che mi capita.

Quando l'assassino della foresta di Utgard verrà arrestato e il caso sarà chiuso rallenterò, lavorerò part-time per un po'. La mamma avrà bisogno di me e io dovrò esserci. Dovrò parlare con lei di quello che è successo, per il suo bene e anche per il mio. E non credo che le visite del fine settimana basterebbero per dirci tutto. Spengo il riscaldamento dei sedili, spengo il motore e mi asciugo gli occhi, rimanendo in silenzio.

In ufficio trovo le copie fresche di stampa del *Posten* sul bancone e noto che la pila è di nuovo più alta del solito. Evidentemente ci si aspetta che gli omicidi spingano le vendite.

Sulla scrivania ci sono ancora gli appunti per un articolo sul consiglio comunale, ma la mente ha inserito il pilota automatico. Il cuore e lo stomaco stanno consumando tutta la mia energia e non me ne resta per pensare. Sono quasi al punto in cui tutto sembra troppo. Ancora non ho deciso di mollare la presa e scappare a Bali, ma mi sto avvicinando a quell'abisso. Un momento prima di precipitarci dentro, però, mi tiro indietro. Mi siedo e rigirando tra le mani il cavetto del mouse mi chiedo se anch'io potrei ritrovarmi da un giorno all'altro con i capelli bianchi, come la mamma. Forse sì, se perdessi un grande amore il calore se ne andrebbe dal mio cuore e il colore se ne andrebbe dai miei capelli e io arriverei sull'orlo dell'abisso e ci cadrei dentro, come la mamma. Toccherei il fondo e comincerei a occuparmi solo di me stessa e smetterei di vivere. Continuerei a esistere aspettando solo di morire. Potrebbe andare così anche per me, o forse no.

Il lavoro in ufficio mi conforta, in un certo senso. Serve almeno a questo. Nils sta stuzzicando Lars, lo sta prendendo in giro per la partita di calcio che hanno giocato ieri sera. Lena ha chiuso la porta dell'ufficio e immagino stia leggendo le pagine internazionali del *New York Times* o del *Guardian*, come fa ogni venerdì mattina. C'è silenzio. A parte il ronzio delle voci familiari di Nils e Lars e le poche battute di due persone che sono entrate per comprare una copia del nostro giornale, c'è abbastanza silenzio. In realtà gli apparecchi stanno fischiando per segnalarmi che devo cambiare le batterie. Le rimuovo. Sono grandi come due piselli schiacciati. Le butto nella scatola per il riciclo, prendo quelle nuove dal portachiavi, le inserisco dopo aver staccato i minuscoli adesivi e chiudo gli sportellini. Accendo gli apparecchi e sento il solito motivetto.

Non ho combinato molto stamattina. Ho controllato la posta e i siti locali, come sempre, anche se non ha molto senso. Sarebbe comunque difficile ignorare il fatto che abbiamo un assassino a piede libero fra noi, e altre notizie non ci sono, nemmeno sul barman dello strip club. Devo proprio tornare dalla proprietaria e devo parlare di nuovo con Savanah, appena sarà rientrata da Karlstadt. Il barman mi era parso gentile, ma probabilmente tutti i serial killer lo sono.

Un brontolio allo stomaco mi avverte che il pane tostato non era sufficiente. Prendo il giaccone ed esco.

C'è vento e le foglie che cadono sul marciapiede vengono spinte verso il canale di scolo. Vedo Frida che si allontana dalla merceria.

«Tuva! Che bella sorpresa!»

«Ciao!» Noto che è perfettamente truccata e pettinata e mi chiedo chi glielo faccia fare. Nessuno è così in tiro a Gavrik. «Sto andando a comprarmi un panino...»

«Conosci quel tipo?»

«Quale tipo?»

«Il tipo che ti stava guardando dalla vetrina. L'ho visto mentre ero alla cassa per pagare i nastri. Se n'è andato un minuto fa, in quella direzione» dice indicando l'Ica Maxi. «Sarà un tuo corteggiatore...» aggiunge, con una strana luce nello sguardo. «Ti va di venire a bere un caffè all'albergo? È sempre aperto in questi giorni, con tutti i nuovi clienti che vengono da fuori.»

Gli omicidi ravvivano gli affari.

«Sì, certo. Ho un po' di tempo.»

Frida sorride con gli occhi e mi precede. Sullo sfondo ci sono le ciminiere della fabbrica di liquirizia. Il vento soffia forte e spinge via il profumo che arriva da lì sostituendolo con il suo che mi raggiunge a zaffate.

«Dopo di te» dice tenendo la porta per farmi entrare. «La bellezza ha la precedenza sui privilegi dell'età.»

L'albergo è avvolto nel silenzio. Sembra un mausoleo. Nell'atrio, grande come una casa, ci sono un tavolino con un thermos di caffè, una confezione di latte a lunga conservazione, bustine di zucchero e di dolcificante, alcune tazze e alcuni cucchiaini di plastica, e poi un cestino della spazzatura foderato con una borsa dell'Ica Maxi, sei sedie da ospedale rivestite con un tessuto degli anni Settanta e un espositore di plastica trasparente con quaranta scomparti e i volantini infilati qua e là perché l'espositore sembri meno vuoto. I volantini comunque occupano solo sei scomparti e contengono notizie sulla fabbrica di liquirizia, sul campeggio, sulla pesca e sul noleggio dei camper, il messaggio ufficiale di benvenuto del consiglio comunale e il regolamento per la stagione della caccia, con le date e le mappe.

«Sei pallida, Tuva. Dormi abbastanza con tutto il lavoro che hai?» mi chiede Frida.

«Recupererò nel fine settimana» dico. Intanto noto che dalla sua borsa, fra i nastri, sbuca un libro che in copertina ha un uomo e una donna a cavallo. Non sembra nuovo.

«Sto leggendo tutti i tuoi articoli. Non ci avevo mai fatto caso prima di incontrarti, ma scrivi molto bene.»

È la prima persona che mi fa un complimento. Ne ricevevo molti quando ero a Londra, dagli amici, dai conoscenti, però qui a Gavrik non mi era mai successo. E non mi è mai successo nemmeno con la mamma.

«Grazie, sei molto gentile» dico. «Ma tu come ti senti, con tutta l'attenzione della stampa concentrata proprio sulla tua casa?»

«Sulla mia casa?» chiede. Sembra stupita.

«Su Mossen. Sulla foresta di Utgard.»

«Ah, no, non mi dà fastidio. Ne dà a Hannes, invece. Non riesce a dormire. È stressato. Credo che abbia bisogno di una vacanza. Stavo pensando di andare a Barcellona, a prendere un po' di sole.»

«Immagino la pressione» dico guardandola negli occhi. «Un assassino che circola liberamente può mettere a dura prova persino un matrimonio.»

«Spero proprio di no. E comunque, scusa se mi permetto ma non si può parlare senza sapere di cosa si parla. Intendo dire che tu non sei sposata. O hai veramente qualche corteggiatore all'orizzonte, magari un giovane falegname o un affascinante uomo d'affari?»

«No. Sono sposata al mio lavoro.»

«Oh, prima o poi cercherai anche tu un uomo. Il mondo non è facile e tutti abbiamo bisogno di protezione. E poi c'è l'orologio biologico...» dice indicando il mio ombelico. Per poco non sputo il caffè.

«Immagino che Hannes...» dico cercando di mantenere la calma. «Immagino che sia capace di proteggerti.»

Frida versa dell'altro caffè e mi rivolge un sorriso appassionato.

«È il migliore. Si prenderebbe una pallottola in corpo pur di difendermi, e io farei lo stesso per lui. È così da quando eravamo ragazzini, nessuno osa mettersi di traverso perché sa già come andrebbe a finire.»

«Avevo un ragazzo quando ero a Londra» dico. Frida si illumina, raddrizza la schiena e si sfrega le mani sulle ginocchia.

«Lo sapevo! Raccontami tutto...»

«Un bravo ragazzo, stavamo bene insieme. Solo che lui aveva un problema.» Adesso la guardo da vicino, la fisso negli occhi. «Apprezzava spogliarelliste, ballerine, accompagnatrici e tutto il resto.»

Frida abbassa lo sguardo sulla tazza di caffè, poi lo alza su di me.

«Mi dispiace, Tuva. Meriti qualcosa di meglio, credimi. Ma immagino che questo cosiddetto uomo sia rimasto a Londra.»

Annuisco.

«Bene, ti sei liberata di un peso. E vedrai che troverai un bravo ragazzo che si prenderà cura di te.»

«Hannes non ha mai...»

Frida alza le sopracciglia e il fondotinta, impeccabile fino a quel momento, si incrina rivelando le zampe di gallina ai lati degli occhi.

«Hannes? Uomini tutti d'un pezzo come lui non ne fanno più, ripeteva mia madre. È un po' sciocco a volte, gioca e scommette troppo, ma nemmeno si avvicina a quelle porcherie. O pensi che potrei tollerarlo?»

Non riesco a capire se sia all'oscuro del passatempo di Hannes o lo abbia rimosso per non compromettere il loro matrimonio perfetto. O se invece ritenga che non sono affari miei.

«Hai fatto bene a sbarazzarti di quel maiale di Londra» continua. «Chiederò se c'è qualche single in giro. Qual è il tuo tipo? Ho sentito che hai un debole per...» Si avvicina e si guarda attorno con un'aria complice. «Per Thord.»

«Thord è come un fratello. E non ho in mente un tipo particolare.»

«Ogni donna ha in mente un tipo particolare, Tuva.»

«Be'...» La guardo di nuovo negli occhi. «A me invece piacciono un po' tutti, o tutte. Non faccio differenza, sono di bocca buona.»

Frida trattiene le parole che vorrebbero uscire e mi scruta da capo a piedi, come se cercasse di capire cosa le è sfuggito.

«Quindi...»

Annuisco.

«Quindi...»

Sostengo il suo sguardo. Sento che il cervello le frulla.

«Capisco. Una delle mie maestre era così. Sei aperta a più opzioni, se posso esprimermi in questo modo.»

«Sì.»

Ride, poi mi posa la mano sulla spalla. «Mi dispiace, mi sto comportando come se fossi mia nonna. È che non capita tutti i giorni in un posto come questo.» Fa un respiro profondo e mi accarezza la spalla. «Sono contenta che tu me l'abbia detto, immagino che non sia semplice farlo, non qui a Gavrik. Ora però andiamo fuori da questa vecchia trappola impolverata.»

Usciamo, e questa volta sono io a tenerle aperta la porta. Lei mi guarda con una certa diffidenza mentre passa. Si è alzato di nuovo il vento. È fresco e asciutto e ha cambiato direzione. Sa di liquirizia, di zucchero e anche di anice. Frida mi saluta con un abbraccio da una certa distanza, poi va verso l'Ica Maxi. Ho lo stomaco più vuoto che mai e la testa che gira per il caffè, ma mi sento sollevata adesso che gliel'ho confidato.

Vado verso l'ufficio e quando ci arrivo rimango per qualche istante sulla soglia, a osservare la messa in piega perfetta di Frida che sta entrando per la seconda volta nella merceria della signora Björkén. Poi mi giro e mi muovo in direzione della stazione di polizia.

34

Dentro fa caldo e c'è odore di disinfettante. Sullo schermo appare il numero 7. Prendo un biglietto dal distributore al centro della stanza, poi premo il pulsante del campanello elettronico avvitato al bancone.

Thord esce e mi sorride. Ha una bella mascella, ma credo che potrebbe usare una mazza da baseball come filo interdentale.

«Vuoi sporgere denuncia?»

«No, grazie a dio. Penso che ne siano successe abbastanza. Volevo solo chiederti se hai tempo per mangiare un hamburger e fare due chiacchiere.»

«Mi piacerebbe, ma non posso abbandonare il fortino. Sono solo. Però possiamo berci un caffè se ti va, anche se non sarebbe permesso entrare... Non lo dirai a nessuno, vero?»

Apre la porta blindata con il codice e mi introduce nel sancta sanctorum della stazione di polizia. Cinque scrivanie, di cui due completamente vuote. Schedari che coprono le pareti proprio come nel mio ufficio, forse anche dello stesso modello. E un corridoio che gira a sinistra.

«Cosa c'è lì in fondo?» chiedo.

«Le celle.»

«Posso dare un'occhiata?»

«Non vedo perché no, sono vuote.»

Seguiamo il corridoio, giriamo l'angolo e ci troviamo di fronte a tre celle adiacenti. Mi aspettavo delle gabbie, come nei film, invece sono stanze con le pareti e la porta, e hanno anche il bagno.

«Dov'era Holmqvist?»

Thord indica la cella sulla destra.

«Pensi che sia innocente?»

Thord si batte la tempia con il dito. «Apri bene le orecchie. David è strano come una bufera di neve a giugno, e il capo non può vederlo. Però l'istinto mi dice che non è un assassino.»

«I giornalisti non la pensano come te.»

«Be', perdona il francese ma cosa cazzo vuoi che capiscano i giornalisti? Esclusi i presenti, naturalmente» ribatte. «Non c'è uno straccio di prova.»

Torniamo nell'ufficio e Thord mi porta una tazza con la scritta PROTEGGI E SERVI CAFFÈ. L'interno è scuro e pieno di piccole crepe.

«Mi sembri un po' troppo rilassato. C'è un assassino a piede libero.»

«Non lo sono affatto. Questa settimana ho fatto più straordinari che in qualunque altra da quando ho iniziato a lavorare. Ho bisogno di una vacanza se non voglio crollare.»

«Avete altri indizi?»

«Diretta come sempre» commenta. «Il capo ha chiesto discrezione perché si sente preso tra due fuochi, tu che scrivi quello che ti pare sul tuo giornale e i ragazzi della omicidi di Karlstad che gli stanno con il fiato sul collo. Anche se, come dice lui, non saprebbero distinguere un tronco da un ramo. Comunque stiamo vagliando varie ipotesi, anche quella che l'assassino fosse uno di passaggio. Il problema è che un omicidio in una foresta durante la stagione della caccia, con armi che sparano a destra e a sinistra, senza una pista, senza un testimone... non ci dà molto su cui lavorare.»

«Dovete pur avere qualche elemento.»

Si morde il labbro inferiore. «Prima o poi verresti ugualmente a saperlo, anche se il capo ha raccomandato la massima discrezione... Sono arrivate le perizie balistiche. Il fucile che ha ucciso Freddy Malmström è un Mauser da otto millimetri, un affare che si usava nella Seconda guerra mondiale.»

«Seconda guerra mondiale?»

Annuisce. «Karabiner 98K. Cinque colpi. Venduto a milioni, quindi ancora abbastanza comune come fucile da caccia. In effetti, non è male con l'aggiunta di un mirino.»

«Registrati qui a Gavrik?»

«Qualcuno, ma nessuno che abbia sparato di recente. Continuiamo a cercare, però è un'arma compatta, lunga poco più di un metro. È facile da nascondere.»

«Sono stati uccisi tutti con la stessa arma?»

«Immagino di sì, ma i camici bianchi hanno bisogno di qualche altro giorno per rispondere anche a questa domanda.»

«Qualcuno dei legittimi proprietari potrebbe avere un movente?»

«Se ci pensi, a Gavrik quasi chiunque ha un buon motivo per uccidere chiunque altro. Anche se Freddy e Rikard erano tipi schietti, lavoratori infaticabili, padri di famiglia che pagavano le tasse e andavano in chiesa la domenica. Non creavano problemi. Quindi ucciderli e mutilarli...»

Batte le palpebre tre o quattro volte.

«Cosa mi dici degli abitanti di Mossen? Di Viggo Svensson?»

«Gli ho parlato dopo quello che mi hai riferito. Penso che non importunerà più nessuno.»

«Ma pare che sia il miglior tiratore della zona. Avete controllato le sue armi?»

Scuote la testa. «Era a casa con il figlio in entrambe le occasioni. Se fosse uscito lo avremmo notato nelle registrazioni delle sue telecamere a circuito chiuso.»

«E gli altri? Avete un ex soldato che odia i consumatori di carne, due sorelle a cui probabilmente qualche occhio umano farebbe comodo e David Holmqvist che tutti tranne te ritengono colpevole. E Hannes Carlsson.»

«Hannes non è indagato, se è quello che vuoi sapere. E non ci stiamo concentrando solo su Mossen. Potrebbe essere stato qualcuno di fuori.»

«Ma non dovrebbe essere indagato?» Appoggio la tazza sulla scrivania di Thord. «Hannes, intendo. È un cacciatore e anche un ottimo tiratore, vive nella foresta e la conosce come le sue tasche. Ed è un tipo piuttosto geloso.»

«So chi è Hannes Carlsson e Björn lo sa anche meglio, ci gioca a poker. E no, non è stato lui, Tuvs. Hannes è un vecchio bastardo, un duro, un combattente, ma tutti lo conoscono e tutti lo amano e i ragazzi della cartiera lo adorano, perché insieme al sindacato fa in modo che vengano pagati meglio di qualunque altro operaio del Värmland.»

La radio di Thord si accende. Alcune comunicazioni di servizio, poi Björn annuncia che sta rientrando.

«È meglio che tu te ne vada.»

Annuisco e lo ringrazio per il caffè.

«Guardati le spalle, Tuva. Fai il tuo mestiere ma lasciaci fare il nostro.»

Torno in ufficio e passo il resto del pomeriggio spulciando i documenti degli anni Novanta su Medusa e cercando di ricostruire la rete di parentele e alleanze che connette tutti gli abitanti di Gavrik. Poi, dieci minuti prima del solito, esco e vado da Tammy.

Niente fila.
«Come mai è così vuoto di venerdì?»
Mi sorride dalla sua postazione.
«Partita. Svezia Francia. Pensavo lo sapessi, essendo anche una cronista sportiva.»
«Sono una cronista a tutto tondo, non mi sfugge nulla. Ma immaginavo di trovare la fila.»
«Se non mi lamento significa che gli affari vanno abbastanza bene, credimi. Oggi hanno ordinato, sono usciti dal lavoro in anticipo e sono passati a ritirare i loro sacchetti in tempo per il calcio d'inizio, quindi ho già incassato e ora posso rilassarmi. Ho scaricato *Game of Thrones* e me lo sto guardando sull'iPad.»
«Bella la vita. L'hai messo in pausa?»
Sorride e annuisce, mentre prende un contenitore di plastica e una pinza da chef.
«Potrei avere una porzione di pollo con gli anacardi, una di riso al vapore e qualche cracker, per cortesia?» chiedo. «E anche un favore?»
Tammy sorride, poi mette nel contenitore il pollo e il riso che sono ancora fumanti e profumano di tutto ciò che a Gavrik nemmeno esiste. Annuso e chiudo gli occhi.
«Ecco il pollo» dice passandomi il contenitore. «Il favore quale sarebbe?»
«Puoi portarmi a Mossen e tornare a prendermi dopo un paio d'ore?»
«Appuntamento hot?»
«Direi di no, devo fare qualche ricerca.»
«Sei armata?»
Alzo le sopracciglia.
«Hai ricevuto un invito? O hai deciso di andare a ficcare il naso negli affari degli altri, quindi devi avere qualcosa che ti aiuti a difenderti?»
«Lo sai che ce l'ho.»
«Ti riferisci al mio spray per gli orsi?»

«Ho anche una fionda.»

«Quella potrebbe aiutarti a cavarti un occhio. Aspetta un attimo.»

Aspetto, e intanto mangio, all'aria aperta, fresca e pulita, e il pollo ha un sapore incredibile come sempre, grazie allo zenzero e agli anacardi. Sento lo stomaco che si riempie e le labbra che iniziano a pizzicare.

«Andiamo.»

«Chiudi bottega così presto? Sei sicura?»

Tammy scende dal retro e chiude la griglia di metallo che impedisce l'accesso alla cucina. Poi appende un cartello che dice TORNO SUBITO.

Insieme raggiungiamo il pick-up. Tammy tende la mano per chiedermi le chiavi e io gliele passo e lascio che si metta al volante.

«Vado pazza per questo pick-up» dice, sistemandosi il sedile. «Non è da bifolchi come quelli della gente del posto, è alta ingegneria.»

Lasciamo Gavrik. Quando arriviamo a Mossen cade una pioggerellina sottile, che sembra vapore. Superiamo l'accumulatore e il tassista, poi Tammy accelera e affronta la collina e io le indico il punto in cui fermarsi.

«Quando vuoi che venga a prenderti?»

«Alle dieci va bene?»

«Certo, se va bene a te» dice tirando il freno a mano. «Tengo d'occhio il telefono. Se hai bisogno chiami e arrivo in venti minuti.» Mi guarda. «Ho una cosa per te.»

Mi mostra un'arma, una specie di revolver che teneva nella tasca del giaccone, poi la posa tra noi.

«È un'altra scacciacani?»

«No.»

«Tammy, cosa cerchi di fare?»

«Cerco di aiutare un'amica un po' sciocca. La vuoi o no?»

«Com'è che hai una vera pistola?»

«Vediamo... Ho ventidue anni e lavoro in uno schifoso camper adibito a cucina, nel punto più buio di un parcheggio di un supermercato di periferia in un posto di merda. Quando il supermercato è chiuso mi sento sola come il primo dannato uomo sulla luna. Ho soldi in cassa e tutti quelli che vivono qui intorno lo sanno. E quasi tutti, che tu ci pensi o no, che tu voglia crederci o no, non amano chi non è bianco come un'aspirina, o almeno non si fidano. Tu pensi di essere un'estranea a Gavrik ma lasciatelo dire, proprio non sai cosa significhi» mi risponde. «Devo elencarti altri validi motivi?»

Ha un tono che non le ho mai sentito prima. I finestrini si stanno appannando e io rimango a fissare la pistola.

«Se la prendo e proprio stasera ti succede qualcosa? Non posso farlo.»

«Ne ho un'altra. Prendila.»

Guardo Tammy, poi guardo la pistola. Ho la sensazione che qualcuno morirebbe anche solo se io toccassi quell'aggeggio. O forse no.

«Grazie, ma preferisco che la tenga tu. Ci vediamo alle dieci» dico. «Comunque apprezzo il gesto.»

Prendo lo zaino dal sedile posteriore e le rivolgo un cenno di saluto. Lei fa manovra e si allontana e d'un tratto, senza la luce dei fari, è veramente buio. Ma sono su una strada sterrata, non nella foresta, la differenza è evidente. Sono a poche centinaia di metri dal laboratorio delle sorelle, sento l'odore della legna che arde. Tutti quelli che vivono sulla collina avrebbero avuto un movente per uccidere e l'opportunità di farlo. Le sorelle hanno dei fucili. Holmqvist è un tipo sospetto, a prescindere da quello che pensa Thord. Potrebbe avere un fucile nascosto da qualche parte, magari appartenuto a suo padre, o una pistola. E Hannes è un uomo che ha tanti segreti quanti amici. Infilo la mano nella tasca di sinistra e accarezzo il fodero del mio coltello. Poi infilo la mano nella tasca di destra e silenzio il telefono. Andrà tutto bene.

35

La foresta sta cambiando. La luna a tre quarti rende gli alberi grigi come il sangue del salmone cotto. Cammino lungo lo sterrato che si restringe e sotto gli stivali sento la ghiaia e il terreno asciutto. Sulla destra ho un fosso profondo, alcune betulle e un muro di abeti. Fa più freddo adesso, forse siamo sotto lo zero, ma sono ben coperta e mi sento tranquilla e sazia dopo il pollo con gli anacardi di Tammy. Non ho freddo. Avanzo, ma non riesco più a distinguere punti di riferimento che mi dicano dove sono, vedo solo betulle che si assottigliano verso la cima e pini grossi e dritti come alberi di una nave.

Sento qualcosa in lontananza, una musica folk, forse una polka suonata con la fisarmonica. Il genere che ballano le ragazze quando indossano i vestiti tradizionali. Una merda di musica, a essere onesti. Seguo lo sterrato e finalmente scorgo le luci del laboratorio delle sorelle e il fumo che sale dal camino. Ho ancora le mani in tasca, la sinistra stringe il coltello e la destra il telefono. Il laboratorio è aperto verso lo sterrato, non saprei perché. Le sorelle amano il freddo? Oppure vogliono vedere chi arriva?

Il fosso è meno profondo in questo punto, quindi lo salto e proseguo senza allontanarmi dallo sterrato. Sento il bubolare di un gufo che sembrerebbe essere dietro di me. Lo sento di nuovo. No, è sopra di me, da qualche parte, nascosto e felice. Il terreno è così irregolare che devo guardarlo e concentrarmi per non inciampare sulle radici o cadere nelle buche. Mi avvicino e vedo le sorelle. Stanno lavorando, dandomi le spalle. Probabilmente stanno facendo un altro orribile troll. Proseguo. La musica copre il rumore dei miei passi e ne sono contenta. Avrei anche un passamontagna da sci nello zaino, però decido di non indossarlo. Sembrerei un ladro o qualcosa di simile e veramente rischierei di farmi sparare.

Mi fermo e mi appoggio a un albero. È una betulla bianca, adulta, spaccata alla base e cresciuta come due alberi distinti. Mi chiedo quanto sto rischiando. Non posso farmi sparare perché devo andare a trovare la mamma, e ho già saltato una settimana. La mamma ha solo me. Mi ricompongo e intanto cerco di ragionare come avrebbe fatto papà. Mi limito a osservare i fatti. Aiuta. Nella foresta di Utgard non è stata uccisa nessuna donna. Mi stacco dalla betulla mentre un pezzo finisce e ne inizia un altro, suonato con un'armonica a bocca. Non è stato ucciso nessuno sullo sterrato o nei paraggi. Bene. È già abbastanza rassicurante e non è tutto. Non è stato ucciso nessuno che non fosse un cacciatore e non fosse armato.

Decido che la posizione è buona, anche se riesco a vedere solo due terzi del laboratorio, con la stessa angolazione che si ha da un posto laterale a teatro. Tolgo lo zaino e tiro fuori il binocolo e il pacchetto di caramelle gommose che naturalmente fa rumore. Non riesco ad aprirlo e maledicendomi per non averci pensato prima lo rimetto nello zaino. Poi alzo il binocolo, lo appoggio al tronco più grosso della betulla, lo sposto tra i due tronchi e decido che così va meglio. La posizione è più naturale.

Cornelia e Alice sono ancora lì, sempre di spalle, e stanno ancora usando i coltelli da intaglio a lama corta. Immagino che stiano lavorando a un troll, che stiano staccando scaglie di pino chiaro per ottenere il seno, il mento, le ginocchia, che stiano coprendo di peli le ascelle.

Il denaro è un ottimo movente per un omicidio, e chissà quanto potrebbe costare un troll con occhi umani. Inoltre, le sorelle vivono come recluse e non hanno amici, o compagni, o ex, e sono due buone tiratrici.

La musica è allegra e anche se non ballano la seguono, ondeggiano e dondolano al ritmo dei violini. Regolo l'ingrandimento, ma ogni volta che mi muovo perdo l'inquadratura. Trattengo il respiro, come i cecchini nei film. Le sorelle si allontanano, una a destra e una a sinistra, come se volessero ammirare il troll.

Ma non è un troll, è una lepre o un grosso coniglio. No, è decisamente una lepre, la riconosco. Il mio stomaco geme, e non per la fame. L'hanno appesa alla parete del laboratorio. Hanno inchiodato a un bastone orizzontale le zampe posteriori e hanno lasciato pendere lungo un bastone verticale la testa e le minuscole zampe anteriori, facendola somigliare a un Gesù capovolto.

La stanno scuoiando. Ma è morta, mi dico. Sicuramente è morta.

L'hanno già fatto dalle zampe posteriori al buco del culo, che è al centro della croce, e poi fino alla metà del busto. E ciò che spunta dalla pelliccia è scuro come il vino rosso. Immagino che somigli a un umano scuoiato. Riesco a distinguere tendini e muscoli, scolpiti come quelli di un atleta, e penso che comunque somiglia all'agnello che una volta, a quindici anni, ho provato ad arrostire. Volevo cucinare qualcosa di buono per la mamma e riportare un po' di normalità in casa, ma non ci sono riuscita.

Le sorelle tornano al lavoro, però rimangono un po'

distanziate e mi permettono di continuare a guardare. Quella silenziosa tira la pelliccia marrone chiaro, l'altra la stacca con il coltello, e in pochi secondi è sfilata come un maglione dalla testa di un bambino e pende dal corpo teso e lucido. La sorella loquace spezza le zampe anteriori, che sembrano piccole come quelle di una rana rispetto alle altre. Poi si fa da parte. La sorella silenziosa stacca la testa, che cade a terra.

Faccio un respiro profondo. Ora restano solo il corpo, senza pelliccia e senza testa, e le zampe posteriori. Le sorelle si guardano attorno e si rimettono al lavoro. Immagino che procedano sempre allo stesso modo e che ognuna abbia il suo compito. Quella loquace fa scorrere il coltello dal culo al collo della lepre. Mi mordo la punta della lingua mentre lo stomaco riprende a gemere. Non mi fa schifo la selvaggina, anzi mi piace, ma le sorelle e il modo in cui stanno facendo quello che stanno facendo mi spaventa.

La lepre è illuminata e ormai distinguo chiaramente anche le viscere. La sorella silenziosa si avvicina al fuoco e aggiunge un paio di ceppi. Quella loquace estrae l'intestino e altre parti molli e appiccicose ma non il fegato, luccicante, quasi nero. Quello lo lascia dentro. La sorella silenziosa estrae i polmoni e li lancia nell'oscurità, fra i pini. Poi entrambe vanno verso la casa. Stanno parlando ma non leggo il labiale a questa distanza. Chiudono la porta.

Lavoro o piacere? Materiale per i troll o cena?

Cerco di guardare attraverso le finestre, ma le luci mi accecano e riesco a vedere solo le lampadine. Con il binocolo appeso al collo passo davanti al laboratorio, mentre la musica folk continua. Avanzo fra i pini, supero il punto verso il quale la sorella silenziosa ha lanciato i polmoni e proseguo in direzione della casa dello scrittore.

Una ragnatela tesa tra due alberi mi si appiccica al

viso. Mi pulisco le ciglia e le sopracciglia e sputo, anche se non mi è entrata in bocca. Salto il fosso, pieno di acqua stagnante, e riprendo lo sterrato. Mi tolgo la ragnatela dai capelli e dal mento ma la sento ancora, dietro le orecchie e anche nel naso. Cammino più veloce ora. Fa freddo. Mentre mi avvicino alla casa di Holmqvist noto un muro di abeti rossi e una scarpata ripida fiancheggiata da pini e faggi. È una bella zona di giorno, relativamente bella.

Salto di nuovo il fosso e mi arrampico sulla scarpata. Gli alberi sono più piccoli e più radi, intervallati da rocce. Vedo un angolo della casa di Holmqvist e un sostegno della veranda che ha qualcosa di lucido intorno.

Il terreno qui è più scivoloso, le rocce sono bagnate e coperte di muschio. Sento l'ululato di una bestia presa in trappola, forse un lupo, e mi accascio con il mento fra le ginocchia. Non provo nemmeno a prendere il coltello o lo spray per gli orsi, mi arrendo subito. L'ululato continua. Non ci sono molti lupi nel Värmland, ma qualcuno sì. Porto il binocolo agli occhi e vedo un recinto di filo spinato tra due sostegni della veranda di Holmqvist e all'interno del recinto un grosso pastore alsaziano o tedesco, non riesco mai a distinguerli. Il pastore mi guarda e libera un abbaio fortissimo che riecheggia fra gli alberi lungo tutta la scarpata.

D'accordo, è un cane ed è chiuso in un recinto. E anch'io mi comprerei un cane da guardia se tutti sparlassero alle mie spalle appena mi volto o addirittura mi odiassero. Mi alzo e il cane continua ad abbaiare, rigido, teso verso di me. Istintivamente tocco il coltello nella tasca di sinistra e il telefono in quella di destra. Non so che ora sia. Allungo la mano e dalla tasca laterale dello zaino prendo il passamontagna. Me lo infilo e mi incammino lungo la scarpata che corre parallela allo sterrato. Non mi sembra di essere nella foresta di Utgard, è tutto più aperto, come in un posto normale. Quasi normale. Il cane non smette di abbaiare. Mi avvicino a un grande faggio con la corteccia coperta di muschio e chiazze di licheni che mi ricordano le macchie sulle mani della mamma. Alzo il binocolo.

Holmqvist ha recintato l'intera veranda. Si è chiuso all'interno di un anello di acciaio, sorvegliato dal cane. Che invece ha trecentosessanta gradi di libertà perché può correre intorno a tutta la casa. Intanto ha smesso di abbaiare. Si è sdraiato e ha iniziato a rosicchiare un osso che è lungo come la gamba di un tavolo e finisce con uno zoccolo.

È una zampa di alce. Le finestre di Holmqvist hanno i vetri a specchio, quindi non riesco a vedere niente all'interno. Il cane geme di piacere mentre affronta l'osso da cui colano gocce argentee di saliva che luccicano al chiaro di luna. Cerco con lo sguardo l'auto di Holmqvist e la vedo collegata a un dispositivo per mantenere carica la batteria durante l'inverno. Pratico, se non si muove spesso l'auto. Sento che il viso mi si sta scaldando nel passamontagna da sci che puzza di muffa e mi ricordo che non l'ho lavato dopo averlo usato per andare a sciare.

Il cane si è calmato. Ora tutto sembra tranquillo, immobile. Punto il binocolo verso la finestra del piano di sopra che penso sia della stanza in cui non sono riuscita a entrare, ma il vetro riflette e basta. Muovo il binocolo verso la finestra sulla destra. Niente. Lo muovo verso l'ultima e colgo una macchia sfocata, più in basso. Torno indietro e vedo Holmqvist, in piedi nella veranda, che mi fissa.

36

Non mi muovo, non mi accascio come prima, resto a guardarlo mentre mi guarda. Indossa una polo rosa, un maglione grigio e un paio di pantaloni chino beige. Ha in mano un bicchiere di vino bianco e continua a fissarmi. Il cane sta rosicchiando una cazzo di zampa di alce e lui sta bevendo vino bianco, mentre io sono a una dozzina di chilometri dal margine della foresta, osservata attraverso le lenti del mio binocolo. Lo fisso dall'alto verso il basso e mi chiedo perché indossi dei copriscarpe di plastica. Lui intanto alza lo sguardo verso il cielo. Il mio cuore riprende a funzionare normalmente, batto le palpebre, lascio penzolare il binocolo. Alzo anch'io lo sguardo pensando che quello a cui Holmqvist sta rivolgendo l'attenzione sia qualcosa di specifico, invece è solo cielo. Ed è bellissimo. Da quando sono arrivata nella foresta con Tammy non sono riuscita a scorgerne una porzione così ampia. Un soffitto di cielo con abbaglianti pozzanghere di stelle e macchie di luce. Ammiro quella che penso sia la Via Lattea, è la prima volta che mi capita e mi pare che sia davvero lattiginosa. Ha un effetto calmante. Mentre il cane rosicchia, io e David Holmqvist, l'uomo fermato non una ma due volte per gli omicidi avvenuti in questa foresta, fissiamo un cielo irreale. Poi lui si gira, entra e chiude la porta.

Mi sembra di vedere un altro uomo in casa, qualcuno della sua stessa altezza, ma forse è solo un riflesso sul vetro.

Mi muovo inciampando sulle radici e scivolando sul terreno ripido e quel maledetto cane ricomincia ad abbaiare, come se volesse uccidermi.

Barcollo e, proprio mentre supero la casa di Holmqvist e torno sullo sterrato, uno degli apparecchi fischia.

Non sento più il cane e temo che gli apparecchi siano morti. Invece no, la batteria dell'altro apparecchio è ancora carica, quindi è il cane che ha smesso di abbaiare.

Ho ancora il passamontagna perché la temperatura è scesa. Seguo lo sterrato e per la prima volta noto che in questo tratto, in cui può passare a malapena un'auto, diventa tortuoso come una di quelle piste da sci adatte a chi come me non sa sciare davvero. Si snoda tra le rocce e i vecchi pini silvestri che curvano e tendono i tronchi verso il sole. Qui è più buio. La porzione di cielo non coperta dagli alberi è piccola. Cammino veloce, quasi corro, di nuovo con la mano sinistra sul manico d'osso del coltello e la destra sul telefono. Riesco a vedere gli occhi dei rapaci, o forse sono solo buchi nei tronchi. Comincio a scaldarmi e il respiro si raccoglie davanti a me in piccoli sbuffi. Qualcosa fruscia ma credo sia il vento. Mano sinistra, coltello.

Mi avvicino alla casa di Hannes e Frida e vedo le luci esterne e il giardino, che è più piano e più ampio degli altri anche se proprio dietro ha un pendio. Vedo il tetto a mansarda, il capanno e le due auto, una di Hannes e una di Frida.

Fiancheggio il giardino camminando nell'erba fradicia che mi gela gli stivali. Non posso sapere cosa ho sotto i piedi, cosa si nasconde in questo terreno schifoso che sto calpestando, e non lo sopporto. Vorrei un migliaio di riflettori puntati su di me, e un elicottero e una pista di atterraggio illuminata. Vorrei che i riflettori mi guidassero fino al pendio sul quale si affaccia lo studio di Hannes.

Finalmente metto i piedi su un terreno solido e sono felice di essere vicino a una casa che mi fa sentire quasi a mio agio. Mi arrampico su un masso di granito grigio che è grande come una balena blu e ha una vena di quarzo scintillante che la attraversa diagonalmente e sembra riprodurre la Via Lattea. Respiro. Ho camminato tanto e ora ho sete. Le luci sono tutte accese. Questo posto, con il giardino curato, la veranda e gli arredi di buon gusto, non mi fa paura. Anche perché non ci sono cani.

Do un'occhiata veloce al piano terra. Frida, con un grembiule stretto intorno alla vita, lava i piatti e le pentole e li mette ad asciugare sulla griglia accanto al lavello. Poi leva il grembiule e spegne la luce della cucina. Alzo lo sguardo e vedo Hannes. È nello studio, seduto alla scrivania. Frida apre la porta e gli dice qualcosa. Poi esce, chiude la porta, va in bagno e inizia a spogliarsi. All'improvviso mi sento a disagio e distolgo lo sguardo.

Hannes controlla la porta. Credo che la stia chiudendo a chiave, ma non posso esserne certa perché mi dà le spalle. Si china sul divano accanto alla pelle dell'orso bruno, lo tira e lo trasforma in un letto. Rimango di sasso, più che davanti alle budella della lepre o a Holmqvist nella veranda o al mucchio di topi e ratti. Hannes dorme nel suo studio.

Spegne la luce e nello stesso momento Frida spegne quella del bagno. Mi sembra di essere una bambina che osserva la casa delle bambole. Hannes torna a sedersi alla scrivania, e il bagliore del computer illumina lo studio. Lo schermo è grande quanto quello di un televisore ed è rivolto verso la finestra. Hannes si mette un paio di cuffie e così sembra un addetto al telemarketing, microfono davanti alla bocca, auricolare, fascia di metallo sui capelli brizzolati. Digita qualcosa sulla tastiera e una ragazza appare sullo schermo. Potrebbe essere Daisy, non l'ho mai incontrata e non ho mai visto una sua foto. O potrebbe essere la protagonista di un film porno. Ma non sembra. Riesco a vederli tutti e due: Hannes alla scrivania e lei su un letto. È bella, bruna, della mia età o un po' più giovane. Hannes appoggia i piedi sulla scrivania e li allarga. Lei ride. Hannes ha un paio di calzini bianchi che brillano nel bagliore dello schermo. Apre la cerniera dei jeans e io distolgo lo sguardo.

L'unica cosa che distinguo è lo schermo del computer. Alzo il binocolo e grazie a dio Hannes ha cambiato posizione, vedo solo la schiena e un piede con il calzino. Sta tremando. Vedo anche la ragazza. È ancora sul letto e dalla vita in su è ancora vestita. Ma ha un cappio intorno al collo.

Cerco il telefono nella tasca. Dovrei chiamare la polizia. Pare che Hannes le stia dando degli ordini, la stia istigando, e non credo sia legale. Tuttavia, nel dubbio che possa proprio essere una scena di un film porno o comunque una registrazione, decido di non farlo. Hannes sta ancora tremando, più di prima. La ragazza inizia a stringere il cappio intorno al collo, e il piede con il calzino scivola giù dalla scrivania. La ragazza diventa rossa. Si contorce. Hannes smette di tremare. La ragazza si libera e getta il cappio sul letto, poi chiude le gambe, le apre, le chiude e manda un bacio ad Hannes che si toglie le cuffie, spegne il computer e si sistema sul divano.

Voglio tornare a casa. Ho visto troppo. Voglio il mio pick-up, voglio che Tammy venga a prendermi e a portarmi via da questo inferno. Corro. Poi arranco sul terreno bagnato. E intanto penso alla scena a cui ho assistito e mi chiedo cosa significhi o chi possa spiegarmelo. Il passamontagna puzza. Prendo una scorciatoia per tornare sullo sterrato perché ne ho abbastanza di quello strano terreno quasi paludoso e degli stivali freddi. Cammino. È molto buio e una nuvola di moscerini mi insegue. Mi giro e non vedo altro che alberi. Non posso essermi persa, mi sono addentrata nella foresta solo per pochi metri, questo dev'essere ancora il giardino di Frida. Anche se ovunque intorno a me vedo solo alberi. Guardo in alto e non vedo il cielo, niente stelle e niente Via Lattea, solo rami che si intrecciano, solo diverse sfumature di grigio e di nero.

Strappo via il passamontagna e faccio un respiro profondo. I moscerini si avvicinano. Fisso l'oscurità e vedo qualcosa, forse un muro. Tendo il braccio e mi muovo in quella direzione e dopo una ventina di passi rivedo il giardino e le due auto e quei segni di vita mi sembrano quasi una magia. Mi metto a correre sullo sterrato verso la casa dello scrittore, più veloce che posso e comunque più veloce dei moscerini. Tiro fuori il telefono, anche se nella foresta c'è pochissimo campo. Trovo quattro chiamate perse. Digito il numero di Tammy continuando a correre.

«Dove sei?» sussurro.

«Sono dove ti ho lasciata. Tu dove sei?»

«Vieni avanti. Vieni a prendermi.»

Corro e mi maledico perché sono davvero fuori forma. Ho ventisei anni e ho il fiato corto come la mamma. Passo davanti al cane che mi abbaia e davanti al laboratorio delle sorelle. Vedo i fari. Non mi chiedo se sia il mio pick-up, so che lo è. E quella luce è già un sollievo. La luce, il rumore del motore e la vibrazione che sento con i piedi.

Il pick-up si ferma.

37

Tammy si allontana in retromarcia a tutta velocità. Sembra a suo agio alla guida. Le racconto quello che ho visto e lei fa una smorfia, come se avesse sentito una puzza terribile. Si volta, appoggiando una mano sul mio poggiatesta e tenendo l'altra sul volante, e accelera come un pilota. Io ho i piedi umidi e gelati.

«Eri già stata qui?»

«Ci vengo per raccogliere i funghi» dice Tammy. «Da metà giugno a novembre, ogni anno.»

«La foresta non ti spaventa? Ci vieni da sola?»

«Non c'è niente di spaventoso in una foresta, a meno che non si sia cacciatori, probabilmente. Una volta ho incontrato le due sorelle, quelle che lavorano il legno. Sparavano a conigli e fagiani, mi sono tenuta alla larga e non mi è successo niente. La mamma veniva spesso qui prima che io nascessi, raccoglieva un sacco di ingredienti per i piatti che cucinava e vendeva nel camper. La gente del posto la trattava peggio di come tratta me. Non so in che modo sia riuscita a resistere. Minacce, lettere anonime, persecuzioni. E i poliziotti non la prendevano sul serio. Così si rintanava nella foresta per risparmiare sulla spesa ma anche per starsene in pace, e anche a lei non è mai successo niente.»

Mi guarda.

«Un giorno o l'altro dovrai affrontare questa paura, Tuva.»

La guardo e mi sembra così piccola alla guida del pick-up, con le mani sul volante.

«Odiavo i laghi. Non ci nuotavo, non riuscivo ad andare dove non toccavo. Così ho deciso di affrontare il problema. Ho preparato la tenda e sono andata alla diga, quella del campeggio. La mattina dopo mi sono concentrata e sono entrata nell'acqua e ho nuotato e nuotato. E sono arrivata in mezzo al lago. È profondo almeno dieci metri, lì, ed è pieno di sanguisughe e lucci e dio sa cos'altro, eppure non avevo paura» dice. «Devi provare anche tu ad affrontare la tua.»

«Tammy, se entro in una foresta senza meta, con lo scopo di vincere la paura, probabilmente non ne esco perché mi disoriento. Questa è la differenza. Nel lago sapevi dov'eri e dove volevi arrivare, mentre io sono riuscita a perdermi in un fottuto giardino.»

«Non ti sto dicendo di farlo alla leggera, e non ti sto dicendo di farlo di notte, idiota.»

Passiamo sotto l'autostrada.

«Vacci di giorno. Dimmi da dove parti. Portati il telefono e qualcosa da mangiare. Fissa un gomitolo di spago a un albero e cammina finché finisce. Entrerai nella foresta ma saprai anche come uscirne.»

Mentre la ascolto penso alla lana colorata, e l'impresa mi sembra possibile. Sì, non mi succederà niente se stringerò tra le mani un bel gomitolo di lana.

Ormai riesco a vedere le luci di Gavrik, un bagliore opaco contro il cielo limpido. Ho ancora lo zaino tra i piedi. Allungo il braccio e lo metto sul sedile posteriore, e vedo il fucile.

«Cos'è?»

Tammy si gira a guardare.

«Cosa ti sembra che sia?»

«Che te ne fai di un fucile?»

«Pensavo che ne avessimo già discusso. Sono una bella ragazza asiatica e vivo fra gli uomini di Neanderthal che mi considerano una minorata sessualmente molto desiderabile. Ecco perché vado in giro con un fucile, lo stesso con cui andava in giro la mamma.»

Continuo a fissare l'arma sul sedile posteriore del mio pick-up. Legno scuro, verniciato, e metallo opaco. Con il mirino. Sembra pesante, potrebbe essere una versione più vecchia del fucile di quell'uomo, il fratello di una delle vittime degli anni Novanta.

Mi giro verso la strada.

«Che notizie hai raccolto sullo scrittore?»

«Nessuna.»

«L'autista dell'ambulanza, lo zoppo, è passato a prendere qualcosa da me e mi ha raccontato che ha visto lo scrittore e Hannes Carlsson in un'auto parcheggiata. Lui era in servizio, con i lampeggianti accesi, ma li ha notati perché pareva che stessero litigando.»

«No. Dubito che fossero loro.»

Imbocchiamo Storgatan e superiamo il mio ufficio. Le luci sono spente. Un anno fa il bar all'angolo, quello di Ronnie, sarebbe stato ancora aperto e pieno di gente. Ora invece è chiuso per lavori di ristrutturazione. E pare che Ronnie abbia finito i soldi e non riesca a riaprirlo. Ho la sensazione che Gavrik si stia restringendo intorno a me, che le opzioni si stiano riducendo.

Ci avviciniamo al mio condominio.

«Ti accompagno dentro» dice Tammy.

Apro la portiera del pick-up e scendo. L'asfalto liscio, piatto, rassicurante sotto gli stivali mi fa stare bene, anche se le gambe cedono. Sono stanchissima.

Saliamo le scale, Tammy dietro e io davanti con le chiavi in mano. La lampadina non è stata sostituita. È buio. Apro la porta, il respiro caldo di Tammy mi sfiora la nuca.

«Merda... Hai avuto i ladri in casa?»

Chiudo la porta, sorridendo.

«No, sono stata un po' presa negli ultimi giorni, con tutti quei morti senza occhi. Le faccende domestiche sono passate in secondo piano.»

Prepariamo il tè, lo versiamo nelle tazze dell'Ikea e ce lo beviamo sedute sul divano, una accanto all'altra.

«Come sta tua madre?»

Scrollo le spalle. Se penso alla mamma e alla visita che le farò mi sento ancora più stanca. Immagino i rimproveri perché non sono andata a trovarla mentre papà c'era sempre e perché sono tornata in Svezia per starle accanto ma non mi sono trasferita nella sua città.

«Il tumore è nelle ossa, nel sangue e nel cervello.» Finisco il tè. «E la situazione sta peggiorando. Non possono più curarla ormai, possono solo aiutarla a non soffrire.» Guardo Tammy. «Non ce la faccio.»

Tammy non parla, tende la mano e mi accarezza i capelli. Lentamente, come se fossi un cane spaventato. Sento le sue dita che si muovono sulla mia testa.

«Quando mi guardo allo specchio vedo il suo viso e somigliarle così tanto, avere la sua stessa espressione mi spaventa. Perciò cambio atteggiamento e ne assumo uno che mi ricordi papà.»

Tammy continua ad accarezzarmi i capelli.

«Se fossi una brava figlia andrei da lei tre volte alla settimana, farei i biscotti alla cannella e glieli porterei, sfoglierei insieme a lei gli album di famiglia e ricorderei ogni singolo aneddoto. A volte penso che potrei riuscirci se lei fosse contenta di vedermi. Se non fosse delusa, almeno, perché forse sta troppo male per essere contenta. Mi basterebbe che non fosse delusa. Invece è sempre così. Perché io non sono papà, credo. Io non sono lui.»

38

Il sole mi sveglia. Mi stiro come un gatto, sotto la coperta. Penso sia stata Tammy a coprirmi. Il soggiorno è più ordinato di come me lo ricordavo. Non sarebbe pronto per essere mostrato al cliente di un'agenzia immobiliare ma è stato ripulito. In camera i vestiti sono piegati e impilati e in cucina i piatti sono lavati. Senza Tammy avrei lasciato Gavrik nel giro di un mese.

Sento una certa tensione nelle gambe. Bevo un succo d'arancia a lunga conservazione che non vale niente, è semplicemente acqua colorata.

Fa caldo. Non è possibile regolare il riscaldamento, in tutto il condominio, e l'impianto è già stato riprogrammato per l'inverno. Mi tolgo l'accappatoio e lo butto sul divano. Rimango a guardarlo, in mezzo alla stanza così ordinata. Lo prendo e vado ad appenderlo in bagno. Poi mi preparo. Mi godo l'acqua calda della doccia senza fretta, lasciando che le gocce colpiscano la pelle. È come un trattamento termale, ne esco arrossata ma molto più calma. Mi vesto, mi strofino i capelli con l'asciugamano e li raccolgo in una coda di cavallo ancora un po' bagnata. Ho bisogno di cibo e di informazioni, in quest'ordine. Mi infilo il giaccone e gli stivali e apro la porta. E inciampo in qualcosa sullo zerbino. È il troll. Lo stesso troll. Mi dà le spalle e il sole, che entra dalla finestra delle scale, gli illumina la faccia mostruosa. Cosa diavolo fa qui?

Non sono più così calma. Gli do un calcio e mi maledico. Stupida. Codarda. Lo afferro, sento il corpo, solido, e i pantaloni di tela di sacco, ruvidi. Torno in casa, chiudo la porta spingendola con la gamba e mi giro.

Non è lo stesso troll. È simile, stessa posa e stesse dimensioni. Però ha una faccia ancora più orribile. Ed è meno irsuto, anzi è quasi calvo e non ha peli nel naso e nelle orecchie. Ha gli occhi piccoli e neri. E una lingua morbida che pende di lato dalla piccola bocca. Non ce la faccio a toccarla. Riesco a malapena a guardarla.

E non è questa la parte peggiore. Il troll ha un seno pesante che fa pensare a una madre che allatta o a un'antica dea della fertilità. Quindi ritengo che i pantaloni siano semplicemente arricciati. Ma quando li tiro giù, curiosa come una bambina che spoglia una Barbie e cerca le parti segrete, mi accorgo che non è così. Un cazzo eretto mi sfiora la mano.

Poso il troll sul ripiano della cucina, vicino al lavello. Il piccolo cazzo sembra un piccolissimo bastone. È un piccolissimo bastone. Mi fermo a riflettere, tutta questa storia ha in sé qualcosa di perverso, abominevole, astrattamente crudele, qualcosa che non avrei mai potuto immaginare. Mi stropiccio gli occhi e rimango lì, con gli stivali e il giaccone, continuando a sudare.

Penso a quello che mi ha detto Tammy ieri sera, a proposito della paura. Annuso l'aria e mi avvicino al troll. Lo afferro saldamente per le spalle. Guardo la lingua, che lo fa sembrare un ubriaco o la vittima di un ictus. Tendo il mio indice destro e la tocco. Si muove. È rigida ma si muove. Noto che ha molte piccole protuberanze. Le papille gustative, probabilmente. Sembra la lingua di un animale. La stringo appena. È soda. La tiro e si allunga. Vacillo e sento che lo stomaco non ce la fa. La lingua ora tocca il petto del troll, è lunga quasi quanto il mio dito medio.

Vorrei portare il troll da Thord, vorrei che lui lo arrestasse e lo chiudesse in cella. O forse dovrei andare al laboratorio delle sorelle e lanciarlo nella loro fornace. Invece continuo a sudare freddo e a guardarlo. Alzo la mano e apro l'armadietto sopra il lavello, quello in cui tengo le tovagliette e anche un bollitore rotto. Mi mordo il labbro, prendo il troll e allungo il braccio per metterlo sullo scaffale più alto e nasconderlo nell'oscurità del mobile. Il culo, completo di una piccola coda rossa che ancora non avevo notato, punta verso il mio viso. Torno nell'ingresso e apro la porta per uscire, poi ci ripenso. Non posso lasciarlo nel mio appartamento, non potrei più dormirci. So che potrebbe essere una prova, che potrebbe essere importante. Tuttavia controllo che la chiave del seminterrato sia appesa al portachiavi, il che è stupido perché è sempre lì insieme alle altre e alle batterie di scorta, e scendo le scale con il piccolo bastardo nascosto sotto il giaccone e il suo cazzo che mi ammacca le costole.

Supero la lavanderia e il suo profumo di fresco e apro la pesante porta del locale della spazzatura. Dove lo lascio? Lo metto al centro ma così sembra un'installazione artistica perversa, allora lo spingo in fondo, contro la parete, ma così sembra un bambino in punizione, allora lo spingo in un angolo e a quel punto gli occhi cadono e rotolano sul pavimento di cemento. Sbatto la porta, salgo le scale di corsa ed esco nell'aria fredda di Gavrik.

Vedo un taxi bianco parcheggiato proprio lì davanti, che però non è quello di Viggo. Corro verso il mio ufficio con il sapore del sangue in bocca anche se non so da dove provenga. Sono le undici di sabato e non si vede nessuno, non si vede nemmeno il fumo che di solito esce dalla fabbrica di liquirizia. Alcuni negozi aprono dopo pranzo e solo per due o tre ore. Storgatan è deserta. Saranno tutti agli allenamenti di pallamano o di hockey o a fare la spesa all'Ica Maxi. Qui a Gavrik al supermercato non si comprano solo gli alimentari, si comprano vestiti, articoli da giardino, fiori freschi, farmaci con prescrizione, piccoli mobili, giocattoli. E alimentari. Questo è il motivo per cui tutti, con poche eccezioni, si vestono, si profumano e mangiano più o meno allo stesso modo, anche se in giorni diversi della settimana.

L'ufficio è chiuso. Penso al troll senza occhi confinato nel locale della spazzatura. Due persone passano in bicicletta, dirette verso la periferia, forse verso il McDonald's. Un ragazzo che ho conosciuto preparando un articolo su una mostra d'arte locale e sua madre che viene a comprare il *Posten* ogni venerdì. Lei annuisce quasi impercettibilmente mentre mi supera. Indossa un giaccone uguale al mio. C'è un assassino nascosto da qualche parte qui a Toytown e c'è chi se ne va in giro come se niente fosse.

Gli unici posti aperti oltre al supermercato sono l'edicola, il parrucchiere e la stazione di polizia. Raggiungo la stazione di polizia, anche questa deserta. Prendo il numero 15 e sullo schermo compare il numero 15, quindi suono il campanello.

«Thord! Sono io!»

Nessuna risposta.

Suono altre tre volte.

«Thord, sono Tuva!»

Finalmente la porta blindata si apre e compare Björn, che ha la faccia di uno che ha preso a calci la nonna.

«Posso vedere il biglietto?»

«Mi dispiace disturbare, capo. C'è Thord?»

«L'ho mandato a casa, non stava bene. Devi sporgere denuncia?»

Sembra reduce da una sbornia. O forse è solo stanco. Le maniche arrotolate lasciano vedere molto bene il tatuaggio, un cuore un po' sbiadito sopra una K. L'iniziale del nome di sua moglie, Katarina, che lavora nello studio dell'ottico di fronte al mio ufficio.

«Fa freddo» dico.

Lui si lecca le labbra, arrossate agli angoli della bocca.

«Dovresti sentirlo a gennaio» dice.

«L'ho sentito.»

Fa un verso per spiegarmi che gli ultimi anni non contano, che i mesi di gennaio che ho trascorso a Gavrik non sono davvero esistiti.

«Se hai bisogno di una sciarpa di lana puoi comprarla in fondo alla via» dice con un ghigno.

«Ci sono stati sviluppi, capo?»

«Immagino che se ce ne fossero stati lo sapresti.»

«Secondo una delle mie fonti potrebbe essere una buona idea perquisire la casa di Hannes Carlsson e cercare un fucile non registrato. Lui avrebbe avuto sia un movente sia l'occasione.»

«Sa anche questo la tua fonte?»

Annuisco.

«E chi sarebbe?»

Scuoto la testa.

«Vediamo se ho capito bene, signorina. Hannes Carlsson, rispettabile membro di questa comunità, direttore della scuola, padre di famiglia che frequenta regolarmente la chiesa e generoso finanziatore dell'annuale processione di Santa Lucia, è lo stesso Hannes Carlsson di cui parli?»

«È un caso irrisolto di omicidio plurimo, e io parlo di dare un'occhiata alla sua casa e al suo ufficio, tutto qui. Sarebbe imbarazzante se risultasse che l'assassino è lui e voi pur essendo stati avvertiti non siete intervenuti. Solo per fare un'ipotesi.»

Björn stringe le mani e sotto la pelle i tendini si tendono come corde di violino.

«È complicato perché è tuo cugino?» chiedo.

Vedo le guance che si muovono mentre lui digrigna i denti.

«Hannes Carlsson non è mio cugino e se fossi di queste parti lo sapresti. È mio cugino di secondo grado, signorina, se è così che si deve chiamare una persona come te. E comunque mia madre aveva undici cugini e mio padre diciannove, quindi qui a Gavrik praticamente tutti quelli che vale la pena conoscere sono miei cugini di secondo grado.»

Mi sforzo di essere professionale anche se lui non lo è.

«Ci sono nuovi sospettati?»

La vena sulla tempia destra pulsa.

«Devi lasciar fare a me il lavoro del poliziotto considerando che ho trent'anni di esperienza, se vuoi che io lasci scrivere la storia a te e ai tuoi amici di Stoccolma.»

«Potresti convocare Hannes Carlsson, per un interrogatorio.»

«Non funziona così da queste parti.»

«Però potresti...»

La porta si apre ed entra il poliziotto della sezione omicidi di Karlstad, quello con il Bluetooth.

«Björn...»

Il capo annuisce.

Il poliziotto di Karlstad viene verso di me continuando a parlare al telefono e scompare oltre la porta blindata. Björn mi rivolge uno sguardo truce e scuote la testa. Poi lo segue.

39

Il telefono squilla nella tasca. Savanah mi propone di incontrarla alla stazione di servizio, questo pomeriggio. Rispondo al messaggio chiedendole se posso raggiungerla fra quaranta minuti. Il telefono squilla di nuovo. Savanah conferma e mi ringrazia.

Prendo il pick-up e spengo gli apparecchi. Poco dopo vedo un animale morto, steso lungo la linea che separa la corsia di destra da quella di emergenza. Il bianco della linea e il nero dell'asfalto corrispondono perfettamente alle striature della sua pelliccia. Penso si tratti di un tasso. Vedo anche una Volvo bianca con la scritta TAXI sul tetto e mi chiedo se sia quella di Viggo. Sono in anticipo di cinque minuti quando metto la freccia e svolto verso la stazione di servizio della Q8. Non c'è ancora nessuno. Parcheggio, spengo la radio e accendo gli apparecchi.

E nello specchietto retrovisore vedo una ragazza. È magra, ha i capelli lunghi con la frangia tagliata storta e tiene le braccia intorno al petto come se volesse abbracciarsi. Abbasso il finestrino.

«Tuva?» chiede.

«Sì.»

«Sono Daisy. È stata Savanah a scriverti per fare in modo che ci incontrassimo. Mi ha detto che dovevo conoscerti.»

«Savanah non viene?»

«Passa a prendermi quando abbiamo finito» dice. «Posso entrare? Si gela qui fuori.»

Apre la portiera e sale sul pick-up. La guardo. È avvolta in un giaccone che sembra un accappatoio di un albergo e la fa sembrare un uccellino. Mi sento un gigante accanto a lei. E mi rendo conto che non è la ragazza che ho visto sullo schermo del computer di Hannes, la ragazza con il cappio. Si soffia sulle mani. Porto al massimo il riscaldamento, anche quello dei sedili, ma dopo un po' devo abbassarlo perché non riesco a sopportare il rumore.

«Savanah mi ha assicurato che sei una brava persona.» Mi guarda mentre avvicina le mani alle bocchette della ventilazione. «Posso parlarti in confidenza?»

«Intendi dire che devo considerarla una conversazione riservata?»

«Santo cielo, sì. Non voglio che si sappia che abbiamo parlato di lui.»

«Lui?»

«Puoi garantirmelo?»

Annuisco.

«Hannes» dice. «Io sono la sua ragazza.»

«Stiamo parlando in via confidenziale» dico.

Lei scuote la testa come se avesse cambiato idea e fosse sul punto di saltare giù dal pick-up e correre a nascondersi.

«Hai bisogno di tempo? E magari di un caffè?»

Annuisce e sorride. È una bella ragazza, somiglia a Kate Moss da giovane, ma ha un viso asimmetrico e un pessimo parrucchiere.

Vado al negozio della stazione di servizio e prendo due caffè che non sembrano esserlo e due trecce danesi. Pago in contanti, torno di corsa da lei e le passo la tazza e il sacchetto di carta oleata quasi trasparente.

«Ha un problema» dice come se avesse provato più volte quella frase mentre io non c'ero. «Non lo sa nessuno, nemmeno sua moglie.»

Lascio che continui.

«Agli occhi.»

Non me l'aspettavo. Bevo un sorso di caffè amaro e la guardo.

«Ha una malattia degenerativa agli occhi. Una cosa terribile per uno come lui. Lo sa da quando aveva vent'anni. Porta le lenti a contatto, ed è passato da meno cinque a meno dieci diottrie, forse anche undici. Capisci cosa significa, vero?»

«Cosa?»

«Gli revocheranno il porto d'armi, e ovviamente anche la licenza che gli permette di cacciare sulla sua dannata terra. Hanno cercato di farlo già quest'anno perché non ha superato l'esame, ma è in buoni rapporti con la polizia ed è riuscito a rinviare. Però gli hanno detto che è l'ultima volta. Questa sarà la sua ultima stagione.»

«Okay.»

«Proprio no, non per un uomo come Hannes. Ha passato tutta la vita andando a caccia, ha iniziato quando aveva undici anni. Prima ancora di baciare una ragazza aveva ucciso, scuoiato ed eviscerato un alce. La caccia è tutta la sua vita, insieme al poker. Il pensiero della stagione autunnale e invernale della caccia è stato ciò che gli ha permesso di sopportare l'estate, ogni anno. E questa sarà l'ultima stagione. Il pensiero lo fa impazzire.»

Daisy non accenna a bere o a mangiare, quindi con un cenno della mano con cui reggo la tazza le chiedo di continuare a raccontare.

«Si è sempre preso cura di me» dice. «Ma adesso mi spaventa. E irrita le altre ragazze che hanno iniziato a lamentarsi, non lo fanno apertamente ma so che lo fanno. È diventato più geloso. Molto di più. Non vuole che parli con altri uomini, che li guardi, fuori e anche al lavoro. Chiede al personale di tenermi d'occhio. Non è una bella situazione. Lui è un mio cliente ed è diventato un amico, ma ha una moglie. E io voglio avere una vita mia. Quindi...»

«Continua.» Incrocio l'indice destro e quello sinistro e li appoggio sulle labbra, per assicurarle che manterrò il segreto.

«Ho un'amica, è di Göteborg ma lavora a Londra e si trova molto bene. Fa parecchi soldi. Mi ha detto che posso andare a stare da lei, che può aiutarmi, può presentarmi al titolare del suo club. E io qualche risparmio per raggiungerla ce l'ho, e non ho niente che mi trattenga.»

Ora tocca a me essere invidiosa. La immagino mentre sale su un aereo per Londra, lavora in un locale alla moda di Mayfair, esce con la sua amica che nella mia fantasia somiglia a Tammy. La immagino mentre vive la vita che io desidero.

«Ottima idea» dico, dando un morso alla treccia danese. «In quale zona di Londra vive la tua amica?»

«Non lo so con esattezza, so solo che è vicino all'aeroporto di Heathrow. Sarà comodo quando vorrò tornare a casa.»

Non sono più invidiosa. Bevo un sorso di caffè per mandare giù la crema della treccia danese che mi ha incollato la lingua al palato. «Heathrow... Bello...» Mi levo le briciole dal labbro superiore. «L'hai detto a Hannes?»

Daisy stringe i denti, gira la testa e fissa l'autostrada, poi beve un sorso di caffè.

«Ho già fatto le valigie» dice continuando a guardare la E16 e i camion che scorrono da sinistra a destra. Poi fa un respiro profondo e si volta verso di me. «Ma devo stare attenta perché mi ha ripetuto più volte che se me ne vado verrà a cercarmi, immagina di ricominciare tutto da capo in un luogo diverso, dove io possa ballare e lui giocare a poker. Ho parlato con quelli della polizia ma non mi ascoltano. Non mi prendono sul serio perché sono una spogliarellista, non sono degna della loro attenzione. Però tu... Sono qui perché penso che almeno tu dovresti indagare su Hannes e su quello che... su quello che fa.»

«Cosa fa?»

«Non lo so.»

«Ma sospetti qualcosa?»

«È matto come un cavallo ultimamente, è sempre su di giri. Pensa che qui nel Värmland la sua vita sia finita, che non ci sia nulla da fare se non si può andare a caccia. Non puoi immaginare quanto seriamente prenda questa storia della caccia. Non solo lui, comunque. Tutti gli uomini qui la considerano l'unico modo per affermare la loro libertà, la loro virilità, il superamento dell'infanzia e diventare come i loro padri. Io però sono preoccupata, temo che abbia fatto o stia per fare qualcosa di sbagliato.»

«Lo temi o lo sai?»

Daisy apre la portiera del pick-up e fa per scendere.

«Aspetta un momento, per favore.»

«È tutto, davvero. Non so altro. Ma...» Si ferma, e il vento le spettina i capelli e le alza il collo del giaccone. «Ma cerca di convincere la polizia a controllare fra le sue cose. Forse tu riesci a farti ascoltare.»

Si volta e scompare all'interno del negozio della stazione di servizio. Io rimango lì e, mentre penso a come presentare la questione a Thord, giocherello con il portachiavi che penzola dal quadro dell'accensione. Una Renault si ferma proprio davanti alle pompe. Dentro c'è Savanah. Ha un aspetto diverso dal solito, porta gli occhiali. Daisy sale e insieme si allontanano. Vorrei seguirle, ma preferisco non farlo. Imbocco la E16 e mi dirigo a sud. La foresta di Utgard incombe, ma non è notte e non piove. Mi attira. Decido d'impulso. Ci arriverò con il pick-up, poi ci entrerò e ne uscirò solo dopo averla affrontata. Sì, la affronterò. Questa volta non sono spaventata, sento che non mi succederà niente. Sono una donna e non vado a caccia e non ho un fucile. Non sono un bersaglio. Non mi succederà niente. Penso a quello che mi ha raccontato Daisy. Hannes non mi piace neanche un po', ma ora sono quasi dispiaciuta per lui. E preoccupata all'idea di ciò di cui è capace chi è così disperato, di ciò che può capitare a Daisy e a Frida.

A Gavrik parcheggio davanti alla merceria. Vorrei andare alla polizia ma Thord non c'è e non mi fido di Björn, è culo e camicia con Hannes. Alcune persone che stanno facendo shopping in Storgatan entrano nell'armeria di Björnmossen, quello che ha l'insegna con il cinghiale che ora cigola ondeggiando nella brezza. Io entro nella merceria e la campanella tintinna.

Filo colorato. Robusto e molto visibile. La signora Björkén arriva dalla stanza sul retro e quando mi vede fa una smorfia con il naso come se avesse trovato una merda di cane sulla cassa.

«Buongiorno» dico.

Lei annuisce e rimane con le braccia incrociate sul seno enorme.

Che fottuta comunità.

Scelgo un gomitolo di lana rossa, pelosa perché contiene un po' di angora. Lo appoggio sul banco, vicino alla cassa.

Lei fa un'altra smorfia. «Pensi che sia facile tenere in piedi un'attività a Gavrik?»

«Scusi?»

«Tu qui non hai radici, vero?»

Le passo una banconota.

«Non capisco di cosa stia parlando...»

«Ho sempre pensato che fossi una persona per bene. Be', mi sono proprio sbagliata.»

«Scusi?»

«Nei momenti difficili noi siamo soliti stringerci gli uni agli altri, siamo cristiani, siamo padri e madri di famiglia. Io compro da loro e loro comprano da me, cerchiamo di sostenerci a vicenda, di sostenere l'economia locale. Invece tu, Miss Stoccolma, scrivi le tue storie intelligenti e così racconti al mondo intero gli affari di Gavrik. Questo è tradimento, ecco cos'è. Tutti parlano di quello che stai facendo. Tutti. No, non puoi infangare Gavrik. Tu alla fine te ne andrai ma noi continueremo a viverci.»

Tiro fuori il portafogli. Forse aveva ragione Lena. Forse i miei principi e le mie storie stanno davvero innervosendo la gente. Avrei dovuto ascoltarla quando mi parlava della lealtà nei confronti della comunità. Che mi piaccia o no, le regole sono diverse in un piccolo centro, un luogo fuori dal mondo in cui si combatte per sopravvivere.

«Mi dispiace» dico. «Non...»

«Tu qui non hai radici, non avrai nessun motivo per rimanere quando tutto sarà andato a rotoli» dice, con le narici dilatate per la rabbia. «Ma almeno sappi che sono in gioco molti posti di lavoro.»

La guardo mentre infila il mio gomitolo in un sacchetto di plastica bianca, apre la cassa e conta le monete sul banco.

«Forse sono stata fraintesa. Scrivo...»

«Sì, certo, tu scrivi, e non pensi. Non consideri che anche noi abbiamo un cervello tra le orecchie. Comunque, se vuoi continuare a calunniare i miei parenti vai pure a comprare la lana da qualche altra parte.»

La signora Björkén è tutta rossa in viso e ha una specie di eruzione cutanea sul petto e sul collo.

Raccolgo il resto strisciando ogni moneta sul banco, poi prendo il sacchetto con il gomitolo.

«Mi dispiace che la pensiate così. Io mi limito a informarvi.»

Scuote la testa. È sempre più rossa e ha incrociato di nuovo le braccia.

Esco dalla merceria trattenendo una dozzina di insulti e, mentre la campanella tintinna, mi giro verso la vetrina. Sono ancora a bocca aperta per quello che è successo.

La signora Björkén mi fissa e dice qualcosa che capisco leggendo il labiale.

«Lasciaci in pace.»

40

Mi avvicino alla foresta di Utgard e so che posso farcela. Mi sento carica come se avessi appena bevuto sei espressi. Prendo il telefono.

«Ciao, Frida. Sono io, Tuva.»

«Ciao, dolcezza. Come stai?»

«Non male» dico, con il sapore di una caramella gommosa verde sulla lingua. «Stasera non lavoro, ti va di accompagnarmi al cinema?» Ho bisogno di farle qualche domanda su quello che ha detto la signora Björkén e forse anche su quello che mi ha rivelato Daisy. Ho bisogno di capire. «Mi hai detto che ti piace andarci ed è appena uscito l'ultimo film con George Clooney.»

«Interessante. Però...» Abbassa leggermente la voce. «Hannes è a casa stasera, non posso. Ma potresti venire tu, se ti va. Saremmo solo noi tre. E ho preparato una bella zuppa di funghi selvatici e gnocchi di segale, ne ho per sfamare un esercito. Carlsson anziché Clooney. Che ne dici?»

Picchietto con le dita sul volante e penso che è una buona occasione per capire cosa succede da quelle parti.

«Perfetto. Se sei sicura che non disturbo.»

«Non dire sciocchezze, mi fa sempre piacere vederti. Va bene alle sette?»

«Alle sette.»

Riaggancio e chiamo Tammy. Ha il telefono spento, oppure sta parlando perché si attiva subito la segreteria. Richiamo. Segreteria. Dov'è? O chi cazzo è che lascia ancora messaggi in segreteria? Chiamo di nuovo, mentre gli apparecchi mi fischiano nelle orecchie e mi ricordano che devo cambiare le batterie. Lo farò più tardi. Tammy deve avere il telefono spento. Riproverò.

La foresta sembra una scogliera scura. Vedo uccelli neri come corvi, ma più grandi, che ci volano sopra. Lascio la strada per uno sterrato che ho individuato su Google Maps. È pieno di buche e affiancato da cumuli di letame. Proseguo e ne imbocco un altro, ringraziando me stessa per aver noleggiato un pick-up a trazione integrale con freni superpotenti. Parcheggio. Prendo lo zaino, le caramelle gommose e il gomitolo di lana, e ovviamente il telefono. Indosso il mio berretto più caldo e canticchiando mi avventuro nella foresta. Tammy ha detto che devo affrontarla, che devo affrontare le mie paure, e ha ragione.

Mi do due ore di tempo. Dovrebbero bastare, e così dovrei riuscire a tornare al mio pick-up prima che arrivi il temporale. Mi dirigo verso un sentiero forestale, che dev'essere sempre sgombro per consentire il transito dei quad e degli altri mezzi da caccia. Voglio addentrarmi nella foresta più di quanto abbia mai fatto perché solo così potrò fare pace con me stessa, o qualcosa di simile.

Il sole è basso, sembra una torcia posata sul terreno. Vedo i raggi che si infilano tra gli alberi. Con il pick-up ancora in vista e il cielo azzurro sopra la testa, tutto mi sembra ancora abbastanza pittoresco. Cammino lungo il sentiero per mezz'ora e qua e là noto lo sterco di un animale che non riconosco. Un tasso, un alce, una lince?

C'è qualcuno più avanti, fra gli alberi ma vicino al sentiero, e sta trasportando qualcosa. Sono in una foresta di mezzo milione di ettari e ho bisogno di affrontarla in solitudine, e invece no. Sono così frustrata che mi metterei a urlare. Volevo che fosse il mio momento. Ho solo due ore, poi dovrò tornare a casa a farmi una doccia e vestirmi per andare a cena da Frida. Quel qualcuno esce dalla foresta e salta un fosso. È una donna sulla cinquantina con i capelli neri e un giaccone rosso. La stessa che ho visto a Gavrik, in bicicletta. O almeno penso che sia lei. Ha un paio di pantaloni neri da allenamento sotto il giaccone, e porta un'enorme borsa dell'Ikea. Sembra una versione attempata di Tammy. Quando ci incrociamo abbassa lo sguardo. Do un'occhiata nella borsa e vedo che è piena di funghi, piccole pepite dorate coperte di muschio secco e terra.

«Complimenti» dico. «Hanno un aspetto magnifico.»

Lei si allontana in direzione del mio pick-up e io rimango lì a fissare la sua schiena ampia. So che la gente del posto è gelosa dei luoghi in cui raccoglie i funghi, ma il modo in cui si è comportata mi ha sorpresa. Mi ha riconosciuta? E ha deciso di trattarmi come la stronza della merceria?

Sudo e gli stivali mi stringono le dita dei piedi. Guardo gli alberi. Non sono così scuri alla luce del giorno. Ci saranno tre gradi, salto il fosso ed entro nell'ombra. Avanzo, poi torno indietro. Riesco ancora a vedere il sentiero, se lo seguissi troverei ad aspettarmi il mio pick-up. La mia via di fuga. Invece tiro fuori dallo zaino il gomitolo rosso. Lo stringo fra le mani, è morbido. Mi ricorda la mamma prima che papà morisse e lei abbandonasse tutto ciò che le piaceva, il bridge, il lavoro a maglia, la cucina, il birdwatching, prima che lasciasse il lavoro, prima che rinunciasse alla vita, e a me. Questa lana così docile fra le mie dita somiglia agli anni belli, prima che tutto cambiasse. Mi fa sentire al sicuro.

Levo la fascetta di carta, trovo il bandolo sfilacciato e fisso il filo a un ruvido tronco di abete. Faccio tre giri e un nodo e tiro per assicurarmi che resista. Poi mi volto e vado. Il gomitolo si srotola tra le mie mani mentre mi muovo come uno speleologo in una caverna. Intorno a me tutto diventa più scuro, più fresco e più irregolare, ma ho la mia lana. Scaccio le zanzare che mi si posano sul viso. Il rumore delle minuscole ali si amplifica negli apparecchi e mi fa impazzire, tuttavia non ho paura, sono solo frastornata e lo sarebbe chiunque.

Il sudore mi bagna il collo. Mi giro e il filo è lì, teso sopra i massi di granito e i rami caduti e coperti di muschio, come una sottile scia di sangue, ancora più soffice dove il sole illumina l'angora. Sto bene, anche se sono nella foresta. Davanti a me vedo una leggera salita con molte betulle. I bei rami si protendono verso il cielo. Il terreno è bagnato. Abbasso lo sguardo e vedo qualcosa appena in tempo per non calpestarlo con lo stivale. Mi fermo e faccio un passo indietro. È un uccello.

Mi chino. È un uccello qualunque, forse un merlo. Ha le ali aperte come quelle di un angelo e la testa che indica la direzione in cui sto andando, il becco lucido somiglia alla punta dell'ago di una bussola. Mi fissa con gli occhi neri come pietre preziose. Le mosche gli volano intorno e le formiche si stanno avvicinando. Non è qui da molto. È la vittima recente di chissà cosa.

Proseguo. Ci sono più zanzare adesso, e sono enormi. Una indugia proprio davanti a me, come se volesse provocarmi. Ha un pungiglione grosso e lungo che pende dal corpo e mi fa pensare a un aereo da rifornimento che cerchi di agganciare un jet da combattimento. La scaccio ma insiste. Intanto sento qualcosa alle spalle e mi volto ma non vedo niente. Sono una donna e non vado a caccia e non ho un fucile. Non sono un bersaglio. Il gomitolo si srotola mentre continuo a camminare fino ad arrivare in cima alla collina. Da qui vedo una valle amena, con una radura e in mezzo una costruzione di pietre. Scendo, il filo rosso scivola via lentamente tra le mie mani, il gomitolo diventa sempre più piccolo.

La costruzione è un rudere. Sul camino c'è un cartello grande come una pagina di giornale con sopra un foglio plastificato. Pare che un certo Mr Ahlberg abbia vissuto qui fra il 1850 e il 1880. Nient'altro. Mi avventuro all'interno. Il camino è alto quanto un autobus a due piani e sembra assurdo, ma immagino che il resto della casa fosse di legno e sia marcito e scomparso. Alla base c'è quel che resta di un focolare. Le assi del tetto, quelle che sono rimaste, sembrano sul punto di crollare. Il pavimento è coperto di terra, foglie, alberelli e muschio. Vedo lo scheletro di ferro arrugginito e alcune molle di quello che doveva essere un letto singolo. È più piccolo dei letti che si usano adesso, quasi da bambino. Sento il verso di un uccello e alzo lo sguardo. Due rapaci, aquile o forse poiane, volteggiano in alto, sopra le cime degli alberi. Poi una nuvola si muove e oscura il sole e i rapaci volano via stridendo.

Esco, attraverso la radura e affronto la collina successiva. L'aria sa di marcio. Mi volto e vedo il camino solitario, curvo come il dito di un vecchio. La lana sta finendo, e la salita diventa più ripida anche se non sono su una vera e propria collina, sono su un masso molto alto. Mi siedo e tiro fuori dallo zaino una manciata di caramelle gommose. Le metto in bocca tutte insieme ottenendo un cocktail alla frutta, e sento immediatamente l'effetto dello zucchero. Mi guardo attorno. Sono seduta sul masso con i piedi a penzoloni e davanti e intorno a me ho migliaia di abeti. Si alza il vento. Le cime frusciano, ma qui in basso tutto resta perfettamente immobile. Prendo la Coca-Cola. La apro con cautela perché sibila in modo sinistro e ne bevo metà. È calda, però è buona lo stesso.

Eccomi. Regolo il volume degli apparecchi. Voglio

sentire, ma voglio sentire anche il silenzio. Incrocio le gambe e guardo i rami più bassi degli alberi, che sono alla mia altezza, e il terreno bagnato in cui affondano le radici. Avverto una stretta al petto quando levo gli occhi al cielo per guardare papà e vedo le nuvole che sono cariche di pioggia e hanno lo stesso colore dei delfini. Mi costringo a ricordare la sensazione della sua guancia ruvida sulla mia e il suono della sua voce mentre mi addormentavo e il modo in cui si chinava e apriva le braccia perché corressi da lui. Batto le palpebre. Gli occhi mi bruciano.

Non sento quasi più nulla, adesso. Nella mia testa c'è solo papà. L'odore dello shampoo Vosene e del lucido da scarpe e delle sigarette. Se mi sforzo, per qualche istante riesco a trattenere il suo odore, a ricordare le mani non molto grandi, ruvide, con le unghie rovinate. Mi medicava come piaceva a me, soffiava sulla sbucciatura e poi preparava il cerotto e lo attaccava dolcemente sul ginocchio. E mi abbracciava. Guardo le nuvole, accarezzo la lana e la mamma si unisce a papà. Le lacrime mi scorrono sul viso. Loro sono di nuovo insieme e io sono felice. Anche la mamma lo è. Ma non è così, domani la vedrò e non sarà felice.

Le lacrime scorrono, però so che ci sono molti strati di tristezza da attraversare prima di toccare il fondo. E io sono ancora in superficie. Intanto si è levata una brezza fredda che fa fremere i rami degli alberi e muovere più velocemente le nuvole.

So che è stupido, ma ricordo papà che bacia la mamma. Loro sono in cucina e il bacio è serio, da adulti, io entro per prendere un bicchiere di latte e li vedo, loro mi fissano e io scappo. È un momento imbarazzante, per tutti. Ma anche prezioso. Loro erano felici prima che lui morisse, prima che quell'alce gli spezzasse il collo.

Ho la bocca secca. Appoggio la lana alla guancia, la

sfioro e la annuso, e il pianto mi scuote il petto e lo stomaco si contrae fino a diventare una pietra. Tendo il collo e guardo il cielo, guardo papà.

E vedo anche la mamma, che ha i capelli bianchi ma era bionda prima che lui morisse. Anche lei era felice, era solitaria e goffa ma a modo suo era felice. I giornali l'hanno rovinata. Tuttavia, anche se mi odio per questo, provo un forte risentimento nei suoi confronti per tanti motivi diversi. Infatti sono seduta su questo masso, mentre lei è a due ore da qui, sola, in un hospice dove riceve cure palliative nell'attesa della morte. Io sono qui. Da sola. Le mie lacrime hanno bagnato il gomitolo di lana che ora ha un odore più forte. Lo avvicino agli occhi e lo uso per asciugarli, poi guardo il cielo grigio, quasi indaco, attraverso i fili. La mamma mi ha delusa e io adesso deludo lei.

Uno sparo. Mi volto. Ho gli occhi pieni di lacrime che funzionano come lenti di acqua e mi impediscono di vedere. Avevo abbassato il volume degli apparecchi quindi quasi non ho sentito il rumore ma ho avvertito la vibrazione. Mi guardo attorno e mi sforzo di distinguere qualcosa.

Ed eccolo lì, tra due grossi abeti, quasi invisibile perché perfettamente immobile. Non scappa, non si comporta come l'altro che ho incontrato. E sembra più vecchio e più fiero. È più in basso di me, ai piedi del masso su cui sono seduta. Sto fissando un alce e lui sta fissando me e nessuno dei due si muove. Nell'arco di un solo respiro sento che mi sto sgretolando. Non voleva uccidere papà. Non voleva farlo, non era sua intenzione. L'alce scuote la testa pesante e la barba grigia sotto la mascella ondeggia davanti ai miei occhi mentre scaccia un tafano. Si china masticando bacche o ramoscelli, da qui non riesco a vedere tutto. Posso solo osservare le sue corna che sono larghe quanto il mio pick-up, forse di più. Le lacrime scorrono insieme ai rumori e ai versi di altri animali che distraggono l'alce e gli fanno alzare la testa.

Sono scossa dai singhiozzi. Vomito. Affondo nei livelli della mia coscienza e piango mentre il mio corpo trema, anche se non ho paura. Nemmeno un po'. Levo gli occhi al cielo e smetto di guardare l'alce anche se è a pochi metri da me.

Guardo il cielo e piango e cerco nei ricordi gli odori dello shampoo Vosene e della lana e per un breve istante li ritrovo. I singhiozzi si diradano. Mi fa male il petto e ho il collo del maglione bagnato, lo sento sulla pelle. Quando torno ad abbassare lo sguardo, l'alce è scomparso nella foresta. Mi alzo e mi giro. Colgo un movimento accanto al rudere. Sento un rumore di foglie e rami secchi, poi vedo un uomo vestito di grigio che tiene in mano la custodia di un fucile.

41

Ho la bocca talmente secca che le labbra sono incollate. Aspetto. Avverto i movimenti intorno a me, la natura che vive e mi sento fuori posto, congelata. L'uomo dev'essersene andato. Ho visto solo la sua schiena che ora è scomparsa tra i pini. Io non mi muovo, non ancora. L'uomo somigliava a Viggo, però poteva essere chiunque, un qualunque cacciatore della squadra di Hannes. Anche se sembrava Viggo, forse un po' più largo di spalle. Grazie a dio è giorno.

Rimango perfettamente immobile. Credo di aver fatto pace con la natura, con la mamma e con papà. Non del tutto, ma almeno in parte. Mi sento più leggera. Aspetto altri cinque minuti, poi comincio a seguire il filo rosso. Arrivo all'albero, raggiungo il pick-up, salgo e mi allontano.

A casa mi riposo e mi faccio una doccia, poi indosso i miei vestiti migliori che non siano da funerale: pantaloni aderenti blu scuro, maglietta a maniche lunghe bianca e cardigan di lana merino blu scuro. Il cardigan ha un buco procurato dalle tarme durante i miei anni londinesi, ma è sotto l'ascella.

È sabato sera, eppure Storgatan è tranquilla, forse per via del vento che è così forte da far volare le parrucche, come ripeteva papà. Un modo di dire che Bengt sicuramente conosce. Sono sul mio pick-up e mi sto allontanando dal centro. I cesti di erica del parrucchiere oscillano pericolosamente e l'insegna dell'armeria di Björnmossen è caduta sul marciapiede.

Mi fermo al semaforo e mi volto verso il camper di Tammy, al suo posto nel parcheggio del supermercato. C'è una folla in coda. Il pick-up oscilla mentre supero lo spiazzo delle escavatrici e proseguo fino al sottopasso. Sto bene nel mio pick-up, all'interno del suo robusto telaio, al caldo. Il tipo del noleggio mi ha spiegato che questo modello viene usato nei deserti dell'Africa e sui monti dell'Alaska.

Non berrò stasera. La considero una cena di lavoro. Voglio capire se Hannes è coinvolto e poi voglio scrivere quello che scopro, perché nessun altro lo farà. Voglio contribuire alla conclusione di questa brutta faccenda, e posso farlo. Quindi non berrò, ma dio solo sa se ne avrei bisogno.

Vedo la foresta di Utgard e gli alberi che ondeggiano nel vento. Le betulle e i pini si muovono seguendo ritmi diversi, perché il peso dei rami è distribuito in maniera diversa. I pini sembrano saldi e forti, le betulle flessibili e leggere, si agitano e sotto le raffiche si muovono come adolescenti che fanno headbanging. Il cielo è coperto di nuvole dense. Sono così basse che sembrano quasi impigliate tra le cime degli alberi, invece scorrono velocemente, come per allontanarsi da questo dannato temporale che però non sta arrivando, non ancora. Porto al minimo la velocità dei tergicristalli.

Imbocco lo sterrato per Mossen e la pioggia inizia a scendere più forte, a raffiche orizzontali come se qualcuno stesse lanciando secchi d'acqua da dietro le quinte. È una pioggia densa, sembra quasi nevischio. Mi appaiono la roulotte dell'accumulatore, con la luce tremolante alimentata dall'impianto a pannelli solari, e la casa del tassista. Il taxi c'è e il televisore è acceso. Arrivo in cima alla collina, tra rivoli di pioggia gelida che scivolano giù, e mi rendo conto che lì è più buio. Lo schermo sul cruscotto dice che la temperatura si è abbassata di un paio di gradi, tuttavia non nevica. Sento l'odore del fumo che proviene dal laboratorio delle sorelle. Sono intente a levigare e intagliare e nemmeno si girano verso lo sterrato quando passo. Però no. Freno e faccio retromarcia. Posso riuscirci. Da oggi posso riuscire a fare qualunque cosa. Mi fermo davanti al laboratorio. Se ho affrontato la foresta posso affrontare anche loro due.

Con le mani sulle orecchie corro al loro banco da lavoro.

«Cosa cerchi, ragazza?» mi chiede la sorella loquace.

«Cerco di evitare che compaiano altri troll sul mio zerbino» rispondo mettendo le mani sui fianchi. E mi sento già meglio. Mi sento come immagino si sentano Tammy e Lena.

La sorella loquace guarda la sorella silenziosa, che sta lavorando un ramo di pino con un attrezzo simile a un torsolo di mela e ne sta ricavando delle scaglie. «Abbiamo perso qualche troll, Alice? Ne è sparito qualcuno? Ne è scappato qualcuno?»

«No.»

«Allora non si tratta dei nostri troll, ragazza» conclude la sorella loquace.

La fisso e lei mi fissa, ma io sono costretta a distogliere lo sguardo. Per colpa degli occhi senza ciglia. Non sembrano umani.

«Se trovo un altro troll chiamo la polizia, e non sto parlando della polizia di Gavrik.»

«Chiama chi vuoi, ragazza» dice la sorella loquace. «Ma ora...» aggiunge andando verso la parete sul fondo, al cui rivestimento consumato sono appoggiati due fucili identici. «Ma ora abbiamo alcuni pezzi da finire e Alice sta perdendo la concentrazione. Quindi ci aspettiamo che tu porti il tuo culo nel pick-up e te ne vada. Vero, Alice?»

«Vero.»

Le sorelle si rimettono al lavoro.

Io non mi muovo di un passo.

«Perché avete lasciato la Norvegia?» chiedo.

Cornelia mi guarda stringendo una sgorbia di acciaio.

«Forse hai bisogno di un altro paio di apparecchi acustici, ragazza. Ti ho appena detto che è meglio che tu te ne vada, subito. Arrivederci.»

Torno al pick-up, salgo, giro la chiave, avvio i tergicristalli e parto. Ho il polso che accelera e i polmoni che potrebbero scoppiare, ma l'ho fatto, cazzo. Ho di nuovo quattordici anni e ho di nuovo affrontato la stronza che mi ha trattata male perché sono senza papà. L'ho fatto allora e l'ho fatto adesso. Abbasso il riscaldamento dei sedili e vedo qualcosa davanti a me. Freno e il pick-up sbanda e poi si ferma mentre la cintura di sicurezza mi trattiene. C'è un cerbiatto fermo sullo sterrato, sembra Bambi, ha le zampe come fiammiferi e mi guarda negli occhi. Stupido! È immobile, potrebbe essere imbalsamato se non fosse per le orecchie che girano a destra e a sinistra nel vento come due antenne pelose. Non è spaventato. Distoglie lo sguardo e attraversa lo sterrato seguito da un altro cerbiatto apparentemente ignaro di me, del vento, del nevischio e di Mossen. Insieme saltano il fosso e si allontanano tra gli alberi, e io rimango a osservarli come se fossero due celebrità che attraversano Oxford Street.

Mi gratto il labbro e riparto, molto più lentamente. Passo davanti alla casa dello scrittore. Ci sono alcune luci accese ma non vedo il cane. Noto una striscia di segatura sullo sterrato, nel punto in cui Hannes ha tagliato e rimosso l'albero caduto. Pare che segnali un confine. La supero e percorro il tortuoso tratto finale che porta nel cuore della foresta di Utgard.

La casa di Frida ha il solito aspetto accogliente, forse per via del tetto con le finestre così graziose o delle luci sempre accese. E il piccolo capanno la fa sembrare al centro di un minuscolo villaggio, meno isolata delle case dei vicini.

Le auto sono parcheggiate una accanto all'altra. L'asta della bandiera si flette nel vento rischiando di spezzarsi come uno stuzzicadenti. Scendo dal pick-up stringendo tra le mani una bottiglia di merlot cileno con il tappo a vite, e ci passo davanti premendo il mento contro il collo del giaccone per evitare che ci si infili il nevischio, che ormai è quasi neve.

Mi avvicino alla porta e intanto Frida la apre, mi abbraccia un po' goffamente e con la mano mi spazzola via il nevischio dai capelli.

«Sei riuscita ad arrivare, brava» leggo sulle sue labbra. «Posso portarti un asciugamano o un asciugacapelli per risparmiarti un raffreddore?»

«Sto bene» dico cercando con lo sguardo Hannes. «Sono i miei apparecchi che odiano l'umidità, non io.» Infilo una mano in tasca, li tiro fuori e li indosso. Frida sembra incuriosita ma anche un po' imbarazzata mentre li accendo. La musica mi esplode nelle orecchie. Viene dal soggiorno. *Leader of the Pack* esce dallo stereo Bose.

«Ti va un bicchiere di vino?» chiede.

Le passo la bottiglia di merlot che ha l'etichetta bagnata e quasi staccata.

«Non stasera, più tardi dovrò guidare in mezzo a questa bufera. Bevilo tu, io preferisco l'acqua.»

Lei fa una smorfia per dire che comprende e intanto nel soggiorno parte un'altra canzone d'amore, molto rock and roll.

«L'acqua minerale l'abbiamo finita, però. Va bene anche quella del rubinetto?»

Annuisco e la seguo in cucina dove mi accoglie un profumo incredibilmente buono. L'acqua nel bicchiere che mi porge non è certo limpida, ma questo è abbastanza normale nelle zone in cui l'acquedotto non arriva e ogni casa ha il suo pozzo. A Mossen il ferro contenuto nel terreno acido della foresta tinge l'acqua di marrone. Secoli di materia organica in decomposizione. Marciume. Bevo un sorso e l'acqua in effetti sa di ferro. Le finestre sono appannate. Il pavimento è caldo. Frida mi offre delle bruschette croccanti con crème fraîche, scorza di limone, cipolla rossa e una foglia di aneto. Ne mangio sette senza nemmeno accorgermene.

«Spero di non essere indiscreta» dice, distogliendo lo sguardo dalla zuppa sul fornello. «Ma ho l'impressione che tu non stia bene, tesoro. Che tu abbia pianto.»

Come diavolo è riuscita a capirlo? Sì, ho pianto, poi però mi sono fatta il pisolino e la doccia, mi sono messa un torrente di collirio e mi sono anche truccata, e sono passate ore.

«Sono gli ormoni» rispondo. «Dov'è Hannes?»

«Non te l'ho detto? Hannes ha uno dei suoi attacchi di emicrania. Troppo lavoro, troppa pressione. È rimasto in camera, gli porterò qualcosa da mangiare ma a tavola saremo solo io e te. Ti saluta, comunque.»

«Spero che si riprenda presto.»

«Vado a prendere il mio ingrediente segreto, torno subito.»

«Posso accompagnarti?»

Frida sorride e aggrotta la fronte. «No, no. Tu resta qui al caldo. Ci metto meno di un secondo.»

Mi avvicino alla finestra e la guardo mentre si china ed entra nel capanno con il giaccone di pile tirato sulla testa per proteggerla. Il segnavento gira di qua e di là e sotto le luci Frida sembra proprio un'eroina che sfida una tormenta.

Torna, butta tre cubetti nella zuppa che bolle e mette nella lavastoviglie la vaschetta di plastica che li conteneva. Mescola la zuppa e aggiunge sale marino grosso, pepe nero macinato e sei grandi gnocchi che ha tirato fuori dal forno.

Poi ci sediamo, lei a capotavola e io subito accanto, come una coppia di amanti. La zuppa di funghi selvatici è incredibilmente buona, ricca di prezzemolo a foglia liscia e carica di panna. È persino migliore di quella che mi ha offerto l'altra volta. E gli gnocchi di segale hanno il sapore dei cibi di una volta, di quando ero bambina. Sono morbidi all'interno e croccanti all'esterno e sono cosparsi di pezzettini di noci.

Mangio lentamente e a ogni cucchiaiata mi sento meglio.

«Delizioso» dico. «Davvero delizioso.»

Frida sorride, mi spiega che i funghi li ha raccolti nella foresta e mi riempie di nuovo la scodella. Poi prepara quella per Hannes e la mette su un vassoio insieme a una bottiglia di birra.

Quando torna, ho già finito la seconda scodella. Imburro una fetta di pane del Norrland e mentre allontano il coltello di legno sfioro la manica del cardigan che si macchia. Cerco di rimediare con un tovagliolo di carta ma rimane un alone.

Frida si avvicina.

«Ci penso io. La mia lavatrice ha un programma specifico per la lana.»

Tende la mano e io mi sfilo il cardigan e glielo passo.

«Così la macchia non potrà fissarsi.»

Si infila in una stanza che immagino sia la lavanderia e torna dopo pochi minuti.

«Ieri sera in televisione ho sentito un uomo sordo che non parlava bene e ho pensato che è incredibile che tu invece riesca a farlo come una persona normale. Ci tenevo a dirtelo. È impressionante. Sei bravissima.»

Sono così sorpresa che per poco non sputo il pane.

«Ho sopportato anni e anni di dolorosa logopedia. Un inferno.»

Frida porta via le scodelle e prende dal frigorifero due ciotoline colme di una crema densa.

Riprendo il discorso. «Ogni giorno, dopo la scuola, andavo dal logopedista per imparare a pronunciare e intonare.»

«Direi che ne è valsa la pena, sei perfetta.»

Non ci siamo proprio, non capisce. Vorrei spiegarle che le sue parole mi feriscono ma evito, devo attenermi al mio piano.

«Potrei chiederti un favore? Sto pensando a una dépendance per mia madre, per quando tornerà a casa.» Mentre dico questa bugia sento lo stomaco che si annoda. «Ovviamente non la costruirei io, mi rivolgerei a un falegname. Però, visto che proprio non me ne intendo, potrei dare un'occhiata al tuo capanno per farmi un'idea? Mi sembra perfetto.»

«E perché tua madre vorrebbe andare a stare in un capanno?»

Il tono non è provocatorio, è semplicemente curioso.

«Sarebbe più che altro un magazzino, a cui poter aggiungere una stanza se dovesse esserci bisogno di una badante. È un bel posto quello in cui vive mia madre, è vicino al Vänern.»

Frida mi guarda. «Hannes tiene tutte le sue cose lì dentro, tutti i suoi attrezzi. Dovrei chiedergli il permesso. È uno spazio suo e lui è molto possessivo.»

«Un'occhiatina?»

Frida sorride, si volta in direzione del capanno e poi mi guarda.

«Ma sì.»

Va nell'ingresso e prende un ombrello. Io intanto mi tolgo gli apparecchi e li infilo nella tasca del giaccone. Il vento ormai è così forte che riusciamo a malapena ad aprire la porta. Facciamo i primi metri sotto il portico, poi ci mettiamo a correre. L'ombrello si rovescia, le stecche di ferro sembrano gli aculei di un porcospino. I capelli di Frida svolazzano e mi impediscono di leggere il labiale. Arrivo al capanno, lei recupera la chiave in una fessura tra le pietre che ne costituiscono la base e mi raggiunge. La neve mi gela le guance. Lei apre e insieme ci rifugiamo all'interno mentre la porta si chiude da sola.

Mi asciugo le mani sui pantaloni e mi metto gli apparecchi. Frida accende la luce fluorescente. Siamo mezze fradicie, e stiamo osservando un garage senza auto pieno di scaffali di pino carichi di barattoli di vernice e scatole di viti e chiodi. In alcuni punti i pannelli di truciolato che rivestono il pavimento sono cedevoli. Noto una trappola per topi con un pezzettino di cioccolato al latte Marabou in equilibrio a un'estremità. Riesco a distinguere la lettera M sulla superficie polverosa. Vedo anche un congelatore a pozzetto che ronza e somiglia a quello che aveva la mamma, prolunghe elettriche ad anello appese a lunghi chiodi, un sacco a pelo, un pacco di rasoi, una lanterna da campeggio, l'attrezzatura per la pulizia dell'auto e alcuni armadietti di legno fissati alla parete e chiusi con dei lucchetti. Uno ha un trifoglio inciso sullo sportello.

«Armi?»

Frida cerca di levarsi dal viso la neve che però si è già sciolta facendo colare il mascara e rigandole di nero le guance.

«Pesticidi, fertilizzanti, cose del genere. Quando c'era Peter, Hannes teneva tutto sotto chiave.»

«Peter?»

«Nostro figlio.» Sorride e sospira. «Non lo vediamo

da vent'anni.» Afferra la croce appesa alla catenina che ha al collo e la stringe.

«Mi dispiace.»

Sorride. Non so se le guance siano bagnate di neve o di lacrime, adesso. Comunque ha cambiato faccia.

«Dov'è? Cosa fa?»

«Oh. È un ingegnere. Se n'è andato qualche anno dopo la laurea, aveva qualche problema con il gioco d'azzardo. È scappato con una ragazza di Karlstad e ora vive con lei in Spagna, o almeno ci viveva l'ultima volta che l'ho sentito. Tua madre è fortunata ad averti vicino.»

Deglutisco.

Frida cerca di sistemare l'ombrello con le mani arrossate dal freddo.

«Scusa ma è il solo modo per tenere a bada i topi.»

Penso che si riferisca alla trappola con il cioccolato, ma seguendo il suo sguardo capisco che sta parlando di quella con la colla, sotto il banco da lavoro. Un topo è rimasto bloccato e sta cercando disperatamente di liberarsi.

La bufera infuria, gli anelli di metallo tintinnano contro l'asta della bandiera. Vedo una pila di copie del *Gavrik Posten*, con l'ultimo numero in cima. Saranno una trentina. La trappola con il cioccolato scatta e ci fa trasalire. Poi la luce si spegne.

42

«Va tutto bene» dice Frida.

Ma non va tutto bene, per niente. Allungo le braccia però non ricordo dove posso trovare qualcosa a cui aggrapparmi. Devo vedere. Devo vedere dove sono perché la vista è tutto quello che ho. Ma nel capanno è buio.

«Aspetta» dice Frida. «Dev'esserci una torcia da qualche parte.»

Mi muovo come uno zombie, con le braccia tese. Con l'anca urto il congelatore e mi ci attacco come se fosse una zattera. Avverto un refolo d'aria sul collo. Frida fa cadere qualcosa, poi sento il clic della torcia.

«Vieni, torniamo in casa prima che Hannes esca» dice, puntando il fascio di luce verso il basso e prendendomi a braccetto. Fuori la foresta è nera più del nero e troppo vicina, mi fa pensare al topo intrappolato. Raggiungiamo la porta. Frida la apre e mi spinge dentro.

La luce non è tornata, ma dal soggiorno arriva *Be My Baby* e il volume è più alto di prima.

Be my little baby.

«Lo stereo funziona con le batterie» dice Frida, come se questo spiegasse anche tutto il resto.

Siamo al buio. Sono nel cuore di una foresta che è stata teatro di una serie di omicidi e sono immersa nel buio più totale.

«Vado a casa. Preferisco, non voglio disturbare» dico.

Ma non sento bene la mia voce. Gli apparecchi devono essersi bagnati mentre correvamo sotto la neve. Me li tolgo e ci soffio sopra.

«Hannes!» leggo chiaramente sulle labbra di Frida, alla luce della torcia. «Hannes!»

Mi metto gli apparecchi e uno dei due in effetti non funziona. L'altro sì, però con qualche lieve interferenza, come una radio mal sintonizzata.

«Vado» ripeto, mentre le gocce gelate della neve che si è sciolta mi scorrono sul collo.

«Taci...» Frida spegne la torcia. «Ascolta...» Siamo tra l'ingresso e il soggiorno, a poca distanza una dall'altra. *Be My Baby* finisce e ricomincia.

Qualcuno sta bussando alla porta. Frida si aggrappa a me.

«Frida! Apri, Frida!»

Frida si stacca e si scusa. Accende la torcia e apre la porta e Hannes entra, con il viso bagnato.

«Dannata compagnia elettrica. Dovresti scriverlo sul tuo giornale. Per risparmiare non fa manutenzione e qui, alla fine della linea, la corrente continua a interrompersi.»

«Come va la tua emicrania?» gli chiedo.

«Cosa?» Alla luce della torcia sembra enorme. In realtà non è molto alto ma è largo quasi quanto la porta. E mi sta bloccando l'uscita.

«Frida mi ha detto che non ti sentivi bene.»

Lui rivolge alla moglie un'occhiata interrogativa.

«Sto meglio.»

Lei mi guarda e i suoi occhi mi pregano di assecondarlo.

«E adesso niente bagno» dice, rimanendomi vicina. «Abbiamo la legna per il fuoco e un sacco di roba da mangiare ma la pompa del pozzo è elettrica, quindi niente bagno, niente doccia, niente lavastoviglie, niente lavatrice» mi spiega. «Oh!» esclama poi coprendosi la bocca con la mano e facendo brillare alla luce della torcia il brillante dell'anello di fidanzamento. «Il tuo cardigan... Il lavaggio non è terminato...»

«Me lo darai un'altra volta. Ti ringrazio per la cena, però ora preferisco tornare a casa.»

«Non è piacevole stare nella foresta e non avere tutte le comodità...»

«Non particolarmente, no.»

«Lo immaginavo.»

Hannes si sposta di lato.

«Grazie ancora. Ci vediamo presto.» Stringo appena il braccio di Frida e faccio per uscire, ma lui afferra la maniglia prima di me e con un mezzo inchino mi apre la porta, ostentando un atteggiamento cavalleresco.

«Fai attenzione lì fuori» dice. «Non è una bella serata.»

Corro più veloce che posso verso il mio pick-up. Salgo e faccio un respiro profondo. Gli apparecchi non funzionano, non sento nulla. Li appoggio sul sedile del passeggero. Le batterie dovranno restare nell'essiccante per tutta la notte e forse non basterà a risolvere il problema. Giro la chiave nell'accensione con le dita che tremano per il freddo. Il motore non parte. Sto ansimando, ho i capelli appiccicati agli occhi e le mani mi scivolano sul volante. Giro di nuovo la chiave e non succede niente. Tutto è avvolto nel buio e nel silenzio. Guardo la chiave, lecco la neve sul labbro superiore e mi concentro. Il cambio. Ho lasciato la marcia inserita. Strano, non lo faccio mai almeno da cinque anni, da quando ho iniziato a guidare con il cambio automatico. Fisso il simbolo illuminato, porto il cambio nella posizione del parcheggio, giro la chiave e il motore parte. I fari si accendono e investono il capanno con una luce screziata di neve. Sono esausta. Faccio retromarcia e mi allontano dalla casa che non riesco più a vedere.

In questo momento vorrei essere in una grande città, New York o Madrid o qualunque altra. Vorrei essere circondata da luci e auto e persone e negozi e locali notturni, vorrei sentire i rumori, il movimento, l'energia.

Guido piano, pensando al cerbiatto. Lui, diversamente da me, non ha paura del buio. Non lo evita. Dopo una serie di curve arrivo alla casa di David Holmqvist. Il cane non c'è e le finestre riflettono la luce dei miei fari. Proseguo tra pozzanghere grandi come piscine per bambini e buche piene di fango ghiacciato. Le sorelle non sono nel laboratorio, anche se il fuoco è acceso. L'intero fottuto villaggio è senza corrente, non vedo altro che pini. Non riesco a distinguere le case e non riesco a scorgere il cielo.

La casa di Viggo è illuminata da lumini e candele sistemati sui davanzali. La roulotte di Bengt è quella di sempre. Esco dalla foresta e respiro. Il sedile è caldo e mi sembra che i vestiti emanino il vapore prodotto dal mio corpo. Il pick-up è scosso dal vento. Prendo una manciata di caramelle gommose e me la ficco in bocca. Non ci sono altre auto, non c'è nessuno.

E vedo delle luci. Sull'autostrada passano i camion, che raschiano via dai parabrezza la neve ghiacciata con i loro lunghi tergicristalli e avanzano per consegnare la merce in tempo. E finalmente arriva Gavrik, tutta illuminata. Non c'è stata alcuna interruzione della corrente lì. Alla mia sinistra, dietro il McDonald's, ci sono le solite orde del sabato sera: adolescenti che fra qualche anno si odieranno per mille motivi. Poi c'è la pista da hockey, con i proiettori. Mi sono sempre piaciute le partite notturne e in generale tutti gli sport che si praticano con qualsiasi tempo e con l'illuminazione al massimo. Non riesco a vedere la pista, ma vedo i coni di luce che partono dai montanti di acciaio. Su un lato della pista c'è il logo dello sponsor, la cartiera Spt, il datore di lavoro di Hannes Carlsson.

Stasera sembrava nervoso, spaventato, disperato. Non ho avuto la possibilità di osservare con calma il suo capanno, ma almeno ora so dove è nascosta la chiave.

43

Mi sveglio e tolgo le batterie dall'essiccante. Metto gli apparecchi, li accendo e apro la finestra della camera. Neve che sembra zucchero a velo. Sto bene, ho i piedi caldi e le guance fredde. L'aria sa di liquirizia. Guardo una vespa che ronza davanti alla parte chiusa della finestra, cercando un modo per entrare. Sembra ubriaca, o stanca. Faccio per aprirle e sento un grido acuto. Abbasso lo sguardo e vedo un'anziana signora stesa a terra, con una borsa dell'Ica Maxi stretta tra le mani. Quattro mele rosse rotolano via prima di fermarsi nella neve. Poi qualcuno aiuta la signora ad alzarsi.

Non ne sono certa, ma devo aver sognato Mossen e i cacciatori morti e ora ho l'impressione che qualcuno abbia riorganizzato i miei pensieri per me, li abbia evidenziati, ordinati e inseriti in schedari come quelli che ho visto nella stanza di David Holmqvist. Mi faccio la doccia e mi infilo la calzamaglia per la prima volta dopo Pasqua, però così ho caldo. Guardando fuori vedo che la neve è sparita, ce n'è solo qualche chiazza all'ombra delle siepi, dei muri e delle auto. Mi tolgo la calzamaglia e sento il solito crepitio che produce sfiorando i peli sottili della versione autunnale delle mie gambe. Scaldo una porzione di porridge nel microonde e intanto mi bevo un sorso di Coca-Cola.

L'atmosfera è proprio quella della domenica. Sento le campane della chiesa. È tutto chiuso. A parte la fabbrica di liquirizia che si ferma solo il giorno di Natale e il giorno di Mezza estate.

Oggi passerò un po' di tempo con la mamma, tempo per me e per lei. Le ho comprato una coperta di cachemire, a trecce, morbidissima. Sarebbe per Natale ma credo sia troppo rischioso aspettare, quindi gliela porterò.

Ripeto sottovoce il mio discorsetto mentre vado a piedi alla stazione di polizia, trovo la porta chiusa e suono. Thord esce con una tazza in mano e allarga le dita dell'altra. «Cinque minuti...» sussurra, poi torna dentro.

Ho freddo. L'aria è densa di umidità anche se brevi scorci di sole fanno capolino fra le nuvole, come se il giorno non avesse ancora deciso cosa diventare. Storgatan è deserta, proseguo verso l'Hotel Gavrik con la sua insegna spostata a sinistra. All'esterno, come sempre, ci sono due candele ma non le solite, quelle da giardino che vengono accese quando il ristorante è aperto e che anche Tammy usa. Queste sono da cimitero: piccole e bianche, fatte per non prendere la pioggia e per bruciare a lungo. Sono candele costose. Immagino che abbiano finito le altre.

Mi giro e torno verso la stazione di polizia. La porta è aperta. Entro e leggo sullo schermo il numero 21, prendo un biglietto dal distributore e lo tengo in mano.

«Ciao, Tuva. Siamo molto occupati ma un minuto te lo concedo.»

Sorrido e mi guardo attorno. Non c'è nessuno.

«Siamo in arretrato con il lavoro d'ufficio, intendo, dobbiamo smaltirne un po'. Cosa c'è?»

Appoggio le mani sul bancone.

«Potrei parlare con te e il capo insieme, per favore?»

Ride. «Impossibile. Puoi parlare con me, e solo per un minuto.»

Guarda l'orologio e io inizio.

«Dovreste fare visita a Hannes Carlsson. Forse sapete già che ha parecchie armi nel capanno, chiuse a chiave negli armadietti tra gli scaffali, ma non avete trovato quella dei delitti e dovreste cominciare a cercarla lì, anche perché lui sta perdendo la vista ed è disperato al pensiero di non poter andare a caccia ancora per molto. Se non lo fate e ignorate quello che ti ho appena detto, coinvolgo la polizia di Stoccolma. Ho qualche contatto e posso riuscirci.»

Sorride.

«Hai finito?» chiede, continuando a controllare l'orologio.

Annuisco e lui mi guarda negli occhi.

«Il capo sa tutto dei suoi problemi, visto che ha firmato la sua ultima licenza di caccia. Ma tu non hai molta fiducia in noi, vero? Se ben ricordo, Hannes Carlsson ha un porto d'armi per due fucili e una pistola e la legge non gli vieta di chiuderli a chiave in quegli armadietti, anzi» mi risponde. «Sarei molto più contento se tutti custodissero con altrettanta cura le proprie armi... Comunque, ora ti darò una notizia in anteprima per il tuo giornale. Gli appelli in televisione hanno funzionato. Stiamo lavorando su informazioni nuove e interessanti, e abbiamo un sospettato.»

Alzo le sopracciglia.

«Dovrai aspettare per saperne di più, come tutti gli altri.»

Dal profumatore per ambienti alle mie spalle arriva una zaffata al pino.

«Non potete seguire due piste?»

«Non hai niente in mano, Tuvs. Non hai prove. Parleremo anche con Hannes Carlsson, ma solo se concluderemo che il nostro sospettato non è l'uomo che stiamo cercando. Ti do la mia parola. Ora però devo andare.»

Non sento bene, gli apparecchi non funzionano come dovrebbero. L'essiccante ha asciugato la maggior parte dell'umidità ma sento ancora delle interferenze. Però, fortunatamente per me, Thord ha una boccaccia da cavallo che agevola la lettura del labiale.

Digita il codice della porta blindata e mentre la apre per tornare in ufficio riesco a vedere Björn, insieme ad altri tre o quattro uomini. Lui si gira e intanto si strofina il naso con la mano scoprendo il tatuaggio. Una K e un cuore. Rosso.

Nella mente mi si forma un'immagine, e non è di sua moglie. È l'immagine di una carta da gioco.

Il respiro accelera. Esco nell'aria fredda, con la mente che ronza tentando di risolvere l'enigma. Vado verso il parcheggio. Conto sette auto, quattro delle quali non hanno nemmeno il contrassegno della polizia.

Mi avvio lungo Storgatan, con le mani nascoste nelle maniche del giaccone. Ho bisogno di pensare e ho bisogno di fare rifornimento di viveri, visto che sta arrivando l'inverno. Forse potrei comprare anche una piccola rosa in vaso per la mamma. Pianificherò le mie prossime mosse al bar del supermercato, il posto più deprimente dopo il crematorio. Sedili di plastica nera, lo schermo di un televisore per le scommesse sulle corse dei cavalli, panini avvolti nella carta e già vecchi ancora prima di finire dietro il bancone.

Nel mio ufficio le luci sono spente. La porta di vetro riflette la sagoma di un taxi bianco che sta passando. Ci appoggio il viso. È chiusa a chiave, ma credo ci sia Lena dentro, la sua porta è aperta. Busso tre volte e lei arriva.

«Lavori di domenica?» le chiedo. «Perché?»

«Gesù... Parli come mia madre...»

Entro, tolgo gli stivali e appendo il giaccone. L'ufficio

è carino quando è vuoto, mi ricorda le aule dell'università. È ben riscaldato e sa di caffè e dell'inchiostro della stampante.

«Ho litigato con Johan» dice Lena. «Non fare domande» aggiunge, fermandomi anche con un cenno della mano.

Andiamo nel suo ufficio. Stava leggendo il *New York Times* dello scorso fine settimana, che evidentemente qualcuno ancora le manda.

«Niente di eccitante, non come qui da noi» dice indicando la prima pagina.

Mi schiarisco la voce. «Raccontami qualcosa sul giro del gioco d'azzardo.»

Aggrotta la fronte.

«Il club del poker» preciso. «Quello di cui pare faccia parte anche un funzionario pubblico.»

Tira su con il naso. «Anni fa si parlava di un gruppetto di quattro giocatori e di poste molto alte, un po' come nei film di gangster. Alcol, ragazze, tipiche stronzate da macho, strani codici non decifrati, forse un affare immobiliare poco pulito. La gente lo chiamava *il gioco*.»

«Chi era coinvolto?»

«Il funzionario pubblico che sembrava esserlo è morto negli anni Novanta, e anche del club non si parla da molto tempo.»

«Penso che esista ancora e penso che Björn ne faccia parte.»

«Bene.»

«E anche Hannes.»

Mi rivolge uno sguardo obliquo. «Continua.»

«Non ho prove, ma Hannes potrebbe essere Medusa, e potrebbe esserlo con la protezione di Björn. Questo sarà l'ultimo anno per la sua licenza di caccia, è quasi cieco e però, come tutti i maschi di Gavrik, è convinto che chi non ammazza e macella animali non sia un vero uomo. Ha un figlio che se n'è andato e una moglie, Frida, che non sta veramente con lui, si fa la sua vita pur abitando nella stessa casa. Il loro matrimonio è una copertura. Inoltre, Hannes Carlsson è un ottimo tiratore. Benny Björnmossen mi ha detto che è uno dei migliori che abbia mai conosciuto.»

«Ma non hai prove?»

«Oppure è *il gioco* che potrebbe essere Medusa. Ho sentito parlare di scommesse altissime.»

«Te l'ha detto la spogliarellista.»

«Cosa importa? Ci siamo scagliati contro lo scrittore e abbiamo trascurato l'uomo ricco e rispettato che invece potrebbe averlo fatto per frustrazione o per invidia, magari insieme ai suoi compagni di poker che potrebbero averlo anche solo aiutato a non farsi beccare. Hannes aveva tutto, ma ciò che gli interessava lo ha abbandonato o sta per abbandonarlo.»

«Teoria interessante. Però dimmi cosa sai dei genitori di Holmqvist.»

«Che sono morti. Perché?»

Lena si gratta la guancia. «Sono morti in un incidente d'auto. David era alla guida, e aveva preso la patente da poche ore. Li ha portati a fare un giro e nonostante la bella giornata è riuscito ad andare a sbattere contro un albero. Loro sono morti sul colpo e lui li ha lasciati lì e si è allontanato. Illeso.»

«Non lo sapevo.»

«Bene, adesso lo sai. Probabilmente non c'entra ma ho preferito raccontartelo. Ah, era l'unico che aveva la cintura di sicurezza» dice. «La polizia non ha prove a suo carico ma questo non significa che Holmqvist non sia Medusa. Hai informato Thord o qualcuno di Karlstad delle tue ricerche?»

«Thord sta seguendo una pista e non prende nemmeno in considerazione la mia ipotesi su Hannes Carlsson. Pare che tutta Gavrik gli stia facendo scudo.»

«È benvoluto.»

La guardo, perplessa.

«Qual è il piano? So anch'io che potrebbe esserci qualcosa di vero nella tua ricostruzione, oltre a queste congetture piuttosto diffamatorie.»

«Farò la mia indagine sul club del poker e ti porterò elementi concreti. E magari informerò anche la polizia di Karlstad o di Stoccolma. Ma adesso devo andare.»

«Le luci della città ti chiamano?»

«Più che altro una madre malata. Non posso più rinviare.»

L'espressione di Lena si addolcisce.

«Fa' attenzione, Tuva. Non esporti troppo e non lasciarti intrappolare da vecchie storie e da leggende. Sono felice di averti qui, però prima di diventare troppo vecchia vorrei vederti lavorare in un posto migliore, un posto come questo.» Indica il *New York Times* sulla sua scrivania. «Hai capito? Controlla Hannes, ma rimani aperta a ogni altra possibilità.»

Metto il giaccone ed esco. Supero la merceria e l'armeria e il parrucchiere e l'edicola, e intanto penso che potrebbe nevicare. Mi avvicino all'Ica Maxi, al suo ampio parcheggio pieno di clienti mattinieri. C'è vento perché il piazzale è molto esposto e non c'è nessuna protezione. Vedo il camper di Tammy e mi avvicino correndo. A volte arriva presto anche dopo la serata intensa del sabato, per preparare il cibo e fare le pulizie, ma non oggi. Il camper è chiuso. Raggiungo il supermercato, la porta automatica si apre e io entro e prendo un carrello per la spesa.

C'è molta calma all'interno. I supermercati sono ordinati, prevedibili. Ho iniziato a frequentarli a quattordici anni, facevo la spesa, pagavo le bollette, facevo le pulizie, andavo a prendere le ricette dal medico, mi occupavo di tutto quello che la mamma non riusciva più a gestire. Guardo le persone che sono venute a comprare gli stuzzichini da mangiare la domenica sera davanti al televisore. Sento il profumo del pane fresco, poi passa una macchina lucidapavimenti e gli apparecchi mi urlano nelle orecchie. Rabbrividisco.

Prendo ciò che mi serve e anche la rosa per la mamma, poi mi avvicino alle tre casse aperte. Vedo la ragazza carina e scelgo la sua. Appoggio gli articoli sul nastro, lei li passa davanti allo scanner e io li infilo nelle borse.

«Ottocentotrenta corone. Tessera fedeltà?»

Scuoto la testa. «Hannes Carlsson, il direttore della cartiera, viene a fare la spesa qui?»

Lei mi fa un sorriso sospettoso che rivela il bianco perfetto dei suoi denti.

«È l'unico che non si riprende la moneta del carrello, dicono.»

«Cosa significa?»

«Significa che lascia il carrello nel parcheggio, che non lo porta al suo posto per recuperare la moneta. Non ne ha bisogno. O almeno così dicono di lui.»

Una donna che ha appena pagato alla cassa accanto mi urta con il braccio. Riconosco lei e anche l'amica che la accompagna, erano nella merceria, stavano comprando dei gomitoli di lana.

«Sorda e muta» dice la donna rivolgendosi all'altra, e lo fa in modo che io possa sentire. Sulla guancia ha un porro dal quale spuntano alcuni peli neri.

«E lesbica» dice l'altra. «Sorda, muta e omo. Una bella tripletta.»

«Il pin, per favore» dice la ragazza carina prima che io possa rispondere alle due donne.

Sono agitata, mi giro e inserisco le quattro cifre. Vorrei morderle, quelle due. Prendo lo scontrino e le cerco con lo sguardo ma non le vedo, se ne sono andate.

Esco. Sono un po' giù di tono. Molte nuvole in cielo. Vado verso la fabbrica di liquirizia, un monolite nel paesaggio, e prendo a sinistra per tornare a casa. Le borse della spesa mi segano le mani, continuo a spostarle dall'una all'altra e a cambiare la presa. I soci del club del poker sono le vittime o gli assassini o entrambe le cose? E come diavolo faccio a scoprirlo? Arrivo a casa, svuoto le borse e apro l'armadietto sopra il lavello per riporre una scatola di maccheroni, e mi torna in mente il troll, quello con la sorpresa nei pantaloni, quello che ho lasciato nel locale della spazzatura. Mi preparo un panino al formaggio che ha un sapore improbabile: il pane bianco, economico, si trasforma in un impasto dolce mentre lo mastico. Prendo la borsa e la rosa in vaso che ho comprato per la mamma e raggiungo il pick-up.

44

Lascio il parcheggio e chiamo la mamma. Non risponde. Ma è abbastanza normale, le serve un po' di tempo per arrivare al telefono o aspettare che glielo passino. Riaggancio. In Storgatan supero un gruppo di persone fermo davanti alla chiesa luterana e un altro gruppo che sta uscendo dalla chiesa evangelica. Faccio per chiamare di nuovo e sullo schermo vedo un messaggio di Frida. Mi chiede se voglio che mi compri qualcosa ai grandi magazzini di Karlstad. Le rispondo che ci andrò io stessa più tardi e la ringrazio. Poi riprovo con la mamma.

«Chi parla?»

«Sono io, mamma. Ti ricordi che ti ho detto che sarei passata? Be', sto arrivando.»

Aspetto che risponda ma sento solo il silenzio.

«Mamma, ci sei? Sarò da te verso le tre, traffico permettendo.»

«È domenica. Non c'è traffico.»

«Come stai oggi? È una giornata buona o brutta?»

«Oh, sto bene.»

Supero l'Ica Maxi. Il parcheggio si sta riempiendo e la maggior parte dei clienti indossa berretti e guanti di lana.

«Tra un po' sono lì e ti tiro su il morale. Hai bisogno di qualcosa?»

Le sue parole sono sovrastate dal crepitio sulla linea.

«Non riesco a sentirti, mamma. Comunque ho dei regali per te e non vedo l'ora di darteli.» Supero un ciclista. «Sono stata piuttosto impegnata ultimamente.»

«Ti riferisci allo scrittore che ha ucciso quelle persone?»

Prendo una caramella gommosa e prima di mettermela sulla lingua noto che è rossa. Terzo gusto preferito. Non male.

«Ci vediamo alle tre, mamma. E sappi che ho una sorpresa. Ma adesso devo lasciarti, sto prendendo l'autostrada. Ciao.»

Mi sposto a sinistra e imbocco la corsia che va a sud, verso Karlstad e Göteborg. Accendo la radio e intanto qualcosa nello specchietto retrovisore attira la mia attenzione. Sono luci, luci lampeggianti, quindi sono auto della polizia. Mi sorpassano sfrecciando e io senza pensarci cambio corsia e premo l'acceleratore per raggiungerle. Ma torno subito dov'ero, mentre due auto mi suonano. Non posso lasciare sola la mamma anche oggi, non posso. Però posso tardare. Forse la polizia ha raccolto informazioni che io non ho, forse un commerciante di armi ha ricordato di avere venduto un fucile a Hannes. O Daisy ha deciso di raccontare tutto prima di partire per Londra. O le sorelle si sono cimentate in un troll di troppo. O Viggo si è spinto oltre il semplice tiro al bersaglio.

Seguo le auto. Raggiungerò la mamma subito dopo, andrò più veloce per recuperare tempo e starò più a lungo con lei. Rimarrò finché non si addormenterà. Mentre passo sotto la E16 mi giro verso il sedile posteriore. Ho la giacca da sci e lo zaino e, ben più importante, ho la macchina fotografica. La batteria è a circa un quarto, quindi dovrebbe bastare.

Le auto vanno di fretta. Le Volvo della polizia sono più potenti delle altre, o almeno questo dice la gente. Le vedo svoltare e prendere lo sterrato per Mossen mentre gli alberi della foresta di Utgard inghiottono le luci in un solo silenzioso boccone. Svolto anch'io, lascio l'asfalto e le sospensioni del pick-up sussultano incontrando a questa velocità la ghiaia. Forse Hannes ha un complice. O un apprendista, magari Viggo. O il contagio si è esteso all'intero Mossen o all'intera fottuta Gavrik.

I lampeggianti si fermano davanti alla roulotte dell'accumulatore. Rallento e vedo tre auto: una è oltre l'orto, accanto a una fila di cavolfiori, e ha una gomma a terra, e le altre due sono nel fosso. Mi fermo a una trentina di metri e prendo la macchina fotografica dal sedile posteriore.

È così potente che non mi serve il binocolo. Cinque poliziotti, due uomini e tre donne, entrano in casa e ne escono portando fuori qualcosa. Non piove quindi quel qualcosa non rischia di essere danneggiato.

I poliziotti, che hanno guanti e mascherine, continuano a entrare e uscire lasciando tutto sull'erba. Riesco a distinguere pile e pile di giornali e riviste e una grande scatola di cartone piena di decorazioni natalizie. Esce anche un altro uomo. È Thord. Regge una casa delle bambole, di plastica, una di quelle economiche degli anni Settanta. La posa vicino ai giornali e alle riviste, ma il terreno è irregolare e la casa si ribalta e finisce nel fosso. Fotografo tutto.

Capisco che c'è qualcuno nella roulotte perché la vedo traballare, ma non riesco a distinguere niente. I poliziotti portano fuori dalla casa un divano carico di scatoloni e vecchi fustini di detersivo, e poi un'insegna al neon con una scritta illeggibile sul vetro rotto. Si alternano rapidamente, quindi immagino che siano ancora alle prese con l'ingresso. Portano fuori anche un telo di plastica, no, una piscina per bambini sgonfia piena di album fotografici con le copertine gonfie e arricciate dall'umidità.

Avanzo lentamente, e vedo di nuovo Thord. Ha in mano un rotolo di nastro bianco e azzurro. Mentre freno, lui inizia a delimitare la parte anteriore del giardino fissando il nastro ai cespugli di ribes nero, al pollaio e ad alcune pietre perché non ci sono pali dell'elettricità e non ci sono nemmeno alberi. Il nastro ha un aspetto patetico, cedevole, molle.

Abbasso il finestrino e mi fermo a scattare altre foto. Thord si avvicina ma io lo ignoro. Da qui, attraverso la finestra della roulotte, riesco a distinguere Bengt che piange. Si tiene la testa tra le mani e piange. Lo guardo e intanto mi lascio cadere in grembo la macchina fotografica.

«Hai visto abbastanza» dice Thord. «Fa' retromarcia e libera la strada, la stai bloccando.»

«Non è una statale, Thord. E non ho ancora finito.»

«Muoviti.»

Due poliziotte escono dalla casa con qualcosa che potrebbe essere uno di quei capitelli dedicati alla Vergine Maria tipici dell'Italia e della Spagna. Questo è di pino verniciato ed è fornito di piccoli ripiani per le candele.

Lo gettano sull'erba. Come i colleghi non si preoccupano più di seguire un qualche ordine, portano fuori la roba e la buttano dove capita, anche nell'orto. Gli scatoloni hanno schiacciato i cavoli e alcuni mobili rotti hanno spezzato i delicati sostegni dei piselli. Bengt piange. Io scendo dal pick-up.

«Thord!» Agito la mano. «Me ne vado, dammi solo una dichiarazione per il giornale, un'informazione che possa essere pubblicata.»

Lui mi guarda e scuote la testa.

«Una, per favore.»

Si volta verso il giardino dove un ufficiale sta grattando via qualcosa dagli stivali. Qualcosa che ci si è attaccato all'interno, non all'esterno.

«Abbiamo ricevuto una telefonata anonima. Pare che ci sia un cadavere lì dentro, di sopra, sul letto matrimoniale. Da anni. Dopo un gioco erotico finito male. Se c'è una casa al mondo dove non vorrei essere la domenica pomeriggio, è questa. Ma mi tocca. Quindi lasciami fare il mio lavoro e tornatene nel tuo piccolo ufficio pulito a occuparti del tuo.»

Salgo sul pick-up e punto la macchina fotografica verso le finestre del piano di sopra. Edera. Non vedo molto altro, i vetri delle finestre non vengono lavati da anni, probabilmente, perché sono coperti di polline di betulla. Guardo la roulotte e vedo Bengt che si asciuga gli occhi con un fazzoletto bianco e poi, con le mani tese davanti al viso, supplica qualcuno.

Abbasso il finestrino.

«Thord... Sto andando da Hannes Carlsson. So che non vorrai sentire quello che ti dirò, ma hai capito anche tu che c'è qualcosa che non va. Dammi un tuo collega per mezz'ora.» Indico la roulotte. «Lui non scappa. Mezz'ora.»

Thord passa sotto il nastro e si avvicina al pick-up.

«Non mi hai ascoltato, allora. Potrebbe esserci un cadavere in questa casa. E nascosto da qualche parte potrebbe esserci anche il vecchio fucile che Bengt aveva quando era nell'esercito. I tempi corrisponderebbero. Quindi, dimentica le tue teorie strambe e lascia in pace Hannes Carlsson.»

Alzo il finestrino e procedo. Mossen è deserto. Il tassista non c'è, immagino che sia in chiesa. Chiamo di nuovo la mamma e al terzo tentativo mi risponde.

«Chi parla?»

«Sono io, mamma. Arrivo, ma avrò un'ora di ritardo. Mi dispiace, non posso evitarlo.»

Sento il suo sorriso. È soddisfatta che io ancora una volta l'abbia delusa.

«Peccato.»

«Sto arrivando, mamma. Ci rifacciamo. Sono lì per le quattro.»

Sento un fruscio. «Non ti sento» dico.

«Ho...» Cade la linea. Sono sulla collina, tra piccoli banchi sparsi di nebbia, e in questo tratto succede sempre. La richiamerò quando sarò sulla E16.

Anche le sorelle devono essere in chiesa. E anche lo scrittore non è in casa. Niente auto e niente cane. Avanzo seguendo le due strisce grigie e quella erbosa in mezzo, entrando ed uscendo dalla nebbia come se stessi volando tra le nuvole. Fino a quando scorgo la casa di Hannes e Frida, tutta illuminata.

Bene. Le auto non ci sono. Corro verso la porta, con i nervi tesi e i palmi delle mani sudati e appiccicosi. Non c'è nessuno alle finestre. La spia blu dell'antifurto è accesa. Non c'è nessuno in casa.

Torno indietro e porto il pick-up verso la casa dello scrittore. Poi prendo la macchina fotografica, lo zaino e la giacca.

«Che piacevole sorpresa» dice David Holmqvist. È sulla porta aperta, immerso nella musica lirica.

Merda. Come mai l'auto non c'è?

«Ciao» dico. «Ti dispiace se lascio qui per qualche ora il pick-up?»

I peli sulle braccia mi si rizzano per il freddo. Mentre lui, che indossa una polo giallo pallido, non ha le scarpe.

«Sei la benvenuta» dice, indicando con un ampio movimento del braccio l'ingresso.

«Non vorrei essere scortese, ma devo proseguire e non ho molto tempo.»

«Solo cinque minuti. Accontentami. Sto scrivendo un racconto con un protagonista sordo. O forse sarà un romanzo breve, ancora non lo so, comunque potresti aiutarmi a raccogliere un po' di materiale. Entra, ti preparo un caffè ristretto.»

«Ristretto?»

«Concentrato. Una sferzata di energia da chicchi di caffè etiope. Per favore...»

Faccio un passo verso la casa e il vento mi sospinge dentro. Holmqvist mi mostra dove appendere la giacca e dove lasciare lo zaino e gli stivali, poi prende l'iPad per abbassare il volume della musica.

Ci avviamo verso la cucina. Mi sento sollevata appena posso constatare che non ci sono teste di vitello. Il piano di lavoro è pulito e luccicante e non c'è niente sui fornelli.

«Sono contento che tu sia passata.»

«Be', ho solo un minuto. Sto seguendo una pista.»

Lui guarda attentamente i misurini di acciaio appesi sopra la macchina per il caffè, poi prende quello medio e lo stacca dal gancio. Indossa dei calzini di cachemire, con la trama piuttosto rada. Calzini pelosi e polpacci pelosi. Se non sapessi che la polizia è a pochi metri, non starei nella cucina di questo tizio.

«Dov'è il tuo cane?» gli chiedo.

«Si è comportato male» risponde David. «Ha divorato metà del rivestimento interno della mia auto, perciò l'ho mandato a imparare le buone maniere. Tornerà più tardi.»

Macina a mano in una ciotola di acciaio i chicchi di caffè, poi immerge il misurino nella polvere scura, lo riempie e livella la polvere con l'indice. Mentre lo fa inspira e le sue spalle si rilassano, per il piacere. Carica la macchina, preme un pulsante e mette un paio di minuscole tazze bianche sotto il doppio beccuccio.

«Ecco» dice. «Che ne pensi?»

Prendo la tazza e sorseggio il caffè. È forte.

«Molto buono» dico. «Posso farti una domanda in

confidenza? Tu che sei qui da sempre hai mai sentito parlare di un club del poker, una specie di circolo segreto in cui si gioca con poste molto alte?»

Sorride e la cicatrice sul labbro si allunga. «Intendi *il gioco*.»

«Già.»

«Almeno al novanta per cento si tratta di una leggenda. Comunque ci sarebbe da decenni, forse addirittura da una cinquantina d'anni, sarebbe composto da quattro uomini e funzionerebbe con poste, non solo in corone, tali da arricchire o rovinare per sempre chiunque. Il mio avvocato, Oscar Krevik, qualche tempo fa ha potuto permettersi di declinare l'invito perché disponeva di informazioni riservate sui soci.»

«Chi sono?»

Holmqvist mi guarda le orecchie e capisco che mentalmente sta prendendo appunti per la sua storia.

«Non lo so. E Oscar non me lo direbbe mai. Comunque, se esistono sono molto discreti. Ho sentito di ragazze usate come gettoni e di una cerimonia di iniziazione, ma ti ripeto che almeno al novanta per cento si tratta di una leggenda.»

«Proprio non sai chi potrebbe far parte del club?»

«No, ma sarei molto lieto se si iniziasse a indagare e mi si consentisse di scrivere in pace. Dovrei sporgere denuncia per molestie, ne ho già parlato con Oscar.»

Finisco il caffè, infilo gli stivali e la giacca e prendo lo zaino.

«Posso prendere in prestito uno dei tuoi apparecchi?» mi chiede.

«Per cosa?»

«Per il mio racconto.»

Scuoto la testa, sulla difensiva, mentre tocco l'apparecchio di sinistra. «Grazie del caffè, David. Devo andare. Grazie.»

«Grazie a te» dice continuando a guardarmi le orecchie. «Ci vediamo più tardi» aggiunge prima che io chiuda la porta.

Mi allontano in direzione della casa di Hannes e Frida e dopo un po' noto tra gli alberi qualcuno, che forse mi sta osservando. No, è solo l'ombra di una vecchia quercia nodosa. Mi concentro sullo sterrato, anche se ci vedo abbastanza bene, la nebbia sembra meno fitta a piedi. Quando arrivo alla casa controllo il telefono. Non c'è campo. Sono vicino al capanno. La batteria dell'apparecchio di sinistra mi segnala che è quasi scarica. Faccio tintinnare il portachiavi nella tasca. Tutto a posto. Mi avvicino alla base di pietre del capanno e cerco nelle fessure finché trovo la chiave. Mi alzo e mi assicuro che non ci sia nessuno nei paraggi, poi apro la porta.

45

Sono all'interno. Le due finestre hanno le tende chiuse ma abbastanza sottili per cui ci vedo anche senza accendere la luce.

Vado verso il congelatore a pozzetto, poi però mi avvicino alla finestra che dà verso la casa e sollevo un angolo della tenda. Nessuno. Erba fradicia, nebbia, alberi, ma niente Hannes e niente Frida. Lui sarà allo strip club. Lei è a Karlstad, come ogni domenica. E questa è la mia unica possibilità. Torno al congelatore e lo apro. C'è odore di pesce vecchio. Ma non è un cattivo odore, è quello che hanno tutti i vecchi congelatori. Hamburger, piselli, gelato e cubetti ghiacchiati, e lo scomparto più grande pieno di fagiani, tacchini, conigli e tagli scuri, magri, di creature più grandi, probabilmente cervi e alci. Frugo tra i cristalli appuntiti che mi si attaccano alle dita e si sciolgono prima che riesca a vederli. Poi chiudo il congelatore e guardo la parete senza finestre.

Il capanno sa di cartone umido e benzina e tra i pannelli di truciolato che lo rivestono spuntano piccoli fiocchi di lana isolante, simili a pulcini. Andando da sinistra a destra, osservo gli oggetti che pendono dai lunghi chiodi conficcati nei pannelli. Un termoventilatore. Varie prolunghe, ne conto cinque. Una fila di martelli, tre da carpentiere e quattro più pesanti, forse mazze, con i manici di legno e le grosse teste di metallo arrugginite. Una fila di cacciaviti e scalpelli, in ordine di grandezza. Spero di trovare un fucile che risalga alla metà del Novecento e qualcosa che possa essere collegato al poker, magari un libro contabile del club, ma so che non sarà facile. Un cesto di pennelli. E poi il banco da lavoro, a cui sono appesi altri attrezzi. Deve averlo costruito Hannes, imbullonando una vecchia porta ai due pallet che la sostengono. Sulla porta è posata una sega elettrica il cui cavo penzola come la coda di un gatto, e ai pallet sono appoggiate tre motoseghe. Un decespugliatore e una tanica di plastica verde con un po' di carburante sono appesi a due chiodi vicino al soffitto.

Mi giro verso l'altra parete, quella con gli armadietti e gli scaffali, e vedo rotoli di materiale isolante e nastro isolante, lucchetti nuovi ancora nelle confezioni di plastica rigida, vasi di coccio, attrezzi da giardinaggio, cazzuole, pile di guanti con motivi floreali. Il pavimento scricchiola quando mi muovo. Il truciolato, deformato dall'umidità, mi dà l'impressione di aver fatto un passo falso e di aver corso il rischio di precipitare.

Gli armadietti sono un insieme di vecchi stipetti e scatole di legno fatte in casa e sono chiusi con lucchetti ma anche con catene per le biciclette. Le serrature sono di tutti i tipi. Provo a forzarne qualcuna o a sbirciare attraverso gli interstizi lasciati dalla scarsa abilità del falegname, ma non ottengo nulla. L'aria è stantia. La batteria dell'apparecchio mi segnala di nuovo che è quasi scarica e io accarezzo la tasca dei jeans per accertarmi di avere con me il portachiavi.

Conto sedici armadietti, due dei quali delle dimensioni di una scatola da scarpe. Solo tre sono adatti a custodire armi. Prendo un seghetto. Ci sono così tanti lucchetti nuovi che potrò sostituire quelli che spezzerò. Hannes lo scoprirà, ma non subito. È tutto quello che posso fare. Mi avvicino all'armadietto con il trifoglio e inizio a segare il piccolo lucchetto, ma la lama scivola a destra e a sinistra e non riesco a insistere nello stesso punto. Allora prendo un tronchese, apro le due lunghe braccia e stringo il lucchetto tra le due lame corte e tozze. Stringo così forte che mi tremano le braccia, fino a quando le lame spezzano il lucchetto che finisce sul pavimento. Guardo dentro e trovo tre bombolette di pesticida.

Osservo gli armadietti che potrebbero contenere armi. Sono di metallo, chiusi a chiave, quindi rinuncio ad aprirli. Sarà un professionista a farlo, se così può essere definito Thord. Sposto alcune pesanti casse di legno e proprio quando raggiungo una specie di baule sento echeggiare nella foresta un colpo di fucile. Il mio sguardo scatta verso la porta del capanno. Cerco di deglutire ma ho la bocca secca come la segatura sotto il banco da lavoro. Spezzo il lucchetto con le cesoie e apro il baule.

Porno. Riviste e video. Roba vecchia, che Hannes probabilmente non usa più ma conserva non sapendo come smaltirla. Prendo una rivista e la apro. Ragazze ungheresi o rumene o comunque dell'Europa dell'Est che guardo e che subito dopo vorrei non avere mai visto. Corpi nudi e sangue. Guardo e sfoglio e guardo. Sembra quasi una finzione, trucco e artigianato di bassa lega. Fa pensare alla violenza di certi cartoni animati e disgusta comunque, però non sembra neanche lontanamente la realtà. I video, alcuni dei quali svedesi, sono più mainstream. Rimetto tutto com'era, chiudo il baule, mi asciugo le mani sui pantaloni e mi avvicino all'altra parete. Thord è inutile, però ha una pistola. Che è già qualcosa. Anche se la sua, come quella del tipo di Karlstad e di tutti gli altri poliziotti, è meno potente di ogni arma di ogni altro stronzo che viva da queste parti. Ma soprattutto Thord sa che sono qui e si trova a dieci minuti di distanza, al massimo. È in fondo allo sterrato, se dovessi averne bisogno.

Sento qualcosa sopra la testa. Dev'essere un topo che corre nell'intercapedine fra il tetto e il soffitto umido del capanno. Penso che ce ne siano parecchi, anche tra le pareti e i pannelli che le rivestono. Ho notato varie cacche e altre trappole con la colla. Sposto alcuni teli di plastica per vedere cosa c'è sotto. Scatole di plastica. Le apro. Nella prima trovo vestiti per un bambino di una decina d'anni, nella seconda vestitini per un bambino più piccolo, cuffiette e stivaletti, nella terza vestiti per un ragazzino, scarpe da ginnastica, stivali di gomma. Mi sento a disagio. Sposto le scatole e noto qualcosa dietro quella più a sinistra, una trappola con la colla, con un topo. Forse un toporagno. Ha le zampe all'insù, quindi dovrebbe essere morto, o quasi morto. Osservo i quattro denti che spuntano dalla bocca aperta, troppo grandi rispetto alla testa, e i baffi che si allungano sui due lati del muso. E sento il rumore di un'auto.

Respiro sempre più velocemente mentre mi guardo attorno. Perché non ho pensato a una via di fuga o a un nascondiglio? Scosto la tenda. È Hannes. Scappo? Lui scende e lascia l'auto aperta, quindi forse entrerà in casa per prendere qualcosa che ha dimenticato e se ne andrà. Ma la gente che vive in un posto come questo chiude mai l'auto? Vado verso l'altra finestra e schiacciandomi contro il congelatore scosto un po' la tenda. Entra in casa. È al piano di sopra, alla finestra. Guarda fuori. Butta la testa all'indietro e si tocca gli occhi. No, si mette le lenti a contatto o delle gocce. Si infila un maglione e sparisce. Un minuto dopo esce con il fucile in mano.

Mi sposto dalla finestra. È Medusa, lo sento, lo so. Cerco un nascondiglio. Mi infilo sotto il banco da lavoro, fra i due pallet, e mi rannicchio stringendo le ginocchia contro il mento. La porta si apre e lo sento, anche se non lo vedo. Si avvicina e ora lo vedo, mi passa davanti, va verso gli armadietti, prende un coltellino e lo infila in una tasca dei pantaloni militari. Socchiudo gli occhi, temendo che il mio sguardo mi tradisca. I suoi stivali sfiorano i miei, le sue ginocchia sono davanti al mio viso. Non vedo il congelatore, ma so di aver lasciato lì vicino il mio zaino. Merda. Hannes, non girarti da quella parte, resta concentrato sui tuoi strani armadietti del cazzo. Stringo le dita dei piedi negli stivali. Sento che apre qualcosa ma non vedo cosa. Prego che gli apparecchi non fischino. Niente. Per favore. Niente, nemmeno un respiro, non ora. Hannes è a pochi centimetri da me.

E all'improvviso se ne va, con una matassa di corda sulla spalla destra, il fucile in una mano e una piccola scatola di cartone nell'altra. La scatola somiglia a quelle che vende Benny Björnmossen. Quindi, munizioni. La porta del capanno sbatte, poi torna il silenzio.

Dovrei seguirlo con lo sguardo ma non lo faccio, rimango sotto il banco da lavoro, sotto la vecchia porta con la maniglia al suo posto e la chiave ancora nella serratura. Ho paura di muovermi. Sono patetica. Sento uno scalpiccio che proviene dalla parete e dal pavimento. Invece non sento il rumore dell'auto di Hannes. Probabilmente non sta andando via. Esco dal mio nascondiglio con il cuore che mi rimbomba nelle orecchie. Scosto la tenda e lo vedo, si sta spostando a piedi, forse per raggiungere i compagni di caccia. O forse no. Tiene il fucile rivolto verso il cielo mentre si allontana nella nebbia sottile della foresta di Utgard.

Deve aver visto le auto della polizia da Bengt, arrivando, e deve aver parlato con Björn. E il capanno è così piccolo. È incredibile che non mi abbia vista, intrappolata sotto il banco da lavoro come il topo nella colla. Tiro fuori la macchina fotografica e inizio a scattare, anche se tutti quelli che vivono qui intorno possiedono un capanno come questo, pieno di roba proprio come questa.

Di nuovo quello scalpiccio. I topi corrono graffiando il truciolato con i piccoli artigli, in cerca di cibo e sesso, e io non posso fermarli. Tiro fuori il telefono. Non c'è campo. Sento un rumore, sta succedendo qualcosa all'esterno ma molto vicino al capanno. Hannes sta tornando. Mi rintano di nuovo sotto il banco da lavoro, mi rannicchio. Con la mano copro l'obiettivo della macchina fotografica e senza volerlo tocco un pallet che inizia a oscillare, lo fermo ma sul banco c'è qualcosa, probabilmente la sega elettrica, che continua a dondolare. La porta si apre lentamente e il pavimento scricchiola. Hannes entra.

Ha capito? Non chiude la porta, quindi non intende rimanere a lungo. Apre il congelatore. Sto respirando in modo rapido e superficiale ma il più possibile silenzioso. Sento che sta spostando qualcosa, forse il gelato. Immagino il cibo impilato in un angolo del congelatore. Immagino il viso abbronzato di Hannes, i capelli brizzolati illuminati dalla lampadina interna che ronza. Immagino un salmone intero, rosa, rigido come un'asse di legno, appoggiato sopra tutto il resto. Hannes sembra più tranquillo. Ha trovato quello che cercava? Non devo farmi sentire. Nessun fischio degli apparecchi, nessun brontolio dello stomaco. Hannes strattona qualcosa per tirarlo fuori. Mette a posto ciò che aveva impilato e chiude il congelatore. Cos'ha trovato? Vedo gli stivali che vanno verso la porta e sento la porta che si chiude sbattendo.

Resto dove sono per almeno un minuto. Ho paura che torni. Non mi muovo però cerco di fare respiri più profondi. Altri rumori. Striscio verso la finestra e controllo, ma vedo solo ghiaia e pozzanghere. Hannes dev'essere tornato nella foresta con il suo gelato o qualsiasi altra cosa abbia preso.

No, non ha preso un gelato. Sopra il congelatore

adesso c'è un cervo. Un cucciolo, o un esemplare di una specie più piccola. Un busto senza testa, con quattro moncherini. I topi hanno smesso di correre. Controllo di nuovo dalla finestra, da tutte e due le finestre. La casa sembra vuota e l'auto è ancora nel giardino. Il cervo ha un taglio sull'addome. Immagino lo abbia fatto Hannes per togliere le viscere, che infatti non ci sono. Il cervo è lungo quanto il congelatore e il taglio è lungo quanto il cervo. Noto un luccichio. Intravedo qualcosa, un oggetto di metallo, forse di ottone. Tocco il cervo e mi ritraggo, lo tocco di nuovo, infilo le dita nel taglio ed estraggo un proiettile lungo quanto un dito.

46

Resto a bocca aperta. Cosa ci fa un proiettile lì dentro? Il cervo è sopra il congelatore, sdraiato come una scrofa che allatta i piccoli. Mi alzo in piedi e cerco di concentrarmi anche se ho il cervello che ronza. Il cervo è rosso, magro, somiglia a un'anatra messa in mostra per la vendita a Chinatown. Vorrei aprire il congelatore e rimetterlo dentro, mossa da un assurdo bisogno di ordine. Invece controllo il telefono. Non c'è campo.

Raggiungo la porta e la apro ma il vento me la sfila di mano e la manda a sbattere contro la parete. La nebbia si è alzata, ora pioviggina. Esco? Fuori, non lontano da qui, c'è un cacciatore che forse vuole uccidere un altro cacciatore. Mi affaccio e non vedo niente. Solo pozzanghere e uno spazzaneve arrugginito che non avevo mai notato. Torno verso il congelatore per recuperare lo zaino e mi rendo conto di non aver fotografato il cervo. L'aria è pesante. Prendo la macchina fotografica e scatto, senza usare il flash, e senza toccare il cervo.

Intanto noto qualcosa che sporge nel punto in cui è stata mozzata la testa. Un triangolo blu. Non voglio contaminarlo perché potrebbe essere una prova, ma non capisco cosa diavolo sia. Blu. Rigido. Grande più o meno come un alluce. Lo spingo verso il taglio ma è attaccato alla carne congelata. È di plastica. Tengo fermo il cervo e spingo con forza il triangolo blu finché si stacca. Poi infilo la mano nel taglio e tiro. Il freddo mi brucia la mano. Il triangolo è più grande di quanto pensassi, lo afferro e lo estraggo. È una vaschetta di plastica per i cubetti di ghiaccio, uguale a quelle che Frida usa per congelare il brodo. Faccio un respiro profondo e la capovolgo sul congelatore. E smetto di respirare. Sento il sapore del vomito in bocca ma non emetto un solo suono. Li guardo, disposti ordinatamente in righe e colonne. Non un suono. Li guardo e il capanno è molto freddo e la corrente d'aria mi rizza i peli sulla nuca.

Sono dodici. Dodici occhi, ognuno nella sua nicchia. E mi guardano. Quattro marroni, due verdi e sei blu, le due ultime nicchie sono vuote.

Quando noto un minuscolo frammento di tendine, un millimetro di tessuto umano rosso attaccato a uno degli occhi marroni, il vomito mi arriva in bocca. È acido e brucia, ma mi trattengo. Lo ingoio, stringo i denti e distolgo lo sguardo. Il tempo si è fermato. Ci sono solo io. Oltre al congelatore che ronza dolcemente nel capanno. E al cervo. E a dodici occhi.

Prendo la macchina fotografica, la punto verso il congelatore e sento che è osceno come fermarsi sull'autostrada per fotografare le vittime di un incidente stradale. Sto guardando delle persone, non dei cadaveri infilati nei sacchi, e le sto guardando nei loro fottuti occhi. Sei persone.

Sei paia di occhi. D'un tratto mi rendo conto che sono stati trovati solo cinque corpi. Tre negli anni Novanta e due negli ultimi giorni. Il sesto è rimasto nella foresta di Utgard. Ma quando? Negli anni Novanta o adesso? Un corpo intrappolato per sempre fra i pini, un essere umano privato della sepoltura e delle lacrime della famiglia. Chi diavolo è Hannes? Vuole usare questi occhi o vuole tenerli per ricordo, come fa con la testa di antilope nel suo studio? E questi occhi sono il prezzo che si paga per avere abbandonato il tavolo del poker? Come mi comporto? Li rimetto nel congelatore? Non posso toccarli. Non posso e non voglio.

Esco, e barcollo nella pioggia leggera. Inspiro, e non riesco a eliminare il sapore del vomito. Poi rientro nel capanno. Mi sembra di essere in un videogioco, al settimo livello: un cecchino mi insegue, non ho più vite, non ho più risorse e non so come comportarmi.

Potrebbe essere lì fuori, sul vialetto, o nascosto fra i massi sul retro della casa. In attesa.

Afferro lo zaino, ci butto dentro la macchina fotografica e dal banco da lavoro stacco una grossa chiave inglese. Ho lo spray per gli orsi e il coltello, ma questa è pesante e facile da usare. Torno in giardino e mentre mi avvicino alla casa guardandomi attorno mi vedo riflessa su una finestra del capanno. Una faccia pallida in mezzo a una foresta nera. Mi infilo il passamontagna e vedo anche lui. Vedo gli alberi muoversi vicino ai massi e vedo la sua schiena ampia.

Continuo a cercare prove, ma non mi sento bene. Vedo la mamma che mi aspetta nella sua stanza. Scuoto la testa, raggiungo il retro della casa e proseguo. Questa è una storia da raccontare e sarà un articolo. Sto solo facendo il mio lavoro. Seguirò Hannes a distanza di sicurezza e appena ci sarà campo chiamerò la polizia. Intanto mi aiuterò con il gps del telefono e l'obiettivo abbastanza potente della macchina fotografica. Vedo il figlio di Freddy Malmström che gioca a *Call of Duty*. Crescerà senza il padre. Vedo la moglie di Rikard Spritzik che riceve nel suo studio medico. Resterà senza il marito. Non posso permettere che le due nicchie della vaschetta per i cubetti di ghiaccio si riempiano. Mi chiedo se qui intorno ci sia solo Hannes o ci sia l'intero club del cazzo, quali siano le regole, come funzioni *il gioco* e soprattutto chi sia Hannes, se Björn è il Re di Cuori. Intanto supero una casetta per gli uccelli e inizio ad arrampicarmi su un masso anche se gli stivali scivolano sul granito viscido.

Spari. Mi fermo e mi guardo attorno. Stringo il coltello nella mano sinistra e la chiave inglese di Hannes nella destra. Altri due spari in successione così rapida che l'eco del primo si confonde nel boato del secondo. Mi giro indietro e non trovo più la casa. Mi giro verso il punto in cui ho visto la schiena di Hannes e ogni fottuta direzione somiglia a tutte le altre. Pini. Ovunque. Cresciuti e pronti per il taglio. Più che pronti, troppo grandi e troppo ravvicinati in alcuni tratti. Noto alcune impronte nel fango accanto a un ceppo cavo. Le seguo.

Il mio stomaco borbotta come la sveglia nella pancia del coccodrillo di Peter Pan. Sono esausta ma devo proseguire, devo scoprire cosa sta succedendo e impedire che continui, e poi devo scrivere tutto. Non ho scelta. E ancora non so se posso fidarmi di Thord. Noto dei fragili nastrini di plastica rossa, gialla e azzurra legati ai rami e ai tronchi degli alberi. Immagino che siano lì per chi fa i corsi di orientamento o per i cacciatori, perché possano trovare le torri di avvistamento. Ogni tanto vedo Hannes, e quando mi rendo conto che è troppo vicino mi fermo. Sul terreno fangoso posso stargli dietro abbastanza facilmente, anche se ci sono molte impronte di stivali e devo fare attenzione a seguire quelle giuste. Una zanzara mi vola vicino all'orecchio. La scaccio, poi tiro fuori dallo zaino il telefono. Non c'è campo e la batteria è solo al quattordici per cento. La zanzara torna all'attacco. Probabilmente ci sono più persone sul fottuto monte Everest che in questa foresta, in questo momento. Comunque cerco di non perdere di vista le impronte ma anche di spostarmi da un albero all'altro rimanendo il più possibile al coperto. L'apparecchio di sinistra dà l'ultimo avvertimento e si spegne. Però mi resta l'altro, e ho le batterie di scorta che so inserire a occhi chiusi in una ventina di secondi. La zanzara mi punge sul polso. Lo guardo e mi accorgo che ce ne sono anche altre, molto grosse e più esperte, che evidentemente hanno pompato l'anestetico prima che il mio cervello riuscisse a registrare che mi stavano pungendo. A ogni modo sono coperta di ponfi rossi che iniziano a prudere. Mi gratto il collo. Altri due spari, distanti dalla casa e dallo sterrato. O almeno credo.

Gli alberi sono infiniti. Maledettamente infiniti. Sono un oceano, uno spazio astrale, un incubo. Chi potrebbe immaginare una cosa simile? Sono talmente fitti che i rami più bassi, grigi e senza aghi, quasi si confondono. Non scorgo il cielo, vedo solo nuvole e pioggerella. E non sento gli animali, gli uccelli non cantano e non fanno frusciare i rami spostandosi. Ma so che sono tutti qui.

Devo fare la pipì e devo mangiare e voglio che qualcuno mi aiuti. Voglio Tammy e Benny Björnmossen e il poliziotto con il Bluetooth, li voglio tutti insieme. Il terreno è irregolare, cerco di non finire nella tana di un tasso o in un burrone ma ogni tanto alzo lo sguardo e osservo Hannes tra le betulle, con la mimetica. È grande e grosso ed è nel suo habitat, lo si capisce.

Controllo l'orologio e vedo che sul polso ho anche una zecca. È vicino al cinturino di pelle, già piena di sangue. Levo gli occhi al cielo, verso papà. Poi, senza fermarmi, la stringo tra l'indice e il pollice e tiro. Non dovrei farlo, lo so, ma non posso lasciarla lì. La sacca grigio chiaro mi scoppia tra le dita e il mio stesso sangue mi imbratta. Le stacco una zampa ma la stronza continua a scavare, provo a grattarla via con l'unghia fino a lacerarmi la pelle ma lei non si ferma. E io comincio a non stare bene. La vedo e la sento dentro di me però non riesco a liberarmene.

Il telefono vibra. Lena mi ha scritto che il patologo forense ha trovato tracce di caffè nelle orbite di Rikard Spritzik. Mi blocco, mentre i polmoni mi si svuotano. È Holmqvist. I misurini per il caffè. Non è Hannes. Ma gli occhi congelati? Sono complici? Cerco subito di chiamare Lena ma non c'è più campo. Holmqvist e Hannes agiscono insieme. Sono i gemelli Medusa.

Hannes intanto annusa l'aria e tasta il terreno. Fa scorrere le dita sul muschio. Sta cacciando. Cambia direzione e va verso un ripido pendio roccioso. Lo seguo, ma i piedi mi si impigliano nelle radici e affondano nelle buche piene di foglie e aghi. Mi gratto sotto il passamontagna e con la manica della giacca continuo a schiacciare gli insetti che potrebbero pungermi. La striscia di velcro è un cimitero di corpi, ali e pungiglioni.

In cima al pendio c'è un abete rosso abbattuto dal vento. Le radici, che mi ricordano una parabola satellitare, sono più alte di me. Proseguo e la foresta diventa ancora più fitta. I rovi mi avvolgono le gambe e mi graffiano. Sembrano animali, non piante. I rami sono come muscoli, tendini e legamenti e le spine come denti. Ormai sanguino per le punture delle zanzare, delle zecche, dei moscerini e delle fottute spine dei rovi.

Prendo il telefono e lo guardo. Mi alzo sulla punta dei piedi e lo muovo. Sullo schermo compare una tacca. Provo con il numero di Thord, ma la chiamata non parte. Provo con il numero di emergenza, ma non parte neanche quella. Esco dai rovi e raggiungo una grande radura tra le betulle e alcuni mucchi di sassi che sembrano messi lì apposta da qualcuno per qualche motivo. Da lì riesco a vedere Hannes con i suoi capelli brizzolati e la sua schiena forte. Punta il fucile e segue la sua preda. Mentre penso che devo fermarlo, ricordo lo stemma sul calcio del fucile. Non è un trifoglio, è un seme delle carte da poker. Hannes è il maledetto Re di Fiori.

Lui intanto abbassa il fucile continuando a camminare, come se fosse la cosa più normale del mondo.

Non attraverso la radura perché sarei troppo esposta. Ci giro intorno, sguazzando fino alle ginocchia nel fango e nello sfagno. E individuo almeno quattro nidi di formiche grandi come tende a cupola. Anche il terreno della foresta è vivo. Arrivo in fondo alla radura e osservo Hannes attraverso i tronchi degli abeti. Sono sotto la pioggia che ora è fitta e ho rinunciato a scacciare la nuvola di zanzare che ormai mi accompagna. Camminando calpesto un ramo di pino come cento altri che ho calpestato. Ma questo si spezza.

Hannes e il suo fucile si girano verso di me.

47

Ho un nodo in gola, come se avessi ingoiato un grosso pezzo di pane senza masticarlo. L'occhio nero del fucile mi guarda in faccia e io guardo lui. Sono vulnerabile, pateticamente vulnerabile. Non posso muovermi e anche se potessi avrei solo un coltello, un telefono senza campo, una chiave inglese, una fionda e uno spray canadese per gli orsi, quello di Tammy, che magari nemmeno funziona.

Vorrei smettere di respirare. Sono come l'alce che ho visto, immobilizzata dalla consapevolezza di ciò che sta per succedere. Sto affrontando un uomo che non conosco veramente e il suo fucile carico di munizioni che non sapevo esistessero.

Lui si gira, lentamente, annusa l'aria e torna sui suoi passi. Io invece vorrei correre via. Sono abbastanza veloce quindi, pur rischiando di perdermi, almeno riuscirei ad allontanarmi da questa cosa sconosciuta che sto seguendo, da questo potenziale evento. E comunque mi sono già persa.

Mi muovo, con la chiave inglese stretta nella mano che mi trema. Controllo il telefono, cammino, controllo di nuovo, cammino. Il pomeriggio diventa sera e i verdi e i marroni si sfocano intorno a me. Guardo le casette dei gufi in alto, sui pini silvestri. Chi può averle messe?

Sembrano piccole bare appese ai rami. Piccole bare con piccoli buchi perché i gufi possano andare dentro e i loro piccoli possano guardare fuori.

Il mio stomaco non borbotta più, è troppo teso per farlo. Poco fa ho notato dei mirtilli rossi e dei lamponi tra gli aghi di pino e le foglie di betulla. Luccicavano come caramelle gommose sullo sfondo verde e soffice e me ne hanno ricordato il sapore, la bocca mi si è riempita di saliva mentre si materializzava fra i denti. Un sapore chimico di fragole e pere artificiali. Controllo il telefono. Niente. Appena ci sarà campo riproverò.

Lui accelera e il modo in cui si muove fra gli alberi scavalcando i rami spezzati e i tronchi caduti è affascinante, elegante, fa pensare all'acqua di un ruscello. Io per stare al suo passo devo camminare in fretta, quasi correre.

Mi sono tolta l'apparecchio di sinistra, con la batteria ormai scarica, per evitare che si inumidisca. Quindi l'orecchio è scoperto, nudo, e riesce a sentire il tocco della brezza umida. Che invece fischia e stride nell'altro orecchio.

Lui si ferma. Si nasconde dietro un albero come se fosse stato visto. Io lo imito ma la betulla che scelgo non è adatta perché è larga la metà di me. La corteccia non è bianca, è grigia e tappezzata di licheni. Lui sta guardando qualcuno. O qualcosa. Ma il suo fucile è abbassato.

Una zanzara mi si infila nell'orecchio sinistro. Non sento il rumore ma avverto la vibrazione e la sua sete di sangue. Mi colpisco l'orecchio con la mano come facevo da bambina, quando non riuscivo a gestire la frustrazione. Non mi dava fastidio essere sorda, mi dava fastidio essere compatita. E mi dava fastidio che gli altri bambini si arrendessero e smettessero di raccontarmi quello che mi stavano raccontando quando chiedevo che me lo ripetessero. Non erano cattivi, semplicemente trovavano più facile dire che me l'avrebbero spiegato dopo perché dovevano andare o che non era importante e non faceva neanche ridere. Per me era importante, sempre. E lo è ancora.

Mi schiaccio contro la betulla, contro quella corteccia segnata come la pelle durante l'inverno. La sensazione che provo non mi dispiace, a quanto pare mi fido degli alberi. Con loro so dove sono, il problema è ciò che si nasconde dietro, o dentro, o sotto. È quasi buio. La pioggia si accumula sui rami, scende lungo il tronco e mi cade sulle sopracciglia e sulle labbra. Lui alza di nuovo il fucile. Una piccola parte di me, quella che ogni tanto è tentata di sporgersi su un dirupo o di sterzare bruscamente in autostrada, vuole che tiri il colpo, anche se non può sapere a cosa stia mirando. Vuole che Hannes tiri il colpo con il suo fucile e che tutto finisca. Lui invece lo abbassa lentamente. Il collo mi prude come se avessi la varicella. Sento degli spari. Tre, e dopo una pausa di un minuto altri due. Cinque proiettili esplosi. Non qui vicino, ma comunque nella foresta di Utgard. Forse da Bengt. O dalla polizia. O da un cacciatore arrivato da fuori che ha mirato a un piccolo di alce e poi alla madre. Me l'ha insegnato Lena, i cacciatori non lasciano mai un piccolo senza la madre, neanche per il minimo intervallo di tempo tra gli spari. Mirano prima a lui e poi a lei.

Hannes, fermo vicino a un pino, si sta concentrando. Cerco di farlo anch'io ma alcuni movimenti catturano la mia attenzione. Un merlo che salta da un ramo all'altro di un abete come un impiccione. Un topo, o forse sono solo foglie che si muovono nel buio.

Sono ancora immobile dietro la betulla e gli insetti sembrano apprezzarlo. Zanzare e moscerini mi si infilano nella giacca come le mani dei ragazzi al cinema e almeno tre zecche, oltre a quella sul polso, hanno cercato di attaccarsi. Ed è solo quello che sono riuscita a vedere. Nella mia mente scorrono i nomi di dannati insetti, sanguisughe, millepiedi e altri, che scaccio come vorrei fare con questi. I ragni invece non mi fanno paura ma ce n'è uno che si sta calando da chissà dove, appeso a un filo invisibile, quindi mi sposto e lo lascio passare. Non è enorme ma è verde, quindi dev'essere velenoso. Mette in guardia i predatori con il suo colore, così mi hanno insegnato a scuola.

Hannes, con i piedi piantati alla giusta distanza fra loro, ha alzato il fucile, lo ha appoggiato al corpo e ha piegato il gomito formando un triangolo. Lo guardo, anche se la vista mi si sfoca. Osservo una formica che mi cammina sulla mano. Respiro piano e intanto noto dei funghi rossi alle spalle di Hannes. Lui abbassa il fucile e si incammina verso una torre di avvistamento oltre la radura. Io rimango dove sono e lui si arrampica sulla scala a pioli, con il fucile su una spalla e la matassa di corda sull'altra. Non lo vedo più ma so che è in cima alla torre.

Sento uno sparo. Il rumore, che ha raggiunto l'unico apparecchio funzionante, è molto più forte del solito e molto vicino. È come se venisse da un pezzo di metallo raschiato, proprio qui. Alcuni uccelli che non avevo notato schiamazzano e volano via dagli alberi. Qualcosa è appena morto. Non so come faccio a saperlo ma lo so. L'aria intorno a me è cambiata.

Mi muovo. Calpesto degli escrementi e affondo nel muschio spesso, soffice come zucchero filato. Procedo lentamente controllando che Hannes non mi veda e intanto mi chiedo quanto sia lontano lo sterrato perché non so dove mi trovo, non so se sono nel mezzo della foresta di Utgard o verso il margine. Sotto il passamontagna una mosca o una zanzara ronza disperatamente cercando di scappare e io la lascio fare.

La radura è larga una decina di metri ma è lunga quanto un campo da calcio. Ora sono vicino alla torre di avvistamento, una piccola baracca su un ramo di un albero composto da tre tronchi cresciuti dalla stessa radice. La torre sembra un grande pallet più o meno a quattro metri di altezza. Ha alcune assi orizzontali che fungono da barriere di sicurezza e il tetto di plastica ondulata.

Il passamontagna e il pino di dimensioni decenti dietro cui mi nascondo mi fanno sentire quasi invisibile. Guardo la torre e vedo qualcosa che si muove proprio sotto. No, è dietro. C'è qualcun altro. L'aria sa di marcio. Deglutisco. Dev'esserci un altro cacciatore. Nonostante il passamontagna che mi copre parzialmente un occhio, distinguo qualcuno che si sta avvicinando alla torre. Sembra deciso, non impaurito, e sembra più giovane di Hannes. Sembra David Holmqvist.

Mi muovo lentamente tra gli alberi e osservo la torre di avvistamento attraverso i tronchi. È oltre una distesa di funghi, che non brillano alla luce del sole come fanno nelle riviste patinate, e non sono perfetti. Sono grandi e spugnosi e vecchi, e probabilmente anche pieni di vermi. Comunque ci sono solo loro tra me e lo scrittore che guarda la torre. Quindi anche lui è coinvolto? È il Re di Picche o il Re di Quadri? E la stanza in cui non sono riuscita a entrare è quella in cui gioca con gli altri del club? Mentre sale la scala a pioli noto che è vestito completamente di nero. Ho di nuovo fame, ora che lo stomaco è meno teso me ne rendo conto. Hannes e Holmqvist. I Medusa.

Controllo il telefono. Niente campo e sette per cento di batteria. Cerco di infilare la chiave inglese nella tasca perché sono stufa di tenerla in mano ma non ci riesco neanche forzando. Un corvo gracchia da qualche parte alle mie spalle. Sullo schermo del telefono compare una tacca che rimane solo per un momento e poi sparisce. Sposto il telefono per cercare il campo e in quel momento il corpo cade dalla torre di avvistamento.

48

Il corpo quasi non fa rumore quando finisce sul muschio. Come in un film muto. E io non sono più così sicura di averlo visto cadere e rimbalzare. Comunque ora è lì, a faccia in giù, e penso sia il corpo di Hannes. Penso l'abbia spinto Holmqvist, che sta scendendo dalla torre.

Indossa indumenti neri molto attillati. Arriva ai piedi della scala a pioli e si gira verso di me. Gli indumenti sono di lycra e sono macchiati di verde. Si toglie il berretto. Non è Holmqvist.

È Frida. La mia amica Frida.

Non posso respirare.

Frida?

La fisso, paralizzata. Ho le gambe molli e la testa annebbiata, non riesco a formare pensieri coerenti. Cos'è successo? Frida ha saputo di Daisy e ha seguito Hannes e gli ha fatto questo? Ha trovato la vaschetta per i cubetti di ghiaccio sopra il congelatore? Dio, non voglio pensarci, non voglio pensare a tutti quegli occhi che tornano in vita in quel capanno umido.

Hannes si muove. Volta un po' la testa e Frida si china a guardarlo. È girato dall'altra parte rispetto a me e il muschio è troppo alto, riesco a intravedere solo i capelli, una spalla, un fianco e un pezzo di stivale. Lei lo osserva e rimane immobile. E anch'io rimango completamente immobile mentre guardo lei che osserva lui.

I rumori della foresta mi arrivano attutiti perché la pioggia, ora meno forte, sta bagnando l'unico apparecchio che mi resta. Ma vedo Frida che gira Hannes. E vedo Hannes che sanguina da una ferita sul petto. Gli hanno sparato. È stata Frida? Ecco cos'era l'ultimo colpo di fucile. Gli ha sparato dal folto degli alberi, oltre la torre di avvistamento e la radura. Vedo Frida che solleva la testa di Hannes e riesco a vederlo in faccia. Mi guarda, e io mi blocco, ma un attimo dopo è steso sulla schiena e fissa sua moglie.

L'apparecchio si spegne senza fischiare. Lo tolgo, lo infilo nel reggiseno perché è il posto migliore per farlo asciugare e rimango con le orecchie scoperte. Guardo una donna che guarda suo marito, a una distanza siderale da qualunque luogo sicuro. Non so dove siano il Nord e il Sud. Gavrik potrebbe essere da qualunque parte. La polizia potrebbe essere a un chilometro o a venti chilometri da qui. Penso che Hannes sia morto. Sembra morto. Vedo due fucili appoggiati al tronco dell'albero. Quello di lui e quello di lei. Il mio telefono non ha campo e ha solo il sei per cento di batteria. Devo fare qualcosa, ma non so cosa. Come ho potuto sbagliarmi? Sono brava a capire le persone, è il mio lavoro e mi riesce bene. Come ho potuto? Dovrei allontanarmi, dovrei spostarmi in un punto in cui c'è campo. Ma è possibile trovarne uno nella foresta di Utgard? Dovrei chiamare Thord. Ma avrà campo a casa di Bengt? E sarà ancora lì? Deve essere lì. Ci sono un milione di stronzate da controllare in quella casa, deve per forza essere ancora a Mossen.

Apro lo zaino e tiro fuori la macchina fotografica.

Sono a sei alberi di distanza dalla radura. Non userò il flash ma devo anche evitare che Frida veda il riflesso della lente. Non voglio muovermi in modo scomposto, non voglio calpestare un ramo, non voglio far sentire che respiro. Vorrei scattare una foto per poi indietreggiare e scappare. Ma non posso sapere quanto sono silenziosa se non riesco a sentire niente.

Il sangue sul giaccone di Hannes, in corrispondenza della ferita al petto, ora sembra una macchia nera. Frida è sempre lì che lo guarda, e forse sta pregando, o forse sta solo pensando.

Alzo molto lentamente la macchina fotografica, impiego almeno tre minuti per spostarla di quaranta centimetri. Controllo di aver escluso il flash. Scatto più volte, tenendo gli occhi puntati su Frida e aspettandomi che da un momento all'altro si giri e si lanci contro di me. Invece rimane ferma. Va bene. Ho le mie foto e ho la mia storia. Metto molto lentamente nello zaino la macchina fotografica. Sto bene. Frida cerca una piccola tasca sulla manica del giaccone, una di quelle che servono per portare con sé il telefono o l'iPod quando si va a correre. La apre e fa brillare alla luce della luna qualcosa di metallico.

Non è possibile, non può farlo. Merda, non voglio crederci. Nella mano stringe un coltellino. Sta per cavargli gli occhi e io non voglio vederlo. Mi accuccio e indietreggio molto lentamente. Non so dove vado e non è una bella sensazione, tuttavia devo continuare ad andare indietro e a guardare avanti. Frida tiene in mano il coltellino ma non si abbassa. E io decido che farò venti passi all'indietro, poi mi girerò e mi metterò a correre.

Trovo muschio e granito e pigne sotto i piedi e vedo Frida diventare sempre più piccola. Al quarto passo il mondo crolla. Tocco qualcosa di diverso, allungo la gamba, fiduciosa, e metto lo stivale su qualcosa di bagnato. Lo stivale non ha presa e scivola e io guardo. Sembrano serpenti ma non lo sono. Sono viscere. Le viscere di un animale. Budella e membrane. Non vedo sangue, vedo solo viscere e bile.

Mi assale il panico ma devo resistere. Ora Frida è in ginocchio davanti a Hannes. Riesco a scorgerli attraverso gli alberi. Ma le viscere sono ovunque intorno a me. Puzzano e sembrano cordoni ombelicali. Faccio un passo all'indietro e sono costretta ad appoggiare le mani in mezzo a quella roba per evitare di scivolare. Faccio un altro passo all'indietro, e lo stivale colpisce una pietra che rotola. Frida non se ne accorge. Faccio ancora un altro passo all'indietro e arrivo dietro un cespuglio secco, abbasso lo sguardo e vedo la testa di un alce.

Vedo l'occhio spento, la pelliccia ispida e il collo troncato. Vedo i vermi e le mosche e tutti gli altri insetti all'opera e mi viene da vomitare. Trattengo il respiro. La testa è grande quanto quella di un cavallo. Anche più grande. Se libero il respiro rischio di svenire. Penso sia di una femmina perché non ha le corna. Alzo lo sguardo e vedo Frida e Hannes che però ora sono troppo lontani perché io possa notare qualche dettaglio. E poi è troppo buio. Mi allontano gattonando dalla testa dell'alce e sento la tasca che vibra. E immagino che il telefono stia suonando perché, povera idiota che sono, è arrivato il mio turno per la lavanderia.

49

Guardo Frida tenendo gli occhi socchiusi. Lei è a una decina di alberi di distanza e ha ancora in mano il coltellino luccicante. Faccio fatica a respirare. Lei prende il suo fucile.

Se corro via mi inseguirà e mi ucciderà. Batto più volte le palpebre e strizzo gli occhi. Frida è una cacciatrice esperta. Scappare non ha senso. Meglio fare ciò che Hannes non ha fatto, abbassarsi e restare così. Pensavo che lui avesse sparato a qualcuno dalla torre, invece qualcuno ha sparato a lui sulla torre. Frida non può avere sentito più di qualche nota della suoneria del promemoria, che ho bloccato subito, quindi non può trovarmi facilmente. Vedo che fa qualcosa con il fucile, forse lo carica o toglie la sicura. Poi lo porta all'altezza dei fianchi, non degli occhi.

Dice qualcosa che non sento. Forse chiama qualcuno, forse gli chiede di uscire allo scoperto, di farsi vedere, io però non capisco. Percepisco la voce ma non distinguo le parole, e non arrivo a leggere il labiale da qui, non con questo buio. Mi abbasso e rimango immobile. Vedo delle lumache. Il tempo scorre lentamente. Vedo le lumache e l'occhio dell'alce e le sue viscere e i capelli biondi di Frida e la sua pelle chiara. Non potendo muovermi osservo ogni dettaglio. Le lumache sono quattro, sono grandi come rossetti e si spostano in modo assurdo. Sono nere e lucide come le gomme da masticare dopo che sono state masticate. E sono così dannatamente lente che non riusciranno mai ad andarsene da questa dannata foresta.

Frida si avvicina. Ormai non c'è niente che ci separi tranne il cespuglio secco dietro il quale mi nascondo. Lei si guarda attorno e si avvicina ancora eppure non riesce a vedermi. Sta seguendo le mie tracce, forse. No, non sono arrivata così in là, sta cercando il punto dal quale si è levata la suoneria del promemoria. Chiave inglese. Fionda. Spray per gli orsi. Coltello. Mi sono portata dietro un mucchio di cazzate. Contro un fucile può funzionare solo un altro fucile, e io non ce l'ho. Non sono attrezzata e mi sento a disagio. Voglio il mio pick-up e una pistola. Intanto però rimango immobile e mi ripeto che posso farcela.

Frida arriva fino a una betulla, poi torna indietro verso di me. Non devo respirare. Frida alza il fucile e continua a camminare, ma prima delle viscere dell'alce si ferma. Sono un bambino che gioca a nascondino con il diavolo. Ho solo un cespuglio secco come protezione e non ho vie di fuga.

«Alzati» leggo sulle sue labbra.

Mi alzo lentamente. Ho molto freddo. Non c'è alcun dubbio, farò esattamente ciò che vorrà. Cos'altro potrei fare? Lei cammina sulle viscere e tendendo un braccio mi toglie il passamontagna.

«Tuva?»

Il trucco è perfetto e lo sguardo sconcertato come immagino possa essere quello di una madre che trova il figlio nascosto nell'armadio e si rende conto di aver fatto sesso mentre lui la spiava.

«Perché sei qui?»

Io indico le orecchie e scuoto la testa.

Lei annuisce. Si avvicina, con il fucile ancora all'altezza dei fianchi, e ripete lentamente e distintamente per consentirmi di capire.

«Perché sei qui, Tuva?»

«Avevo intuito che Hannes era Medusa, ma nessuno mi credeva. Perciò l'ho seguito.»

Lei alza le sopracciglia e scuote la testa, come una madre che sta ascoltando la figlia che le racconta un film dell'orrore che ha guardato con gli amici.

«Dai, vieni verso la radura, non è prudente rimanere all'interno della foresta con il buio.»

Mi prende per mano e mi guida verso il corpo del marito. E io prego che mi spari e la faccia finita. Voglio solo andarmene ed è quello che vuole anche lei, quindi che mi spari e basta. Lascio la sua mano e osservo Hannes. È morto, gli occhi sono sbarrati e la pelle sta già diventando grigia.

Lei mi allunga un thermos come se fossimo a un campo scout e io scuoto la testa. Allora si china e cerca di togliere la corda dalla spalla di Hannes ma deve sollevargli il braccio per riuscirci.

«Ti lego ma non voglio farti del male, Tuva, quindi non voglio che ti preoccupi. Devo solo finire ciò che ho iniziato e pulire, e non posso correre il rischio che tu scappi e ti perda. Allunga le braccia.»

Obbedisco e lei mi passa la corda intorno al polso sinistro e la blocca con un nodo che non conosco, poi mi tira verso un pino che è sul limitare della radura e in quel punto è l'albero più grande. Mi spinge verso il tronco, fa il giro con la corda, me la passa intorno al polso destro e la blocca. Ora ho il viso e il seno schiacciati contro la corteccia e sono legata all'albero come se lo stessi abbracciando.

Frida si avvicina e sento il suo profumo al mughetto.

«Aspetta qui mentre finisco. Poi andiamo a casa»

dice, e io mi rendo conto che in mano non ha un coltellino, ha un cucchiaino del suo servizio d'argento. Frida brandisce un cucchiaino d'argento.

«Aspetta...» dico perché non posso lasciare che lo faccia, cazzo. «Sei stata tu? Anche negli anni Novanta?»

Lei tocca la punta del cucchiaino.

Mi ricordo di averla ammirata mentre preparava delle palline di crema con un cucchiaio, quella sera a cena. Palline perfette. «Potresti almeno spiegarmi.»

Lei sorride e infila il cucchiaino nella tasca sulla manica del giaccone. Le tracce di caffè venivano da lì. Non Holmqvist. Non Hannes. Frida.

«So che è stato un incidente di caccia e lo dirò alla polizia. Non hai neanche toccato gli occhi quindi è stato solo un incidente.»

«Questo non è stato un incidente, Tuva» leggo sulle sue labbra. «Ma grazie di averlo detto.»

Levo gli occhi al cielo ma non riesco a vederlo tra i rami del pino, e così non posso trovare papà. Mi rendo conto che c'era lei nel capanno. Hannes non era tornato indietro. Era Frida. Che aveva nascosto il fucile nel cervo.

«Perché?» le chiedo.

Lei mi scosta dalla fronte le ciocche bagnate e me le sistema sulla testa.

«Perché cosa?»

«Perché tutto questo, Frida?»

Un uccello passa sopra di noi, in alto. Forse è un gufo, e se lo è forse sta bubolando, e io non lo saprò mai. A lui comunque non interessa quello che mi sta accadendo. Per lui è irrilevante, è solo qualcosa che sta accadendo lì in basso e presto finirà.

«Perché devo fare pulizia. Alcuni cosiddetti uomini hanno rovinato ciò che è più sacro e sono diventati feccia. Meno di feccia. Quindi io devo fare pulizia. Qualcuno deve pur occuparsene.»

La sua mano è fredda sulla mia testa.

«Cos'hanno fatto per meritarsi questo? Cosa ti hanno fatto?»

«Cosa *non* hanno fatto» dice lei scuotendo la testa. «Hanno lordato e rovinato ciò che è più prezioso, Tuva. Erano dei privilegiati, avevano delle brave mogli, delle belle famiglie. È importante. Erano stati fortunati. Be', mio padre è rimasto fedele per tutta la vita a mia madre, quei cosiddetti uomini invece hanno fallito. Hanno distrutto tutto. Hanno preferito delle puttane alle loro mogli che erano a casa ad aspettarli. Se si è arrivati a quel punto non si può tornare indietro, quindi devo fare pulizia.»

Sento il mio respiro, freddo e vuoto. Ho un seno e una guancia così schiacciati contro il tronco che mi sembra di essere diventata parte dell'albero. Frida scaccia alcune zanzare che vorrebbero pungermi sul collo.

Scruta il cielo, poi mi copre la bocca con la mano e mi osserva. È un elicottero? Non posso alzare lo sguardo e non sento niente. Ma lassù dev'esserci qualcosa.

«Gli elicotteri non possono raggiungerci, tesoro» sussurra lei. «Non possono atterrare nella foresta di Utgard.»

Toglie la mano.

«Proprio non vuoi un po' di cioccolata calda? L'ho preparata solo per me» dice, e lo fa come se fosse divertente. «Ma con te la divido volentieri. Fa freddo, l'inverno si sta facendo sentire come ogni anno.»

Non voglio la cioccolata calda. Voglio i mei apparecchi. Tutto il mio mondo è ridotto a questa pazza. Non vedo molto più della sua testa e non avverto altro che la sua mano. Non la sento. Posso solo leggere il labiale.

«Perché hai tolto gli occhi?» chiedo.

«Oh, non sono occhi, non dopo che hanno visto quelle cose, Tuva. Non più. I miei e i tuoi lo sono ma quelli di quei cosiddetti uomini... non saprei come chiamarli ma no, non sono più occhi. Hanno guardato non mogli e madri ma donne depravate e disgustose, puttane, e sono diventati pezzi di carne marcia che non potevano più essere considerati umani. Ho dovuto toglierli.»

«Perché li hai tenuti nel congelatore?»

Frida si gratta una palpebra. Probabilmente questo mascara è impermeabile perché è ancora intatto.

«Ho fatto una pausa» dice. «Dopo il 1994 ho smesso di fare pulizia. Ed è stato un sollievo. Il bordello era stato chiuso e la situazione era migliorata, si era un po' mondata. Hannes non era ancora il gentiluomo che avrebbe potuto essere, che era destinato a essere, però ci provava. E io andavo nel capanno, ogni volta che mi sentivo sopraffatta, aprivo il congelatore e guardavo gli occhi, o quello che sono, fissavo gli occhi di quei cosiddetti uomini sfasciafamiglie, e mi rasserenavo. Mi calmavo. Stavo lì e li osservavo, un paio alla volta, un cosiddetto uomo alla volta, e non sentivo il bisogno di fare pulizia. Gli occhi erano in ordine e al sicuro nel mio congelatore, e io mi sentivo bene vicino a loro» conclude.

Poi guarda il marito e apre la tasca sulla manica del giaccone.

«Non ci metto molto, se puoi scusarmi.»

Afferra con la mano destra il cucchiaino e va verso di lui.

50

«Frida, aspetta.»

Sono legata così stretta a questo maledetto albero che è come se avessi messo radici anch'io. Riesco a girare un po' la testa ma non a vedere dove si trova Frida, e questo mi dà molto fastidio. Sono stata privata dei miei sensi. Forse mi sta parlando. Forse mi sta puntando il fucile alla testa e non lo saprò mai. Forse si è pentita ed è scappata e non saprò mai neanche questo.

Invece torna da me. Ora il suo viso è accanto al mio.

«Cosa c'è, Tuva?» leggo sulle sue labbra.

«Per favore, non farlo. Siamo amiche. Non farlo.»

Lei sorride e controlla la corda legata intorno ai miei polsi.

«Ti dà fastidio? Vuoi che la allenti un po'?»

Io annuisco e sorrido ma mi tremano le labbra. Ho freddo e lei si è avvicinata troppo.

«Lo farò appena avrò finito.»

«Aspetta.» Non posso permetterle di continuare. «Aspetta. I miei apparecchi.»

«Cosa?»

«Puoi cambiare le batterie, così ti sento e possiamo parlare? Quelle di scorta sono nel portachiavi.»

«Nel portachiavi?»

«Sì, nella tasca della giacca. Ci vorrà solo un minuto.»

Frida scuote la testa e le sue pupille si dilatano. Io alzo le sopracciglia bagnate di pioggia e sudore.

«Gli controllavo il telefono» dice.

«Cosa?»

«Lui pensava che io non sapessi niente ma io lo controllavo, avevo una mia strategia per gestire la situazione. Però non potevo assolutamente permettergli di lasciarmi qui da sola, proprio no.»

«Cambiami le batterie» dico. «Per favore.»

«Non ti servono» dice lei con un vago sorriso. «Non ce n'è bisogno.»

La lingua mi si irrigidisce. Non voglio la sua mano vicino a me. Il profumo al mughetto riempie l'aria umida e quasi mi soffoca. Non riesco a parlare. Sono legata a quello che sembra essere l'albero più grande del mondo e questa psicopatica continua ad accarezzarmi la testa.

«Perdonami» leggo sulle sue labbra. «Ci vorrà solo un attimo.»

Se ne va. Mi dimeno riuscendo a guadagnare un centimetro di libertà ma la corda è ancora troppo stretta. Giro la testa finché il collo rischia di spezzarsi, senza riuscire a vederla. Non voglio vederla però vorrei sapere cosa sta facendo. Sta cavando gli occhi a Hannes? Non sento rumori. Ma non ho gli apparecchi quindi probabilmente i rumori ci sono. E c'è una zecca, sta scendendo sul tronco dell'albero ed è già all'altezza del mio naso. Mi butto all'indietro spingendo con il bacino e le braccia ma non riesco ad allontanarmi abbastanza. Frida è dietro di me da qualche parte, non so dove. E la zecca sta prendendo lo slancio. È vicinissima e sembra grandissima. Non la vedo saltare ma intuisco che adesso è sulla mia guancia. Non la sento ma lo so. Cerco di guardarmi, e sulla guancia non la vedo, forse è caduta. Invece si muove, la sento. Mi dimeno e urlo e la intravedo sotto l'occhio sinistro. Batto le palpebre e scuoto la testa come una pazza.

E Frida arriva. Ora è accanto a me.

«Zecca. Sull'occhio. Toglila.»

Lei mi afferra la testa e dice qualcosa ma io non la sento e non vedo le sue labbra. Avvicina le dita all'occhio. Avverto un leggero pizzico, poi una carezza sulla guancia. Lei si sposta.

«Non c'è più, Tuva. Era solo una zecca dei cervi, e l'ho tolta» leggo sulle sue labbra, anche se ho gli occhi umidi. «Se urli di nuovo, però, ti sparo.»

Non me ne frega niente. Sparami.

«Sei stata fortunata, non era una zecca degli alci.»

Scruto la corteccia in cerca di altre zecche, poi torno a guardare lei.

«Le zecche degli alci vedono i tuoi occhi e pensano che siano le narici di un alce. Ce n'erano un sacco nel Norrland quando ero ragazzina» dice. «Scambiano gli occhi per grandi narici, per un bel posto umido e sicuro, e vanno a depositarci le uova. Te le spruzzano negli occhi. E fa male, ma lavati gli occhi il dolore e il fastidio passano. Però le uova rimangono. Sembra che non ci siano più, invece ci sono ancora. Rimangono nelle narici anche quando l'alce starnutisce, quindi rimangono nei tuoi occhi e crescono e prima o poi si schiudono.»

«Cazzo, Frida. Sei pazza.»

Lei chiude gli occhi e scuote la testa.

«Non usare questo linguaggio, Tuva. Sei una scrittrice, non hai bisogno di ricorrere alle parolacce. Tu sei migliore» dice, e sparisce.

La foresta è grigia. Ora la luna brilla più intensamente, ma io sono legata a un albero e non posso girarmi, posso solo guardare a destra, a sinistra e in alto. Se provo a liberarmi, la corda diventa ancora più stretta, come un cappio. Ogni tanto cade una pigna. Non la sento, ma avverto le vibrazioni se era su quest'albero e la vedo se era su uno degli altri. Vedo anche degli occhi. Coppie di occhi che brillano tra gli alberi. Piccoli occhi. E vedo le lumache che luccicano come gemme.

Frida torna.

«Ho quasi finito, tra un po' andiamo a casa.»

Mi sforzo di non urlare. Nella mano stringe un sacchetto trasparente con un laccetto verde. Il contenuto è nascosto dalla mano, ma riesco a distinguere una goccia di sangue sul sacchetto.

Abbasso la testa e appoggio il mento al petto. Mi arrendo. Non è qui che dovrei essere, neanche lontanamente. Vorrei grattarmi le orecchie, il collo e i polsi. Sicuramente sono coperti di ponfi, perché le zanzare continuano a pungermi, incredule di fronte a tanta fortuna. Penso alla zecca, quella che ho dentro. Dove sarà arrivata? Sarà ancora viva? La sua testa sarà ancora viva?

«Prima però ci beviamo la cioccolata calda» dice.

«Meglio di no» dico.

«Fa' come vuoi. Sai, non posso non pensare che ora non saresti qui se avessi abbandonato i modi da cittadina, avessi dimenticato quella sciocca fase della tua vita e ti fossi sistemata con un brav'uomo. È veramente un peccato.»

D'un tratto mi torna in mente il Re di Cuori.

«Cos'è il club del poker?»

«Ah, solo uno stupido gioco che fanno i cosiddetti uomini. Un gioco da ragazzini, nemmeno paragonabile alla scelta di mescolarsi con mascalzoni e puttane.» Preme qualcosa sul fucile, probabilmente per togliere la sicura.

«Cosa fai? Avevi detto che non mi avresti uccisa, che non sono come loro.»

Frida si morde il labbro inferiore come se volesse scusarsi.

«Ma hai urlato, Tuva, e questo cambia tutto. Non è colpa mia. E preferirei che tu non mi incolpassi delle conseguenze delle tue azioni.»

Si sposta dietro di me.

«No. Frida, aspetta. Per favore, aspetta.»

Riappare, preceduta dal suo profumo, e avvicina il viso al mio.

Riesco a sentire il suo respiro sulla pelle bagnata.

«Dirò che è stato un incidente, lo prometto, lo giuro.»

«Non preoccuparti di questo, tesoro, non ha più senso. Ce ne andremo insieme e ti assicuro che non sentirai niente. Tutto questo doveva finire, perciò... due piccoli click e saremo entrambe in un posto migliore. Ci penserò io.»

«Ci penserai tu?»

Scosta dalle mie labbra un capello che tirava come il filo interdentale.

«Lo farò nel modo giusto, Tuva. Abbiamo un rigido codice di comportamento nel Norrland, e lo sai. Non abbattiamo mai un'alce prima del suo piccolo. Quindi ti risparmierò il trauma. Ci penserò io.»

51

Guardo in alto tra il groviglio di rami e vedo il cielo. Lei è dietro di me, ma sopra di me ci sono milioni di stelle, un milione in più per ogni minuto che passa. Non riesco a vederla, non so dove sia e non so se il suo fucile sia carico. Ho la testa all'indietro e una pioggerellina leggera mi cade sul viso. Sento solo il silenzio. Non sento più il freddo. Guardo le gocce sulle ciglia e quelle sugli aghi di pino e sento il cuore espandersi e affondare nel petto e indurirsi mentre levo gli occhi al cielo, cercando papà.

«Cioccolata calda?» dico, quasi ridendo. «Il mio ultimo desiderio, Frida.» Giro la testa ma anche così non riesco a vederla. «Vorrei condividerla con te prima di...»

E vedo di nuovo il suo viso vicino al mio, sento il suo respiro caldo contro la mia tempia.

«Sì» dice. «Ce la meritiamo.»

I muscoli delle braccia e delle gambe si rilassano e io mi abbandono affidando tutto il peso del corpo alla corda. Che subito mi stringe i polsi e quasi mi stacca le spalle. Perché l'ho fatto? Perché ho ritardato ciò che ormai sembra inevitabile? Perché voglio vivere, ovviamente, ma anche perché non posso scrivere il mio articolo con quello che ho, non posso farlo come vorrei. Invece devo farlo, con Lena a Toytown o con papà da un'altra parte. Quale sarebbe il senso di questa storia, altrimenti?

Frida svita il tappo del thermos e il vapore sale nell'aria grigia. «Niente tazze» leggo sulle sue labbra. «Non potevo immaginare di avere compagnia, scusa.»

Riempie il tappo con la cioccolata scura e densa, e me lo avvicina alla bocca. La guardo mentre lo inclina. Guardo i suoi occhi blu e lei guarda la mia bocca per evitare di spandere. La cioccolata è calda. La lingua e il palato sono avvolti dalla sua dolcezza. Deglutisco e lo stomaco si riempie. Il corpo si scalda, lo spirito si ravviva, il sangue scuote tutti gli organi. Mi sto riprendendo. I miei pensieri cominciano a schiarirsi e a ordinarsi. Frida beve un sorso e si leva uno sbaffo marrone dalle labbra.

«Ancora?»

Annuisco e sorrido e lei mi avvicina di nuovo il tappo alla bocca. Mi sembra di essere un agnello nutrito con il biberon. La cioccolata mi riscalda. Sono vicino a un fucile, a un demone e a un uomo ucciso e privato degli occhi, nel cuore di mezzo milione di ettari di oscurità selvaggia. E la polizia è nella stessa foresta, ma potrebbe anche essere a Göteborg o a Londra. Un chilometro qui è come mille chilometri da un'altra parte.

Bevo e trattengo l'ultimo sorso, voglio assaporarlo prima di deglutirlo. Voglio gustarlo, non perché potrebbe essere l'ultimo ma perché mi piace. E mi piace perché sono stanca e ho sete o forse semplicemente perché questa cioccolata è deliziosa. Penso a Frida, che è un'ottima cuoca. E penso a Hannes, che ha gli occhi nella tasca di lei, nel sacchetto con il laccetto verde. Si meritava una richiesta di divorzio e una sberla, non tutto il resto.

«È l'ultimo» dice Frida, bevendo ancora un sorso di cioccolata.

«Settanta per cento di cacao, e panna. E un pizzico di noce moscata fresca, questo è il segreto.»

«Ottima» dico. «Raccontami del Norrland, di casa tua.» Devo prendere tempo. Devo farla parlare. «È come qui?»

«Ah» dice lei, avvitando il tappo del thermos. «Questo è uno zoo per bambini paragonato al Norrland. Lì è tutto più grande, più freddo, più scuro, e c'è molta più distanza tra un luogo e l'altro. Mio padre, il proprietario di questo vecchio fucile, non avrebbe potuto trovare una sgualdrina nel raggio di cento chilometri, non avrebbe potuto cadere in tentazione. Quindi ha tenuto per mano e ha baciato sulle labbra mia madre fino alla fine. Quei due sono stati una coppia fino all'ultimo giorno, finché morte non li ha separati. Nel Norrland è tutto più pulito e puro. L'acqua, l'aria, la gente, tutto. E io pensavo che anche il mio Hannes sarebbe stato così.»

Il sorriso scompare e le labbra si stringono mentre guarda il marito morto.

«Invece già nel primo anno di matrimonio è cambiato. È diventato assente, disinteressato. Ha continuato a coinvolgermi nella sua vita professionale e pubblica, ma nient'altro. E con l'apertura di quello schifoso bordello ha iniziato a trascurare tutto tranne le sue stupide partite di poker e le sue schifose puttane, e la caccia. Non so perché. Il nostro fidanzamento è stato bello, però.» Gli occhi brillano. «Cene, balli, passeggiate al chiaro di luna, gite al lago e scintille ogni volta che le dita si sfioravano.»

Continua a farla parlare. Prendi tempo.

«Mio padre e mia madre pensavano di avermi sistemata bene, pensavano che lui sarebbe stato perfetto. Ma non hanno alcuna colpa. Non potevano immaginare, anche perché lui all'inizio è stato perfetto. È stato il mio Rhett Butler e il mio Robby Redford e il mio Paul Newman, tutti insieme. Mi ha liberata dal chiosco degli hot dog e poi mi ha portata all'altare, e io l'ho guardato attraverso il velo e ho visto una vita come quella dei miei genitori, ho visto un futuro di affetto e amore, ho visto noi due per sempre, felici e contenti. Aveva anche trovato un buon lavoro come apprendista ingegnere alla cartiera che era appena stata aperta, quindi abbiamo caricato sull'auto le nostre poche cose, che per la maggior parte erano regali di nozze, e ci siamo trasferiti qui a Gavrik, in una casetta vicino alla fabbrica di liquirizia. Ma una notte lui è andato a dormire nella stanza degli ospiti.»

«Perché?»

«Non so cosa motivi i vermi, tesoro. Le persone come me e come te non possono capirlo. So solo che sopportavo perché potevo guardarlo quando ne sentivo il bisogno, e che però non sarei mai riuscita a sopportare se mi avesse lasciata per una puttana, assolutamente no.»

Guardo a destra e vedo l'oscurità. Forse qualcosa di grigio, la luce della luna sui tronchi dei pini e sulle pozzanghere, ma tutto il resto è scuro come in un incubo. Ne ho abbastanza della storia delle sue delusioni quindi cerco di distrarmi. Mi giro per non leggere il labiale, anche se so che lei sta ancora parlando perché sento il suo respiro. Penso all'ultima volta che sono andata a fare snorkeling, in Grecia. Bellissimo, l'acqua era turchese e il fondale coperto di conchiglie. Poi l'acqua era diventata più profonda e più fredda ed era passata dal turchese al blu scuro al nero in pochi secondi, e il fondale era sparito. Io ero sempre in superficie, per me non era cambiato nulla ma era cambiato tutto, perché sotto di me era rimasta solo un'oscurità senza fine, nella quale avrebbe potuto esserci qualunque cosa. Non avevo gli apparecchi, non posso usarli nell'acqua, perciò mi ero sentita proprio come mi sento qui. Freddo, umido, buio. Avevo provato la stessa sensazione perché quello non era il mio ambiente. Quella volta avevo nuotato come una pazza fino alla riva, ora però sono legata a un dannato albero e ho una zecca nel polso e un'assassina alle spalle, che profuma di mughetto e mi parla dei suoi problemi coniugali. Mi giro.

«Perché la polizia non ti ha mai interrogata?»

«E perché mai avrebbe dovuto farlo?» dice, sinceramente sorpresa dalla domanda. «Ha interrogato le spogliarelliste, gli sfigati e gli eremiti omosessuali di Mossen. Una volta ero a pranzo con Björn all'Hotel Gavrik e ne ho approfittato per raccontargli quello che faccio con gli anziani. Non sono come la tua amichetta cinese che cucina in quel lurido camper. Io lo faccio a casa mia, con ingredienti freschi. Non uso il glutammato di sodio io, non ci penso proprio. Comunque, quella volta ho spiegato a Björn che consegno agli anziani lasagne, torte salate, purè di patate e altri piatti sani e adatti a loro. E gli ho anche spiegato che su ogni contenitore scrivo con un pennarello quello che c'è dentro, il giorno e l'ora in cui l'ho preparato, il tempo e la temperatura da impostare per scongelarlo e anche il giorno e l'ora in cui l'ho consegnato. Gli ho precisato che ho sempre fatto così. Era il mio alibi. Avevo pianificato tutto. Se mi avesse interrogata gli avrei detto che il tal giorno alla tal ora stavo facendo la mia buona azione, e gli avrei suggerito di controllare i contenitori. Ma non ne ho mai avuto bisogno, perché non mi ha mai interrogata. Ovviamente.»

Non riesco a trovare un'altra domanda da farle. Non funziona. È come parlare con un bambino. Levo gli occhi al cielo. Dovrei essere con la mamma a Karlstad. Ora dovrei essere con lei, che sta male e che in confronto a Frida è una santa.

«Come hai scoperto chi frequentava il bordello e lo strip club?» chiedo. «Come hai deciso quali uomini eliminare?»

«Cosiddetti uomini» mi corregge. «Io mi tengo in forma. Mi prendo cura di me perché penso sia un dovere per una moglie. Quindi parcheggio da qualche parte e cammino, a volte con i bastoncini da nordic walking e a volte senza. Semplice.» Indica il contapassi che ha al polso. «Faccio lunghi allenamenti. D'inverno scio e d'estate cammino. E non puoi immaginare quanti cosiddetti uomini ho visto uscire da quel bordello e poi da quel club. Tutti cosiddetti uomini che avrebbero dovuto essere altrove e invece mentivano alle loro mogli e ai loro figli e infrangevano i sacri voti. La Bibbia e i romanzi d'amore hanno ragione. Marito e moglie dovrebbero rimanere insieme per tutta la vita, ecco cosa dovrebbero fare.»

È fuori di testa.

Guardo una zanzara che si posa sulla mia mano sinistra, infila il pungiglione in un ponfo e mi succhia il sangue una seconda volta. La guardo ma non sento niente e non riesco a capire cosa dice Frida perché non sto guardando le sue labbra.

«Gli occhi sono dodici» dico girandomi verso di lei. «Sei paia. Dov'è il sesto corpo?»

«Quattordici» dice lei alzando il sacchetto trasparente. Così vedo gli occhi anche se non volevo. Li vedo e mi volto dall'altra parte. Premo la mano contro l'albero e schiaccio la zanzara che me la stava pungendo, e mi concentro sulle sue labbra.

«Lavorava alla cartiera e quello schifoso bordello gliel'aveva fatto conoscere Hannes. Era uno che non valeva niente, eppure aveva una famiglia, aveva tutto. Non posso permettere che gli sfasciafamiglie rimangano impuniti, no. L'ho lasciato vicino al rudere, quello con il camino. Dev'essere ancora lì ma immagino che ora lo troveranno, o forse no.»

Mi tornano in mente il rudere e il letto singolo arrugginito.

«Parlami di...» dico, ma lei mi appoggia un dito sulle labbra e la punta fredda mi fa il solletico.

«No, tesoro» dice lei alzando il fucile. «Ora devo pensare a noi due.»

«Aspetta» dico con la voce rotta. «Non mi hai raccontato niente del tuo ragazzo, di tuo figlio. Parlami di lui.»

Guardo in alto e a destra e a sinistra cercando disperatamente qualcosa e sforzandomi di non urlare, e quando mi tocca la spalla mi giro. «L'ho fatto» leggo sulle sue labbra. «Ti ho appena raccontato tutto.»

La guardo, prima in un occhio, poi nell'altro.

«È vicino al rudere.»

Guardo in alto verso i rami grigi e mi sento svenire, poi guardo di nuovo lei.

«Aveva preso da suo padre.»

Guardo a destra e vedo un luccichio. Qualcosa di metallo. Il sudore mi brucia gli occhi. Li strizzo per vedere meglio nel buio. C'è una figura, no, ci sono due figure, accucciate.

No.

Mi giro verso Frida.

«Aspetta, per favore.»

«Ora penserò a noi due perché così dev'essere.» Guardo a destra. Sono tra Frida e le sorelle che lavorano il legno e una delle due ha un fucile puntato. Lo vedo, e all'improvviso Frida mi fa meno paura e la foresta mi fa ancora più paura. C'è un troll nel locale della spazzatura del mio condominio e una delle sue creatrici mi sta facendo dei segni con il braccio e mi sta dicendo qualcosa. Che non capisco.

... la... tua...

Cazzo, proprio non capisco. Mi sforzo di leggere il labiale.

... sposta... la... testa... ragazza...

«Ho un ciglio nell'occhio» dico a Frida, con la voce che trema. «Toglimelo prima di fare quello che devi, per favore. Non ci riesco da sola.» Vedo il suo dito che si avvicina al mio occhio. Vedo il suo polpastrello pallido con le creste e i solchi. Faccio un respiro profondo e spingo contro l'albero con tutta la forza che ho, buttando all'indietro la testa e inarcando la schiena. La corda tira e intanto sento lo sparo del fucile, è talmente forte che lo sento. L'aria davanti al mio viso si muove ed è calda. Mi arriva uno schizzo sulla fronte.

Frida cade.

Io mi aggrappo all'albero perché ho bisogno di qualcosa che mi tenga su, che sia saldo e sicuro. Tremando pianto le unghie nella corteccia, che ha un buon odore come una matita appena temperata.

Poi sento una mano sulla spalla e mi giro, terrorizzata, aspettandomi di vedere Frida. Invece vedo Cornelia, la sorella loquace.

«Ti slego.»

Taglia la corda e mentre cado all'indietro mi afferra.

«Grazie» dico piano.

La sorella silenziosa si è accucciata e ha appoggiato le dita sul collo di Frida.

«Morta?» chiede Cornelia.

Guardo Alice, non Frida. Intravedo il sangue e la ferita, ma mi concentro solo su Alice.

«Morta» dice lei muovendo appena le labbra.

Controllo il telefono ma le mani mi tremano così tanto che quasi non riesco a vedere lo schermo. Due per cento di batteria, niente campo.

«Meglio aspettare la polizia» dice Cornelia.

«Sì» dice Alice. Si toglie il giaccone e lo stende con cura su Frida. Anche Cornelia si toglie il giaccone, poi va verso Hannes e mentre prego che non lo guardi in faccia lo copre.

52

Sono nel mio pick-up sulla E16, però non sto guidando. Il riscaldamento è al massimo e io sto guardando il margine della foresta dal finestrino, raggomitolata e avvolta nella felpa di Tammy. Ho i polsi bendati, le braccia coperte di lividi e gli apparecchi che funzionano.

«Devi presentarti alla stazione di polizia alle quattro, quindi abbiamo ancora molto tempo. Adesso devi riposarti.»

Sento la voce di Tammy ma sono ancora stordita dai calmanti, ne ho ancora il sapore sulla lingua. Ordino i pensieri sotto i titoli, attribuisco margini e caratteri. Faccio ordine nel caos, e domani scriverò gli articoli perché possano essere pubblicati al più presto. È ciò di cui ho bisogno, qualche ora con i miei ricordi e una tastiera che mi aiuti a raccontarli. Non posso dimenticare quello che è successo sotto l'albero. Non ancora. Lena mi ha già detto che ha triplicato la tiratura e il mio vecchio capo, il vicedirettore del *Guardian*, mi ha mandato un'email. Mi ha offerto un lavoro. Un vero lavoro, il lavoro dei miei sogni, che però non posso accettare. Non ancora. Anche Lena mi ha mandato un'email, mi ha riferito che un prestigioso giornale del Sud della Svezia mi ha cercata. Io però devo scrivere questa storia.

«Non riesco ancora a credere che le due sorelle ti

abbiano salvata. Non riesco a credere che siano state proprio loro.»

«E David Holmqvist.» La mia voce è calma. «Le sorelle hanno sparato ma è stato Holmqvist che le ha accompagnate da me. Mi ha dato il suo giaccone e il suo cane ha fatto la guardia finché la polizia ci ha raggiunti.»

Tammy scuote la testa e sospira mentre guarda nello specchietto retrovisore. «Ti hanno portato il troll» dice. «Poi però ti hanno trovata e salvata.»

«I troll. Sono due, e li hanno fatti tutti e due loro» dico. Intanto la cintura di sicurezza preme sui lividi. «La notte scorsa, prima che arrivassero i poliziotti con le loro luci e i loro cani, gliel'ho chiesto e mi hanno spiegato che il primo era un ordine speciale di Frida. E anche il secondo, quello con il cazzo. Personalizzato da lei, però. Loro non fanno certe porcherie, indipendentemente dal prezzo che i clienti sono disposti a pagare.»

Tammy scuote di nuovo la testa, poi sorpassa un taxi Volvo e un camion carico di legname.

«Tutti e tre si sono tolti il giaccone» dico, e sento che sembra stupido anche se è stato importante quando lo hanno fatto. «Le sorelle hanno coperto Hannes e Frida, e David ha coperto me. Eppure tutti pensavano che fosse un mostro. Ha dovuto sopportare prese in giro, sguardi strani e voci infondate, per anni.»

«E due fermi.»

«Senza aver fatto niente. Siamo rimasti lì come una specie di strana famiglia, loro tre a proteggere me e il cane a proteggerci tutti.»

«Proprio non riesco ancora a crederci. Ascolta, voglio che tu stia da me per il tempo necessario. Voglio prendermi cura di te, lasciamelo fare.»

«Solo fino a quando ci saranno i giornalisti davanti a casa mia» dico. «E non rimarranno per molto, presto si stancheranno e andranno in cerca di un'altra storia sensazionale.»

«Come vuoi» dice lei.

«Thord sospetta che Frida abbia manomesso le batterie dei miei apparecchi.»

Tammy scuote la testa, incredula.

«Mi ha anche detto che ieri Frida aveva consegnato agli anziani cibo pronto per un mese. E io ho notato che aveva usato un mascara impermeabile. Era pronta. Frida sapeva che sarebbe stata arrestata o...»

«Vuoi mangiare prima o dopo?» chiede Tammy. La sua voce è come un balsamo, calma i ricordi e scalda la pelle. «Il ristorante di sushi vicino alla stazione apre a mezzogiorno. Il tempo di trovare da parcheggiare e ci arriviamo giuste.»

«Meglio dopo» dico io.

Parcheggiamo e ritiriamo lo scontrino. La pianta rampicante che copre gli alti muri di mattoni è diventata rossa dalla mia ultima visita. È cambiata. Entriamo e la porta girevole mi proietta nel solito calore soffocante. Indossiamo i copriscarpe blu e ci incamminiamo sul linoleum, tra le piante finte. All'accettazione mi dicono che le hanno cambiato stanza. Tammy si ferma nella sala d'attesa, quella con le sedie, i giornali e un boccione di acqua. Leggo il nome sul tabellone e cerco la nuova stanza. Il corridoio sa di candeggina, aria stantia e morte.

«Alla fine sei arrivata.»

Entro nella stanza. Lei è sprofondata nel letto, il suo corpo si vede a malapena sotto le coperte che hanno il nome dell'hospice stampato sopra in modo che la lavanderia non le confonda. Comodino. Farmaci. Un bicchierino d'acqua con un po' di saliva in superficie. O forse è polvere. Una fotografia del matrimonio e una della mia laurea. La sveglia e la crema per le mani alla rosa.

Avvicino una sedia. Scricchiola mentre la trascino. Sento i polsi che bruciano e penso ai troll. Vedo la scheda attaccata all'estremità del letto e la penna appesa a un filo di lana rossa.

«Mi dispiace» dico io. «Dovevo venire prima.»

«Avevi i tuoi motivi» dice lei. La sua voce sembra un respiro pesante.

«Ora è finita» dico io. «Verrò più spesso.» Cerco di non pensare alle proposte degli altri giornali, alla possibilità di lasciare tutto questo. Guardo in alto verso il soffitto bianco e il condotto di aerazione, poi torno a guardare la mamma. «Voglio passare più tempo con te.»

Mi avvicino a lei, al suo viso raggrinzito, e lei mi sorride.

Lei non sorride mai, invece ora i suoi occhi si addolciscono, le sue labbra si aprono un po' e io quasi svengo. Mi mordo l'interno della guancia e sorrido anch'io.

«Acqua?»

Annuisce. Butto quella vecchia nel lavandino che è nell'angolo della stanza, apro il rubinetto e riempio il bicchierino e intanto guardo fuori. Penso che questa stanza è migliore, ha la vista sul lago. E capisco, ora so perché l'hanno spostata. Barcollo. Mi siedo e le avvicino il bicchierino e lei beve come potrebbe bere un insetto da un piattino. Le labbra sono quasi sparite. Una goccia sfugge e le scivola sul mento. La stanza è così tranquilla. Guardo la goccia che scende e rimane sospesa per un istante e cade. E con lei cado anch'io. Poso la testa sul petto della mamma, piccolo, duro, mosso da respiri deboli, esili. Un'infermiera arriva sulla soglia ma vedendomi se ne va. La mamma mi accarezza i capelli, con le dita che hanno la pelle sottile come carta. Io chiudo gli occhi e mi sento sollevata. Quando alzo la testa la vedo piangere, solo che il pozzo è prosciugato e le lacrime sono invisibili. Mi schiarisco la voce, poi prendo la crema, ne metto un po' sul mio indice e la spalmo sulle sue mani ormai quasi senza vita, trasparenti e fredde al tatto.

«Papà sarebbe stato...» forza un respiro «... fiero di te.» La sua voce è sottile e pallida quanto la sua pelle. «Orgoglioso. Lo sai, vero?»

Annuisco e cominciano a scendere le lacrime, che asciugo con i polsi, che asciugo sui jeans. Allungo la mano e accarezzo la sua guancia nell'unico punto in cui la pelle è ancora liscia e giovane.

«Papà...» aspetta che le arrivi un respiro «... ti amava molto, Tuva.»

Annuisco e sento un brivido sul collo mentre vedo i suoi occhi che tornano indietro, per un attimo. Passano dal grigio al verde intenso, e lei per quell'attimo è di nuovo la mia mamma con i capelli biondi e i biscotti alla cannella fatti in casa e il lavoro a maglia. Appoggio la guancia alla sua, per scaldarla. Sincronizzo il mio respiro con il suo e per un po' restiamo così, vicine.

Ringraziamenti

Alla mia agente, Kate Burke: grazie per la tua energia, la tua saggezza e la tua abilità, grazie di avermi dato l'opportunità.

Al team di Diane Banks Associates: grazie per il vostro incoraggiamento e il vostro calore.

Alla mia editor, Jenny Parrott: grazie di essere così intelligente, sensibile e generosa, grazie di aver reso tutto questo realtà.

Al team di Oneworld e Point Blank: grazie di essere così dediti ed entusiasti. Non avrei potuto desiderare un editore migliore.

A tutti i blogger, i librai, i critici e coloro che sono intervenuti su Twitter: grazie per il vostro entusiasmo e il vostro tempo. I lettori traggono grande beneficio dai vostri consigli, e io sono uno di loro. Grazie.

Allo York Festival of Writing: grazie di avermi insegnato tante cose. Grazie per il fatto che ospitate centinaia di scrittori ogni anno.

A Julie Cohen e Shelley Harris: grazie, siete due vere star.

A Claire McGowan: grazie di essere una delle mie prime lettrici, grazie per il tuo incoraggiamento e per i tuoi concisi e saggi commenti. Mi hai aiutato.

A Hayley Webster: grazie per il riscontro positivo che

mi hai dato anni fa, in un giorno in cui ne avevo molto bisogno.

A Paddy Kelly: grazie di avere letto una versione iniziale del libro e di essere stata così positiva e gentile.

A @DeafGirly: grazie mille per la tua esperienza. In molti sensi, per me la tua opinione è la più importante. Ti sono molto grato.

Alla natura svedese: grazie di essere selvaggia e di avermi ispirato.

Alla mia famiglia: grazie di avermi lasciato giocare da solo per ore come un bambino, grazie di avermi spinto a leggere, grazie di non avermi iscritto a innumerevoli corsi e attività, grazie di avermi permesso di annoiarmi. È stato un regalo speciale.

Ai miei amici: grazie di essere fantastici, e pazienti. E scusatemi per le grigliate e le feste che mi sono perso per via del libro.

A mia sorella: grazie di avere detto: "Ti dispiace se aspetto di vedere il film?"

A mia moglie e mio figlio: grazie, vi amo, sempre.

Stampa Grafica Veneta s.p.a., Trebaseleghe - PD

per conto di Marsilio Editori® in Venezia

«Farfalle Marsilio»
Periodico mensile n. 352/2022
Direttore responsabile Giuseppe Lupo
Registrazione n. 1334 del 15.06.1999
Tribunale di Venezia
Registro degli operatori di comunicazione-ROC n. 6388

EDIZIONE	ANNO
10 9 8 7 6 5 4 3 2 1	2022 2023 2024 2025 2026